SANS LAISSER D'ADRESSE

Pierre Bellemare mène une carrière d'homme de radio, de télévision et d'écrivain. En diversifiant ses activités et ses sources d'inspiration, il a prouvé qu'il n'était pas à court d'imagination. Tous ses livres sont de grands succès de librairie.

Paru dans Le Livre de Poche :

P. Bellemare
L'ANNÉE CRIMINELLE (3 vol.)
C'EST ARRIVÉ UN JOUR, 2
DICTIONNAIRE DES 1 000 TRUCS
SUSPENS (2 vol.)

P. Bellemare et J. Antoine
LES DOSSIERS INCROYABLES
HISTOIRES VRAIES (3 vol.)
LES NOUVEAUX DOSSIERS INCROYABLES

P. Bellemare, J. Antoine
et M.-T. Cuny
DOSSIERS SECRETS

P. Bellemare et J.-M. Épinoux
ILS ONT VU L'AU-DELÀ

P. Bellemare et J. Équer
COMPLOTS

P. Bellemare et G. Frank
SANS LAISSER D'ADRESSE
26 DOSSIERS QUI DÉFIENT LA RAISON

P. Bellemare et J.-F. Nahmias
CRIMES DANS LA SOIE
DESTINS SUR ORDONNANCE
L'ENFANT CRIMINEL
ILS ONT OSÉ !
JE ME VENGERAI
QUAND LA JUSTICE PERD LA TÊTE
SURVIVRONT-ILS ?
LA TERRIBLE VÉRITÉ
LES TUEURS DIABOLIQUES

P. Bellemare, J.-M. Épinoux
et J.-F. Nahmias
L'EMPREINTE DE LA BÊTE
LES GÉNIES DE L'ARNAQUE

P. Bellemare, M.-T. Cuny
et J.-M. Épinoux
LES AMANTS DIABOLIQUES

P. Bellemare, M.-T. Cuny,
J.-M. Épinoux et J.-F. Nahmias
INSTANT CRUCIAL
INSTINCT MORTEL (2 vol.)
ISSUE FATALE

P. Bellemare, J.-F. Nahmias,
F. Ferrand et T. de Villers
JOURNÉES D'ENFER

P. Bellemare, J.-M. Épinoux
et R. Morand
POSSESSION

P. Bellemare, J.-M. Épinoux,
F. Ferrand, J.-F. Nahmias
et T. de Villers
LE CARREFOUR DES ANGOISSES

P. Bellemare, M.-T. Cuny,
J.-P. Cuny et J.-P. Rouland
C'EST ARRIVÉ UN JOUR, 1

P. Bellemare, G. Frank
et M. Suchet
PAR TOUS LES MOYENS

PIERRE BELLEMARE

GRÉGORY FRANK

Sans laisser d'adresse

Enquêtes sur des disparitions
et des réapparitions extraordinaires

Documentation Jacqueline Hiegel

ALBIN MICHEL

© Editions Albin Michel S.A., 2002.
ISBN : 978-2-253-06687-3 - 1ʳᵉ publication LGF

AVANT-PROPOS

Bernard Bonavoine ne savait pas bien pourquoi, mais son instinct lui disait de le faire. Il y avait dix ans et trois jours qu'il était marié avec Emilie. Ils avaient eu deux enfants, des garçons, Gaspard et David, et voilà qu'arrivait cette lettre d'un notaire de Libourne. Bernard était seul au moment de la venue du facteur, il avait donc pu lire à l'aise sans que personne le voie.

Son grand-oncle du côté de son père était mort. Il n'avait pas été prévenu, le vieux ne voulant personne à son enterrement. Par contre il laissait un joli magot et Bernard était le seul héritier.

Il lui restait une heure avant le retour de sa femme et des enfants. Il se précipita sur une valise, la remplit rapidement de l'indispensable, mit dans un sac ce qu'il avait de plus intime, cartes, photos, papiers de famille. Il descendit par l'escalier de service et sortit de l'immeuble par la cour donnant sur une ruelle. Personne ne l'avait vu. Il marcha d'un bon pas en direction du métro et descendit à la station Gare d'Austerlitz.

Il disparut ainsi totalement de Paris en avril 1935. Malgré les demandes de sa femme Emilie, la police ne s'intéressa pas beaucoup à cette affaire de mari qu'elle croyait volage.

Durant trente ans, Mme Bonavoine vécut dans le même appartement et, après avoir attendu... attendu..., fit son deuil d'un mari qu'elle croyait mort. Son emploi de comptable lui permit de vivre et d'élever ses enfants dans un modeste confort. Le coup de tonnerre se produisit le 7 novembre 1965. Ce jour-là, dans la rue où habitait Emilie, les employés des pompes funèbres installent à la porte de l'immeuble situé juste en face du sien les tentures noires d'un enterrement. Au centre, ils placent une lettre, initiale du défunt, un B. Un faire-part est affiché sur le côté : « Nous avons la douleur de vous apprendre la mort de Bernard Bonavoine, survenue dans sa soixante-huitième année. » Par hasard Emilie lit ce texte et le ciel lui tombe sur la tête.

En effet, après avoir perçu son copieux héritage, Bernard était revenu s'installer seul dans un appartement situé au même étage en face de celui de sa famille, et il avait passé son temps..., tout son temps, à les observer caché derrière sa fenêtre. Elle n'eut aucune explication, aucune lettre, rien.

Ce fait divers étrange et totalement vrai, qui inspira Raoul Ruiz pour le dernier film de Marcello Mastroianni, *Trois vies et une seule mort*, est un avant-goût de ce qui vous attend.

Avec Grégory Frank, au fil de ces vingt-huit enquêtes, vous irez de surprises en étonnements et peut-être vous laisserez-vous gagner par le doute... mais je vous le confirme, la vie est toujours plus extraordinaire que toutes les inventions de notre imaginaire.

Pierre Bellemare

IMPOSSIBLE N'EST PAS... AFRICAIN

Elle était belle, Mohanjeet Chew. Plus que belle, au dire de ceux qui l'avaient côtoyée dans ses années de jeunesse. Jusqu'à la veille de sa mort, Mohanjeet était « lumineuse ».

Un terme qui peut surprendre, si l'on précise qu'elle était de mère indienne et que son père venait de Chine. Sa peau sombre, ses cheveux lourds d'un noir bleuté, ses traits réguliers, elle les tenait du côté maternel. A son père, elle devait un regard plutôt secret et aussi sa petite taille. Devenue jeune fille, Mohanjeet Chew apparaissait donc comme un Tanagra : une statuette, parfaite image de la féminité, un corps que l'on devinait idéal sous les voiles des saris dont elle aimait le mystère, une statuette à la peau d'ombre.

Alors, quelle était cette « lumière » dont pouvait parler son entourage ? Une émanation de sa poésie intérieure : Mohanjeet était convaincue de toutes ses fibres que « le monde est fait pour devenir beau et chaque être doit participer à construire cette beauté ». Elle tenait cette citation d'un des nombreux poètes qu'elle lisait dans le texte en français, en anglais et en allemand, mais qu'elle pouvait aussi dire de mémoire en hindi et en chinois.

Si l'on ajoute à cela que Mlle Chew était bonne musicienne et si l'on précise que nous sommes dans les années 50 sur la côte africaine... on pourra se demander d'où viennent ce mélange exceptionnel et cette culture étonnante ? D'une histoire familiale exceptionnelle et étonnante, elle aussi. Une histoire où vont s'enchaîner des destins tourmentés.

M. Chew (ou, plus banalement Tchou, pour les Français) était originaire de Canton. Il avait tenté sa chance en Afrique, exerçant dans différents comptoirs tous les métiers que le hasard lui offrait. Mais ce tout petit homme, très laid, au teint vert pâle, possédait trois atouts majeurs : en premier lieu, une énergie inépuisable tendait son corps nerveux, le rendait capable de travailler comme une bête en se nourrissant de peu. Ensuite, il était doté d'un sens du commerce et de l'économie hors du commun : sur un salaire, aussi maigre fût-il, il parvenait à préserver quelques sous, qu'il faisait fructifier et savait réinvestir. Enfin, sa mémoire était prodigieuse : ses rares heures de loisir, il les passait à apprendre les langues des pays qu'il traversait, puis à lire et à engranger tous les ouvrages qui lui tombaient entre les mains.

Chew, petit Chinois de Canton né avec le siècle dans une sorte de Moyen Age, débarque donc au Cameroun, pays de tous les avenirs possibles. Il approche alors la trentaine. Nanti d'un modeste pécule, d'un savoir construit de bric et de broc, il est farouchement décidé à faire, enfin, sa place au soleil.

La décennie qui précède la Seconde Guerre mondiale baigne dans l'instabilité, l'incertitude : la

Société des Nations a divisé cette ex-colonie allemande en deux territoires placés, l'un sous mandat britannique, l'autre sous mandat français. Chew, qui pratique les deux langues, s'accommode fort bien de cette situation et, pendant un temps, passe d'une région à l'autre, rendant ici et là des services dont la nature nous échappe un peu, aujourd'hui, mais qui, en leur temps, lui assurent de précieuses relations.

Cependant, son vrai coup de chance, c'est à ses lectures qu'il va le devoir : ses « missions diplomatiques » l'ont amené au sud, entre une ville en expansion, Kribi-Londji, et un endroit nommé Rocher du Loup. C'est là qu'il rencontre des commerçants indiens et leur fille. Certes, les parents tiennent un petit établissement de textile, et la perspective de devenir patron ne déplaît pas à Chew. Mais rendons-lui cette justice : il est aussi vraiment amoureux de la jeune personne ; elle est fort jolie et elle attend le prince charmant. Chew n'a pas le physique de l'emploi : à cette époque, il ferait plutôt penser à un singe capucin au front prématurément dégarni et sa belle le dépasse d'une tête. C'est grâce à l'astuce et à la poésie qu'il la séduit.

Il visite régulièrement les parents pour leur apporter des informations commerciales précieuses pour eux : fournisseurs au meilleur prix, échantillons d'étoffes introuvables... La jolie demoiselle est présente, pour apprendre le métier et, à chaque occasion, Chew laisse échapper devant elle des considérations très romantiques sur la vie, le monde, la nature. Ce sont des pages entières d'auteurs de toutes origines qu'il puise dans sa formidable mémoire. Mais c'est si beau ! La belle en oublie le physique ingrat du minuscule Cantonais, elle est conquise. A tel point que, lorsque Chew la demande en mariage, les parents s'inclinent devant cet amour, malgré la différence... de taille, mais surtout de finances.

Sur ce plan, ils n'auront pas à regretter leur décision : Chew va rapidement faire prospérer le commerce de ses beaux-parents, sans oublier son propre intérêt. Bientôt, il ouvre son premier magasin.

La jeune mariée, elle non plus, ne regrette pas son choix : son « petit mari », comme elle le nomme, se révèle un époux délicieux, aussi doux dans le privé qu'il sait se montrer inflexible en affaires. Il continue de la charmer par les mille choses inattendues qu'il connaît. Elle trouve en lui un compagnon solide et, bientôt, un père attentionné : le couple donne très vite naissance à trois enfants, deux garçons et une fille.

Lorsque la guerre arrive, le Cameroun sous mandat français se rallie dès 1940 à la France libre. On ne connaît que très peu de choses de l'activité de Chew pendant cette période, mais tout laisse à supposer qu'elle fut intense. Car, au sortir du conflit, lorsque le pays change de régime, confié à la tutelle française par l'ONU, on ne parle plus de Chew-le-petit-commerçant-chinois, mais de Monsieur Chew. Avec des majuscules et du respect dans la voix. M. Chew, l'ami des notables et notable lui-même. M. Chew a des bureaux, des magasins, des maisons qu'il meuble, avec un goût très sûr, d'objets d'art rapportés de ses voyages.

Il ne ressemble plus au petit Cantonais ambitieux, sec et nerveux, débarqué dans les années 30 : c'est maintenant un homme au ventre imposant accentué par sa petite stature, le crâne luisant bordé d'une couronne de cheveux gris, sévères lunettes sans montures. Sur sa face devenue lunaire, on ne lit aucune expression, jamais.

Ses émotions, il les trouve dans le privé, auprès de sa femme, qu'il chérit tendrement, et de ses enfants, auxquels il prépare un avenir digne de sa réussite. Ses aînés, les deux garçons, vont faire leurs études en France et à Londres et procurent à leur père fierté et satisfaction.

Pour Mohanjeet, c'est plus épineux : la fillette est un ravissant bijou. Des trois enfants, c'est la plus attachante, car, à une vivacité d'intelligence égale à celle de ses frères, elle joint une sensibilité à fleur de peau. Mais elle va procurer à ses parents frayeurs et soucis.

La première alerte concerne sa santé physique. M. Chew s'est résolu à envoyer sa fille en Suisse, recevoir l'éducation que ses dons prometteurs méritent. Il a dû faire appel à toute sa fermeté, car la gamine protestait de toutes ses forces. Et lorsque son père lui fait comprendre qu'il ne fléchira pas, elle déclare avec le plus grand sérieux :

— C'est bien, papa. Mais je sais que, si je suis loin de vous, je mourrai.

Impressionnant, lorsqu'une telle phrase est dite par une petite personne, les yeux dans les yeux, sans un mot plus haut que l'autre, sans un pleur, sur un ton d'évidence absolue. Et les parents frissonnent un peu, car ils savent combien Mohanjeet les aime : elle a pour sa mère une tendresse qui leur permet de se comprendre sans paroles et, à son père, elle voue une admiration sans partage.

De fait, à l'approche de son départ, la fillette dépérit, puis entre bientôt dans une sorte de dépression catatonique : on ne peut plus l'alimenter. Les médecins s'avouent dépassés et prédisent une issue désastreuse.

M. Chew est comme fou : sa fortune, sa puissance sont sans armes devant ce qui ronge sa fille adorée et il se reproche d'être la cause de ce désespoir mortel. C'est alors que sa femme lui parle, avec la prudence que l'on imagine, d'une possibilité étrange : une servante africaine, qui s'occupe beaucoup de Mohanjeet, connaîtrait un médecin local, enfin, une sorte de...

— Un sorcier ? Dis-le ! explose M. Chew, qui aime appeler un chat un chat. Peu importe le nom que tu lui donnes : si un remède existe, trouvons-le !

Ce qui n'est pas si surprenant : les anciens coloniaux vous le diront, il n'est pas rare, encore maintenant, de faire appel aux traditions locales lorsque la médecine officielle est en échec. Et, à cette époque, M. Chew savait que les pratiques de son propre pays, plantes et acupuncture, étaient considérées aussi comme sorcellerie par nombre d'Occidentaux...

L'homme que ramène la servante n'a rien du vieux sorcier de brousse : c'est un Africain, un Bamiléké, souriant, vêtu d'un boubou joyeusement coloré. Il transporte ses remèdes dans une serviette de cuir. Il examine la malade sans gêne aucune, en présence de ses parents, tout de même un peu inquiets. Puis il confie à la servante des plantes et des poudres, en lui expliquant dans leur langue comment les préparer. Enfin, il demande la permission de se mettre à l'écart, sur une table. Il étale devant lui des ingrédients secs, noirâtres, d'origine indiscernable. Il les émiette et en glisse de petites pincées dans une pochette de cuir, qu'il ferme par une couture serrée. Il la fixe sur un lacet qu'il place autour du cou de sa patiente.

— C'est tout. Maintenant, votre fille va mieux, affirme l'homme de l'art.

Et quand M. Chew porte la main à sa poche, il l'arrête d'un geste :

— Non, non, pas maintenant : je sais que vous n'avez pas encore confiance. Vous me paierez quand vous la verrez guérie !

Il éclate d'un grand rire :

— Et alors, vous me donnerez plus d'argent !

Il ne s'est pas trompé, c'est un petit pactole qu'il va recevoir : Mohanjeet retrouve la conscience et, bientôt, elle gambade aux côtés de sa servante dans la grande propriété. Les Chew vont garder pour le praticien une forte estime et, de temps à autre, il viendra les visiter, comme une sorte de « médecin de famille ». La fillette, elle, lui a fait une place dans son cœur et lui octroie le titre affectueux de « grand-père ».

Plus question, bien entendu, d'éloignement : Mohanjeet reste à Kribi. Mais elle recevra quand même l'instruction voulue par ses parents. Elle aura les meilleurs précepteurs, tous les livres et surtout de précieux ouvrages sur l'art. Pour son douzième anniversaire, un cargo apporte d'Allemagne un piano demi-queue... et un musicien allemand pour l'accorder ! On n'en finirait pas de décrire cette éducation de princesse que permet la fortune paternelle. Mais l'enfer, on le sait, est pavé des meilleures intentions. Et celles de M. Chew pour sa fille vont ouvrir, hélas, le chemin du désastre.

Il a fait d'elle une jeune personne bien singulière, paradoxale : à seize ans, Mohanjeet est une rêveuse, mais au fort caractère, une adolescente qui sait beaucoup de choses, mais qui n'a rien vu du monde. C'est à ce moment que ses parents vont avoir leur deuxième grande inquiétude.

Elle fait irruption, dans cet univers protégé, sous les traits d'un Français, Pierre Courtois. Il a vingt-sept ans, il est né en métropole. Ses parents étaient venus en Afrique pour y faire fortune.

Parti tout jeune volontaire se joindre aux troupes de la France libre auxquelles le Cameroun s'était rallié, il s'est honorablement battu : blessé, fait prisonnier, décoré. Sa vraie passion, c'est l'aviation et il comptait s'y consacrer en Europe, mais il y a renoncé pour aider sa mère : devenue veuve entre-temps, elle a bien du mal, seule, à tenir en main une exploitation forestière.

C'est à ce sujet que Courtois a pris contact avec M. Chew, dont on dit qu'il cherche à diversifier ses activités. Pourquoi n'investirait-il pas dans le bois ? C'est un secteur profitable, à condition de disposer des fonds nécessaires à la prospection et à l'achat de concessions.

Ce jeune homme connaît bien son sujet, il est manifestement honnête et courageux : son passé récent parle pour lui. M. Chew est pratiquement décidé à lui accorder ce qu'il demande, mais...

— As-tu remarqué comment Mohanjeet le regarde ?

Mme Chew pose la question avec sa douceur habituelle au sortir d'un dîner avec le futur associé. Elle sait que la réponse est oui : à une mince crispation dans le visage de marbre lunaire de son époux, elle a perçu sa contrariété.

Oui, M. Chew, bien sûr, a remarqué : à table, Pierre Courtois parle avec ardeur de l'aviation, de l'ivresse du pilotage et aussi de son vrai grand projet : lorsque, grâce à M. Chew, l'entreprise de sa mère sera remise sur les rails, lui, Pierre, créera une ligne d'aviation. Peut-être plusieurs. Il connaît, dans le monde, des dizaines d'avions laissés par la guerre, des avions encore en état de voler et que l'on pourrait racheter à bas prix. Il connaît aussi des garçons compétents et passionnés, comme lui, qui ne pensent qu'à reprendre l'air ou à tripoter ces mécaniques de légende pour les remettre en l'air... Des lignes aériennes avec des tarifs réduits au minimum, qui permettraient aux populations les plus isolées, au cœur des continents, de communiquer avec le monde, de recevoir le progrès, les soins... De vendre elles-mêmes le fruit de leur travail ou les richesses de leur sol, de ne plus végéter pendant que de puissants intermédiaires s'enrichissent sur leur dos !

Oui, M. Chew a remarqué : avec quelle passion le jeune Français parle, et avec quel éclat dans les yeux Mohanjeet l'écoute...

— Quand même... Elle n'a que seize ans !

— C'est une femme, Chew ! Et tu oublies à quel âge je suis devenue la tienne !

Non, Chew n'a pas oublié. La similitude des situations ne lui a pas échappé non plus : une jeune fille romantique, un homme déjà mûri par la vie, mais de situation plus modeste... Seulement, il y a une différence : Chew avait des qualités certaines, mais Courtois...

— Je prétends m'y connaître en hommes ! Ce garçon est un idéaliste ! Un doux rêveur ! Je veux un gendre qui ait les pieds sur terre, et lui, il plane !

La conversation sera longue, cette nuit-là, dans la chambre des Chew. Et un recul sensible sera marqué par rapport à Pierre Courtois dans les semaines qui suivront.

Cependant, M. Chew n'est pas vraiment étonné lorsque le Français lui demande un rendez-vous « important et privé ». Mais l'homme d'affaires est habitué à une certaine forme de diplomatie, chez un individu en position de demandeur. Là, il est surpris par la franchise, respectueuse mais directe, de son interlocuteur :

— J'ai cru remarquer, monsieur, une certaine distance de votre part ces derniers temps. Est-ce que je me trompe ?

— Continuez...

— J'aurais pu mettre cela sur le compte d'une réflexion bien compréhensible au sujet des investissements que je vous propose. Mais, connaissant votre perspicacité sur la nature humaine, je ne vous ferai pas l'injure d'imaginer que c'est la seule raison. Il y en a une autre, plus personnelle, n'est-ce pas ?

Pas un mouvement, pas un frémissement dans la rondeur lisse du Chinois. Il faut un vrai courage pour continuer et dire, en le regardant en face :

— Vous ne vous trompez pas, monsieur : j'ai beaucoup réfléchi, ces quelques semaines, et je comptais, de toute façon, vous demander la permission de pouvoir... rencontrer Mohanjeet. Officiellement et aussi souvent qu'elle le voudra bien.

— Monsieur Courtois...

— Pardonnez-moi, monsieur, mais ma démarche est assez difficile. Avec tout le respect que je vous dois, je vous prie de me laisser aller jusqu'au bout. J'ai pleinement conscience des obstacles : Mohanjeet est mineure, notre différence d'âge est certaine, et nos disparités financières également. Mais le temps peut arranger cela, et nous pourrons attendre, car elle m'aime, j'en suis certain !

M. Chew bondit de son fauteuil doré :

— Bon sang ! Quand avez-vous trouvé le moyen de...

Courtois sourit et le calme d'un geste de la main :

— ... De parler d'amour avec elle ? Rassurez-vous : jamais ! Quand je l'ai vue, c'était toujours en votre présence. Et vous me connaissez suffisamment pour savoir que je n'aurais jamais trahi votre hospitalité. Vous êtes le premier à qui je fasse part de...

— Et si vous vous trompiez ? Si ma fille ne partageait pas...

— Ce serait terrible. Mais je ne crains pas une telle éventualité : j'ai là-dessus la certitude du cœur.

M. Chew a glissé une main sous son bureau. Une sonnerie lointaine grelotte à l'étage. Quelques instants plus tard, un domestique ouvre la porte et fait entrer Mohanjeet. D'un coup d'œil, elle jauge la situation : les deux hommes face à face, le silence tendu. Son père va vers elle, lui prend les mains :

— Ma chérie, ma question va sûrement te surprendre, mais...

— La réponse est oui, papa.

Chew scrute le visage de sa fille, y voit un sourire sérieux qui ne permet aucun doute : c'est vraiment oui.

— C'est bien. Retourne à ton travail, je te prie. Quant à vous, jeune homme, laissez-moi vous dire comment je vois les choses...

Lorsque M. Chew « voit » une situation, il ne laisse pas vraiment aux autres la possibilité d'avoir une opinion différente. Voici donc ce qu'il a bel et bien décidé, et cela depuis un bon moment déjà : il estime que si Pierre Courtois a fait ses preuves sur le plan humain, par sa conduite au combat, puis par son dévouement pour sa mère, on peut néanmoins se poser des questions sur sa capacité à gérer son avenir. Or, M. Chew veut pour sa fille une existence digne de celle qu'il a pu lui procurer jusque-là. Et il compte bien que l'époux qu'elle choisira saura assurer cette aisance, pour elle et leurs enfants.

M. Chew laissera un jour ses affaires aux mains de ses deux fils, qu'il a fait former dans ce but, et son futur gendre devra être capable d'autonomie. Or, pour l'instant, c'est bien à sa fortune que Courtois a fait appel. Chew lui demande donc de faire ses preuves, seul, d'installer sans son aide les bases d'une honnête fortune. Ce qui devrait laisser à Mohanjeet le temps de mûrir ses sentiments. Si Courtois est aussi certain de leur mutuel amour, il ne devrait pas refuser cette raisonnable mise à l'épreuve de, disons... deux ans ?

Et Pierre Courtois accepte. C'est que nous sommes dans les années 50, et dans un univers très particulier, où les rapports de puissance, mais aussi l'honneur et les traditions, expliquent cette soumission à un défi qui, aujourd'hui, peut paraître chevaleresque... ou inutile ! La seule chose que demande Pierre, c'est un entretien en privé avec Mohanjeet, afin que la certitude d'un projet commun le soutienne dans l'aventure où il se lance. Accordé.

L'entrevue va durer deux heures. Mohanjeet emmène Pierre vers un lieu qui compte beaucoup pour elle : toujours sur les terres de son père, mais loin de la lourde maison, aux limites de la forêt, une colline où elle vient rêver, lire, peindre. Auprès des jeunes gens, la présence discrète, mais permanente, de la servante de Mohanjeet. Oui, vous avez bien lu : deux heures, avec un chaperon. C'est tout ce qu'ils auront eu entre eux ! Sur cette conversation de la colline, nous ne savons rien. Mais ce qui se dit dans ces instants intenses va décider de vies entières, et d'une succession incroyable d'événements.

Pierre Courtois, fidèle à sa parole, met en ordre les affaires de sa mère, engage pour la seconder un contremaître à poigne, et s'en va. Il a son plan : s'enfoncer vers le cœur du continent pour trouver des bois rares, propres à séduire les marchés internationaux. Il vise des emplacements qui n'ont pas encore été prospectés : le prix des précieuses essences n'en sera que plus avantageux et l'on peut encore espérer faire fortune ainsi. Il se met aux commandes de son avion, s'envole... Et il disparaît.

Qu'est-ce que cela recouvre exactement ? Sa mère a reçu deux lettres, postées à ses deux premières escales. Dans son premier courrier, Pierre lui assure qu'il se porte bien, que l'avion tourne comme une horloge, qu'il prend des contacts et se renseigne. Dans la deuxième lettre, il mentionne quelques ennuis de moteur, l'impossibilité de trouver des pièces de rechange. Il va devoir bricoler lui-même avec ce qu'il a sous la main. En ce qui concerne le bois, il pense aller plus loin pour trouver une piste vraiment intéressante. Puis, plus rien.

Les premiers temps, Mme Courtois ne se soucie pas trop : avec son forestier de mari, elle avait appris les longues patiences. Mais au bout de quelques mois, elle essaie de se renseigner, par des contacts professionnels. Le courrier est capricieux, les réponses lentes à venir, imprécises. Au bout d'une année, elle demande aux autorités de lancer une recherche. Mais les instances officielles ont bien d'autres préoccupations : on commence à entendre parler de troubles, de revendications d'indépendance. Des groupes clandestins se formeraient, s'attaquant ici et là, dans la violence, aux intérêts colonialistes et à leurs représentants. Circuler isolé dans certains lieux serait une imprudence.

Que se passe-t-il chez les Chew pendant cette période ? Mohanjeet, comme au long de son enfance, ne quitte guère la propriété familiale. Elle continue à étudier, à se perfectionner dans les arts.

Elle ne s'étonne pas de ne pas recevoir de courrier : elle aussi est entrée dans le jeu de cette « mise à l'épreuve » imposée par l'autorité paternelle. Selon un accord tacite, on n'aborde pas le sujet en famille. Elle a juste demandé à son père de lui donner un grand terrain : celui où se situe la colline qu'elle aime tant, sans préciser pourquoi cet endroit lui est devenu encore plus précieux.

Il faut attendre deux années révolues pour que la jeune fille ose faire part de ses inquiétudes à sa mère : elle dort mal et craint sans cesse un danger mortel pour Pierre. Elle demande l'autorisation d'aller rendre visite à Mme Courtois.

Elle se trouve en présence d'une femme en deuil. Une femme profondément dépressive, qui ne peut dire un mot sur son fils sans fondre en larmes. Mme Courtois est persuadée que tout ce qui pouvait être fait pour retrouver Pierre, dans cette Afrique troublée, a été tenté. Courtois a été vu pour la dernière fois peu de temps après sa deuxième lettre, seul à bord de son avion qui venait de subir plusieurs avaries. Il avait l'intention de survoler la forêt. Mais il ne disait rien de sa destination. Ce n'était pas un oubli, mais une précaution volontaire : il ne voulait laisser aucune indication à d'éventuels concurrents, friands de concessions prometteuses. On n'a revu ni l'avion ni son pilote. Mme Courtois s'est rendue aux raisons des autorités : elle considère que Pierre est mort.

Mohanjeet, impressionnée, ne réagit pourtant pas avec un désespoir visible. Juste l'une de ses phrases sérieuses, posées, auxquelles elle a habitué son entourage :

— Si vous, madame, ressentez dans votre cœur de mère que Pierre n'est plus là, alors moi aussi, je vais prier pour son repos.

Et cette étrange jeune fille rentre chez elle, allume des bougies et dispose des fleurs sur un petit autel dans sa chambre, sans faire aucun autre commentaire.

Pierre Courtois réapparaît cinq mois plus tard. Sa première visite est pour sa mère, hospitalisée : lorsqu'elle a reçu le message de Pierre lui annonçant son retour prochain, elle a été saisie d'un grave malaise. Mme Courtois voit à son chevet un homme amaigri, marqué, abattu par la lutte. Une lutte qu'il a perdue.

Il lui raconte comment il a posé son avion en catastrophe dans une clairière d'où il ne pourrait plus décoller. Comment il a trouvé un village où il a pu s'établir et d'où il a tenté de prospecter, à pied le plus souvent. Il raconte les vains espoirs, sans cesse attisés par les rumeurs colportées dans la brousse, le bouche à oreille. Espoirs toujours déçus. La recherche de terrains nouveaux, d'essences introuvables. Et puis la fatigue, la maladie, les fièvres, les mois passés à délirer au fond d'une case, sans médicaments... Pierre Courtois ne revient pas fortune faite, mais vaincu et couvert de dettes.

Sa mère lui passe sur le front une main hésitante :

ce qu'elle doit lui dire est pénible, mais c'est son devoir de l'avertir la première. Le bruit court dans la région que M. Chew destinerait sa fille à un sien ami, un Anglais fortuné résidant au nord du pays. Pierre Courtois se précipite vers le domaine de Chew... Et il se fait carrément refouler !

C'est que M. Chew a pris les devants : il avait effectivement l'intention de marier sa fille à un homme « bien sous tous rapports », capable d'assurer un avenir stable. La nouvelle du retour de Pierre Courtois est arrivée très vite à ses oreilles. Nul doute qu'elle ne parvienne bientôt à celles de Mohanjeet, aussi isolée soit-elle : le « téléphone africain » fonctionne et les serviteurs savent tout ce qui se passe dans la région.

Chew a donc fait venir sa fille et lui annonce sans ambages la situation : certes, le Français est revenu, mais il a échoué dans l'épreuve qu'il avait acceptée. Pis : sa situation est encore plus mauvaise qu'avant son départ, l'entreprise familiale va certainement devoir être démantelée pour couvrir les dettes. Pas question de le revoir dans la famille Chew, encore moins de l'y laisser entrer. Mohanjeet est donc priée de continuer à le considérer comme définitivement disparu, de son horizon en tout cas !

— Père, vous le tiendrez hors de ma vue, peut-être, mais pas hors de mes pensées ! Même si je ne prononçais pas son nom devant vous, j'ai prié pour lui jour après jour ! Je dois le retrouver ! Peu importe dans quel état, mais je le dois !

— Pas question ! tranche Chew. D'autant moins que le projet de fiançailles avec l'honorable Britannique est connu de tous. Point final.

C'est alors qu'il voit sa fille, sa lumineuse fille,

perdre d'un coup tout son éclat. Elle pâlit, se crispe et prononce une phrase qui donne froid dans le dos :

— C'est bien. Mais je sais que si vous nous séparez à nouveau, je mourrai.

Chew se rappelle cette phrase, dite sur le même ton neutre par une petite fille, bien des années plus tôt. Il se rappelle aussi ce regard, droit dans le sien. Mohanjeet, dans cet instant, marque la même expression. Un silence, elle tourne les talons et se retire dans sa chambre. C'est là que sa mère la trouve au matin et hurle pour appeler du secours.

M. Chew s'effondre lorsqu'il entre : étendue sur le lit qu'elle n'a pas défait, près de l'autel où des bougies ont fondu, une statuette froide, figée, la chair blême sous la peau sombre. La jeune fille respire à peine.

— Vite ! Allez chercher le « grand-père » !

Mais le sorcier bamiléké qui avait déjà sauvé Mohanjeet, cette fois, secoue tristement la tête :

— La petite est déjà loin. Aujourd'hui, elle a décidé de partir. Je ne peux rien faire.

Une lettre, laissée sur le secrétaire, confirme cette fin, bien dans la ligne de la singulière jeune fille. Il ne s'agit pas d'un suicide, mais d'un départ volontaire, tranquille : « Je vais cesser de retenir ma vie, que je serais bien incapable de vivre. Je vais simplement la laisser s'en aller, car je ne la désire plus. »

De fait, un médecin européen, dans les heures qui suivent, ne peut que constater le décès « pour une cause indéterminée ».

L'inhumation a lieu en fin de journée, par tradition familiale d'une part, mais surtout pour des raisons horriblement matérielles : le climat africain ne permet pas très longtemps la conservation des corps.

Dans sa lettre, Mohanjeet a souhaité reposer dans « sa » terre, son seul bien personnel, au sommet de sa chère colline. Seuls sont présents ses parents, les serviteurs et le « grand-père ». C'est lui qui s'est occupé de tout, laissant M. Chew et sa femme à leur douleur. Il a tenu à procéder lui-même, avec la servante de Mohanjeet, aux pénibles préparatifs funéraires. Les frères de la défunte sont en Europe. La nécessaire rapidité n'a pas permis d'avertir amis et relations. On n'apercevra que de loin la silhouette abattue de Pierre Courtois, prévenu par la rumeur et que l'on n'a pas convié. Le regard haineux de M. Chew en dit long : pour lui, la réapparition du Français est la cause du malheur. Des domestiques portent sur l'épaule le cercueil massif. Ils le déposent dans la fosse, le recouvrent et, sur le petit tumulus de poussière rouge, empilent des pierres lourdes, en protection contre les animaux nocturnes, en attendant qu'une vraie tombe soit construite.

Dans les jours qui suivent, Courtois et sa mère quittent le pays, confiant l'entreprise à la gérance du directeur financier.

Quelques mois plus tard, c'est le groupe Chew qui change de direction : M. Chew a été victime d'une atteinte cérébrale, dont il sort très diminué. Ses fils interrompent leurs études pour prendre sa succession. L'implacable Chinois passe désormais ses journées dans un fauteuil, sur la véranda, le regard vague. Du coin de sa bouche déformée par l'hémiplégie, il égrène des bribes de poèmes restés au fond de sa mémoire. Une fois par semaine, il se fait transporter en haut de la colline, où il a fait ériger à sa fille un monument de marbre à colonnades, somptueux et dérisoire dans ce lieu perdu.

Sept ans plus tard, le pays est en pleins troubles : la tutelle française a été remise en cause, l'indépendance n'est plus très loin. Les affaires s'en ressentent et les fils Chew n'ont pas l'entregent de leur père. Même du fond de son fauteuil, celui-ci reste le maître de la grande maison.

C'est là qu'il trône, un après-midi, lorsque son œil perdu vers l'horizon est attiré par deux hommes qui courent vers lui en agitant les bras. Il les entend bientôt crier. Ils arrivent essoufflés, s'effondrent aux pieds du patron, parlant ensemble, mélangeant dialecte et français, montrant des figures tordues par ce qui semble être une frayeur terrible. Et, au milieu de cet émoi, Chew finit par discerner cette phrase, répétée à plusieurs reprises :

— Mademoiselle est revenue !

Mme Chew, alertée par les cris, a entendu, elle aussi. Elle commence par tancer vertement les deux hommes : comment osent-ils venir troubler leur maître avec de telles sottises ? Ils sont renvoyés ! Mais cela n'arrête rien : les deux pauvres gars se roulent sur le plancher, les yeux exorbités, et hurlent de plus belle ! Ils demandent protection, ils jurent qu'ils ont bel et bien vu Mademoiselle !

Ils étaient allés entretenir le tombeau, toujours menacé d'invasion par la végétation exubérante. Ils travaillaient, lorsqu'ils se sont sentis observés. Ils se sont retournés et, là-bas, au pied de la colline, sur la route... Ils en sont certains : c'était elle ! Même silhouette, même taille. Et ce sari bleu ciel : la couleur que préférait Mademoiselle !

Mme Chew a beau essayer de les faire taire, son mari est saisi de tremblements, il étouffe presque. Il faut dire qu'un double témoignage, ainsi crié dans une peur absolue, c'est impressionnant... Chew, dès qu'il parvient à dire quelques mots, désigne la direction de la colline, ordonne qu'on l'y transporte immédiatement. Les deux ouvriers refusent, déclarant qu'ils préfèrent être battus ou chassés, mais qu'ils n'iront pas braver un fantôme. Mme Chew en recrute deux autres :

— Nous y allons tout de suite, mon petit mari ! Ce sera le seul moyen de vous calmer : vous verrez bien que ce sont deux ânes et qu'il n'y a rien là-haut ! Nous savons, hélas, que notre fille chérie est partie. Si elle revit, quelque part, comme l'enseigne le Bouddha, c'est sous une autre forme, sans mémoire et bien loin de nous !

De fait, la colline est déserte. Mais, au retour de cette expédition, M. Chew est saisi d'un malaise. Au soir, il délire et semble incapable de parler. Le médecin lui administre un calmant, prescrit quelques soins, mais ne cache pas son inquiétude. Il conseille à Mme Chew de faire venir ses fils, en toute éventualité.

Les deux garçons décident de rester pour la nuit dans la maison. Le dîner se passe dans un quasi-silence que l'on peut attribuer à leur inquiétude, mais au moment de se retirer, l'aîné ose enfin prendre la parole : dès qu'ils ont su la raison de la rechute de leur père, une coïncidence plus que curieuse s'est présentée à leur esprit. Dans ce tout petit monde des gens aisés, où tout se sait très vite, ils ont entendu dire que... Oh, s'ils n'ont pas voulu en parler à leurs parents, c'était pour ne pas raviver de pénibles souvenirs, mais... le Français... Oui : Pierre Courtois... Il serait de retour depuis quelque temps. Sa mère serait décédée en métropole et il serait revenu pour vendre l'entreprise. Cela n'a sûrement aucun rapport, mais tout de même...

Mme Chew, si elle croit à la réincarnation, ne croit pas du tout aux fantômes et très peu aux coïncidences trop énormes. Elle ordonne à ses fils de faire appel, dès le lendemain, à une ancienne relation de leur père.

Cet homme, fonctionnaire influent par profession et diplomate par nature, écoute l'histoire, racontée avec beaucoup de précautions. Il demande à entendre les deux ouvriers. Mais, comparaissant devant ce monsieur haut placé, flanqué de leur maîtresse et des fils du patron, ils hésitent, font semblant de ne pas comprendre les questions trop précises et, en définitive, ne sont plus très sûrs d'avoir vu ce qu'ils ont vu. Néanmoins, au nom d'une ancienne amitié et de la puissance que représente encore le clan Chew, le haut fonctionnaire promet qu'il va, à tout hasard, faire diligenter une enquête discrète.

Il ne faut que deux jours pour qu'il revienne avec des réponses et un sourire bonhomme : effectivement, Pierre Courtois est bien de retour dans la contrée. Mais tout est limpide : Courtois règle effectivement la succession de sa mère. Il a beaucoup voyagé, notamment en Inde, où il s'est marié voici cinq ans. Son épouse est une certaine Madhya Pradesh, native de Goa, dont les papiers ont été vus par les autorités et sont parfaitement en règle. Le couple ne compte rester que quelques semaines et, pour ce séjour, Courtois a loué une maison hors de la ville, à la limite de la brousse. Il vient en ville pour les affaires et, en dehors de celle-ci, ne fréquente personne.

Et sa femme ? interroge Mme Chew. Elle reste

dans la maison. C'est normal : elle est ici une totale étrangère. Qui irait-elle voir ? Donc, tout est clair, tout est en ordre, tout s'explique.

Pour Mme Chew, tout cela n'explique pas pour autant ce que ses deux ouvriers prétendaient avoir vu : une personne qu'ils ont prise pour Mohanjeet, du côté de la tombe sur la colline.

Alors, cette femme discrète, restée depuis toujours dans l'ombre de son puissant mari, puis dans celle de ses fils, va soudain sortir de sa réserve. Elle donne à ses garçons et aux domestiques quelques ordres impératifs qui ne souffrent pas la moindre contestation.

Le lendemain, au lever du soleil, une voiture aux vitres masquées de rideaux quitte la propriété. Après deux heures de route, elle s'arrête devant la villa louée par Courtois.

Le Français est encore chez lui. Il ne peut pas refuser de recevoir cette dame âgée, qui s'est fait annoncer impromptu et s'est installée d'autorité dans un salon.

— Vous comprendrez ma surprise, madame. Je ne dispose pas de beaucoup de temps : des rendez-vous...

— Je voulais juste vous revoir, en souvenir de ma fille... Je suis désolée, pour votre maman. Une femme très courageuse... Vous, Pierre, vous avez changé... Qu'avez-vous fait, pendant toutes ces années ?

Courtois évoque ses voyages, d'abord sans but véritable, après le chagrin qui les a tous frappés. Puis, avec le temps, il a monté de nouvelles affaires. Les avions, toujours. Et puis, aussi... il s'est marié.

Il précise, avec un sourire presque gêné : avec une Indienne.

— Pierre, vous allez peut-être trouver cela déplacé, venant d'une mère, mais... Me feriez-vous l'honneur de me présenter votre femme ? Elle est ici, je suppose ?

Courtois se raidit :

— Oui, mais... Elle est souffrante et...

— J'insiste, Pierre ! A vrai dire, j'ai fait ce déplacement surtout pour la voir. Un instant me suffira, mais j'y tiens...

Mme Chew fixe le Français droit dans les yeux :

— A moins... que vous ne craigniez quelque chose ?

— Qu'aurions-nous à craindre, madame ?

C'est une femme qui a parlé, sur le seuil. Une femme de petite taille, en sari. Elle entre, et Mme Chew se dresse hors de son fauteuil, puis y retombe : cette femme n'est pas Mohanjeet ! La taille, peut-être. Quelque chose dans les traits... Mais la voix est basse, elle roule légèrement les « r », à l'indienne. Et la lumière intérieure n'est pas là... Et les cheveux... Les cheveux que le voile laisse apercevoir sont blancs ! Non : ce n'est pas Mohanjeet. D'ailleurs, comment pouvait-on imaginer une seconde... Mais alors, pourquoi être venue dans cette maison ? Toutes ces questions battent follement dans la tête de Mme Chew, tandis que la femme en sari vert d'eau s'assied dans un canapé, bien en vue. Elle reprend, avec son léger accent roulant :

— Qu'aurions-nous à craindre ? Je pensais que cette rencontre aurait probablement lieu, madame. Les choses se savent vite, ici, malgré l'isolement. Et je savais que j'avais – bien involontairement – créé du trouble chez vous !

Elle explique : c'est bien elle que les ouvriers ont aperçue. Elle avait eu la curiosité d'aller voir la tombe de Mohanjeet Chew. Une curiosité irrésistible que Mme Chew voudra bien comprendre :

— Vous savez, lorsque Pierre et moi nous sommes rencontrés, à Goa, j'avais moi-même perdu un être cher. Pierre ne m'a pas caché son deuil, ni ma certaine ressemblance avec sa... sa fiancée. Il m'a confié son histoire, m'a parlé de vous. C'est en pleine connaissance de cause que je l'ai épousé. Alors, je suis allée vers cette tombe avec curiosité, certes, mais pour une sorte de... salut à celle que je remplaçais un peu.

Mme Chew n'a pas prononcé un mot. Elle se lève et dit simplement :

— Voulez-vous m'excuser un moment ?

Lorsqu'elle revient, elle n'est plus seule : son chauffeur pousse devant lui une chaise roulante. Dans un costume blanc, figé, le visage crispé par la paralysie, M. Chew.

Et la femme de Pierre Courtois vacille, jette un regard désespéré à son mari, puis se met à genoux devant le vieil homme, prend ses mains inertes dans les siennes et dit doucement :

— Bonjour, père.

On ne saura jamais si M. Chew a pu comprendre l'incroyable confession à deux voix de Mohanjeet et Pierre : seuls ses yeux ternis bougeaient encore un peu, sa nouvelle attaque l'ayant rendu totalement incapable d'exprimer quoi que ce fût. Il devait décéder quelques semaines plus tard, dans son sommeil. Mais voici ce que, peut-être, il entendit.

Mohanjeet a vraiment choisi d'affronter la mort. Et elle est passée *à travers* la mort, au nom de son amour pour un homme avec lequel elle n'avait passé que deux heures, mais qui était le seul avec qui elle aurait jamais pu vivre.

Ce fameux jour où son père lui signifie qu'elle ne reverra jamais Pierre et qu'il la destine à une union plus raisonnable, la jeune fille décide bel et bien de mettre fin à ses jours. Elle envoie sa servante et confidente faire part au « grand-père » de sa détermination. Il comprendra : lui seul est vraiment proche d'elle et il l'aime assez pour l'aider.

La servante demande donc, dans la bonne tradition africaine, un poison sûr, mais qui ne fasse pas souffrir sa jeune maîtresse et, surtout, lui laisse sa beauté. D'abord le sorcier refuse : certes, il aime sincèrement Mohanjeet, mais il ne l'a pas sauvée jadis pour la tuer maintenant ! Par contre, il propose une autre solution : ses calebasses contiennent bien des secrets ancestraux. Lorsque la servante revient, elle apporte un sachet de plantes. Et un plan. Un plan totalement fou, mais bien africain. Non plus un projet de mort, mais un espoir de vie.

« Grand-père » suggère d'utiliser un vieux « truc » bamiléké. Un tour de passe-passe énorme, mais qui peut réussir, à condition d'agir vite, dans la surprise, pour que certains petits détails passent inaperçus. Pourtant, Mohanjeet doit savoir que c'est risqué : si quelque chose rate, elle peut vraiment connaître une fin atroce.

Juste au matin, elle doit ingurgiter une décoction assez répugnante qui aura macéré toute la nuit : des plantes à effet paralysant, un peu semblable à celui du curare. Dans l'heure, Mohanjeet semblera perdre conscience, sa température commencera à baisser, sa respiration et son pouls à ralentir. Normalement, sa mère devrait venir la réveiller à sept heures et la trouver dans un état alarmant. Une lettre rédigée en termes choisis devrait créer assez d'affolement pour que l'on appelle le « grand-père » aussitôt. Il devrait arriver au moment où la respiration et les battements de cœur seront très espacés. Assez rares pour sembler totalement absents, assez pour tromper une famille affolée... Assez, même, pour tromper un médecin européen, qui, appelé pour constater un décès dans cette riche famille, ne poussera pas des investigations trop gênantes.

Cela fait déjà beaucoup de paris. Mais le principal est que tout cela doit impérativement se passer en quatre heures au maximum. Faute de quoi, la drogue continuerait à faire son effet, paralysant les poumons, et Mohanjeet mourrait pour de bon, étouffée. En connaissance de cause, la jeune fille accepte.

Et toutes les suppositions du rusé « grand-père » s'avèrent exactes, sauf que le médecin tarde un peu à venir : puisque la famille dit que la jeune fille est décédée, une heure de plus, une heure de moins... Heureusement, le délai fatal n'est pas dépassé. Aussitôt qu'il peut se retrouver seul auprès de Mohanjeet, le « grand-père » lui fait absorber un tonique qui va, peu à peu, rendre leur liberté aux muscles. Désormais, l'essentiel repose sur le sang-froid de la « défunte » pour conserver l'immobilité la plus absolue. Et surtout, sur sa capacité à affronter, en pleine lucidité, une épreuve terrible : se faire enterrer vivante !

Rappelons-nous : c'est le « grand-père » qui ordonnance l'inhumation, aidé par deux Bamilékés qui l'ont déjà assisté dans des opérations délicates : un sorcier qui veut montrer son pouvoir aux populations de brousse a toujours besoin d'aides fidèles et discrets !

Dans la chambre, le couvercle du lourd cercueil est fixé en ménageant un mince espace. Sur la colline, on a creusé une fosse assez peu profonde. Les deux acolytes épandent symboliquement une couche de terre rouge sur le coffre de bois, puis entassent des pierres. Des pierres assez grosses et irrégulières pour que les interstices laissent passer de l'air.

Mohanjeet a, envers le vieux filou, une confiance absolue. Mais qui dira l'angoisse, quand même, de ces heures passées entre des planches, sous des centaines de kilos de cailloux ! La terreur d'un glissement de terre qui pourrait obturer la mince fente...

Rien de cela ne se produit. Mieux : la famille n'a pas placé de veilleur près de la tombe. Dans la nuit, un petit groupe d'hommes grimpe furtivement la colline : le « grand-père », muni de potions fortifiantes, d'eau et de nourriture légère, ses deux assistants et... Pierre Courtois.

Bon psychologue, le sorcier n'a prévenu le jeune homme que tard dans la journée, après qu'il eut reçu d'abord le choc de la funeste nouvelle. Ainsi, il penserait à se réjouir de récupérer une fiancée ressuscitée plutôt qu'à s'affoler devant le projet abracadabrant... et les décisions radicales qu'impliquera sa réussite !

Aussi vite que possible, les quatre hommes retirent les pierres, ouvrent le cercueil et Courtois soulève la jeune fille agitée de tremblements, à la limite de perdre la raison. Mais vivante et libre ! Pendant que les aides placent quelques cailloux dans le cercueil et remettent tout en ordre, le couple et le « grand-père » sont déjà en route vers l'oubli.

Le reste sera presque facile, après un tel coup de poker. Dès le lendemain, Pierre Courtois fait franchir deux frontières à sa belle, à bord de son avion.

Elle se rend par ses propres moyens au Caire, où elle attendra. Courtois, pour ne pas éveiller de soupçons, revient au Cameroun d'où il ne repartira officiellement que quelques semaines plus tard, conduite normale après la perte de sa promise.

Mohanjeet voyage un temps sous l'identité de sa servante : la jeune Africaine porte des lunettes, la fugitive en met aussi et se drape dans un boubou voyant. Là encore, pari risqué, mais cette vague ressemblance suffit à tromper la vigilance approximative des rares contrôles frontaliers. Seule précaution importante : Mohanjeet doit garder un turban bien ajusté : d'abord, ses cheveux lisses n'ont rien d'africain, mais surtout, en quelques jours après sa terrible épreuve, ils sont devenus blancs et le resteront. Elle se refusera toujours à les teindre, « en souvenir de sa mort ».

Après de nombreux détours destinés à brouiller les pistes, le couple débarque à Goa, un de ces lieux cosmopolites où tout est possible dans une légalité élastique. Un peu d'argent permet de trouver dans la campagne une famille indienne, les Pradesh. Une famille nantie de nombreux enfants, dont plusieurs sont morts, d'autres sur les routes. Personne, bien sûr, n'a de papiers et les recensements sont rares et flous. Mohanjeet prend la place d'une des filles décédées.

Pierre contacte les autorités locales, expliquant que, industriel français, il désire s'établir dans le pays et épouser l'une des sept filles d'une modeste famille. Pour que leur mariage soit valable à l'international, il serait bon d'établir l'identité de sa future femme. Ce sera fait sans problème. L'union de Pierre Courtois et de Mlle Madhya Pradesh a effectivement été célébrée à Goa, scellée par un document bien officiel.

Pendant ces sept années, Pierre et sa femme ont vécu dans la passion. Leur seul regret : ils n'auront pas d'enfants, car le choc nerveux qui a blanchi les cheveux de la jeune femme l'a aussi privée de l'espoir d'être mère. Les deux époux, également, sont incapables de s'éloigner l'un de l'autre, même pour quelque temps : la crainte irraisonnée d'être à nouveau séparés pour toujours. C'est pourquoi, au décès de Mme Courtois, « Madhya » a accompagné son mari en France, mais aussi au Cameroun. Elle savait pourtant que c'était une folle imprudence. De même, seule dans cette maison isolée qu'ils ont louée, elle a eu peur, a revécu toute son aventure et, pour se rassurer, a voulu aller voir « son tombeau », sur la colline.

Voilà, c'est tout. Mohanjeet regarde ses parents : peuvent-ils tout détruire ? Mme Chew, d'un geste, ordonne au chauffeur de reconduire M. Chew à la voiture. Elle se lève et, lorsque Mohanjeet s'avance vers elle, elle lui pose juste un baiser sur le front :

— Tu as choisi d'être morte pour nous... Reste-le pour tous.

Madhya Pradesh a quitté le Cameroun et n'y est plus revenue. Elle n'a jamais revu les Chew.

Cela se passait voici une quarantaine d'années, mais lisez les journaux : aujourd'hui encore, en Afrique, le seul mot qu'il soit impossible de prononcer, c'est « impossible ».

JEANNE ET LE BÉBÉ ALLEMAND

Monsieur,
Mon ami J.-F. N., qui travaille dans l'édition à Paris, m'a fait savoir que vous prépariez un ouvrage sur les disparitions mystérieuses. Il m'a laissé entendre que vous pourriez être intéressé par les événements sur lesquels j'ai fortuitement été amenée à enquêter. Ces événements étaient relativement anciens et je me suis retrouvée, en quelque sorte, à jouer les détectives dans le passé.

Cette histoire est assez singulière : peut-être pourrait-elle même intriguer vos lecteurs ? Pour ma part, l'idée de voir cette enquête figurer dans un livre me fait une impression bizarre mais positive, comme si cela pouvait donner une certaine réalité à toute cette histoire, qui m'a beaucoup troublée, je l'avoue.

Je serais donc prête à tenir à votre disposition tous les éléments que je possède. A cela, je ne mettrais, si vous le voulez bien, qu'une condition : au cas où vous publieriez mon récit, je souhaiterais que vous changiez les noms de famille et de lieux, afin de ne nuire en aucune façon aux personnes mises en cause ni à leurs descendants.

Espérant que vous comprendrez cette unique réserve, etc., etc.

Suivaient des formules de politesse fleurant bon l'éducation classique et la belle province, tout comme l'adresse indiquant un faubourg d'une ville du Sud-Ouest. Le beau papier de l'enveloppe et celui de la lettre, bleu très pâle, d'un format qui n'est plus tout à fait aux normes postales, dégageaient encore un léger parfum de meuble ancien, comme s'ils avaient été conservés dans un tiroir en attendant un usage qui en vaille la peine.
Pourtant, l'écriture était décidée. La signature modeste mais déliée. Engageante. La recommandation de J.-F. N. était la promesse d'un sujet digne d'intérêt. L'air de la capitale, plutôt chaud pour la saison, se conjuguait à une intuition favorable : un petit voyage serait le bienvenu. Contact fut donc pris avec la dame.

Jeanne. Elle ne se prénomme pas vraiment Jeanne, mais il nous faut dès à présent respecter son souhait d'anonymat. Première surprise, lorsqu'elle ouvre la grille, au premier coup de sonnette : Jeanne est petite, épaules menues. Au téléphone, sa voix plutôt grave et timbrée laissait augurer une stature plus carrée. Mais la poignée de main rejoint l'impression téléphonique et celle laissée par l'écriture : directe, ferme. Comme ses premiers mots : « Je suis Jeanne K. Bonjour. » Dominant le visage de statuette égyptienne, des yeux très noirs qui cherchent votre regard et ne le lâchent plus.
— Votre voyage ? Agréable ?
Elle précède son visiteur, lui fait traverser le jardin. Allée pavée, gravillons et roses trémières qui

embaument. Phrases courtes, sobres. Ecoute-t-elle les réponses, aussi banales que ses questions ? « Oui, la route a été agréable. Non, pas d'orage. Oui, j'ai déjeuné en route. Oui, j'ai trouvé la maison sans problème. Vos indications au téléphone étaient précises, et puis ces nouveaux carrefours circulaires sont bien fléchés... » Questions et réponses de principe, quand on se rencontre pour la première fois. Pendant ce temps, le visiteur, venu pour observer, observe.

Deuxième surprise : rien, chez la dame, du provincialisme attendu. Elégance de la silhouette menue. Talons hauts, mollets galbés dans des bas fumée, tailleur gris moyen sur chemisier perle, à coup sûr la griffe d'un bon couturier parisien. Harmonie de gris qui met en valeur les cheveux mi-longs, anthracite. Jeanne ne cherche pas à dissimuler son âge. Elle porte sa cinquantaine avec un charme sans minauderie. Elle s'efface pour laisser le visiteur monter jusqu'au perron : une dame ne s'engage jamais la première dans un escalier. L'éducation que laissait supposer la lettre transparaît dans chacune des attitudes.

A regarder Jeanne, l'attention du visiteur s'est détournée de la maison. D'un discret sourire, la maîtresse des lieux indique qu'elle prend cela comme un compliment et marque un temps d'arrêt sur le perron, pour permettre l'examen de l'habitation. Une belle bâtisse rectangulaire, cossue, briques rouges et toit d'ardoise à quatre pans, plusieurs cheminées. Une douzaine de pièces.

— C'était la maison de ma mère. Ou plutôt de mon beau-père, Georges, son second mari. Je n'ai pas été élevée dans ce quartier. Mais j'ai voulu vous y recevoir, parce que c'est ici que tout a commencé.

Elle est prête à aller à l'essentiel. Allons-y. Fraîcheur du hall carrelé en damier. Escalier de pierre qui mène à l'étage. Mais Jeanne bifurque vers une pièce du rez-de-chaussée. Un salon ? Non, une salle à manger. Elle l'a choisie pour la commodité de la table longue, centenaire, qui ferait un malheur en salle des ventes. Y sont préparés un plateau, deux verres, un pichet de jus de pamplemousse avec glaçons et plusieurs dossiers épais, une boîte de chocolats, du papier vierge, des stylos à bille.

— Vous désirez prendre des notes ?

— J'ai mon magnéto. Je préfère. Ça ne vous ennuie pas ?

Un geste de la main, léger : pas de problème, installez-vous. Le magnéto tourne.

— Comme je vous l'ai dit au téléphone, ç'a été une sorte de voyage dans le temps. Et très compliqué... C'est habituel, je pense, dans les cas de disparition. Par quoi voulez-vous que je commence ?

— Par le début... Enfin : le début pour vous.

— C'était il y a un peu plus de cinq ans. Ma mère est décédée brutalement. Ici. Au premier. Je ne l'ai su que trois jours après. C'est arrivé pendant un week-end et c'est sa femme de ménage qui l'a trouvée, le mardi. Maman vivait seule depuis la mort de Georges, son mari. C'est curieux, ce qui s'est passé d'ailleurs : nous nous voyions rarement, une ou deux fois dans l'année... Nous nous téléphonions uniquement pour les anniversaires, les fêtes. On n'est pas très « famille », chez nous. Et pourtant, depuis toute petite, il y avait comme une sorte de lien télépathique entre nous : chaque fois que l'une n'allait pas bien, physiquement ou moralement, l'autre le savait, même à des kilomètres. Et là, dans la nuit du vendredi, j'ai eu envie de l'appeler. Je ne l'ai pas fait parce que son téléphone était en bas, dans la cuisine.

De sa chambre, elle ne l'aurait pas entendu. Et puis, le samedi matin, la mauvaise impression s'était dissipée. La logique avait repris le dessus. Je savais ma mère en parfaite santé, à soixante-dix ans. En plus, j'entrais en séminaire jusqu'au dimanche soir...

— Pour votre profession ?

— Oui. Je suis... j'étais prof à la fac de... disons, Montpellier ? (Jeanne désigne le magnéto sur la table.)

— Nous dirons Montpellier.

— J'enseigne l'économie politique.

Le visiteur pense : voilà l'explication du tailleur élégant, de l'aisance du propos, de la voix bien posée.

— Donc, poursuit Jeanne, j'ai enchaîné sur d'autres préoccupations. C'est le notaire, ami de maman, que la femme de ménage a prévenu. Il m'a annoncé la nouvelle et s'est occupé de tout. Lorsque je suis arrivée, la maison était fermée. On avait transporté ma mère à l'hôpital, comme ça se fait maintenant. J'ai passé deux nuits, seule ici, à tourner en rond, sans oser toucher à quoi que ce soit. L'impression de déranger. Mes repas sur un coin de la table, dans la cuisine, à finir les provisions laissées par maman, avec une sensation coupable. La journée, revoir une fois le corps de ma mère, puis visite aux pompes funèbres pour choisir le cercueil. L'étude de maître Moreau avait déjà contacté ce qu'il reste de famille et les rares amis.

Jeanne parle des obsèques discrètes, rapides, sans même un passage à l'église. Tant qu'elle était sur place, Jeanne a voulu régler les formalités testamentaires. Succession simple : deux comptes bancaires confortables, la maison, un petit portefeuille d'actions et des placements divers. Jeanne était fille unique et les deux frères de sa mère étaient morts aussi. Question de maître Moreau, compatissant mais notaire avant tout : qu'est-ce que Jeanne comptait faire de la maison ?

— Je n'y avais pas songé une seconde. Le cher homme s'est noyé dans les précautions oratoires pour me laisser entendre que... eh bien, des investisseurs immobiliers lui avaient fait savoir... comment dire... la bâtisse et surtout son terrain pourraient peut-être les intéresser... Déjà ! Par réflexe j'ai entrevu des charognards avides, pressés de profiter de mon désarroi. Et par principe, j'ai eu envie de leur répondre non. Mais, après tout, ma mère tenait cette demeure de Georges, il l'avait épousée sur le tard et n'avait pas d'enfant. J'étais donc la seule héritière de ce lieu, qui ne représentait pas grand-chose pour moi. Je suis divorcée, je n'ai pas d'enfant non plus, et je suis installée assez loin d'ici. Pourquoi garder cette charge ? J'ai néanmoins demandé à réfléchir : ma mère avait vécu ses dernières années ici, heureuse. J'ai pris quelques jours de congé et j'ai entrepris de mettre de l'ordre dans les affaires.

Visiblement, la maman de Jeanne avait été emportée par surprise. Tout laissait voir qu'elle menait sa vie en pensant au lendemain : des brochures d'agences de voyages, avec des pages cornées proposant des séjours au soleil pour l'hiver à venir ; des sachets de graines achetés récemment, pour semer dans le jardin à l'automne...

Jeanne prend au bout de la table deux gros albums recouverts de cuir beige, commence à les feuilleter.

— Je ne les connaissais pas. Elle avait dû les acheter après ma dernière visite. J'en ai trouvé quatre semblables sur son bureau. Le dernier était encore dans son emballage. Je suis sûre que maman les préparait pour me les offrir au nouvel an.

Jeanne tourne maintenant deux albums côte à côte vers le visiteur.

— Regardez : ici, c'est elle en mariée, quand elle a épousé mon père, Adolf K. Et là, c'est moi : mon mariage avec Philippe. Un fiasco sur toute la ligne. Mais la noce était réussie. Vous voyez, à vingt ans d'écart : presque la même robe, presque le même âge. Et presque la même femme, non ?

Effectivement, n'était la teinte légèrement passée de l'un des deux tirages, on pourrait croire à deux poses de la même mariée. Le sourire un peu forcé, le regard de jais, droit dans l'objectif.

— Elle non plus n'a pas été heureuse. Avec mon père, je veux dire. Je crois que leur seule raison de rester ensemble, c'était moi.

Le visiteur tourne à rebours les pages cartonnées. Il y voit Jeanne jeune fille dans un parc avec des cygnes ; Jeanne gamine à la plage s'épongeant dans une serviette à fleurs ; petite fille déguisée en lutin pour la fête de son école ; bébé dans sa chaise haute, barbouillée de bouillie ; Jeanne poupon joufflu dans une corbeille...

— Dans le tiroir du bureau, il y avait de grandes enveloppes où maman avait commencé de classer d'autres photos avant de les coller. Une enveloppe pour chacun de mes oncles, ses deux frères, Emile et Lucien, décédés trois ans et cinq ans avant elle. Elle était la plus jeune. Elle avait regroupé avec eux leurs enfants, mes cousins et cousines. Trois du côté Emile, l'aîné, deux côté Lucien. Je n'ai plus guère de relations avec eux. Un seul, d'ailleurs, s'était déplacé pour l'enterrement : André, un des fils de Lucien. Pas pour le souvenir de ma mère, mais plutôt en mémoire de nos jeunes années : il était amoureux de moi, à onze ans...

Le visiteur laisse Jeanne mener son histoire à sa guise : s'il ne comprend pas encore pourquoi elle lui donne toutes ces précisions familiales, elle doit le savoir.

— Maman avait aussi classé dans des enveloppes ce qui concernait mes grands-parents, sa famille et celle de mon père. Une enveloppe séparée pour sa vie avec Georges. Toutes ces photos, je les connaissais, en fait : nous les avions regardées et commentées pêle-mêle. C'était quelques années auparavant. Maman s'était cassé une jambe. Elle était déjà veuve et j'avais passé quelques jours ici avec elle. C'est là qu'elle avait dit : un jour, il faudra que je mette tout ça au propre, pour te le laisser. Elle aimait l'ordre, et moi aussi.

Jeanne fait glisser la belle boîte de chocolats entre elle et le visiteur, qui refuse d'un signe de la main.

— Merci. Il fait un peu chaud...

Petit rire clair de Jeanne. Elle retire le couvercle orné de marquises en robes pastel : la boîte contient d'autres photos. Sur des Polaroid, des enfants pataugent dans une piscine en plastique. En noir et blanc, des hommes en casquette de bouliste et pantalon de golf posent devant une Panhard décapotable. Deux silhouettes trop petites près des grilles de la place Stanislas, à Nancy.

— J'ai trouvé cette boîte dans un placard de la chambre. Des amis, des relations, des rencontres de voyage. Ma mère avait une mémoire étonnante : des années après, elle se rappelait les noms, les lieux, les dates. Elle avait annoté chaque photo, au dos, au stylo à bille. Et lorsqu'elle ne se souvenait pas, ça devait l'agacer : elle inscrivait deux ou trois suppositions, au crayon, avec des points d'interrogation. Sauf...

D'un classeur, Jeanne tire une pochette transparente. Au centre, une petite photo carrée, huit centimètres sur huit, bordure blanche dentelée.

— ... Sauf cette toute petite chose. Elle était dans une enveloppe pour carte de visite, au fond de cette boîte.

Le visiteur est intrigué : il sent que l'on aborde enfin le mystère pour lequel il a fait le voyage. Et Jeanne, avec une parfaite maîtrise de son récit, garde encore la photo devant elle. Puis elle la tourne posément vers son auditeur, patient.

D'emblée, sans que l'on puisse encore savoir pourquoi, le cliché dégage une impression de malheur. La raison se précise au fur et à mesure que l'on observe les détails : assise au bord d'un lit, vue en légère plongée par le photographe qui se tient debout dans la chambre étroite, une femme tient un bébé au creux de son bras. Un tout nouveau-né : le visage ressemble encore à une pomme fripée. Le lange à l'ancienne est replié, tenu par une grosse épingle de sûreté. Peut-être à cause de l'angle de prise de vue, la femme, dans la trentaine, présente une tête imposante, des épaules fortes, carrées. Une lourde poitrine, riche de lait, gonfle sa chemise de nuit. Lèvres épaisses, mâchoire large, cheveux clairs remontés en coque sur les tempes, des yeux délavés. Mais au-delà de ce physique ingrat, c'est l'expression qui gêne : dure, butée, tragique. Bien loin de ce que l'on espère pour une femme qui vient d'accoucher. Jeanne semble suivre les pensées de son visiteur.

— Carrément le malaise, non ? Surtout que moi,

j'étais seule, ici, la nuit, quand je me suis trouvée face à ce visage... Je me suis tout de suite demandé ce qui pouvait expliquer que maman conserve une image aussi désagréable. Remarquez, elle était à part, dans son enveloppe au fond de la boîte. Mais quand même. Et puis je me suis dit : rien sur l'enveloppe, rien au dos de la photo. Pas même le point d'interrogation signalant que ma mère s'était posé une question : elle devait savoir qui étaient ces personnes. J'avais peut-être vu ce visage sur un autre cliché, sous un meilleur jour. J'ai recommencé à explorer la boîte, puis les enveloppes, puis les albums...

— Et vous n'avez pas trouvé, je suppose ?

— Effectivement... Je vous sers un peu de jus de pamplemousse ? Je l'ai pressé juste avant votre arrivée. Donc, j'ai eu beau feuilleter dans tous les sens, je n'ai pas revu cette femme. En plus, il m'est revenu à l'esprit que, la fois où nous avions tout regardé avec maman, si cette photo avait été là, je m'en serais souvenue. Nous avions passé un vrai moment d'intimité, un de ces moments qui comptent dans la vie d'une fille. Maman avait fait pour moi le tour de ses souvenirs, en regardant ces clichés. Elle avait eu une anecdote, un mot drôle ou acide sur chacun. Nous avions la dent dure, l'une comme l'autre ! Je ne pouvais pas le savoir sur le moment, mais maintenant qu'elle était partie, je me rendais compte que ces instants, ces confidences de ma mère étaient comme mon héritage affectif, une mémoire qu'elle me laissait et qu'elle ne pourrait plus compléter. Et l'idée m'a frappée que cette photo, pourtant laide, manquait à cet héritage !

Allez savoir pourquoi une femme aussi maîtresse d'elle-même que Jeanne, aussi ancrée dans la raison, a fait une telle « fixation » sur ce petit carré de papier. La raison n'explique pas tout. Et elle n'explique plus rien lorsque l'on est dans le désarroi du deuil : une vétille, un détail peuvent vous toucher au cœur, prendre une importance sans aucune mesure logique. Une fois cela admis...

— Donc, cette photo s'est mise à me poursuivre : il fallait que je trouve un nom ou au moins une date, un lieu, qui me permettent de lui donner sa place dans le classement de maman. Bon, elle avait pu la retrouver dans un livre ou une lettre, après mon départ, et la joindre au tas à trier...

Jeanne a gardé la photo dans son sac et interrogé les seules personnes alentour qui aient pu connaître sa mère. La femme de ménage :

— Oh non ! Madame, c'est vrai, me parlait plutôt comme à une amie depuis quelques années. Mais de là à me montrer ses albums...

Maître Moreau : il connaissait la famille depuis une quarantaine d'années :

— Désolé, ma petite Jeanne ! Vous savez, on en rencontre des gens, dans une vie ! Vous êtes en train de chercher une aiguille dans une meule de foin ! Mais je sais que vous êtes aussi têtue que votre maman et que vous allez continuer.

Jeanne continue. Elle fait refaire un négatif de la photo et en tire plusieurs agrandissements puis contacte André, son cousin, ancien amoureux d'enfance. Elle lui écrit pour le remercier de sa présence aux funérailles et lui joint un tirage. Réponse la semaine suivante, que Jeanne extirpe d'un dossier et montre à son visiteur :

Bien chère cousine,
Ta lettre m'a beaucoup touché et a fait revenir

bien des souvenirs : ton écriture ressemble encore à celle de notre temps d'école. Tu avais déjà un sacré caractère, si je puis me permettre !

En ce qui concerne la photo, ma réponse sera, hélas, négative : je n'ai aucune idée de l'identité de cette femme. Par contre, désireux de te répondre avec précision, j'ai replongé moi aussi dans les albums laissés par mon père. Et je te joins à mon tour une photo de famille. J'y remarque quelque chose qui me semble intéressant. Dis-moi vite si je me trompe car cette image me met mal à l'aise et commence à m'intriguer aussi !

Jeanne a déjà posé devant le visiteur l'épreuve expédiée par le cousin André.

— Je l'avais déjà vue dans un album de ma mère. Elle est datée de 1946.

Sous une véranda, un après-midi d'été, la maman de Jeanne. A sa gauche, son frère Lucien, le père d'André, petit et brun comme elle. A sa droite, Emile, leur frère aîné, plus grand. Un cercle de crayon bleu entoure son buste.

— C'est votre cousin André qui a souligné ?

— Oui. Vous pensez bien que j'ai aussitôt regardé à la loupe et j'ai constaté qu'il avait raison ! Il y a quelque chose, comme un air de famille qui ne m'avait pas frappée, entre la femme au bébé et l'oncle Emile. Ma mère et Lucien étaient plutôt petits, les yeux sombres, comme ma grand-mère. Emile, lui, tenait du grand-père : plus costaud, les yeux clairs.

Le visiteur, à son tour, examine une série d'images d'époque qui confirment l'observation judicieuse du cousin. Il faut dire que de nombreux photographes amateurs ont la fâcheuse tendance d'immortaliser leurs proches en pied, avec, en plus, du décor autour ! Les visages sont alors minuscules et l'on comprend bien que, dans un premier temps, Jeanne n'ait pas détecté la ressemblance. Mais là, soulignée par le cousin, elle est indéniable : il y a une parenté d'allure entre la femme au bébé et l'oncle Emile.

— Je me suis dit : mon instinct ne m'a pas trompée. Cette photo devait bien représenter un épisode de la vie de notre famille. Et mon imagination, mes interrogations repartent de plus belle : pourquoi ni moi ni le cousin André n'avons-nous jamais entendu parler de cette personne ni de son enfant ?

Manifestement, le cousin s'interroge de la même façon. Dès lors, une communication assidue s'établit entre Jeanne et lui, utilisant le téléphone et le fax pour se transmettre, presque chaque jour, le fruit de leurs cogitations et de leurs investigations.

Jeanne, en universitaire plutôt « rat de bibliothèque », écume les papiers de ses parents et de son beau-père. Lettres, cartes postales, vieilles listes de commissions oubliées dans un fond de tiroir, petits mots amoureux que sa mère et Georges se laissaient sur des coins de table, rien n'échappe à ce dépouillement systématique.

André, lui, est le plus souvent sur des chantiers, dans le Pas-de-Calais. Mais, à ses moments de liberté, il interroge son frère et leurs trois autres cousins, fils et filles d'Emile, l'oncle qui ressemble à la femme de la photo. André est resté plus que Jeanne en relation avec eux. Toute cette génération s'est éparpillée ici et là en France. Ils se font un peu tirer l'oreille, mais acceptent mollement de regarder dans les paperasses héritées de leurs parents, ou du moins dans ce qu'ils en ont conservé.

Maigre récolte : tout juste quelques photos à différents âges et sous des angles un peu différents de Lucien, d'Odette, la mère de Jeanne, et d'Emile, confirmant vaguement le supposé « air de famille » de ce dernier avec la femme au bébé. Mais de celle-ci, aucune trace.

C'est alors que le cousin André a une autre idée : leurs grands-parents étaient originaires de S., un petit bourg alsacien. Ils y vivaient encore dans les années 40. C'est d'ailleurs là qu'Odette, Emile et Lucien ont passé leur enfance, avant que leur famille, comme bien d'autres, ne se disperse dans l'Hexagone pour profiter de l'essor économique de l'après-guerre. Les grands-parents eux-mêmes sont partis vers Périgueux, emmenant Odette, leur benjamine, et son tout nouveau mari, Adolf K., le père de Jeanne. Donc, à S., en Alsace, il ne reste plus de famille, mais peut-être des voisins, d'anciens amis ? André suggère ceci : puisque Jeanne s'est mise en disponibilité pour un certain temps encore, pourquoi ne prendrait-il pas, lui aussi, quelques jours de congé ? Jeanne monterait du Sud-Ouest, lui descendrait du Nord. Ils se retrouveraient à S.

— Je dois dire qu'en entendant cela dans ma solitude, j'ai pris conscience de l'étrangeté de cette idée fixe à laquelle je m'accrochais depuis plusieurs semaines. Qu'est-ce qui avait pu rendre ce petit bout de papier dentelé important au point que j'en aie délaissé mon travail ? Et maintenant, un voyage dans un coin de France où je ne me sentais plus aucune racine ! Après tout, je suis née ici, au soleil, juste après l'arrivée de mes parents et franchement, pour moi, l'Alsace... Je me suis retrouvée bête : au bout du téléphone, tout heureux de son idée, André attendait ma réponse. C'est moi qui avais lancé ce jeu de piste digne du Club des Cinq, c'est moi qui étais censée avoir envie d'éclaircir ce pauvre petit mystère. Et c'est mon cousin qui piaffait d'impatience à réaliser ce projet. Vous allez sourire : je me suis demandé à ce moment-là s'il n'essayait pas... de me draguer ! A nos âges, ça devenait comique ! Et puis, mes yeux se sont posés à nouveau sur le visage tragique de cette femme blonde, son désespoir palpable à travers les années... J'ai dit oui.

S. n'avait rien de la carte postale alsacienne qui eût été idéale pour un épisode amené à bouleverser des existences. Voyez plutôt un bourg moyen, au milieu de collines dont la terre pauvre et mal exposée ne permettait de tirer qu'un vin aigrelet. La municipalité avait cru, probablement, donner un coup de pouce à l'économie locale en tentant d'attirer de petites entreprises. La zone industrielle ouverte dans ce but, restée aux trois quarts inexploitée, retournait au terrain vague. L'ayant franchie, on passait une banlieue pavillonnaire sans grand charme, comme il en surgissait dans les années 50. Le centre ville gardait quand même l'esprit du pays, mais les rares maisons à colombages avaient été ravalées avec des matériaux modernes, faute d'argent, ou de goût, ou des deux à la fois.

Le seul lieu dégageant encore un peu d'âme était, heureusement, l'auberge communale. Ventrue, elle trônait sur la place où Jeanne et André, venus chacun avec sa voiture, s'étaient donné rendez-vous. Elle faisait penser à des jours de foire et de choucroute abondante. On y louait encore quelques chambres, trop chères pour leur relatif confort. Pourtant, les deux cousins décidèrent d'y prendre leurs quartiers, ne fût-ce que pour échapper à la sinistrose cubique des hôtels à formule standard bordant l'autoroute.

On pouvait s'y attendre : arrivée dans l'après-midi, Jeanne dut se contenter d'une douche froide. L'eau chaude, il fallait l'espérer pour le matin. En compensation, les lits offraient le refuge de profonds édredons à l'ancienne, d'authentiques « plumons ». Jeanne, gelée, s'y blottit et, dans la fumée d'une brune sans filtre, entreprit de dresser un plan d'action.

Il faudrait en premier se rendre à la mairie : c'est là que se centralisent les informations. Ne pas oublier de se munir de ses papiers d'identité, ni de ceux de ses parents, qu'elle avait apportés, ni surtout de la fameuse photo.

A travers le mur lui parvenaient des bruits de plancher, d'armoire grinçante, témoignant de l'installation du discret André. Curieux type, pensait Jeanne : tout en contrastes. Plutôt sec et brun, comme elle, le regard vif, une moustache pointue à la mousquetaire qui faisait sourire l'élégante universitaire... Et ses cravates à rayures sur chemises à carreaux ! On attendait le bagout d'un représentant, et voilà qu'une voix douce, nuancée, vous surprenait. Il fourmillait toujours d'idées, mais il savait les faire partager avec une douceur patiente. Et de la patience, il lui en faudrait, face à une Jeanne qui avait tendance à rentrer dans sa coquille et à se renfrogner, surtout depuis la mort de sa mère et le séjour dans la maison vide, face à cette photographie à la tristesse contagieuse.

Jeanne se réveilla comme l'on frappait à sa porte. Elle se rendit compte qu'elle avait dû s'endormir d'un coup. Par chance, sa cigarette s'était éteinte entre ses doigts. André lui signalait qu'il était temps de dîner. Il avait réservé dans la grande salle du bas. Le destin, comme l'on dit, les y attendait.

Trois tables seulement étaient occupées, en ce milieu de semaine. Deux courtiers parlaient fort de ferraille à la tonne. Une représentante en produits de beauté, arborant son fonds de commerce sur la figure, remplissait des bordereaux de visite en faisant honneur à son verre de vin. Un employé d'EDF, en treillis bleu, essayait de suivre un match sur le téléviseur perché dans un angle, en regrettant de ne pas entendre le son. La serveuse avait bien tenté de faire un brin de conversation avec chacun, mais elle n'avait eu aucun écho. Déçue, elle se rabattit sur Jeanne et André. Jeanne, qui était en train d'expliquer sa manière de voir les démarches à mener, eut du mal à contenir son agacement d'être interrompue. André, lui, ne se départit pas de sa jovialité. Il répondit aux questions qui, pourtant, furent d'emblée assez indiscrètes.

— Alors, messieurs-dames, le temps ne vous gâte pas ! Il doit faire meilleur du côté de chez vous, je parie ?

— Qu'est-ce que vous entendez par « chez nous » ?

— Té, dans le Midi, évidemment ! (Elle essaya d'imiter un accent à la Pagnol : sur ses intonations alsaciennes, le résultat fut dramatique.) C'est bien de là que vous nous venez, je parie ?

— Presque, répondit André avec indulgence. Madame arrive de Périgueux et moi je suis de Douai.

— Ah, pourtant, à vous voir tous les deux, j'aurais juré... Vous êtes frère et sœur, je parie ?

— Presque. Cousins. Ça se voit tant que ça ?

— J'ai l'œil, vous savez ! A force de voir du monde...

— Et vous, vous êtes du coin ?

— Ça, on peut le dire ! Moi et mon mari, on est de S. depuis cinq générations !

Une telle fierté passait dans cette déclaration qu'André n'eut aucun mal à aiguiller le propos vers le bon vieux temps passé, l'importance des racines et de la tradition. Il se garda bien de dire que Jeanne et lui étaient en recherche : chercher égale fouiner, et l'on n'aime jamais beaucoup les fouineurs. Simplement, au détour d'une phrase, il mentionna comme un détail anodin le nom de leurs grands-parents, la famille B. La serveuse en resta bouche ouverte.

— Alors ça ! Si j'aurais imaginé...

— Pourquoi ? C'est un nom qui vous dit quelque chose ?

— Pensez donc ! Moi, les B., je ne les ai pas connus directement. Mais ma mère n'a pas arrêté de m'en parler ! Pis que ça : elle m'a bassinée, je m'excuse, mais elle m'a bassinée avec ce nom-là ! Figurez-vous que, chaque fois que papa rentrait un peu imbibé à la maison — et croyez-moi, ça lui arrivait plus souvent qu'à son tour —, ma mère se plantait au milieu du salon et elle hurlait que c'est Lucien B. qu'elle aurait dû épouser et qu'elle le regretterait toute sa chienne de vie ! Alors, vous pensez si ce nom me dit quelque chose !

Jeanne, maintenant, bénissait la patience de son cousin. Elle, elle aurait plongé dans la démarche officielle, logique, carrée. Les structures établies, les formalités. André, avec son écoute, son sourire, son intuition, ouvrait une piste en quelques minutes ! Il invitait la serveuse à s'asseoir à leur table. Elle n'osait pas, à cause du patron qui surveillait, en cuisine.

— Vous avez bien dit : Lucien B. ? Je suis son fils !

Pour le coup, la serveuse s'assied, les jambes coupées.

— Alors ça ! Quand je vais lui apprendre... Vous êtes ici pour plusieurs jours ?

— Nous ne savons pas encore. En fait, nous ne sommes pas pressés. Pourquoi ?

— Parce qu'il faut absolument que maman vous connaisse ! Vous savez, elle va sur ses quatre-vingts... Elle n'aura peut-être plus jamais l'occasion... Est-ce vous accepteriez de... ?

Voilà comment, le lendemain en fin de matinée, ce n'est plus en chercheurs hésitants, mais en invités anxieux, que Jeanne et André sonnent à la porte de Mme veuve Dorfner.

Dans une ruelle à l'écart du centre, où le soleil pénètre peu souvent, une maison haute coincée entre deux autres. La façade n'a que la largeur d'une fenêtre. La veuve Dorfner a de la peine à quitter son fauteuil, mais elle tient à en faire l'effort pour accueillir ses visiteurs. Une femme usée, voûtée, à la figure creusée d'un réseau incroyablement serré de sillons : la peau décolorée de ceux qui ne sortent jamais. De ses mains toutes déformées de rhumatismes, elle prend André aux épaules pour le tourner vers la lumière.

— Alors, tu es bien le fils de Lucien ? Ça oui, il ne pourrait pas te renier ! L'air italien, il avait ! Ma fille te l'a dit : on était presque fiancés. Enfin, dans ma tête de jeune fille... A cette époque-là, on rêvait beaucoup. Pour dire la vérité, je crois que ton père ne s'est jamais douté de rien. Bien sûr, à mon pauvre mari – qu'il repose – j'ai toujours dit le contraire, pour le rendre jaloux. Mais ça ne lui faisait ni chaud ni froid, puisque finalement c'est lui que j'avais épousé !

La vieille dame se tourne enfin vers Jeanne :

— Et toi, alors, tu es la fille d'Odette ? Odette et Adolf, c'est bien ça ? Tu vois, j'ai beau ne plus voir grand monde aujourd'hui, ce temps-là c'est comme si c'était hier ! Tu n'es pas née ici, n'est-ce pas ?

— Non. Près de Périgueux, juste après leur déménagement.

— Adolf K. Je me suis toujours demandé comment la petite Odette, qui était gaie comme un pinson, avait pu choisir un garçon aussi renfermé. Et avec aussi peu de caractère !

— Oh, du caractère, ma mère en avait pour deux !

— Et toi, tu tiens d'elle, j'espère ?

— On peut dire ça !

— En tout cas, l'air italien, tu en as hérité aussi ! Chez les B. de ma génération, c'était frappant, d'ailleurs. Bien partagé : deux qui avaient l'air italien et les deux autres vraiment de chez nous. Des Alsaciens pur jus !

Echange de regards à la vitesse de l'éclair, Jeanne-André, André-Jeanne. C'est elle qui prend la balle au bond :

— Deux et deux ? Vous parlez de qui, madame Dorfner ?

— Lucien et Odette, d'un côté, Emile et Clara de l'autre. Il y avait un drôle de contraste, tout de même !

— Clara ?

— Oh, excusez-moi ! Ça vous gêne encore qu'on parle d'elle ? Excusez-moi ! Je pensais que... après tant d'années... tout ça était pardonné. Oublié, je ne dis pas, mais pardonné, quand même ! Elle était si jeune ! Je ne savais pas que le sujet était encore sensible ! J'ai fait une belle gaffe, excusez-moi !

Et c'est ainsi que Jeanne et André découvrent que leurs parents avaient une autre sœur, Clara. Aussi incroyable que cela puisse paraître, ni eux ni les enfants de l'oncle Emile n'en ont jamais entendu parler. En l'espace d'une génération, une famille, par un silence absolu, a réussi à faire disparaître un être humain. Et même deux, puisqu'il y a ce bébé sur la photo. Cette photo que Jeanne montre enfin à Mme Dorfner.

Les mains noueuses de l'aïeule ne tremblent pas lorsqu'elle approche de ses yeux le cliché. Elle le contemple, et il faut toute l'observation tendue de Jeanne pour distinguer, dans les sillons du visage, les larmes qui s'écoulent, en silence.

— Oui. Clara, c'est bien Clara. Alors, elle a eu un petit... Ça, vous voyez, on ne l'a pas su, par ici...

Doucement, en essayant de ne pas presser de questions la vieille dame, Jeanne et André reconstituent cet « escamotage » familial, ou du moins une partie. Car, bien qu'ils ne le sachent pas encore, ils sont loin du fin mot de leur recherche. Mais pour l'instant, ils pensent toucher à la vérité. A ce point du récit, voici donc, remis dans l'ordre par Jeanne, ce que Mme Dorfner lui a relaté :

Les B. étaient une famille modeste, aux origines plutôt paysannes bien implantées dans cette terre d'Alsace. Franz B., le grand-père, a décidé après la Première Guerre de laisser les activités de la ferme à son frère aîné. Lui-même avait le don de la mécanique. Il répara d'abord des machines agricoles, puis ouvrit un petit garage lors de l'essor automobile.

Il épousa Maria, une pétillante brune, fille d'émigrés italiens de la seconde génération. Avec Maria, il eut *quatre* enfants : Clara, Emile, Lucien et Odette. Lucien et Odette reçurent en partage ce fameux « air italien » de Maria. Emile et Clara avaient hérité de Franz sa charpente carrée, ses yeux bleus et ses cheveux clairs.

Pendant la guerre, le statut particulier de cette province sensible valut à la famille un premier éclatement : Franz, encore vigoureux et professionnel qualifié, fut envoyé par l'occupant dans une usine où l'on fabriquait des pièces de moteurs. Emile, soldat français sous les drapeaux à la déclaration des hostilités, fut fait prisonnier lors de la « drôle de guerre ». Lucien, pour échapper au STO, réussit à passer en zone libre, à gagner l'Espagne, puis l'Afrique du Nord. De là, il rejoignit les troupes de la France libre à Londres, participa avec la 2e DB au débarquement en Normandie, à la libération de Paris et à la marche des troupes de Leclerc sur Berlin.

Maria et ses filles, elles, étaient restées à S. Odette, la benjamine, attendait pour se fiancer le retour d'Adolf K., un gars du pays qui s'était déclaré à elle avant son départ aux armées. Selon Mme Dorfner, cela ne semblait pas enthousiasmer la jeune fille, mais elle ne pouvait rien décider en l'absence de son prétendant.

Le problème vint de l'aînée, Clara. Elle approchait la trentaine et faisait déjà vieille fille. Personne ne l'avait vraiment courtisée, elle n'avait jamais été « demandée ». Sa stature de cheval de trait et sa figure hommasse y étaient pour beaucoup. Or, au fond d'elle battait un vrai cœur de femme. Un cœur qui s'enflamma enfin pour un homme. Un très bel homme. Et cet homme, que ses obligations avaient amené à S., fut pris lui aussi d'une vraie passion pour Clara. Oui mais... Cet amoureux était allemand.

Un soldat allemand, en uniforme vert ! Maria interdit à sa fille de le voir. Ils trouvèrent évidemment le moyen de se rencontrer. On ne séquestre pas une fille de cet âge, une fille brûlée par un grand amour, de surcroît. Pas de père à la maison, même pas un frère pour faire parler la raison et l'autorité. Les regards en dessous et les qu'en-dira-t-on, Clara n'en avait que faire. Elle disait que cette guerre aurait bien une fin, que les anciens ennemis se réconcilieraient. Et puis, n'ayant de l'avancée du conflit que les informations tronquées qui circulaient dans cette province, elle était sincèrement persuadée que l'Allemagne allait gagner. Alors, ceux-là mêmes qui la critiquaient sous le manteau considéreraient comme un honneur qu'un soldat du Reich veuille bien l'épouser.

Et puis, catastrophe pour Clara, soulagement pour Maria : les combats progressant, l'Allemand reçut brusquement l'ordre de faire son paquetage. Le lendemain, sa section rejoignit une nouvelle affectation, absolument secrète. Probablement l'enfer du front russe. Ou bien a-t-il fait partie des renforts envoyés vers le mur de l'Atlantique ? Dans le village, on ne le sut jamais vraiment. D'ailleurs, ils étaient des centaines dans son cas. Certains, par la suite, devaient reprendre contact avec les habitants chez qui ils avaient logé.

Clara, de son côté, s'était fait le serment de retrouver son bel amant, coûte que coûte, après la guerre. Franz, son père, fut le premier des hommes de la maison à revenir : son usine avait été bombardée ; dans la panique, il avait trouvé un costume civil et, se faisant passer sans peine pour un Allemand, il se retrouva chez lui quelques jours avant l'annonce officielle de la Libération.

La honte l'attendait : les rancœurs les plus basses se déchaînaient. Sous les yeux de ses parents et de sa sœur, Clara fut traînée dans la rue par les revanchards, une pancarte infamante au cou : « J'ai couché avec les Boches. » Couverte d'injures et de crachats, elle fut battue par d'autres femmes. On voulait la tondre. Heureusement, certains avaient eu écho du glorieux parcours de son frère Lucien avec les troupes de la France libre. On laissa Clara rentrer chez elle, meurtrie, hagarde. Le lendemain, elle prenait l'autocar et partait pour une destination inconnue.

Jeanne et André sont abasourdis : ainsi, tout cela était de notoriété publique dans ce coin de France et eux, si proches, en avaient été tenus si complètement à l'écart ! Il avait suffi de quelques centaines de kilomètres, mais surtout de ce silence, ce furieux silence. La conspiration absolument hermétique de toute une famille : Franz, Maria et leurs trois autres enfants avaient réussi à effacer, à faire totalement disparaître la pauvre Clara.

— Et ce bébé ? interroge Mme Dorfner. On ne la savait pas enceinte. Vous croyez qu'elle l'était, à ce moment-là ? De son Allemand ?

Jeanne et André ne peuvent pas répondre, bien sûr. Mais déjà, ils sont décidés à savoir. Qu'avait fait Clara après son départ ? Vraisemblablement, elle avait dû tenter de retrouver son militaire. De quel côté ? Hélas, la vieille Alsacienne ne se rappelle pas le nom du soldat, ses origines encore moins.

— Oh, je l'ai peut-être su, à l'époque. Mais c'est le scandale de leur liaison qui avait frappé les imaginations. Après, les détails, on les oublie. On avait tous nos soucis, nos propres histoires...

De retour à l'auberge, Jeanne et André passent le reste de leur journée à noter tout ce qu'ils ont retenu. André croit savoir que, quelque part en Allemagne, il existe un fichier qui centralise les informations sur l'armée, pour aider aux recherches sur les personnes disparues. On en a parlé à la télévision à propos de retrouvailles, des années après. Oui, répond Jeanne, mais comment interroger ce fichier : on a des dates approximatives, un lieu, mais pas de nom ! Peut-être reste-t-il en ville d'autres témoins de ces pénibles épisodes, qui auraient des précisions supplémentaires ? Comment les contacter ?

Et puis, le lendemain matin, Jeanne est réveillée par le téléphone :

— Ehrlig ! E-H-R-L-I-G ! Wilfried Ehrlig !

C'est Mme Dorfner, qui ne prend même pas le temps de s'annoncer. Triomphante et essoufflée.

— Ça m'est revenu je ne sais pas comment, au moment du réveil. J'ai revu son nom nettement, comme s'il s'inscrivait devant mes yeux ! Je suis certaine de ne pas me tromper !

On ne peut pas dire que la suite va être facile pour Jeanne et André. Elle sera longue, semée d'espoirs et de déceptions, de moments où ils auront envie de tout abandonner. Mais ils vont tenir bon et ils iront jusqu'au bout, pour découvrir que le plus invraisemblable peut se révéler vrai.

Cela leur a pris deux ans. Deux ans pendant lesquels ils ont consacré tous leurs moments de liberté à des courriers, des coups de téléphone. Tous leurs congés, ils les ont passés en voyages, ensemble ou séparément.

Il serait fastidieux d'énumérer ici toutes ces trajectoires, ces culs-de-sac, ces départs et ces méandres. Leur compte rendu occupe plusieurs dossiers épais, que Jeanne ouvre pour son visiteur. Résumons.

Wilfried Ehrlig a bien existé. Il était originaire d'une petite ville du Wurtemberg. Il a bien été cantonné à S. dans la période concernée. Son dossier militaire existe encore. Il porte la mention, fin 1943, d'une demande par la voie hiérarchique d'autorisation de mariage avec une ressortissante du pays occupé. Autorisation refusée comme on pouvait s'y attendre. Ehrlig a ensuite été envoyé en Turquie, puis sur le front russe, où il a été porté disparu.

Jeanne s'est rendue dans le Wurtemberg. Elle a trouvé dans une maison de retraite un ancien voisin des Ehrlig. De braves gens. Le voisin se rappelle très bien qu'ils ont accueilli une Française, après la défaite. Elle a attendu quelque temps chez eux, puis en est repartie après l'annonce officielle de la disparition de Wilfried. La Française était-elle enceinte ? L'ancien voisin ne se souvient pas. Mais il pense qu'elle est partie pour la Suisse.

En Suisse, près de Zurich, une agence spécialisée trouve trace du passage de Clara B., vendeuse de fruits et légumes pendant quelques mois dans un marché couvert qui a été détruit depuis longtemps. La fille de sa logeuse de l'époque se souvient fort bien, elle, de Clara. Et aussi de son départ vers l'Italie, à Gênes.

A Gênes, Clara B. aurait travaillé à la cantine d'un chantier naval. On la suit encore jusqu'à Madrid. C'est là que sa trace se perd. Hypothèse : elle y aurait changé de nom, mais pas par la voie du mariage. Par volonté de disparaître. A cette époque, dit le correspondant local de l'agence spécialisée, de nombreuses jeunes femmes se sont embarquées vers le Canada et surtout vers l'Australie, pays où la proportion de population masculine était largement majoritaire. Toutes ces femmes ou presque pouvaient compter trouver un mari.

Le visiteur interroge Jeanne du regard : manifestement, elle garde encore quelque chose dans sa manche. Ce n'est certainement pas vers une telle fin en queue de poisson qu'elle voulait mener son récit.

Elle se lève, s'autorise à allumer une cigarette brune.

— Vous avez remarqué ? Dans tous les lieux où l'on a connu Clara par la suite, nulle part il n'est fait mention du bébé...

Jeanne montre un tableau comptant plusieurs colonnes verticales remplies de chiffres.

— J'ai commencé à compiler des dates. Toutes les dates que j'avais pu rencontrer au cours de cette enquête. Y compris celles que ma mère avait laissées au dos de certaines photos. Mais il y avait une date que j'oubliais systématiquement. C'était tellement énorme. Vous allez comprendre, bien plus vite que moi je n'ai pu le faire. Voici la date de l'arrivée supposée de Clara dans le Wurtemberg, chez les parents de son amant. Puis la date de son départ, toujours supposé, vers Zurich. Vous suivez ? Voici la date, précise, cette fois, du mariage précipité de mes parents, en Alsace, juste avant le déménagement familial vers Périgueux. Et voici la date de leur court voyage de noces, quelques mois après le déménagement. Je suis née à leur retour, déclarée en mairie de Périgueux.

Jeanne rouvre un album de photos :

— Voici les photos de ce voyage de noces un peu tardif. Ma mère a l'air effectivement assez enceinte, non ? A la taille, du moins. Mais prenez une loupe et regardez son visage : pas un cerne, la pleine forme ! Ils ont tout truqué ! Leur voyage de noces, c'était dans les montagnes suisses. Quoi de plus naturel ! Seulement, c'était précisément aux dates où Clara y était aussi... Pour son accouchement. Ils m'ont ramenée avec eux.

Jeanne écrase sa cigarette posément devant le visiteur médusé :

— J'ai hérité, à une génération d'écart, de ce fameux « air italien » de ma grand-mère Maria. Je ne ressemble pas du tout à Clara, ma mère par le sang, ni à mon père, qui devait être grand et blond, lui aussi. Mais j'en suis sûre : je suis le bébé allemand !

Note de la rédaction, 1 : le visiteur a tenu à raconter cette histoire comme elle lui a été confiée. Il ne partage pas nécessairement les conclusions de Jeanne, car il y a tant d'erreurs possibles, dans une recherche aussi complexe, et tant d'autres explications plausibles. Un fait vient pourtant étayer les déductions de Jeanne : ses parents n'ont jamais pu avoir d'autre enfant, malgré plusieurs tentatives.

Note de la rédaction, 2 : le visiteur avait promis à Jeanne de lui faire lire ce texte avant publication. Elle a tenu à collaborer à sa correction, ce qui a créé un climat détendu entre eux. Assez détendu pour que Jeanne confie récemment qu'elle trouve les moustaches de mousquetaire d'André, après tout, de plus en plus supportables. A l'heure où ces lignes s'imprimeront, Jeanne et André seront en Australie, ensemble. Sur les traces de Clara ? Qui sait ?

LA COLONNE CALMÉJAT

Certaines réapparitions se font dans le secret et la discrétion. Certaines arrivent impromptu et des spectres du passé reviennent nous hanter et mettre le désordre dans une vie que l'on croyait bien organisée. Ces revenants-là, on s'en passerait bien...

Et parfois, c'est exactement l'inverse : les absents se font un peu tirer l'oreille et l'on doit se donner un mal de chien pour les faire resurgir ! Mais rien n'arrête ceux qui agissent pour le « bon motif ». Et quel meilleur motif que l'amour ? L'Amour majuscule, le grand, le vrai, l'irrésistible. Quand il vous tient, celui-là, il peut arriver à peu près n'importe quoi, jusques et y compris se dépasser, trouver en soi des ressources inconnues et atteindre, nous allons le voir, des sommets.

Des sommets sublimes ? Des sommets d'absurdité ? A vous de juger...

On a dit, parfois, que le XIXᵉ siècle n'a vraiment pris fin qu'en 1914. Or, cette histoire commence en 1912. Vous pourrez, tout au long du récit, avoir présent à l'esprit le carcan de convenances, de savoir-vivre, d'interdictions, de préjugés qui entouraient deux jeunes gens lorsqu'il était question d'amour en 1912. Et puis, vous pourrez sentir, en filigrane, avec chaque jour qui passe, la lourdeur du climat politique, les sensibilités nationalistes et l'approche, inéluctable, du grand trou, du grand massacre qui va bouleverser des millions d'existences.

Vous possédez donc, avec cette date, l'une des données du problème. Deuxième donnée : cette aventure implique des jeunes gens nés dans ces fameuses « meilleures familles », ou qui, du moins, se dénomment ainsi elles-mêmes.

Vous saurez presque tout lorsque nous aurons précisé qu'*Elle* est française et qu'*Il* est allemand. Roméo et Juliette sur fond d'Alsace-Lorraine ? Roméo *und* Juliette ? Peut-être encore plus grandiose...

Elle est donc française et elle se prénomme — mais oui — Juliette ! Juliette Calméjat, pur produit de la bonne société bien de chez nous en ce début de siècle. Deuxième de trois enfants, Juliette est arrivée entre un grand frère et une petite sœur. On lui a dispensé une éducation qui la destine à devenir une parfaite épouse et mère de famille, auprès d'un notable bien sous tous rapports. Entendez par là qu'elle a eu droit, tout naturellement, à un séjour en pensionnat religieux où elle a lu peu de livres (les livres, c'est inutile d'en encombrer le cerveau d'une femme et ça sert à quoi, sinon à leur donner de mauvaises idées ?). Par contre elle sait broder les draps et les nappes de son trousseau, jouer au piano quelques sonatines de Mozart et plusieurs œuvres très barbantes de M. Fauré.

Pas très glamour, n'est-ce pas, ce portrait de Juliette Calméjat ? Mais nous devons à la vérité d'affirmer qu'il est exact... Jusqu'au jour où l'amour va la transfigurer, lui donner de l'esprit, faire éclater son sourire, resplendir sur son visage la fraîcheur de ses dix-huit printemps et révéler (à qui saura la voir) une ardeur de feu, dans des yeux à faire rougir saint Antoine lui-même.

Et ce jour commence pour elle, banalement, par la visite trimestrielle que toute jeune fille se doit d'accomplir au musée du Louvre, afin de cultiver le bon goût. Pour être certaine de ne passer que devant les œuvres édifiantes et éviter celles qui pourraient choquer sa pudeur, Juliette est chaperonnée par son frère. Au détour d'une salle, celui-ci reconnaît soudain un visiteur solitaire, absorbé dans la contemplation d'une toile :

— Werner !

La longue silhouette, d'une élégance parfaite, se retourne avec nonchalance et une touche d'accent germanique :

— Ah ! Armand ! mon cher, peut-être me feras-tu l'honneur de me présenter à cette ravissante personne ?

— Doucement, doucement mon vieux ! Cette personne se trouve être ma sœur !

Malgré l'amical avertissement d'Armand, Werner plonge déjà dans les grands yeux clairs (et un peu vides, il faut bien le dire) de Juliette Calméjat. Aussitôt, tel le scaphandrier que chantera plus tard Léo Ferré, il va se perdre dans ces profondeurs insondables...

Pourtant, c'est loin d'être un sot, ce Werner, c'est même une nature exceptionnelle, ainsi que nous allons le constater tout au long de son étonnante aventure.

Une fois les présentations faites, Werner demande, avec la plus exquise politesse :

— Et si nous allions prendre un chocolat ? Je connais un salon de thé, à deux pas d'ici...

Sous les arcades des jardins du Palais-Royal, l'endroit est feutré, de bon ton. Dehors la pluie, ici la chaleur d'un poêle de faïence, une odeur de cacao, de tarte aux pommes et de cannelle. Autant de douces sensations qui resteront à jamais gravées dans la mémoire des deux jeunes gens...

Juliette en apprend plus sur l'ami de son frère : Werner von Straffenberg, vieille lignée de Saxe, une parfaite culture d'homme du monde, une grande admiration pour la France. Il a vingt-cinq ans, comme Armand, fréquente les mêmes cercles à la mode. C'est ainsi d'ailleurs qu'ils se connaissent et, apparemment, Werner jouit d'une aisance qui le préserve de tout souci bassement matériel.

— Ah ! Paris, mademoiselle ! Vous rendez-vous compte de la chance que nous avons de vivre ici ? C'est... comment dit-on ?.... Oui : le phare de l'Humanité, n'est-ce pas ? Cette ville, c'est ma passion... Et il me sera dorénavant encore plus impossible de penser vivre ailleurs !

Le compliment est direct. C'est même — eh oui, déjà — une déclaration, en ce temps-là ! Juliette rougit délicieusement et, par-dessus le bord de sa tasse, ses yeux étincellent.

Armand, le frère, est un peu gêné. Car une image se présente à son esprit. Une image précise et concrète : le portrait de leur père qui trône dans le salon... Et rien qu'à se remémorer l'expression du sieur Calméjat Joseph sur cette toile, Armand pressent l'arrivée d'embêtements... gros comme une maison !

Mais en même temps, il regarde sa sœur, il l'entend parler... et il la découvre littéralement ! Jamais il ne l'a vue ainsi ! Et Werner, le beau Werner, la coqueluche de ces dames et demoiselles, semble fondre devant cette toute nouvelle Juliette.

Alors Armand, qui est un brave garçon, se raisonne : il n'a pas le droit de jouer les oiseaux de mauvais augure, si se profile la possibilité d'un bonheur pour sa sœur. Werner est un type très bien qui sera, le jour venu, le meilleur parti possible pour une jeune fille très bien et sera tout à fait capable d'assurer son bonheur. Armand se dit : qui vivra verra ! Et, d'un trait, il efface de sa vision la moustache de papa Calméjat.

Ce en quoi il a tort, nous allons le constater.

Car, maintenant, brossons en quelques traits le portrait dudit papa. Il vaut son pesant de truffes !

Pourquoi choisir comme mesure cette denrée coûteuse ? Parce que la solide fortune de ce père redouté est venue de la terre. Une terre du Périgord. Jusqu'à une époque récente, le domaine était géré par sa maman, veuve hors d'âge, altière et dure, qui a toujours considéré son fils comme un mollasson. Qui connaît mieux un homme que sa propre mère ?

Pour compenser probablement ce jugement exact, Joseph, qui a cinquante-deux ans en 1912, s'est composé un personnage exagérément viril. Moustachu et ventru, le pouce toujours au revers du gilet, respectable, inflexible, il affiche des opinions nationalistes dans la ligne la plus intransigeante. Et, comme il lui fallait faire ses preuves dans une carrière personnelle, il a choisi l'armée. Celle-ci, hélas, ne le lui a pas rendu : il a été catalogué comme un type borné par les gens de l'état-major eux-mêmes... ce qui est un comble, il faut bien l'avouer ! On l'a fait mariner de voie de garage en cul-de-sac, espérant qu'il se lasserait et irait infliger à d'autres sa pesante sottise.

Il a mis du temps à comprendre, mais, finalement, déçu dans ses ambitions, il a attendu la mort de sa mère : elle lui fournissait un prétexte pour remettre sa démission afin de gérer son domaine. Là non plus, il ne servait à rien. Le domaine se gérait fort bien sans lui : dressés à un régime de terreur intense par la défunte grand-maman, les régisseurs faisaient rendre à chaque arpent le maximum...

Joseph se retrouva donc à Paris, oisif et rentier, ce qui ne convenait pas à son image d'homme d'action. Il voulut faire de la politique, lieu privilégié des inutiles de tout poil (à cette époque, s'entend : de nos jours, les choses ont bien changé, n'est-ce pas ?). Même dans ce vivier de vanités, d'arrivisme grossier et de fausse distinction, on le tint à l'écart : trop épais, taillé d'une pièce, il lui manquait la rouerie mielleuse et la capacité à retourner sa veste qui vous font admettre dans le sérail.

C'est alors qu'il fut tenté par l'aventure coloniale. Puisqu'on lui faisait comprendre qu'il ne serait pas prophète en son pays, il irait en Afrique ! Là-bas, sur ce continent neuf, il trouverait enfin un monde à sa mesure ! Il serait la pointe avancée de cette civilisation dont il était l'un des porte-flambeaux ! Il déclara :

— J'apprendrai aux Nègres à travailler pour l'amour de Dieu et de la France !

C'était, on le voit, tout un programme !

Bref, tel était Joseph Calméjat : le type même de l'andouille solennelle selon les uns, et du bon Français selon les autres...

Il avait investi une bonne partie de sa fortune dans l'achat d'immenses terres vierges au Congo. Et il était parti là-bas, en laissant évidemment à Paris femme et enfants : hors de question de les exposer aux mille dangers de ce pays de sauvages ! La famille avait accueilli avec soulagement ce départ.

Et c'est dans cette famille que Werner von Straffenberg commence à prendre ses habitudes. Il est reçu plusieurs fois chaque semaine dans le grand appartement du boulevard Malesherbes, et l'on y prend plaisir. C'est un fin causeur, qui peut parler pendant des heures sans paraître pédant. Il fait sa cour à Juliette, bien sûr, mais il a toujours des histoires folles et drôles pour la petite sœur Céline. Il séduit aussi Alice, la maman, en sachant lui donner l'impression qu'elle est spirituelle. C'est nouveau pour elle, à qui l'on a toujours appris à se taire devant l'Homme, seigneur et maître.

Seulement, elle est inquiète, Alice : elle connaît le sérieux penchant de Werner pour Juliette et tout laisse à penser que, très bientôt, il va se déclarer officiellement. Et elle ne peut s'empêcher de jeter de furtifs et craintifs regards vers le portrait de Joseph l'Africain, qui pose en uniforme dans son cadre en stuc, au-dessus de la cheminée...

Pourquoi cette inquiétude ? Parce que, dans le rare courrier qu'elle échange avec son lointain époux, Alice a « omis » de parler de Werner... Pour l'instant, sa fille vit un bonheur simple et bourgeois. Qu'elle profite donc de son petit nuage rose ! Car officialiser ce bonheur risque de ne pas être facile...

Puis le jour à la fois attendu et redouté arrive : Werner, en jaquette et gants beurre frais, vient remettre à Mme Calméjat une lettre ponctuée d'un cachet de cire rouge aux armes de sa famille. Selon la tradition, c'est le père du jeune homme qui demande la main de Juliette pour son fils. Le vieux noble prie que l'on transmette sa requête au père de la jeune fille. Il se déclare prêt à quitter son château saxon pour venir présenter la demande de vive voix lorsque M. Calméjat voudra bien le recevoir à Paris.

Ce devrait être un jour de bonheur, mais Alice pleure lorsqu'elle poste une épaisse enveloppe destinée au *pater familias*. Dans cette enveloppe, il y a la demande de Herr von Straffenberg, plus une lettre d'Alice Calméjat à son époux. Une lettre qu'elle a recommencée dix fois, pour trouver les mots les plus convaincants et plaider la cause des amoureux. Dans l'enveloppe, il y a aussi un feuillet bleu, de la main de Juliette : elle y raconte son bonheur, illustré d'une aquarelle peinte exprès pour son papa, où volent des colombes... Armand lui aussi y est allé de sa missive, mais là, c'est du concret, des affaires d'homme : il a recueilli pour son père des témoignages de moralité sur Werner, et fait diligenter une discrète enquête par leur notaire et leur banquier sur la fortune des Straffenberg. Tout est plus que parfait. Irréprochable.

Mais voyez comme tournent les choses : voilà plus d'un an que Werner courtise Juliette. Nous sommes début 1914. Le courrier met plusieurs mois pour parvenir à destination. Cependant il y a des informations qui voyagent plus vite que d'autres : lorsque la demande en mariage arrive chez Joseph l'Africain, elle est rattrapée par la nouvelle de l'attentat de Sarajevo et, simultanément, par l'annonce de la guerre. Déclaration d'amour contre déclaration de guerre, la partie est perdue d'avance.

La réponse qui revient d'Afrique, à l'automne 1914, est vraiment sans espoir : il s'agit en fait d'une longue série de consignes sur l'attitude patriotique et sacrificielle que doit adopter chacun des membres de la famille, plus les dispositions et les héroïques projets personnels de Joseph Calméjat. C'est seulement dans le post-scriptum qu'il consent à ajouter : « Ma chère femme, il était presque inutile que je répondisse à l'outrageante demande que vous avez cru bon de me transmettre. Cependant, je ne vous en tiendrai pas rigueur, excusant votre inconscience par le devoir envers moi que vous pensiez remplir. Qu'il soit clair et bien entendu que, quoi qu'il arrive, ni maintenant ni jamais ma fille n'épousera un Boche. » Et c'est signé : « Votre mari et père affectionné, Calméjat Joseph. »

Il va sans dire que Werner, de son côté, n'espérait plus. Déchiré, il a entre-temps rejoint son pays. Une seule lettre de Juliette parvient à franchir la frontière. Elle lui relate le refus de son père, et avoue son désespoir : « Je ne vous écrirai même plus, mon aimé : ce serait trahir mon père et ma patrie. Mais sachez que je n'épouserai jamais un autre que vous et que je n'aurai nul autre dans mes pensées, jamais. Malgré ce qu'il m'en coûte, car je pense à nos vaillants soldats, je vous dis encore : vous aussi, soyez brave, défendez votre vie et que Dieu veille sur vous ! »

Et Werner von Straffenberg disparaît. C'est ici qu'il convient de placer une petite réflexion sur ce que sont les « disparitions », puisque ce sont elles les points communs et les moteurs des histoires réunies dans cet ouvrage.

Nous parlons, bien entendu, des disparitions véritables. Si quelqu'un disparaît pour la simple raison qu'il est mort, il s'agit d'un décès après lequel on n'a pas retrouvé le corps. Vous l'avez bien compris : les disparitions qui nous intéressent surtout sont celles qui peuvent être suivies d'une « réapparition » du personnage.

Une disparition de cette sorte, c'est un peu comme au théâtre : tant que nous sommes du côté des spectateurs, il suffit que l'un des acteurs passe en coulisses, pour qu'il « disparaisse » à nos yeux. Mais, derrière le décor, le « disparu » continue à vivre, à suivre son parcours. Et lorsqu'il revient sur notre scène à nous, il dérange souvent, il surprend, il détraque parfois la mécanique...

Ainsi, pour la famille Calméjat, la disparition de Werner s'inscrit dans un scénario qui trouve peu à peu sa normalité : Armand, le fils, s'engage dès les premiers jours du conflit, il part avec ses camarades « la fleur au fusil », persuadé de bousculer l'ennemi héréditaire en deux temps et trois mouvements, loin d'imaginer un enlisement de plusieurs années dans l'enfer des tranchées.

Sa mère, Alice, et ses deux sœurs vont plonger dans l'inquiétude, les pleurs. Elles vont donner leur argent, leur cœur de Françaises et leur linge de maison pour participer à l'effort de guerre. Elles feront des colis, de la charpie de chiffons pour confectionner des pansements et passeront sans compter leur temps à visiter les blessés dans les hôpitaux.

Elles recevront en pleurant l'annonce de la blessure d'Armand. Elles apprendront sans surprise la mort de Calméjat Joseph dans la jungle africaine, prendront le deuil.

Juliette, elle, porte un double deuil : celui, noble, de son père et l'autre, inavouable devant la France, le deuil d'un Allemand. Elle s'apprête, fidèle à sa parole, à mener une existence solitaire, dans le regret perpétuel de son bel amour broyé par la folie des hommes et l'orgueil des nations... Bref, l'affreuse et banale normalité d'un scénario généré par la guerre.

Ce devrait être une fin, ce n'est que le début d'une aventure qui pourrait donner lieu à un livre tout entier. Car quelque chose, bien sûr, vient détraquer cette inéluctable et stupide mécanique.

Un homme affaibli, meurtri, marqué, mais toujours aussi élégant se fait annoncer un jour de 1919 dans le vaste appartement du boulevard Malesherbes. Werner von Straffenberg réapparaît. Pour les Calméjat, et pour nous qui suivons l'histoire à leurs côtés, il avait disparu dans la grande tourmente. Or voici que la tornade, une fois calmée, le redépose en plein Paris. Mais dans quel état !

Werner a fait sa guerre, pour son pays, loyalement. Jeune homme fortuné, il a même fait partie des premiers « fous volants » : il payait de ses propres deniers les avions à bord desquels il se lançait au-dessus des champs de bataille. *Les* avions, car il en a cassé deux, sans dommage pour sa personne. Mais, avec le troisième, il s'est écrasé près des lignes françaises. C'est ainsi qu'il a perdu presque l'usage d'une jambe. Et, comme son appareil est tombé dans une zone bombardée à l'ypérite, il a respiré le terrible « gaz moutarde » et ses poumons en ont gardé à jamais la trace. Mais son visage a été épargné : amaigri, buriné, il n'en est que plus beau.

Werner a mené tous ses combats avec, sur son cœur, la lettre de Juliette et il est persuadé que c'est elle qui l'a préservé du pire. Il revient avec la ferme intention de renouveler sa demande en mariage : si les nations ne sont plus ennemies, l'honneur ne s'oppose plus à l'amour.

Comme il se doit, Juliette s'évanouit lorsque la femme de chambre annonce le « revenant ». Puis elle se reprend et consent à ce que sa mère le reçoive.

Instants émouvants des retrouvailles, malgré la haine des peuples. Même Armand est là. Lui n'a été blessé qu'à la main. Il donne l'accolade à son vieil ami et le fait pénétrer dans le salon. Appuyé sur la canne qu'il ne quitte plus, Werner remarque tout de suite les robes noires d'Alice, Céline et Juliette, et le crêpe de deuil qui couvre le portrait de Joseph Calméjat.

Et la famille raconte avec émotion la fin tragique... du héros ! Car c'est cela qui est assez singulier : ce père tyrannique, fort en gueule, épais, stupide, maintenant qu'il n'est plus, le voilà élevé par les siens au rang des grands hommes !

Qu'est-il donc arrivé à Joseph, qui lui vaille d'être hissé sur le pavois familial ? Il était resté dans les cadres de réserve de l'armée, après sa démission. Alors, aussitôt reçue la nouvelle des hostilités, il demande aux autorités un mandat pour être mis en poste sur place, au Congo. La demande est transmise à Paris, et là, probablement en pleine confusion de paperasses, on oublie sa balourdise et on lui accorde ce qu'il demande. Le voilà donc, là-bas, qui entend enfin sonner son heure de gloire !

Enfin, son nom est inscrit sur papier officiel et avec tous les cachets de tous les services. Enfin Calméjat Joseph est habilité à brandir au nom de la France le drapeau tricolore ! Aussi va-t-il le brandir, et sans tarder !

Mais il est un détail que les services concernés

qui ont apposé leur tampon sur son mandat n'ont pas remarqué : c'est la situation géographique du trou perdu où Joseph Calméjat est établi. En effet, si vous jetez un coup d'œil sur la carte de l'époque, vous vous apercevrez que ce Congo français, ce Congo-Brazzaville, la future base de l'Afrique Equatoriale Française, jouxte le Cameroun. Et le Cameroun est une colonie de l'Allemagne !

Savez-vous ce qu'il s'est mis en tête, Joseph ? Il a décidé d'annexer des territoires ennemis, au nom de la France !

Il lève une colonne où il intègre d'autorité ses ouvriers : ils sont là pour obéir, nom de d'là ! Il incorpore à sa troupe des volontaires locaux à qui il promet la gloire et un grade s'ils sont vaillants. Il rajoute tout ce qu'il peut ramasser de traîne-lattes dans ce bout du monde ! Ceux qui ne le suivent pas de gré, il les enrôle de force, au nom de la France ! Et il se bombarde chef de cette expédition qui ressemble à une farce des Pieds-Nickelés : la colonne Calméjat !

Mais la farce va tourner au tragique, car cette troupe grandguignolesque, armée de quelques fusils, de quelques pistolets et de lances ou de casse-tête, cette « colonne Calméjat » va fondre comme neige au soleil au fur et à mesure de son avance en territoire camerounais. Pour finir, Joseph et les derniers survivants ont été, semble-t-il, massacrés par une tribu « allemande »... qui n'avait pratiquement jamais vu un homme blanc.

Dans le salon du boulevard Malesherbes, Juliette, près de la cheminée, sanglote, soutenue par sa jeune sœur. Mme Calméjat prend doucement la main de Werner :

— Vous savez en quelle estime nous vous

tenions, ici. Et, croyez-le, elle n'est en rien diminuée : j'oserais dire que votre magnifique conduite au combat, même si elle s'est exercée dans l'autre camp, ne ferait qu'augmenter notre certitude envers vous. Mais, comprenez, Werner : la lettre dans laquelle mon époux disait son refus de vous voir épouser Juliette, cette lettre est la dernière que nous ayons reçue de lui. Ce fut en quelque sorte sa dernière volonté... Et ni mes enfants ni moi ne saurions passer outre !

Armand entoure d'un geste fraternel les épaules meurtries de son vieil ami :

— Tu comprends, n'est-ce pas ? Mon pauvre vieux...

Mais, à la surprise de tous, Werner se redresse soudain :

— Qu'avez-vous dit, sur la fin de M. Calméjat ? Excusez-moi de vous faire répéter ces mots pénibles, mais qu'avez-vous dit *exactement* ?

— Eh bien... que lui et ses compagnons ont été massacrés par une tribu qui...

— Non. Tout à l'heure, vous avez dit : « massacrés, semble-t-il ».

— Eh bien oui ! C'est la conclusion des autorités qui nous ont annoncé la chose... Parce que toute trace de mon père et de ses derniers compagnons a été perdue...

— Perdue ? Juste perdue ! Mais alors... rien ne prouve qu'il soit mort ! Armand, Juliette... Votre père vit peut-être toujours ! Madame, si votre époux est encore de ce monde, je le retrouverai, moi ! Je vous le ramènerai ! Et j'obtiendrai de lui la main de Juliette !

Telle est l'aventure insensée dans laquelle va se lancer Werner, avec sa jambe raide et ses poumons rongés ! Car, bien sûr, il a en arrière-pensée l'espoir que, si Joseph Calméjat est toujours de ce monde, il pourra délivrer Juliette de l'interdiction qui, jusqu'à preuve du contraire, fut sa dernière volonté.

Alors, nous l'avons dit : il faudrait un roman tout entier pour raconter cette folle entreprise. Il y a du Tarzan, du King-Kong, de l'Indiana Jones et du Stanley et Livingstone, là-dedans ! Loin de tout, avec les seuls moyens que sa fortune peut lui procurer, Werner von Straffenberg va se mettre sur les traces de la fantomatique « colonne Calméjat ». Et, pour Juliette et les siens, il va disparaître à nouveau, car, après quelques lettres relatant ses recherches, on sera sans nouvelles pendant deux ans.

Mais le « disparu » continue sa traque obstinée. Et il va retrouver la piste du papa et de sa troupe. Malheureusement, ses forces usées par la guerre vont le lâcher, et la lettre qui parvient à Paris après un silence de deux ans est écrite depuis un hôpital de brousse : Werner aime toujours Juliette, se bat toujours pour la conquérir ! Il ne lâche pas prise et qui donc appelle-t-il à sa rescousse ? Mais son ami Armand, bien sûr !

Werner envoie un dossier si convaincant, avec toutes les preuves qu'il a réunies, qu'Armand prend le bateau à son tour. Il attend la remise sur pied de Werner, et les voilà repartis, tous les deux.

Werner a acquis la conviction que Joseph Calméjat (et peut-être quelques-uns de ses compagnons) sont retenus prisonniers au cœur de la jungle, de la « forêt vierge » comme on dit alors.

Nous n'allons pas développer ici les péripéties de cette saga délirante, mais nous pouvons en dire la fin : oui, ils retrouvent Joseph ! Mais Joseph n'est pas prisonnier des « sauvages ».

Joseph Calméjat est enfermé *volontairement* dans ce village perdu ! Enfermé est le mot, car, ayant pris les habitants sous sa coupe, il leur a fait construire des fortifications composées d'immenses palissades hérissées de poteaux pointus ! Tout autour, des tranchées, des souterrains, des postes de garde où l'on veille jour et nuit !

Joseph Calméjat et son armée attendent les Allemands ! Ils les attendent toujours en 1923, car, considérés comme morts, ils n'ont pas été prévenus de l'Armistice !

Alors, vous le devinez : embrassades du père et du fils, délicates présentations avec Werner... Et en pleine jungle, le soir même, Werner, raide et solennel, rasé de frais, muni des gants blancs qu'il a réussi à sauvegarder pour cette circonstance, Werner renouvelle sa demande en mariage !

Armand fait valoir à son père le courage du jeune homme, au-delà des nationalités. Car lorsque Werner a risqué sa vie, c'était bel et bien pour délivrer Joseph qu'il croyait prisonnier.

Calméjat ne peut refuser, c'est la poignée de mains, mais est-ce la fin ? Non, pas tout à fait.

La plus belle scène, la voici : lorsque Joseph Calméjat, son fils et son futur gendre quittent le village fortifié pour repartir vers la « civilisation », Joseph lance un ordre bref. Et une double rangée de Congolais tout nus effectue une superbe présentation d'armes réglementaire... avec les sagaies. Puis, sans comprendre un seul mot, avec un air martial et s'accompagnant au tam-tam, ils entonnent *La Marseillaise* !

UN DESTIN DE GLACE

L'amour, encore et toujours ! S'il en est un qui sache orner ou tourmenter nos vies de tours, de détours et de retours, c'est bien lui. D'aucuns affirment qu'il ne meurt jamais. Il ne peut pas mourir. Lorsqu'il a jailli entre deux personnes, il est là pour toujours. Il peut arriver que la vie nous le cache, nous le dissimule, parfois avec une diabolique habileté. Mais l'amour, même s'il est invisible à nos yeux, est encore là, qui attend, quelque part, de revenir. Il est comme gelé, comme plongé en hibernation, mais un souffle chaud, un rayon de soleil... et il se remet à palpiter. D'où le titre de cette histoire.

Du fond de son fauteuil de cuir, Franklin Coolidge lève un regard agacé par-dessus la rubrique sportive du *Times* :

— Eh bien, Somerset ? Qu'y a-t-il de si urgent ?

Le maître d'hôtel du club toussote discrètement :

— Mmm... Urgent, je ne sais pas, monsieur... Mais il est de fait que... mmm... c'est une lettre, monsieur...

— Une lettre ? Pour moi ? Au club ? Diable, Somerset... voilà qui est pour le moins inusité !

— Certes, monsieur... Inusité est le mot exact.

— Eh bien, donnez-la-moi, Somerset !

— Je ne l'ai pas, monsieur. Le postier attend dans le hall. Je ne savais pas si je devais accepter, monsieur... Car il est de fait que cette lettre est frappée... mmm... d'une surtaxe, monsieur... Une surtaxe... assez élevée... Elle n'est pas suffisamment affranchie.

— Quel déplorable incident, Somerset. Prenez-la quand même et payez la surtaxe !

Le maître d'hôtel s'éclipse en s'excusant d'un sourire auprès des autres membres du club. Bien que la scène se soit déroulée à mi-voix, ces messieurs ont été dérangés dans leur lecture, ou du moins affectent de l'avoir été.

— Voici... voici la chose, monsieur !

Somerset apporte la lettre et un coupe-papier sur un plateau d'argent qu'il tient du bout de ses doigts gantés, comme s'il craignait une contamination par on ne sait quel virus exotique.

— Il est de fait, monsieur, que... mmm... la chose semble provenir de l'étranger.

« La chose », comme le dit le maître d'hôtel, est une enveloppe froissée, jaunâtre, peu engageante. Plusieurs adresses rédigées avec des encres de couleurs différentes, puis raturées, se chevauchent. Les timbres surchargés de multiples tampons sont italiens, semble-t-il. Pas de nom d'expéditeur.

Franklin Coolidge sent peser sur lui les regards en coin des honorables membres du club. Il prend la lettre et le coupe-papier :

— Merci, Somerset. Voulez-vous me faire servir un brandy dans la bibliothèque ?

Coolidge est assez ravi de s'isoler : on peut presque palper la curiosité déçue de ces gentlemen, alentour, qui meurent d'envie de savoir et, cependant, restent imperturbables. Dans la bibliothèque, le brandy attend déjà près de la cheminée. Franklin ouvre l'enveloppe, commence à lire... et tombe assis sur le bras d'un fauteuil.

Les vénérables boiseries du club et les reliures précieuses sur les rayonnages entament devant ses yeux une valse tourbillonnante. D'une main hésitante, il trouve le verre de brandy, qu'il avale d'un trait, comme un docker dans un pub.

Au bout d'un instant, le décor se stabilise, le manège arrête sa ronde.

Franklin ramène les feuillets froissés devant ses yeux. Dans le coin du papier craquant, un écusson et un en-tête gravé : Hôtel Danieli. Venise.

Et des pages couvertes d'une belle écriture tourmentée. Une écriture inconnue et pourtant le texte commence ainsi :

Venise, dans la nuit de samedi.
Mon amour, mon tendre et fou et cher amour,
J'ose enfin vous appeler ainsi dans mon cœur
et dans ces lignes qui volent vers vous...

Fébrilement, Franklin retourne les feuillets. Lequel est le dernier ? Ils se ressemblent tous, avec même des mots qui débordent et montent à la verticale dans les marges. Un délire de mots, libérés enfin par quelqu'un qui avait trop de choses à dire. Le dernier feuillet, bon sang, la signature ? Ah ! voilà, dans un coin. Franklin lit d'un bloc la phrase qui entoure cette signature :

Recevez, mon cher amour, les pensées inquiètes de celle qui sera — si vous voulez encore d'elle — pour toujours, votre Stéphy.

Stéphy ? Stéphanie ! Stéphanie Miller ! Franklin passe une main sur son front couvert de sueur.

— Mais je rêve, moi ! Je deviens fou ! Stéphanie Miller ! Ce n'est pas possible !

Dans la tête de Franklin Coolidge, des images passent, très vite, venues de très loin. Des parfums, des bruits...

Le battement régulier d'une roue à aubes dans une eau jaune et limoneuse... L'eau du Nil... Un bateau blanc qui descend le Nil... Le soleil couchant qui déchaîne dans le ciel toutes les nuances de rouge nées sur la palette d'un peintre fou... La cadence étouffée d'un orchestre qui joue, dans les salons des premières, un air passé de mode, un boston ou une valse lente... Sur la berge, un pêcheur à la peau cuivrée, vêtu seulement d'un pagne, lance avec un geste venu du fond des âges un grand filet carré... Accoudée au bastingage, retenant d'une main son chapeau blanc, Stéphanie Miller pleure silencieusement...

Franklin Coolidge revient à la réalité, au présent, à ce club feutré, à ce feu bien rassurant dans la cheminée.

— Une lettre de Stéphanie Miller ! Ce n'est pas possible ! Il y a plus de vingt ans !

Une idée folle frappe Franklin en plein front. Une idée aussi folle que cette lettre. L'enveloppe : elle a quelque chose de bizarre, cette enveloppe.

Les timbres... mais oui : ce sont de vieux timbres. Des timbres qui n'ont plus cours ! La somme qu'ils indiquent est dérisoire. Sous les surcharges et les ratures, on voit mal. Les yeux de Franklin sont embués par l'émotion soudaine. Il ôte ses lunettes pour s'en servir comme d'une loupe. Les cachets sont entremêlés... Et pourtant, il y en a un qui est encore lisible !

Franklin Coolidge, seul dans la bibliothèque du club, a la sensation d'être submergé par la folie. Le cachet, un cachet italien, lui indique nettement : mai 1954 !

La lettre a été postée à Venise en mai 1954 et nous sommes à Londres en octobre 1974 ! Par un mystère incompréhensible — du moins ce soir-là — cette lettre a mis *vingt ans et cinq mois* pour parvenir à son destinataire ! C'est de la pure fantaisie, un rêve absurde ! Franklin renonce à réfléchir. Il s'installe lourdement dans le fauteuil et commence à lire :

> *Venise, dans la nuit de samedi.*
> *Mon amour, mon tendre et fou et cher amour...*

Les lignes se succèdent, recto verso, sur six feuillets. Et tandis qu'il déchiffre, Franklin Coolidge revit trois époques parallèlement. Trois époques qui s'enchevêtrent : la rencontre, il y a vingt ans, sur le bateau qui descend le Nil, les vingt années qui viennent de se passer à construire une vie qui ne ressemble en rien à ce qu'il aurait voulu, une vie qui aurait pu être tellement différente s'il en croit cette lettre... Et le présent, cette soirée inouïe, avec cette question lancinante : pourquoi ? Pourquoi vingt ans après ? *Pourquoi ?*

Au mois de mai 1954, Franklin Coolidge est un long jeune homme anglais de vingt-sept ans qui réfléchit beaucoup. La question qui se pose à lui est simple, mais pas la réponse : doit-il suivre ses penchants pour les voyages, l'exploration, la vie un peu bohème qui le tente ? Ou doit-il plutôt rentrer dans le rang et suivre la voie que l'on a tracée pour lui ?

Franklin a perdu ses parents très tôt, à l'âge de

quinze ans. Une tante de sa mère, fort riche, l'a pris en charge, mais pas en affection. Elle lui a payé d'excellentes études, lui a permis de les prolonger par des stages en Allemagne, en Amérique et au Japon, espérant lui donner goût aux affaires. En fait, cela n'a fait que développer l'attirance du jeune homme pour les lointains horizons. La chère vieille tante vient de rendre à Dieu son âme toute sèche et tout entière consacrée à l'amour de l'argent. Cet argent, elle le lègue à Franklin, à la condition qu'il s'occupe activement des entreprises où la fortune est investie.

Cruel dilemme pour un garçon qui rêve de marcher sur les traces de Stanley et Livingstone. Alors, pour réfléchir, Franklin s'est offert un voyage jusqu'aux sources du Nil. Il en revient plutôt perplexe. Car il a fait là-bas une surprenante rencontre.

Depuis longtemps il avait entendu parler d'une sorte de marabout, un très vieil homme vivant en ermite aux confins du désert et détenteur, disait-on, des secrets d'une très ancienne sagesse. Dans son exaltation un peu naïve, Franklin avait cherché à prendre contact avec l'ermite, espérant on ne sait trop quelles révélations, quelle illumination venue d'en haut. Mais le saint homme semblait une ombre fuyante : il n'était jamais là où on le disait. De palabre en palabre, de fausses pistes en longues patiences, le jeune Anglais avait enfin trouvé quelqu'un qui accepte de le conduire auprès du sage.

C'était un vieillard très sale, presque aveugle, habitant une cahute de torchis qui sentait le poisson grillé. Il avait touché le front de Franklin, puis il avait agité ses mains maigres et crié d'une voix aiguë quelques imprécations que l'interprète traduisit par :

— Va-t'en ! Va-t'en, ta place n'est pas ici ! Il y a de la glace autour de toi ! *Ton destin est dans la glace !*

Franklin était ressorti très vite. Sur le seuil, il fut rappelé par la voix geignarde du vieux :

— De l'argent ! Avant de partir, donne-moi de l'argent, l'Anglais !

Cruelle déception, que Franklin Coolidge remâche amèrement. Pour oublier cela, il s'est offert le voyage de retour le plus civilisé qui soit : il redescend le Nil sur un bateau qui emporte dans une croisière de rêve quelques dizaines de privilégiés.

La première journée s'avère assez pénible. Franklin est littéralement harponné par un couple d'Allemands âgés. Le monsieur est professeur, très savant et très bavard. Heureusement, ils vont se coucher tôt. Franklin peut enfin fumer un cigare tranquillement sur le pont. C'est là, dans la magie pourpre du soleil couchant, que Stéphanie Miller fait son apparition.

Apparition est le mot juste. Elle est tout simplement divine, du moins aux yeux de Franklin. Mince et souple comme un roseau du Nil, prête semble-t-il à ployer sous le moindre souffle de vent pour se redresser ensuite. Elle est vêtue de blanc, et c'est seulement ainsi que Franklin la verra : robe blanche, et, sur ses cheveux d'un roux très clair, une large capeline, blanche aussi, d'où s'échappe un foulard de mousseline qui s'enroule autour de son cou.

Franklin est ébloui et, dès cette seconde, il a l'intime certitude que, toute sa vie, il ne pourra se passer de cette femme. Les premiers pas sont difficiles, timides, guindés. Mais Stéphanie semble accueillir la compagnie de Franklin sans déplaisir. Au contraire, même. Pour un peu, le jeune homme serait prêt à jurer qu'elle ressent pour lui la même attirance. Par moments, c'est manifeste. Et puis, inexplicablement, elle se replie sur elle-même. « Son éducation, sûrement ! » pense Franklin.

Le soleil couchant n'est plus. Une lune irréelle lui a succédé. Le battement des roues à aubes s'est tu. On a jeté l'ancre pour la nuit. L'orchestre a joué des airs de plus en plus feutrés, puis le silence s'est fait. Sur le bateau, seule la cabine du capitaine est encore éclairée, ainsi qu'un petit salon où des joueurs de cartes continuent leur partie.

Mais sur le pont baigné de lune, Stéphanie et Franklin parlent encore à voix basse. Que peuvent-ils bien se dire ? Tout. Tout ce qui les agite, les fait rêver. Mais rien de leur vie privée : savoir-vivre oblige... Ils se quittent très avant dans la nuit, en se disant à demain.

Franklin ne dort pas longtemps. De bonne heure, il arpente les ponts et les coursives. En vain. Stéphanie ne se montre pas. Elle n'est pas à la salle à manger pour le déjeuner. L'après-midi, on aborde pour une excursion vers un temple pharaonique. Posté au bas de la passerelle, Franklin guette la descente des passagers : pas de Stéphanie. S'il s'écoutait, Franklin se renseignerait auprès du personnel de bord. Mais il n'ose pas : ce serait *shocking*, n'est-il pas ? Il dîne vaguement et sans appétit, toujours sans avoir aperçu la jeune femme.

Et voici que, comme la veille, la silhouette blanche se montre dans la soirée.

Franklin oublie tout, et les heures qui passent sont à nouveau merveilleuses. Franklin s'avise soudain qu'ils se sont dit des milliers de choses sur des milliers de sujets mais qu'ils n'ont pas vraiment parlé de leur existence. Alors il se raconte : ses études, la mort de ses parents, sa tante, l'héritage...

— Et vous, mademoiselle ? D'où venez-vous ? Où allez-vous ? Que souhaitez-vous de la vie ?

— Moi ? Oh... C'est sans intérêt... Je n'ai pas envie de vous parler de moi. Vous seriez déçu. Dites-moi plutôt : avez-vous déjà visité Paris ?

Franklin laisse la conversation dériver. Tout ce qu'il demande, c'est d'entendre la musique de cette voix, de sentir la chaleur de cette épaule contre la sienne... La lune se voile un peu cette nuit-là. Des écharpes de brume flottent au ras de l'eau. Dans la lumière nacrée, Franklin regarde le profil délicat. Il a soudainement la sensation de la fragilité de cette présence : cette croisière n'est pas éternelle. S'il ne veut pas perdre Stéphanie, il doit oser... Alors doucement, sa main glisse sur la rambarde et vient se poser sur celle de la jeune femme. Il sent les doigts menus trembler, mais la main ne se retire pas. Elle reste un moment blottie là, puis soudain, elle s'échappe :

— J'ai froid... J'aimerais rentrer ! Bonsoir !

Franklin n'a pas le temps d'esquisser un geste pour la retenir. La silhouette blanche s'est envolée.

La troisième journée se passe encore à guetter vainement. Le soir, Franklin est en train de passer son smoking pour aller dîner lorsqu'on frappe à la porte de la cabine. C'est un steward égyptien qui explique dans un anglais approximatif :

— La dame, Monsieur... une jolie belle dame... Elle dire attendre Monsieur sur le pont !

Fou de joie, Franklin bondit, cherche. Il aperçoit enfin la robe blanche, à la proue :

— Stéphanie ! Je suis là !

Elle lève la main sans se retourner :

— Restez là, Franklin, juste derrière moi... Ne dites rien et écoutez-moi !

Elle garde les yeux fixés sur le fleuve, et parle d'un trait :

— Je suis mariée, Franklin... Je suis même ici en voyage de noces... Vous n'avez jamais vu mon mari parce qu'il joue toutes les nuits dans le petit salon. Le jeu, c'est sa passion. Sa deuxième passion, après moi, bien sûr. A ce qu'il dit. Il dort tard le matin, et je lui tiens compagnie dans la journée... Nous dînons dans la cabine. Il ne sort jamais, il a horreur du soleil. C'est un homme assez singulier... Mais c'est mon mari. C'est tout, Franklin... Je regrette...

— Stéphanie... Ce n'est pas possible ? Vous dites cela pour... pour m'éprouver, n'est-ce pas ? Vous m'aimez, je le sais ! Je ne peux pas me tromper ! C'est une farce absurde que vous me jouez !

— C'est peut-être une farce, Franklin, mais alors je n'en suis pas l'auteur ! Disons : une farce de la vie... Et ce n'est pas vous la victime, croyez-moi... Je me suis *vraiment* mariée, voilà trois semaines. Mon mari est dans le salon, là-bas. Il joue comme chaque soir. Et tout à l'heure, à la fin de la nuit, j'irai le rejoindre dans notre cabine. Maintenant, j'aimerais que vous partiez.

La dernière vision que Franklin aura de Stéphanie, c'est cette silhouette blanche, qui pleure silencieusement dans le couchant, et qui ne se retourne pas tandis qu'il s'éloigne.

Le lendemain, il quitte le bateau, et aussi l'Egypte. Si le vieux marabout avait raison en parlant d'un « destin de glace », ce n'est certainement pas dans ce pays de soleil qu'il pouvait trouver le bonheur.

Franklin Coolidge retourne en Angleterre : la vie a décidé pour lui, il ne voyagera plus et il va reprendre les affaires léguées par sa tante.

En vingt ans, sa fortune se confirme, sa position sociale devient tout à fait prospère. Il pense même avoir réalisé la prédiction du marabout, le « destin de glace », puisqu'il est devenu le principal actionnaire d'une société de frigorifiques industriels ! Il se marie deux fois, divorce aussi deux fois.

A quarante-sept ans, il est donc riche, seul, endurci. Le bonheur, il n'y pense plus. C'est une notion dépassée : il dispose d'un fauteuil attitré dans un club de gentlemen anglais, où l'attendent chaque soir un exemplaire du *Times* et une bouteille de vieux brandy marquée à ses initiales. Cela tient parfaitement lieu de bonheur, c'est moins risqué.

Et c'est dans ce club que lui parvient en 1974 cette lettre folle, qui lui fait revivre son plus cher et plus secret souvenir... Cette lettre qui bouscule toutes les années qui viennent de passer. Car elle dit ceci, la lettre :

Venise, dans la nuit de samedi.
Mon amour, mon tendre et fou et cher amour,
J'ose enfin vous appeler ainsi dans mon cœur et dans ces lignes qui volent vers vous.
C'est lundi dernier que vous avez quitté le bateau, sur ma demande, et cela me semble une éternité. Déjà la minute suivante, vous me manquiez. Toute la nuit, j'ai essayé de regarder jouer aux cartes cet homme qui est mon mari, et je ne voyais que vous. Au matin, je lui ai dit la vérité : il a été le premier à m'avoir demandée en mariage, et je l'ai épousé pour fuir ma famille. Que je puisse tomber amoureuse d'un autre

homme (car je vous aime, Franklin) pendant mon voyage de noces, c'était le signe d'un bien mauvais mariage, que les années ne pourraient pas arranger.

J'aurais été déloyale de ne pas le dire. Mon mari m'a rendu ma liberté avec une froideur un peu méprisante. Je la mérite certainement, mais, à vrai dire, je m'en soucie peu : c'est à vous, Franklin, que je pense à chaque seconde. Je suis remontée à Venise pour réfléchir. Et puis, comme je sais à peine qui vous êtes, j'ai chargé une agence de détectives de retrouver votre adresse. Ce fut assez facile grâce aux organisateurs de la croisière. Voici mon adresse à moi, chez mes parents, près de Londres. Je vais y aller et je vous y attendrai.

Peut-être trouverez-vous ma lettre et toute ma conduite peu dignes d'intérêt... Peut-être me prendrez-vous pour quelqu'un de léger ? Je suis juste un peu perdue. Mais je ne veux pas déranger votre vie : je ne vous écrirai pas d'autre lettre que celle-là et, si vous préférez ne pas y répondre, je le comprendrai et je n'insisterai pas. Ces feuillets portent tous mes espoirs.

Recevez, mon cher amour, les pensées inquiètes de celle qui sera — si vous voulez encore d'elle — pour toujours votre Stéphy.

Voilà ce que disait la lettre, arrivée vingt ans plus tard. Ainsi, pendant vingt ans, Franklin et Stéphanie avaient vécu... à soixante kilomètres l'un de l'autre !

Dès le lendemain, Franklin Coolidge se présentait à l'adresse indiquée. Stéphanie habitait toujours la maison de ses parents. Elle était toujours très belle et ne s'était jamais mariée.

Ils ne se sont pas jetés dans les bras l'un de

l'autre. Certes non. En 1954, ils étaient jeunes, en 1974 ils étaient devenus... britanniques. Ils étaient comme deux vieux chats maniaques qui ont leurs habitudes et se découvrent avec prudence et circonspection, prêts à sortir les griffes.

Ils sont restés fiancés deux ans avant de se marier enfin. Ils ne regrettent pas le long contretemps qui les a séparés : cela leur donne la joie de vivre, à leurs âges, en jeunes mariés au lieu d'être un vieux couple.

Vous aimeriez sûrement avoir l'explication, pour le retour de la lettre ? Vous pouvez la trouver dans les journaux de l'époque : l'avion qui transportait le courrier en 1954 s'est écrasé dans les Alpes. Les débris ont été pris dans un glacier. Or, vous le savez certainement, un glacier, cela semble soudé au flanc de la montagne, mais cela bouge. Un glacier s'écoule comme un fleuve, mais très lentement. Les restes de l'avion ont été « recrachés » par le glacier dans une vallée suisse dix-neuf ans plus tard.

Il y avait à bord un sac postal où quelques lettres étaient encore intactes. Et les postes helvétiques ont considéré de leur devoir de faire suivre ce courrier. Quant aux postes de Sa Gracieuse Majesté, elles se sont fait un point d'honneur de retrouver les destinataires. L'un des directeurs faisait partie du même club que Franklin Coolidge. Et la lettre fut distribuée. Sans commentaire. Mais avec une surtaxe.

N'avait-on pas prédit à Franklin Coolidge « un destin de glace » ?

COMMENT ON FABRIQUE UN FANTÔME

Un homme reparaît dans la « vie normale ». Un de nos « revenants », au sens parfait du terme. Une sorte de fantôme, vieilli, découragé, marqué à jamais par un enfer qu'il a vécu dans les poubelles aseptisées et hermétiques où certaines sociétés remisent leurs indésirables, leurs gêneurs : des années dans le secret de couloirs sans issue, dans les échos sans fin de chambres aux murs de ciment... Cet homme a été « escamoté » un jour d'été, retiré de l'univers qui était le sien. On l'a trimbalé, immobilisé par des sangles, transbahuté de civières en lits de métal. On l'a privé de son identité, coupé de tout contact avec ceux qui le connaissaient... Et, lorsqu'un hasard inouï pourrait lui permettre de recouvrer son nom et sa liberté, on s'acharne encore contre lui, on le retient encore pour des années... Puis, un jour, le voici relâché, diminué dans son corps et dans son âme, ne possédant plus rien, ne connaissant plus personne, incapable désormais d'exercer le métier qui était toute sa passion et rejeté par la société même qui l'a passé au laminoir...

Vous vous dites : oui, cela doit arriver, assurément. N'a-t-on pas entendu, il y a peu, l'histoire scandaleuse de ce pauvre homme retenu dans les méandres des asiles de l'ex-Union soviétique ? On l'avait cru fou, parce qu'il était hongrois et que, au fin fond de la Sibérie... personne ne parlait sa langue ! Effectivement, maintenant que le rideau de fer est tombé, on en apprend de belles !

On citera ensuite la férocité des dictateurs d'Amérique du Sud, les abus commis par les juntes militaires méditerranéennes qui font bon marché de la dignité humaine. On évoquera l'obscurantisme cultivé par les extrémismes religieux, les secrets cachés par les insondables étendues encore moyenâgeuses de la Chine profonde... Oui, sous la férule de régimes totalitaires, dans des pays éloignés du bienfaisant soleil de la Civilisation (avec une majuscule), dans des contrées ingrates, dénuées de la protection des Droits de l'Homme — ce fleuron de notre culture — ces aberrations peuvent survenir !

Or, voici une histoire, horrible, mais qui est arrivée là, tout près de chez vous, dans cette riante contrée nommée « France ».

Le « revenant » dont nous allons parler, nous l'avons connu du temps que nous faisions des émissions de radio sur Europe 1. Il se débattait dans un cauchemar qui n'en finissait pas et demandait de l'aide. Que pouvions-nous faire, sinon raconter son calvaire et mettre la « pression » médiatique pour qu'un semblant de réparation lui soit consenti ? Mais le mal était fait, un mal que nul n'effacerait jamais...

Nous pourrions commencer le récit par la réapparition de M. Lenoir et le scandale qu'elle a permis de révéler. Mais cette fois, nous préférons vous permettre de suivre l'histoire dans l'ordre chronologique, étape par étape. Peut-être cela servira-t-il à nous ouvrir un peu les yeux et voir comment dans un pays si beau, avec les meilleurs sentiments du monde, comment on fabrique un fantôme.

Imaginez : ce dimanche de canicule, dans le Midi, vous êtes dans la foule, vous avez décidé, une fois au moins, de voir pour de vrai le Tour de France. En fait, vous ne voyez pas grand-chose, mais un voisin a eu la bonne idée d'apporter un transistor. Et vous entendez en direct le reporter qui passe sur la route à quelques mètres de vous :
— Eh bien, en effet, grâce à notre moto émettrice, j'ai pu me rendre en tête de la course et même prendre un peu d'avance. J'en profite pour vous décrire la foule, la foule que vous entendez certainement et qui est massée dans cette montée... Une demi-étape de montagne dans le plein sens du terme... Une demi-étape très dure, à cause du soleil de plomb, véritablement, qui a écrasé les coureurs et la caravane de ce Tour de France depuis le départ... Mais vous l'entendez sûrement... la rumeur se propage... Les voilà... En effet, là-bas au tournant, je vois apparaître... Mais oui : des échappés... Cinq hommes en tout... cinq hommes talonnés de près par le peloton... D'ici, je ne peux pas encore les identifier, mais je distingue leur effort... Debout, oui, littéralement debout sur les pédales, ils tentent de creuser l'écart... Vous entendez les cris d'encouragement... certains spectateurs tentent de s'aventurer sur la chaussée, avec des éponges mouillées... le service d'ordre les refoule... Mais c'est la bousculade... Je vois quelques personnes qui chutent sur la chaussée, heureusement évitées par les coureurs qui maintenant arrivent devant nous...

C'est tout ce que vous avez entendu de ce reportage. Pour la France entière, ce petit incident est déjà oublié. Tout le monde se relève, sauf un homme, là-bas. Il a l'air de souffrir, il se tient le ventre : il a dû prendre un coup de guidon, allez savoir. Vous ne pouvez pas vous en douter, personne ne le pourrait, mais vous assistez au démarrage d'une mécanique infernale...

On a tiré l'homme sur l'herbe du bord de la route, il gémit, plié en deux. Quelqu'un prévient l'ambulance. Personne ne veut de mal à cet homme, tout le monde est plein de bonne volonté. L'ambulancier aussi, rapide, efficace. Or, on est à égale distance de deux villes, chacune équipée d'un hôpital. Pourquoi l'ambulancier choisit-il l'une plutôt que l'autre ? Pense-t-il que la route sera plus dégagée dans ce sens ? Lui aussi, sans le savoir, fait partie des mille rouages de la machine.

Autre rouage : le soleil. Il ne veut de mal à personne, le soleil ? A l'hôpital, il y a affluence aux urgences : enfants, femmes enceintes, vieillards qui ont présumé de leur résistance. Tous victimes d'insolation sur le parcours de cette étape cycliste. Et tous sont là, sur des civières, des chaises, se tenant le front ou pris de vomissements.

L'homme bousculé sur la route est déposé par les brancardiers, qui doivent repartir. Il attend, un peu vaseux, mais il ne se tord plus de douleur : en chemin, on l'a soulagé par une piqûre. Il se rend compte de l'embouteillage du service et prend son mal en patience, vaguement somnolent. D'autres arrivants se succèdent.

Deux gendarmes encadrent un type en costume gris. Ils vont droit au guichet :

— Pour le service du docteur Berthier ! C'est le dingue du mas Campagnolle !

La réceptionniste, submergée par les admissions, lance par-dessus le comptoir :

— Vous faites comme tout le monde : vous attendez ! Il y a des enfants en priorité !

— Soyez gentille : prenez-le-nous ! On a deux missions en attente, des accidents de la route, et on n'est pas assez nombreux, avec le Tour !

La jeune femme écarte de son front ses cheveux trempés. Elle jauge le type entre les gendarmes :

— Il n'a pas l'air très remuant, votre dingue ?

— Vous n'auriez pas dit ça il y a une heure ! A quatre on a dû se mettre, pour le maîtriser ! Mais le toubib lui a refilé un calmant... Vous auriez vu la seringue : une dose pour un cheval ! Alors, vous nous le prenez ?

— Bon, ben... Vous avez qu'à le caser là, dans le coin, je m'en occupe dans la minute !

— Merci, ma belle... Tenez : mettez donc un coup de tampon sur la décharge... Parfait. Et moi, je vous laisse le double rose, pour vos services ! A bientôt et bon courage !

Les gendarmes, ravis de pouvoir poursuivre leur programme chargé, asseyent le type en gris, qui se laisse faire docilement. Il reste là, le regard dans le vague. La réceptionniste épingle devant elle le bordereau, jette un œil sur le nom, Lenoir, et replonge dans les papiers en cours.

Un autre rouage de la machine à fantômes vient de s'enclencher.

Les formalités d'admission continuent, à un rythme accéléré. Une infirmière passe au milieu des rangées de malades en attente. Elle interroge brièvement chacun et, pour aller plus vite, elle crie les renseignements de base à travers le hall :

— Muller ! Pierre ! 63 ans ! Masculin ! Insolation ! Allibert ! Martine ! 27 ans ! Féminin ! Enceinte ! Insolation !

Quelquefois, elle adresse un petit commentaire :

— Espérandieu ! Alphonse ! 83 ans ! Masculin ! Coupure au pied !.... Hé bé, grand-père... en voilà des idées de danser sur des tessons de bouteille ! Mettez des chaussures, la prochaine fois !

Le grand-père sourit. Il se sent déjà mieux : on s'occupe de lui.

L'infirmière se penche sur le brancard où l'homme bousculé de tout à l'heure s'est assoupi, suite au sédatif administré dans l'ambulance. Près de sa tête, son portefeuille qu'il avait sagement préparé en attendant son tour. L'infirmière lit la carte d'identité :

— Lenoir-André, Claude ! 31 ans ! Masculin !

Là-bas, derrière le guichet, la réceptionniste avise la note rose de la gendarmerie, épinglée sur le tableau devant elle : pour un peu, elle allait l'oublier !

— Ah ! Lenoir ! Celui-là, tu le mets de côté ! Il est attendu au service de Berthier ! Je les préviens ! Apporte-moi ses papiers !

Cette fois, la chaîne infernale vient de démarrer pour de bon.

Pour que les choses soient claires, parlons brièvement de cet homme qui, sans le savoir, est en train de... se dématérialiser. Son prénom est Claude. Son nom de famille : Lenoir-André. Pourquoi ce nom composé ? Les parents de Claude Lenoir se sont tués dans un accident de voiture, peu après sa naissance. Il a été recueilli par sa tante, la sœur de sa mère. Cette tante était mariée avec un monsieur qui avait pour nom de famille André. A sa majorité, Claude Lenoir, par respect, a fait ajouter à son nom celui de son père nourricier, M. André.

Il s'appelle donc aujourd'hui Claude Lenoir-André, il a 31 ans et exerce un métier assez rare : il est mathématicien. Il fait des recherches en mathématiques pures et, selon ses confrères, il est très brillant. Il se consacre à cette passion, il vit seul.

Revenons maintenant dans la machine infernale : avez-vous noté ce qui vient de se passer ? L'infirmière, dans le hall bondé des urgences, lit la carte d'identité à voix haute :

— Lenoir-André, Claude !

La réceptionniste, le nez sur sa pile de fiches, inscrit, dans la foulée, à la rubrique « nom » : Lenoir et sur la ligne « prénom » : André. Et puis, elle a réagi : Lenoir... Lenoir... Mais oui ! La fiche des gendarmes est là : c'est ce malade attendu par le service de M. Berthier. Le docteur Berthier, dans cet hôpital, supervise le service de neurologie.

Vous avez compris : Lenoir, patronyme assez répandu, est aussi celui de l'individu que les gendarmes ont amené tout à l'heure... Celui-là, très calme, est « sonné » par la piqûre de cheval reçue au cours de son arrestation. Il reste assis là où on l'a posé, personne ne lui prête attention. Mais l'infirmière a déjà fixé un bracelet de toile au poignet de Claude Lenoir-André, un bracelet marqué au stylo à bille : « LENOIR A. NEURO ». Un aide-soignant débarque d'un ascenseur. L'infirmière lui confie le chariot de métal, la feuille d'admission. L'aide-soignant pousse le chariot dans un monte-charge qui sent l'éther. Les portes glissent avec un chuintement discret et se referment sur vingt ans d'une destinée invraisemblable... *vingt ans...* Claude Lenoir-André n'aura même jamais aucun souvenir de cette seconde où il est passé de l'état d'homme à celui de fantôme.

Claude s'éveille lentement. Il se sent un peu pâteux. Tout de suite, il se souvient : le bord de la route, le passage du Tour de France, la bousculade derrière lui, sa chute avec deux autres spectateurs, bras et jambes emmêlés, la douleur fulgurante, au creux du ventre... Claude a été un peu imprudent : il a subi récemment une opération de l'appendicite qui a donné quelques complications. Il n'aurait jamais dû se risquer dans une telle foule. Mais il n'avait pas imaginé que cela pouvait être aussi dense. Ni prévu la bousculade avec les coureurs. Il se revoit, tordu de douleur sur l'asphalte presque liquide, la brûlure, le choc au ventre, le souffle coupé, incapable de dire un mot... L'ambulance, la surprise d'une piqûre dans le bras et, enfin, le soulagement : la douleur qui s'éloigne, qui s'estompe tandis que le sommeil le gagne. Il ne se rappelle plus tout à fait son arrivée à l'hôpital...

Maintenant il s'éveille vraiment. Les bruits deviennent plus nets. Des voix autour de lui. Il y a des gens au pied de son lit. Des jeunes gens en blanc qui entourent avec respect un vieux monsieur dont la blouse ouverte laisse voir un beau costume trois pièces gris anthracite. Il tient ses pouces dans son gilet. Son sourire est bienveillant :

— Alors, mon ami... Nous allons mieux, dirait-on. Je suis le docteur Berthier. Et vous ?

Claude essaie de répondre, mais sa bouche est en carton. Il parvient quand même à articuler :

— Lenoir... Je suis... Lenoir !

La main empressée d'une jeune interne attrape le panneau accroché au pied du lit et le présente au docteur Berthier : courbes de température et, sur une ligne, le nom du malade :

— Lenoir, André. C'est bien cela. Eh bien, on se

souvient déjà de son nom... Parfait-parfait... Je vois que la température est stable depuis trois jours... Parfait-parfait... Continuez à lui administrer la Divérone. Maintenez la dose. Au revoir, mon ami...

Claude se demande s'il a bien compris : trois jours, a dit le docteur ? Mais non ! Le Tour de France... c'était hier et... Il faut appeler ce brave vieux docteur et... Claude veut faire un geste, mais il s'aperçoit que ses mains sont attachées au bord du lit ! Ses pieds ? Ses pieds aussi ! Claude cambre les reins, appelle. Mais de sa gorge ne sort qu'une sorte de beuglement qu'il ne contrôle pas. Le médecin se retourne, hausse un sourcil, se penche vers une assistante :

— Pour la Divérone... Montez-le-moi à 600 ! Il faut qu'il se repose, n'est-ce pas ?

C'est trop tard : le grand patron est déjà sorti de la salle, suivi par ses internes comme par un vol de mouettes blanches, et Claude est fatigué, si fatigué... Il replonge dans le sommeil.

Pendant ce temps, sa situation se règle sans lui, dans les bureaux. C'est inéluctable, comme un ciment qui durcit et dont il va rester prisonnier.

Un dossier « Lenoir » passe en préfecture, lancé par les gendarmes selon la procédure réglementaire. Le secrétaire en a plusieurs du même type : la canicule échauffe les esprits et provoque des explosions caractérielles. Le secrétaire les regroupe donc et, puisqu'il faut s'y mettre, décide de liquider tout ça en une séance, le matin de préférence, puisque c'est le moment où le « patron » est bien luné.

Le rôle du préfet, dans cette procédure, est de signer ou non l'autorisation d'internement, puisqu'il y a trouble sur la voie publique. Le secrétaire, debout près du bureau, résume l'essentiel, puis présente le dossier, ouvert à la bonne page, pour signature.

— Bien... Pour la femme Plantin, que fait-on, monsieur ?

— Elle a quatre enfants, n'est-ce pas ? Laissons-la sortir et recommandez des visites à domicile... Suivant ?

— Lenoir A., ouvrier agricole. Crise de démence, démonstrations obscènes aux passants depuis la fenêtre d'une ferme, se barricade ensuite en menaçant de tirer sur tout ce qui bouge. Les gendarmes sont parvenus à maîtriser le forcené. Ils soulignent sa violence et une force peu commune... Premier diagnostic du médecin de ville qui les a assistés : suspicion de schizophrénie... L'intéressé a été confié au service du docteur Berthier...

— Eh bien, il ne peut pas être en de meilleures mains : ce vieux Berthier est un type formidable !

Le préfet signe.

Pour admettre comment ce piège a bien pu se refermer, il est bon, ici, de prendre en considération plusieurs éléments importants.

En premier lieu, la chimie pharmaceutique a fait, depuis, des progrès rapides. Mais l'année où Claude est interné, les médicaments utilisés en psychiatrie ne soignent encore que de grandes catégories de troubles : ils ne sont ni aussi efficaces et ciblés qu'aujourd'hui, ni dosables aussi finement. Si l'on n'en administre pas assez, les malades peuvent rester agités. Pour ne pas courir ce risque, on a tendance à faire ingurgiter des doses qui dépassent l'effet souhaité et créent d'autres troubles en retour. D'ailleurs, on disait couramment : « S'il y a un symptôme que vous n'avez pas *avant* d'entrer à l'hôpital, soyez sûr que vous l'aurez *après* ! » C'est probablement ce qui est arrivé à Claude...

Autre changement : aujourd'hui, bien des établissements sont surchargés et ont comme priorité de libérer des lits dès que possible pour accueillir de nouveaux patients. Grâce aux nouvelles molécules, de nombreux malades peuvent se soigner eux-mêmes chez eux, en reprenant une vie quasi normale, une activité. Les « soins ambulatoires » sont devenus chose courante. A l'époque, c'était inenvisageable : les troubles graves du comportement ne pouvaient être traités qu'en milieu médical.

Dans cet état de choses, la durée des internements était assez complètement laissée à la discrétion du seul médecin responsable. Or, d'après ce que nous avons cru comprendre, les centres spécialisés étaient subventionnés en fonction du nombre de lits occupés. Certains dirigeants ont peut-être pu considérer que tout patient en long séjour était une petite assurance de subvention. Allez savoir...

Donc, tandis que son sort se décide dans des bureaux, Claude Lenoir-André, lui, n'a pas conscience du temps qui passe. Quelques brefs instants de lucidité, entre de longues périodes noires, sans rêves... Et puis un éveil plus net... Il ne reconnaît pas cet endroit.

Il n'est plus dans le même hôpital. En tout cas, plus dans la grande salle : c'est une chambre plus petite. Deux autres personnes sont couchées là... Un vieillard, tellement immobile et blanc qu'il a l'air mort et, plus loin, un Antillais colossal qui est immobilisé par de larges sangles de toile et qui chante *Adieu foulards* en créole, en balançant comme un métronome sa tête crépue...

Claude sent qu'on le touche, qu'on le bouge. Une infirmière maigre et robuste l'assied contre ses oreillers, puis renouvelle un flacon de sérum suspendu à une potence. Les yeux embrumés de Claude suivent le tuyau prolongé d'une aiguille plantée dans le creux de son coude. Qu'est-ce qu'on lui fait ?

— Eh bien, monsieur Lenoir, à partir d'aujourd'hui, il va falloir recommencer à manger comme un grand garçon !

Claude Lenoir-André ne sait pas encore que cela fait *dix-huit jours* qu'il a été ramassé sur le bord de la route. Il n'est plus à l'hôpital de la ville. Il a été transféré à soixante kilomètres, dans un établissement spécialisé. Il est très faible car, depuis près de trois semaines maintenant, il n'est alimenté que par perfusion.

Son esprit redevient clair assez rapidement, mais il a l'impression que son corps est une sorte de marionnette maladroite, et il doit produire un intense effort de concentration pour commander le moindre muscle. En particulier ceux du visage : il a une peine infinie à parler. Ses lèvres sont comme anesthésiées par le froid :

— Maintenant... je vais... bien...

La femme en blanc sourit rapidement. Elle manipule une seringue posée sur un plateau chromé :

— C'est bien, monsieur Lenoir... continuez comme ça... Allez, tournez-vous...

Il essaie de poursuivre :

— Mais... c'est... mon ventre... appendidicite !

En même temps qu'il le dit, il s'aperçoit que le mot est mal sorti. Il rassemble sa volonté et répète :

— Appendidicite...

C'est horrible. Horriblement comique... Il a envie de rire en entendant ce qu'il dit, mais ce sont des larmes qui coulent de ses yeux. Il faut... Il faut qu'il y arrive... Bon sang... Le mot juste est là, dans sa tête, bien clair, il le voit écrit devant ses yeux, il peut l'épeler : appendicite, APPENDICITE ! Et il va le dire ! Et il le dit :

— APPENDIDICITE ! (Oh non ! Non, ce n'est pas possible ! Je ne suis pas fou ! Ce sont ces médicaments...)

— Mais oui, monsieur Lenoir ! J'ai compris : votre appendicite ! Vous avez été opéré il n'y a pas longtemps, c'est ça ? Oui, on l'a vue, votre cicatrice. Rien de grave, on vous soigne ça, vous n'aurez plus mal ! Mais aussi, on n'a pas idée, quand on relève d'opération, de faire des excentricités, de grimper sur des fenêtres et de tirer sur des gendarmes ! Vilain garçon ! Allez, zou, on me montre gentiment sa fesse... voilà !

Le nez dans son oreiller, Claude Lenoir-André pleure et glisse une fois de plus dans le sommeil...

Combien de jours, de semaines plus tard, la tentative suivante ? Il ne sait plus. Il a vu défiler des docteurs qui lui posent des questions mais les médicaments produisent toujours cet effet d'anesthésie sur ses lèvres et sa langue. Alors, devant ses difficultés d'expression, les médecins s'adressent à l'infirmière, qui répond plus vite. Cela donne à peu près :

— Alors, monsieur Lenoir, on se rétablit, semble-t-il ? On souffre de quelque part ?

— A... appendidicite !

— Oui, oui, bien sûr... Est-ce qu'il est calme, mademoiselle ?

— Oui docteur... Sauf quelques crises passagères d'énervement !

— Parfait, parfait... Je vois sur sa fiche qu'il est à quatre comprimés d'Asyndrodonal à 50 milligrammes ? Continuez, n'est-ce pas ?

— Bien docteur.

Claude a l'impression que l'on parle de lui, devant lui, comme s'il était un meuble, ou un rat de laboratoire...

Mais il a remarqué que, chaque mercredi matin, les trois principaux médecins de l'établissement ont coutume de faire une visite ensemble, avec tous leurs assistants. Toute la semaine qui précède, Claude se montre un patient exemplaire : il prend ses médicaments sans rechigner, dort quand il faut dormir et mange ce qu'il faut manger. Surtout, il reste calme, très calme. L'attention des soignants se relâche un peu et, le mardi soir, il réussit à coincer sous sa langue les petits cachets roses qui le rendent brumeux. Il boit dans le gobelet en carton en faisant semblant de déglutir et, l'infirmière partie, il jette les médicaments dans les toilettes. Il est prêt.

Mercredi matin, la troupe médicale entre dans sa chambre. Claude parvient à ne pas trembler d'excitation. Son esprit est clair. Ses lèvres ont retrouvé un peu de mobilité.

— Ah ! Monsieur Lenoir ! Comment allons-nous ?

— Bien, docteur... Ecoutez : il y a... une... erreur...

— Vous voyez... il fait des progrès... Quelle erreur, monsieur Lenoir ?

— Je ne... devrais... devrais pas être ici...

— Monsieur Lenoir, c'est ce que pensent presque tous ceux qui sont ici. Mais, croyez-moi, vous seriez encore plus mal dehors ! Vous êtes un peu... souffrant, voilà tout !

— Non... une erreur... je n'ai pas... tiré sur les gendarmes !

— Comment monsieur Lenoir ? Vous ne vous

rappelez pas. Vous vous êtes barricadé dans la ferme où vous travaillez et vous...

— Mais non... je suis... mathémi... ma-thé-mi-ta... Mathématiticien !

— Eh bien ! Voilà autre chose ! Notez, mesdemoiselles et messieurs : apparition d'un symptôme mégalomaniaque... Pour cet homme de la terre, l'état de mathématicien représente sûrement un idéal de puissance et de...

Claude Lenoir n'y tient plus : il bondit vers le docteur, prend dans la pochette de sa blouse un marqueur rouge, il grimpe sur son lit et, sur le mur blanc, il se met à aligner à toute vitesse les termes d'une équation extrêmement complexe. La surprise est telle que les infirmiers mettent presque une minute avant d'intervenir. Ceinturé, immobilisé, Claude se débat. Il hurle :

— Vous voyez... vous voyez...

Oui, les docteurs voient... Ils voient un patient à tendance schizophrène en proie à une agitation violente. Le médecin rajuste ses lunettes, rassure d'un geste très digne ses collègues inquiets : tout va bien, il maîtrise la situation, il est sain et sauf. Un signe, et deux infirmiers emportent Claude hurlant vers une cellule isolée. Il aura droit à une double dose, pour le calmer.

Pourtant, cette tentative ne sera pas inutile : il se trouve que l'une des personnes qui assistent à la scène est une stagiaire, déléguée sur le terrain par un important laboratoire pharmaceutique. Nicole Calder est spécialiste en chimie biologique, passionnée par son métier et aussi... par les mathématiques.

Sur le moment, elle a été surprise, croyant assister à une agression envers le médecin. Plus habituée au calme du labo qu'à la fréquentation des malades, elle a été un peu secouée. Mais les chiffres en rouge sur le mur blanc se sont gravés sur sa rétine. Dès la fin de la visite, elle s'éclipse du groupe et revient vers la chambre. Claude n'y est plus. Par contre, comme l'établissement est bien tenu, un peintre est déjà en train de recouvrir au rouleau les graffitis... Il en reste assez pourtant, assez pour comprendre :

— Attendez ! Arrêtez, monsieur ! Ne touchez plus à rien ! A rien, vous m'entendez !

Elle court dans les couloirs, elle trouve le médecin-chef, elle le traîne dans la chambre. Ahuri, le toubib voit Nicole Calder, cette fille si brillante, qui grimpe sur l'échelle du peintre, souligne des chiffres encore visibles, les commente d'une voix excitée, les complète :

— Regardez ! Mais regardez, bon sang !.... Ici, 3 alpha Y factorielle de moins X qui peut se réduire à X puissance moins 3 alpha. Ensuite... ensuite, je m'arrête ! Et vous savez pourquoi je m'arrête, docteur ? Parce que ça dépasse mes compétences ! Vous savez ce que c'est, ça ? C'est une équation parcellaire de Wizniewsky, dans laquelle on a introduit trois variables ! Trois ! Vous n'y comprenez rien ? Ça ne m'étonne pas : il n'y a pas dix personnes en France capables de comprendre à un tel niveau !

Nicole Calder est essoufflée. Elle redescend de l'escabeau. Elle s'approche du médecin, lui fourre le marqueur dans la poche de sa blouse.

— Mégalomanie ! Vous en connaissez beaucoup, des ouvriers agricoles capables de traiter ces trois variables ?... Même sous le coup de la mégalomanie ?

Alors, vous vous dites : ça y est ! Le quiproquo tragique va se dissiper ? Vous avez raison : à son réveil, Claude est accueilli enfin pour une vraie conversation avec les médecins. On prend le temps de l'écouter.

Il tombe des nues en apprenant que cela fait *un an* qu'il est là, trimbalé de camisole de force en camisole chimique !

Vous vous dites encore : maintenant, c'est fini ! Là, vous avez tort : on ne le laisse pas sortir. Puisqu'il a fait l'objet d'une décision légale d'internement, il doit maintenant obtenir une décision légale de libération ! Et puis, les médecins peuvent le constater et sont tenus de le mentionner dans leurs rapports : Claude présente des troubles sérieux du comportement... *Maintenant, c'est vrai !*

Il va rester onze ans, *onze années* à traîner d'expertises en contre-expertises... Pourquoi ? Parce que reconnaître l'erreur, c'est mettre en cause le préfet, qui a signé l'ordre d'internement au nom de Claude, alors que le malade était un autre Lenoir...

Reconnaître l'erreur, c'est aussi mettre en cause le système médical, les mandarins, la psychiatrie, ses méthodes, son personnel... Tout ce beau système qui fonctionne si bien, pour ceux qui y gagnent leur vie...

Onze années, donc, avant que l'on laisse Claude libre. Heureusement, il est soutenu par la chimiste Nicole Calder. Elle obtient pour lui un régime d'internement dit « ouvert » qui va permettre à Claude d'enseigner à des adultes, en milieu hospitalier. Il poursuit des recherches et publie même, pendant ces onze ans, un manuel qui est récompensé de plusieurs bourses...

Mais le système, lui, non content de l'avoir réduit à l'état de fantôme, va continuer à s'acharner sur Claude.

A sa sortie, Claude porte plainte. Nicole Calder et quelques amis qu'elle a réunis se mobilisent, préviennent les journalistes. Les tribunaux mettront *sept* ans pour juger la plainte... recevable !

Le procès proprement dit viendra en son temps et durera *trois* ans. C'est que Claude a demandé deux millions de francs de dommages et intérêts, mais surtout la condamnation du préfet. D'où une rude bataille, dans laquelle toutes les pressions, toutes les ruses juridiques seront employées pour retarder l'affaire.

Le tribunal a fini par statuer : il a accordé cent mille francs, en compensation de *cinq* années d'internement injustifié. Pourquoi *cinq*, alors qu'il est resté enfermé *onze* années ? Parce que les magistrats ont estimé que :

— effectivement, il y a bien eu confusion entre le sieur Lenoir-André et un ouvrier agricole appelé Lenoir, Adrien de son prénom ;

— mais que, vu qu'inscrire sur une fiche d'admission « Lenoir A. » était la pratique courante, la confusion pouvait se justifier au départ ;

— la première année ne doit pas être prise en compte, attendu que l'intéressé n'avait pas clairement fourni à l'hôpital les renseignements permettant de dissiper la confusion ; l'institution ne peut être tenue pour responsable d'un état de fait dont elle n'avait pas connaissance ;

— pendant les cinq années qui ont suivi, le maintien en institution du sieur Lenoir se justifiait également du fait de son état et des expertises diverses nécessaires pour établir qu'il y avait bien eu erreur ;

— on aurait donc pu libérer le sieur Lenoir au bout de la sixième année ; l'institution ne l'a pas fait et doit répondre de cinq années de « retard à exécution ».

Cent mille francs. Cent mille francs pour une vie volée...

Claude ne pouvait plus prétendre à la recherche en mathématiques pures : il avait depuis trop longtemps perdu le contact avec ces sommets et était désormais incapable de trouver la concentration nécessaire. Il choisit donc de se tourner vers l'enseignement. Grâce à l'aide de son groupe de nouveaux amis, il a fini par trouver un poste dans un petit centre d'études privé, car l'enseignement public n'a pas voulu de lui. A cause de son dossier médical.

Avant-dernier détail : le fameux jour du Tour de France, dans le hall de hôpital, le vrai schizophrène dangereux, le vrai Lenoir Adrien, a fini par retrouver ses esprits et s'est éclipsé en voyant que personne ne s'occupait de lui. On ne sait pas ce qu'il est devenu. D'ailleurs, l'a-t-on cherché ?

Dernier détail : lorsqu'il est venu nous raconter son histoire à la radio, Claude Lenoir-André était en pleine bataille pour sortir de son état de fantôme. Plusieurs années plus tard, nous l'avons revu. Il disait qu'il avait réussi à revivre. Il affirmait même qu'il ne lui restait, de son enfer, aucune séquelle. Il a même essayé de plaisanter :

— On ne se rend pas compte de ce que l'on risque, à se faire opérer d'une simple appendidicite...

Il s'est rendu compte de son lapsus. Il a eu un instant de flottement. Il a souri, poliment. Il a voulu se reprendre, en s'appliquant :

— ... Une simple appendidicite et...

Et il s'est mis à pleurer.

UN CADAVRE TRÈS CAUSANT

La manière la plus courante pour les disparus de ressurgir dans la vie des autres c'est, hélas, sous forme de cadavre...

Cela s'explique : si vous décidez de disparaître tout en restant vivant, vous vous donnerez énormément de mal pour que l'on ne vous retrouve pas. Vous n'allez probablement pas revenir de votre propre gré, sauf cas de force majeure ! Et si c'est quelqu'un d'autre qui décide de vous faire disparaître, il va se débrouiller en général pour que vous ne puissiez pas reparaître, frais comme la rose, et le dénoncer...

Donc, quand les disparus se remanifestent à nous, c'est trop souvent en tant que défunts. C'est si affreusement banal que, pour les accueillir à leur retour, il y a de nombreux professionnels : policiers, médecins légistes, enquêteurs, etc. Car, première différence : quelqu'un qui revient vivant peut déclarer : « Bonjour, je me nomme Untel et me revoici ! » Alors que celui qui revient muet pour l'éternité pose une énigme : « Qui suis-je et qui m'a fait disparaître ? » La civilisation a donc institué tout un système, bien organisé, pour gérer ces retours impromptus et les bouleversements qu'ils génèrent.

Comme ces « retours » sous forme de défunt représentent huit cas sur dix, il nous en fallait obligatoirement un dans cet ouvrage. Celui que nous avons choisi est exemplaire par ce qu'il a d'exceptionnel. Surtout si l'on considère que l'épisode se déroule en 1929, époque où les méthodes scientifiques pour « faire parler » un cadavre étaient à des années-lumière de ce qu'elles sont aujourd'hui.

— Alors, Mister Wagner, avouez qu'il n'y avait vraiment pas grand-chose à tirer de cette horreur ?

Abraham J. David, le procureur de la petite ville d'Elizabeth, dans le New Jersey, désigne d'un mouvement dégoûté du menton l'horreur en question, qui a été exposée sur la table d'acier de la morgue.

Et pour une horreur, c'en est une : une pelletée de restes calcinés, quelque chose qui a dû être une femme. C'est un promeneur qui a découvert *cela*, dans un bois peu fréquenté des environs.

L'un des policiers opérant les premiers constats, le cœur chaviré, a eu cette comparaison significative :

— On dirait qu'elle a été éjectée d'un avion en flammes !

L'image est assez juste. A ceci près que la victime a été exécutée d'une balle dans la tête, puis arrosée d'essence. Une allumette, et voilà le sinistre résultat...

Sur la table d'acier de la morgue, le médecin légiste a tenté de reconstituer au mieux le puzzle macabre. Seul le crâne a gardé quelque peu sa forme primitive. Un lambeau de peau, sur la joue, a inexplicablement échappé aux flammes. A part cela, un morceau de chaussure, un bout de manteau, une dent de porcelaine, les montures métalliques d'un collier et d'un bracelet...

Abraham J. David, le procureur, regarde à nouveau l'homme mince et froid qui contemple sans émotion apparente ce qui gît sur la table d'acier. Il répète :

— Pas grand-chose à en tirer, n'est-ce pas, Mister Wagner ?

L'homme mince et froid ne bouge pas d'un millimètre, les bras le long du corps, le front baissé. Ses yeux continuent de parcourir la table. Mais de ses lèvres tombe une phrase brève :

— Laissez-moi une heure. Seul.

Ce n'est pas une demande. Un ordre. Oui, un ordre, proféré d'une voix égale, basse, mais sans réplique. Un ordre tellement net que, sans savoir comment, le procureur, le médecin légiste et les deux policiers qui les accompagnent se retrouvent dans le couloir.

Vexés, bien sûr. Après tout, ils sont chez eux, à la morgue municipale d'Elizabeth ! Et ce Wagner, arrivé propre et net comme un mannequin de vitrine par le train du matin... Cet étranger, ce New-Yorkais si prétentieux qu'on dirait un Anglais...

— Oser nous parler sur ce ton ? Il nous prend pour... pour des Mexicains, ma parole !

Pour se donner une contenance, le procureur allume ostensiblement un cigare juste sous le panneau d'interdiction de fumer. Puis il affiche un large sourire :

— Une heure, qu'il a dit, Monsieur-le-grand-détective-de-New York ! Eh bien, je vous le dis, moi : dans une heure il en sera exactement au même point que nous !

— Vous croyez, monsieur le procureur ?

— Mais oui, docteur ! Il bluffe ! Il bluffe totalement ! Qu'est-ce que vous voulez qu'il apprenne de plus que nous ? De plus que vous, médecin, en passant seulement une heure de tête-à-tête avec... avec ces débris impossibles à identifier ?

Les quatre hommes se regardent d'un air entendu : c'est vrai, après tout ! Eux aussi sont des professionnels chevronnés, et ils n'ont rien pu découvrir. Alors !... Alors il ne leur reste plus qu'à attendre pour voir comment ce fameux détective parachuté par les grands manitous va s'y prendre : lui aussi, il va se « planter », comme on dit, sur cette affaire. Et là, on ne lui fera pas de cadeau !

Et ils attendent, en effet. Ils attendent une heure, très précisément. A la minute près, la porte de la morgue s'ouvre. S'y encadre la silhouette impeccable de Wagner. Il s'arrête sur le seuil. Et tout en enfilant posément ses gants (des gants gris perle, on croit rêver !), il parle. De la même voix monocorde :

— La victime était une couturière polonaise de cinquante-deux ans. Venue de Pennsylvanie. Elle suivait assidûment les cours de la Bourse. Elle était portée sur les choses de l'amour et menait en tout cas une aventure sentimentale... Quant à son meurtrier (vraisemblablement son amant), c'est un homme qui prétend posséder une bonne situation. Il est calme et sympathique. Bien que n'étant plus de la première jeunesse, il garde quelque chose de fragile, d'enfantin.

Et le détective new-yorkais ajoute, comme pour faire bonne mesure et écraser ces provinciaux :

— Je suis désolé, messieurs, mais pour l'instant, je n'en sais pas plus !

Outrés, qu'ils sont, le procureur et ses amis ! Comment ose-t-il se payer ainsi leur tête ?

En trois coups de téléphone, le procureur Abraham J. David convoque une conférence de presse dans le hall du Grand Hôtel. Ah ! mais, on va bien voir ! Ce genre de plaisanterie est peut-être possible à huis clos, mais devant les représentants de l'opinion publique, ce Wagner, ce New-Yorkais arrogant, va devoir en rabattre et avouer que, lui aussi, il patauge.

— Mesdames et messieurs de la presse, la parole est à Mister William A. Wagner... de New York !

Le procureur se frotte les mains. Et il déchante très vite : avec sa froideur impassible, le détective répète exactement ses conclusions ! Les flashes crépitent, les questions fusent, les reporters font courir les crayons sur les bloc-notes !

— Fantastique !
— Inouï !
— Mister Wagner, comment pouvez-vous en arriver à des affirmations aussi téméraires ?

Très maître de lui, le limier vedette s'assied négligemment sur un coin de la table de conférence. Il prend le temps d'ajuster le pli de son pantalon :

— Téméraire, moi ? Non, je n'ai pas cette qualité. Je ne suis qu'un raisonneur, un besogneux, en quelque sorte. Reprenons point par point ce que j'ai avancé et voyons sur quoi je m'appuie. Sur les pauvres restes que j'ai examinés, seul un carré de peau sur la joue a été épargné par les flammes. Sous le dépôt de fumée, cette peau apparaît assez pâle et reposait sur des pommettes hautes et proéminentes. Caractéristiques des races slaves. Les pores relativement distendus et l'état du crâne indiquent une femme dans la cinquantaine. Voici donc une Polonaise quinquagénaire. Pourquoi venait-elle de Pennsylvanie ? Son âge laisse supposer qu'elle était ou avait été mariée. Chez ces émigrants de l'Est, on se marie le plus souvent « entre soi » et la Pennsylvanie, à quelques heures d'ici par le train, est une région minière où travaillent de nombreux Polonais. Vous me direz : pourquoi pas New York, encore plus proche, et qui abrite également une communauté polonaise importante ? Je répondrai : à cause de ses vêtements. Venons-y, et voyons ce qu'ils nous enseignent...

Dans le hall du Grand Hôtel, les journalistes prennent fébrilement des notes, tandis que les notables de la petite ville d'Elizabeth, malgré toute leur défiance envers William Wagner, commencent à se sentir intéressés.

— Les vêtements, donc. Oh, je vous le concède, là non plus le feu ne nous a pas laissé grand-chose... Pourtant, un fragment de manteau de satin noir où restent attachés quelques poils de la doublure. Oui, une doublure façon « poil de singe »... Une mode populaire, mais en province et non à New York. Notre couturière polonaise nous arrivait donc bien de Pennsylvanie ! Ah oui : pourquoi couturière ? Eh bien, regardez ceci : c'est un croquis que j'ai relevé dans mon carnet. Faites circuler, je vous prie, pour que chacun puisse voir !

Le carnet surgi de la poche du détective passe de main en main. Sur une page, on voit comme une sorte de pointillé. Une dizaine de petites barres, légèrement en biais, bien parallèles, longues chacune d'un demi-centimètre. Ceux qui viennent de regarder le croquis interrogent déjà William Wagner, qui récupère son carnet et poursuit :

— C'est la reproduction d'un point de raccommodage effectué sur la doublure d'une des chaussures de la victime, dont un fragment subsiste. Il s'agit d'un travail minutieux, mais pas d'un travail de cordonnier. Ce n'est pas le point dit « point de sellier » mais celui appelé « point de couturière » dont la régularité et le serré dénotent pourtant un doigté professionnel. La chaussure proprement dite était un soulier verni datant de plusieurs années et rapetassé. Couturière, pas riche, polonaise, Pennsylvanie...

Dans la salle se propage maintenant un murmure soutenu.

— Je vois, mesdames et messieurs, que vous commencez à suivre ma méthode de déduction. Je vais donc me permettre de passer plus directement aux autres indices, et vous verrez rapidement se constituer le portrait à la fois physique et, si je puis dire « social », de notre cadavre... Qu'avons-nous encore retrouvé ? Une dent de porcelaine, et les montures métalliques d'un collier et d'un bracelet dont les ornements ont brûlé. Un détail aussi : sur la peau de sa joue, un maquillage abondant.

Oublions que la pauvre femme a quitté ce bas-monde, je vous prie, et regardons-la plutôt vivre. Une femme modeste, une émigrée ayant passé la cinquantaine, une couturière vivant dans une région minière. Elle vient dans le New Jersey, avec un maquillage très... appliqué. Elle a revêtu ses chaussures vernies du dimanche, datant de plusieurs années, qu'elle raccommode elle-même. Une femme économe, donc, mais qui fait des frais pour sortir, comme ce manteau de satin noir à doublure chaude. Elle s'est fait refaire un bridge de bonne qualité (et nous savons ce que coûtent les soins dentaires). Elle s'est offert pour ce voyage un collier et un bracelet, mais bon marché, du clinquant comme on en trouve dans les grands magasins. Oui, elle a acheté ces bijoux pour la circonstance, car les montures à trois sous ont encore le poli du neuf. Pour la circonstance ! Mais quelle circonstance ? Ah, je vois mesdames et messieurs, que vous en arrivez à la même conclusion que moi : notre couturière polonaise de Pennsylvanie s'était faite belle... pour séduire ! La cinquantaine avait sonné et elle avait trouvé une chance, peut-être une dernière, de refaire sa vie ! Une question, monsieur là-bas au troisième rang ?

— Oui, Mister Wagner ! John Pedge du *Morning Telegraph* !

— Votre question, Mister Pedge ?

— Vous nous avez dit, Mister Wagner, que cette dame surveillait les cours de la Bourse ?

— Oui, en effet ! Je pense qu'une émigrée qui a laborieusement économisé jusqu'à cinquante ans sur ses revenus de couturière, mais qui souhaitait refaire sa vie, devait avoir envie de quitter le triste paysage minier de la Pennsylvanie. Mais pour cela, elle devait faire fructifier son petit avoir plus rapidement que dans une caisse d'épargne. Et elle devait en avoir placé une partie dans des actions.

Les murmures, dans la salle, cette fois se font carrément houleux. Un courageux anonyme lance :

— Et vous comptez nous emmener jusqu'où comme ça ?

— Je n'ai pas bien vu qui a posé cette question mais j'y réponds. J'espère bien vous emmener jusqu'à l'assassin. Aimeriez-vous savoir à quoi il ressemble ?

Le procureur et les policiers locaux, qui font bloc dans un coin de la salle, se frottent les mains : en posant cette question, l'insupportable Wagner creuse lui-même d'un coup la tombe de sa réputation ! Déjà qu'il prenait un risque insensé en livrant sans vérification préalable toutes ses élucubrations sur la victime... Oser proposer au pied levé un portrait de l'assassin, c'est de la folie furieuse ! Pourvu que quelqu'un le pousse à relever son propre défi.

— Chiche !

Quelqu'un, caché derrière sa main, a lancé le mot et fait sourire toute la salle. Imperturbable, semblant toujours regarder chacun dans les yeux et toujours sans consulter de notes, Wagner enchaîne :

— Merci de l'intérêt que vous m'accordez. L'assassin, donc. C'est un homme petit, mesdames et messieurs les journalistes. Oui, petit, car sinon, pourquoi notre couturière, pour aller le rejoindre, aurait-elle ressorti ses anciennes chaussures du dimanche à talons plats ?

C'est donc un petit homme, qui a lui aussi bien passé la cinquantaine. Pourquoi ne pas l'imaginer plus jeune, bien plus jeune même, me demanderez-vous ? Pourquoi notre couturière n'aurait-elle pas entendu frapper le démon de midi ? Là, je n'ai aucun élément matériel, je l'avoue. Mais me permettrez-vous, pour la première fois, de me fier à mon sentiment ? Je pense pouvoir maintenant m'y autoriser, car vous vous rendez bien compte, mesdames et messieurs, que je commence à la connaître, cette femme, à bien la connaître. Et vous aussi, j'en suis sûr ! Alors, je vous le demande, la voyez-vous après toute une vie de labeur minutieux, la voyez-vous se mettant dans l'idée, à l'approche de la soixantaine, de s'accrocher au bras d'un jeune homme ? Un jeune homme qui la laissera bientôt tomber, quand il l'aura trop vue avec son maquillage trop abondant ? Moi je vous dis : non ! Pas elle, pas cette femme-là !

Après la vie qu'elle a menée, elle devait avoir envie d'un compagnon fiable, solide, aisé. Pas une passade : un vrai compagnon qui l'emmènerait loin de la grisaille des mines de Pennsylvanie !

William A. Wagner a quitté le coin de la table où il s'était assis et il passe dans les rangs des reporters. Il leur parle de près, à chacun en particulier, dirait-on. Il est précis, convaincant et il dresse maintenant un portrait presque vivant :

— Ce petit homme de cinquante ans est bien soigné de sa personne. C'est un calme, un doux, un gentil.... Du moins en apparence. C'est ainsi qu'il compense ce qui manque à son physique chétif : le côté robuste et protecteur dont la couturière a besoin. Il a une culture supérieure à celle de la femme. Il sait lui parler enfin d'avenir, enfin de paysages ensoleillés... Mais j'ai dit aussi plus haut qu'il « affectait » de posséder une excellente situation sociale. Car là non plus je ne vois pas un homme réellement arrivé dans l'existence entamer une liaison avec cette malheureuse femme, qui avait si peu d'atouts et d'attraits. Il lui mentait sur sa situation réelle. Il venait donc d'ailleurs, de la ville, dirais-je.... Eh oui, de la ville, car sans cela, prudente comme elle devait l'être, et dans sa province où les vrais notables sont connus, notre couturière aurait eu tôt fait de savoir qu'il bluffait ! Alors, comment cet homme, qui se prétendait être d'un milieu huppé, cet homme qui venait de loin, comment a-t-il fait la connaissance de cette femme modeste et provinciale ?

La réponse a jailli simultanément sur les lèvres de plusieurs journalistes :

— Mais oui, mesdames et messieurs ! Je suis bien de votre avis : les petites annonces ! Nous allons donc rechercher (et pour l'instant nous l'appellerons notre « témoin principal ») un homme de plus de cinquante ans, petit, calme, soigné de sa personne, paraissant posséder une bonne culture et ayant eu une liaison par l'intermédiaire des petites annonces avec une couturière d'origine polonaise habitant la Pennsylvanie. Je dis « nous allons le rechercher » car je vous serais reconnaissant de bien vouloir, dans les limites de votre déontologie professionnelle, donner le maximum d'écho à notre entretien d'aujourd'hui, en précisant l'adresse de mon bureau où je recevrai tous les renseignements spontanés que l'on voudra bien me donner. Ce sera tout. Mesdames et messieurs, je vous remercie !

Inutile de décrire la cohue des correspondants de presse se ruant déjà vers les téléphones, les télégraphes et les voitures. Quel extraordinaire démarrage d'enquête ! Quelle aubaine pour les journalistes ! Certains sont d'emblée d'un enthousiasme inconditionnel. D'autres, plus prudents, essaient vraisemblablement de ne pas vexer les autorités locales. D'autres enfin se montrent carrément moqueurs, comparant le détective à une sorte de clown de place publique, faisant un numéro de trapèze sans filet, et qui ne va pas tarder à se retrouver le derrière dans la sciure !

Et il faut avouer que si on peut trouver à Mister Wagner un certain panache, on peut aussi le juger bien présomptueux...

Mais il sait mettre quand même tous les atouts de la recherche criminelle dans son jeu. L'expertise de la balle qui a tué ne donne pas d'éléments essentiels : un projectile de calibre moyen, tiré par un revolver comme il en existe des milliers aux Etats-Unis. Les traces laissées par le canon ne se rapportent à aucune arme déjà connue.

Par contre, l'analyse du vernis de la chaussure en attribue la fabrication aux établissements Friedmann, de Saint-Louis. Un article largement périmé, selon le directeur commercial qui précise :

— Nous avons d'ailleurs négocié la liquidation totale du stock voici cinq ans avec un grossiste spécialisé dans les soldes. La maison Berg, à Scranton.

Scranton, c'est en Pennsylvanie. Voici la première coïncidence positive. Hélas trop vague et trop ancienne : des milliers de paires de vernis, des milliers de clientes....

Mais les choses vont très vite. C'est bien de Pennsylvanie encore que parvient l'appel d'un policier : le chef de la police de Greenville. Deux dames se sont présentées, qui affirment pouvoir donner l'identité de la victime. Et aussi de son fiancé !

Ces deux dames sont bien vite amenées dans le bureau de Wagner. Deux femmes dans la cinquantaine, Mme Straub et Mme Dodds. Toutes deux, le nez baissé, observent par en dessous ce gentleman silencieux. Mme Straub se penche et murmure en polonais :

— Il est tout à fait bien pour un policier ! Encore mieux que dans le journal !

Mme Dodds approuve. Mme Straub se cache la figure dans un mouchoir à carreaux :

— Oy oy oy, monsieur ! C'est affreux, ce qu'on nous a obligées de regarder, à la morgue !

— Je le conçois, madame, et j'en suis navré ! Mais c'était indispensable ! Avez-vous identifié formellement la défunte ?

— Elle, non, monsieur. Mais la monture de ses bijoux, oui ! Elle nous les avait montrés, elle venait de les acheter pour son rendez-vous... Pensez : elle était si contente ! Ça faisait tellement d'effet pour le prix !

Mme Dodds renchérit :

— Et le petit bout de son manteau de satin noir ! Celui avec la doublure si chic, en singe ! Et... et sa dent toute neuve qui lui avait coûté si cher ! On a tout reconnu !

Les deux braves dames commencent à pleurer. Wagner coupe court :

— Donc, c'était votre amie ? Son nom, s'il vous plaît ?

— Milly, elle s'appelait. Milly Morisky. Ou plutôt Milly Campbell, depuis qu'elle s'était remariée.

— Racontez-moi cela dans l'ordre, je vous prie ?

— Oh, ça s'est passé *exactement* comme vous avez dit dans le journal ! Milly se trouvait veuve de son premier mari, un gars de chez nous, de Varsovie. Mort de la silicose... Toute sa vie dans la mine, quoi. Dix ans, elle est restée sans personne, Milly. Elle avait touché les assurances, et elle faisait des travaux de couture pour les mineurs célibataires. Mais quand elle a passé le cap des cinquante ans, elle a eu le coup de cafard. Elle ne se voyait pas vieillir toute seule, dans ce paysage si triste. Dire que c'est nous qui l'avons poussée à passer cette petite annonce !.... Une de nos amies l'avait fait et elle avait trouvé un bon mari. Alors Milly a passé son annonce. Elle avait écrit : « Dame, bien sous tous rapports ». C'est vrai qu'elle était encore belle. Elle disait aussi qu'elle avait quelques économies. Ça, elle n'aurait peut-être pas dû ? Mais, d'un autre côté, il ne faut pas décourager les hommes à l'avance : ça compte, de ne pas se présenter comme une charge... C'est pour son cinquante-deuxième anniversaire qu'elle a reçu la réponse du docteur Campbell.

Le détective a souri, imperceptiblement :
— Ah ! Parce qu'il se disait docteur ?
— Oui, monsieur ! Un chirurgien, voilà ce qu'il était ! Un homme très bien ! Plus petit que vous, bien sûr... Mais très bien quand même ! Une seule chose que je n'aimais pas chez lui : il mâchait sans arrêt des clous de girofle. Il disait que c'était bon pour les dents. Mais un homme calme, et si gentil, et si reposant. Et qui savait tant de choses. Même la finance, il la connaissait ! Toutes les semaines, Milly nous racontait de combien il avait fait augmenter l'argent qu'elle lui avait confié ! Pensez : il avait des amis industriels, haut placés. Il leur achetait directement les actions. Et puis il l'a épousée. Un mariage rien que tous les deux. C'était si romantique !

La suite ? Vous la devinez à peu près et l'enquête finira par l'établir : la lune de miel s'achève abruptement. Un matin, le mari miracle a levé le camp, sans prévenir. Milly la naïve, malgré sa méfiance, Milly humiliée revient dans son village, seule. Elle raconte que son chirurgien de mari est à Hollywood, pour opérer en secret Cecil B. De Mille !

Comme l'absence du mari se prolonge, pour ne pas perdre la face devant ses amies, elle part à New York. Elle découvre qu'à l'adresse du cabinet médical il n'y a qu'un terrain vague. Mais elle connaît une autre adresse, où elle lui écrit. En fait c'est une boîte aux lettres de complaisance.

Alors, elle va se poster aux alentours, et elle guette. Et elle finit par le voir, qui vient relever son abondant courrier. Elle le suit jusque dans un café minable où il passe ses journées. Voilà pourquoi il mâche ses clous de girofle : pour dissimuler son haleine d'alcoolique.

De son vrai nom Henry Close, le « chirurgien » n'est qu'un minable escroc au mariage, auprès de femmes modestes qui n'ont ni assez de culture, ni d'expérience de la belle société pour éventer ses mensonges. Mais, au fil des années, il a acquis du métier quand même : lorsque Milly surgit devant lui dans ce café, qu'elle exige une explication et son argent, il ne panique pas. Il va trouver assez de belles paroles pour la calmer, l'enjôler. Il va la convaincre qu'il n'espérait qu'une chose : son retour, pour s'enfuir avec elle loin de tous ceux qui le persécutent, se faire une vie nouvelle, au soleil, tous les deux... Et Milly, qui ne rêve que d'entendre cela, va se préparer, se faire belle pour ce grand voyage d'amoureux.

Un voyage qui va se terminer dans un bois du New Jersey. C'est là que la pauvre Milly s'endort, confiante, sur la banquette arrière d'une automobile de location. La banquette arrière sur laquelle le calme petit homme a étendu une toile cirée. Pour ne pas faire de saletés, dira-t-il. C'est aussi pour cela que, soigneusement, il tire une balle et une seule. Par le sommet de la tête : pour ne pas abîmer les coussins. Puis il dépose le corps dans le bois, sort du coffre le bidon d'essence acheté avant le départ. L'allumette craque...

Henry Close en était à son septième mariage fictif. Mais grâce aux économies de ses « fiancées », il faisait vivre sa femme légitime et leurs deux enfants, qui le croyaient représentant, profession qui justifiait classiquement ses absences.

Toutes ces explications, ainsi que le récit de l'assassinat de la couturière, la police les obtient de lui, sans aucune difficulté, après une arrestation rapide :

des dizaines de gens peuvent donner son nom et sa véritable adresse.

Il ressemble trait pour trait à la description faite par le super-détective, et reproduite par tous les journaux. Finalement, le plus surpris par cette arrestation, c'est Close lui-même :

— Si j'avais su que l'on était d'aussi près sur ma trace, j'aurais quand même essayé de partir !

Manque de chance, pendant ces quelques jours, il n'a pas lu les journaux : il était trop occupé à préparer un nouveau mariage !

Encore un détail : Wagner, le super-détective, avait dit, après sa visite à la morgue, que l'assassin, tel qu'il l'imaginait, devait avoir gardé quelque chose « d'enfantin, de fragile »... Dans sa confession, le petit meurtrier avouera :

— Ce qui m'énervait le plus chez Milly, c'est sa tendance à me materner. Même en public, elle m'affublait d'un surnom ridicule : elle m'appelait son *Dickie Boy* !

C'est pas mignon, ça ?

DISPARAISSEZ, JE LE VEUX !

« Pour vivre heureux, vivons cachés », affirme le vieux proverbe. Nous pourrions lui offrir ici une joyeuse variante en écrivant : « Pour vivre riches, sachons disparaître ».

N'allez pas imaginer que nous allons vous conseiller de vous livrer à quelques copieuses malversations au sein d'une compagnie pétrolière, puis de vous éclipser vers des îles lointaines ! Loin de nous cette vilaine pensée ! Non, nous allons au contraire vous raconter une histoire très morale : un jeune couple honnête sous tous rapports devient propriétaire d'une résidence valant au bas mot quelques millions de dollars pour la somme de... deux cent quarante-neuf dollars et trente et un cents !

Entendons-nous, une fois encore, sur ce qu'est, en vérité, une « disparition » : sauf quand on meurt (ce qui n'est plus, alors, une disparition, mais un congé définitif), on s'efface simplement de la vue de certains, pour continuer à exister normalement ailleurs. Et c'est d'autant plus facile lorsque certains veulent vous *effacer* de leur horizon.

Voilà donc ce que firent les héros de cette revigorante aventure : pour devenir millionnaires en dollars, ils surent juste disparaître quand on le leur demandait. Mais surtout, réapparaître... quand on ne les attendait plus.

— Voyons, monsieur.... Puisque je vous dis que personne n'est au courant de votre affaire.... Et vous ne pouvez en aucun cas rencontrer maintenant M. Samuelson : il ne reçoit que sur rendez-vous ! Vous n'aviez pas rendez-vous ?
— Non, mademoiselle, mais....
— Alors si vous n'aviez pas rendez-vous, je suis désolée, mais je ne peux rien faire pour vous. Laissez-moi votre adresse, je transmettrai à la secrétaire de M. Samuelson. Et si votre requête est justifiée, elle la transmettra à l'assistant de M. Samuelson....

Le hall d'accueil de la Pacland est réellement accueillant. Un immense patio de marbre blanc que l'architecte a voulu à moitié intégré à l'immeuble, à moitié ouvert sur l'extérieur, avec des différences de niveaux, des plantes vertes et même des jets d'eau qui gazouillent. Le hall d'accueil donne une excellente image de marque de la Pacland, une très importante société immobilière développant ses ramifications dans toute la Californie et au-delà. Malheureusement, il semble que l'image ne corresponde pas vraiment à la réalité.

Assise dans un vaste fauteuil beige près d'un bassin, une jeune femme rêveuse : Laura Baker. En cette année 1973, elle a vingt-deux ans et son mari, Barry Baker, vingt-trois. Tous deux sont étudiants en droit et, comme ils sont brillants, ils ont eu le privilège de pouvoir suivre une partie de leur programme dans une université très réputée, sur la côte californienne. Mais maintenant, il leur faut déménager à Sacramento où un grand cabinet a proposé à

Barry un stage rémunéré. Une fois sur place, Laura espère en dénicher un aussi. C'est qu'ils ne sont pas riches, les Baker : leur mariage d'amour en pleines études était un peu une folie. Ils ont dû prendre, chacun à leur tour, des petits boulots de nuit, pour faire bouillir la marmite ou plutôt pour faire griller le hamburger, puisque nous sommes aux Etats-Unis.

Ils ont eu de la chance : en cadeau de mariage, le témoin de Barry leur a laissé reprendre le bail de son appartement dont le loyer était abordable. Pas une de ces chambres plus ou moins aménagées ni un de ces logements à partager avec d'autres étudiants. Un vrai appartement, dans un ensemble d'immeubles très classe, avec cuisine séparée et deux pièces, où chacun pouvait travailler tranquille. Un vrai cadeau. C'est important, un domicile tranquille, pour un jeune couple.

Oh, bien sûr, ils se sont donné du mal pour payer ponctuellement le loyer ! C'est que la Pacland, promoteur de l'immeuble, n'est pas une entreprise philanthropique. Elle est même réputée pour ne pas hésiter à faire expulser un locataire au moindre retard.

C'est sûrement le secret de la prospérité de la Pacland, pense Laura Baker en sortant de son rêve et en regardant à nouveau le hall d'accueil où l'on pourrait loger confortablement une tribu de Cheyennes. Elle entend les derniers mots de l'hôtesse à son mari, là-bas :

— ... et le cas échéant, l'assistant de M. Samuelson ne manquera pas de vous écrire !

Barry revient en écartant les bras dans un geste d'impuissance :

— Ah, mais, ça n'est pas croyable ! Cette fille, on dirait une poupée en silicone équipée d'un répondeur automatique en guise de cervelle ! Je suis sûr qu'elle n'a rien compris à ce que je voulais, mais elle avait une réponse, et une seule : moi y en a pas savoir, on vous écrira !

— Ne t'énerve pas et laisse-moi faire, tu vas voir !

C'est Laura maintenant qui va essayer de parlementer. La jeune fille en silicone siège dans un fauteuil pivotant, derrière une immense table de verre fumé. Elle parle avec une voix d'aéroport et avec un tel sourire qu'on dirait ses lèvres soudées pour l'éternité au-dessus de ses dents éclatantes :

— Bienvenue à Pacland Immobilier, madame ! Avec Pacland, la vie plus belle ! Vous aviez rendez-vous ?

— Non, mademoiselle ! Mais je suis madame Baker, la femme du monsieur que vous venez de voir. Vous vous souvenez de son problème ?

La demoiselle de silicone, sourire toujours éclatant, voix d'aéroport :

— Pas du tout, madame, mais comme ce monsieur n'avait pas rendez-vous...

Laura Baker parvient à produire un sourire, un tantinet plus crispé que celui de la demoiselle :

— Oui, comme il n'avait pas rendez-vous, vous n'aviez aucune raison de vous charger la mémoire ?

— C'est cela, madame !

Laura prend une profonde inspiration :

— Bien ! Alors je vais recommencer. Vous m'écoutez ?

— Oui, madame ! « Pacland, toujours à l'écoute de vos désirs. » C'est notre slogan.

— Mon mari, Barry Baker, et moi, nous avons habité deux ans dans la résidence du Manoir Marla Moor, appartenant à la Pacland.

— Félicitations, madame ! Avec Pacland, la vie plus belle !

— C'est ça... Et alors il y a trois mois, nous avons donné notre congé. Nous déménageons et nous retournons à Sacramento. Vous me suivez ?

— Qu'est-ce que j'irais faire à Sacramento, madame ?

— Non ! *Nous* allons à Sacramento et *vous*, mademoiselle, vous restez ici et vous me dites *simplement* à qui je dois m'adresser pour récupérer la caution de deux cent quarante-neuf dollars et trente et un cents que nous avons versée à la signature du bail. Aujourd'hui, l'appartement est libre, parfaitement nettoyé. J'ai ici l'état des lieux signé par le gardien de la résidence, attestant que rien n'est abîmé. Je désire donc simplement récupérer nos deux cent quarante-neuf dollars et trente et un cents de caution !

— Ah ! Vous venez pour un remboursement de caution, donc ? Alors cela concerne le service de M. Samuelson !

— Eh bien, nous y voilà ! C'est formidable, mademoiselle : on avance ! Pouvez-vous dire à M. Samuelson que je désire le voir ?

— Vous aviez rendez-vous ?

Laura Baker essaie de se rappeler très vite les enseignements de son professeur de yoga pour maîtriser ses élans meurtriers. Elle serre les dents :

— Du calme... *Beaucoup* de calme... Je suis *très* calme... Mademoiselle, voyez-vous, mon mari et moi nous finissons nos études de droit...

— Qu'est-ce que ça doit être difficile !

— Oui. Surtout sur le plan financier... Nous devons payer la caution pour notre nouvel appartement, à Sacramento. Et ces deux cent quarante-neuf dollars nous seraient très utiles. Les trente et un cents aussi, je ne vous le cache pas. D'où mon désir de voir ce M. Samuelson !

— M. Samuelson ne voit personne sans rendez-vous, madame. Son assistant, par contre, pourrait vous recevoir...

— Mais ça ira très bien !

— Seulement son assistant est en séminaire de motivation des cadres pour toute la journée. Il a laissé des consignes à sa secrétaire.

— Parfait ! Alors elle, on peut la voir ?

— La voir ? Oui, c'est sûrement possible. Mais cela ne servirait à rien, car elle n'est pas autorisée, bien sûr, à signer les remboursements de caution. Mais elle peut prendre votre message et le transmettre à l'assistant de M. Samuelson...

Laura Baker a parcouru le hall à la vitesse de la lumière, empoigné son mari au passage et ils sont déjà dehors lorsque la voix d'aéroport termine, là-bas, derrière sa table de verre fumé :

— Pacland Immobilier vous remercie de votre visite. Avec Pacland, la vie plus belle !

Deux mois et demi plus tard, à Sacramento, Barry Baker retire ses lunettes cerclées d'écaille et se pince le haut du nez avec lassitude. Il a passé la soirée à faire les comptes, à régler des factures... Même avec les primes de fidélité de la nouvelle carte de crédit, il arrive tout juste à boucler le budget :

— Laura, ma chérie, navré de te demander ça, mais tu n'as toujours aucune nouvelle du cabinet Meyer, pour ton stage ?

— Non ! Et toi, tu as récupéré la caution de la Pacland ? Ils nous ont rendu nos deux cent cinquante dollars ?

— Nos deux cent quarante-neuf dollars et trente et un cents, tu veux dire ? Non ! Et tu ne connais pas la meilleure ? La troisième lettre de rappel que j'ai envoyée à leur M. Samuelson, elle est revenue avec la mention : « M. Samuelson a monté en grade. Il dirige maintenant tout le département gestion. »

— Félicitations, monsieur Samuelson ! Et en quoi sa promotion nous concerne-t-elle ?

— Son successeur n'est pas désigné. Le département des affaires en suspens nous prie donc... de renouveler notre demande ultérieurement !

— Non mais, ils sont pas vrais, ceux-là ! Tu raconterais ça à la télévision, on n'y croirait pas ! Il y a sûrement quelque chose à faire !

— Absolument ! D'autant plus que si nous, nous avions eu le moindre retard pour le loyer, la Pacland, elle, ne nous aurait pas fait de cadeau ! Quand je pense qu'on s'est donné du mal pour tout remettre en état avant de partir... Il n'y a pas de raison de nous faire lanterner !

Oh si, il y en a certainement une, deux, dix minuscules raisons qui s'ajoutent les unes aux autres, puisque *deux ans* de plus passent, toujours sans nouvelles des deux cent quarante-neuf dollars et trente et un cents. Vous pensez bien que Barry et Laura ont eu d'autres chats à fouetter que de courir après cette caution. D'abord, elle s'est dévaluée, en deux ans, puis il y a eu les mille préoccupations de la vie quotidienne : le travail acharné pour gagner leur vie tout en progressant dans leurs études, la santé des parents de Laura qui a donné des inquiétudes...

Ensuite, la situation des Baker s'améliore. Ils ont eu leur diplôme. Barry est entré dans un cabinet d'affaires, il commence à avoir ses clients personnels et sa femme l'assiste. Bientôt, ils seront à leur compte. Ils changent d'appartement.

Et c'est là que Laura, en faisant du rangement, retombe sur le dossier Pacland : le double des lettres sans réponse et une annonce publicitaire qu'elle a découpée un jour, pour garder un souvenir de leur premier logement. Une photo de la résidence Manoir Marla Moor :

— Tu te rappelles, mon chéri, notre premier chez-nous ? On y a été heureux, finalement. Bon sang ! Quand je pense qu'ils se vantent des millions de dollars que valent ces immeubles... et qu'ils nous ont volé deux cent quarante-neuf dollars et trente et un cents ! Tu ne trouves pas ça dégoûtant ?

— C'est parfaitement infâme, dirais-je !

Laura saisit le téléphone :

— Battons le fer tant qu'il est chaud : je les appelle ! Avec le décalage horaire, ils doivent encore être ouverts. Et je t'assure que, cette fois, je récupère notre caution.

Bel enthousiasme ! Hélas, trois fois hélas : ne pénètre pas qui veut la forteresse de la Pacland ! Laura va l'apprendre au prix d'une lourde note de téléphone...

Elle retombe d'abord sur une de ces voix d'aéroport que les maîtres de l'image de marque Pacland semblent affectionner. On *entend* le sourire de la standardiste, résultat d'un entraînement commercial féroce. Laura demande directement M. Samuelson. La pauvre ! Evidemment, si elle faisait partie de l'élite triée sur le volet digne de parler directement au révéré monsieur, elle n'appellerait pas sur le standard, mais posséderait le numéro de sa ligne directe. Elle se retrouve connectée sur le poste de la secrétaire de l'assistant de M. Samuelson.

Dès qu'elle a prononcé les mots « remboursement de caution », Laura s'entend dire d'un seul trait qu'elle a été mal aiguillée, que l'autorité de M. Samuelson couvre maintenant les achats et les ventes de biens pour toute la côte Ouest, donc que ce n'est pas du tout là qu'il faut s'adresser, mais qu'on peut la diriger vers le service adéquat. Et, d'une pichenette de son ongle verni sur le cadran, la secrétaire de l'assistant expédie Laura quelque part dans les étages.

Nouvelle sonnerie, nouvelle interlocutrice. Laura prend tout de suite ses précautions :

— Je me nomme Baker, Laura Baker. J'ai habité le Manoir Marla Moor. C'est bien auprès de vous que je peux récupérer une caution ?

— Parfaitement, madame ! Mais pas par téléphone : il faut nous écrire après l'état des lieux et...

— Mais je vous *ai écrit* ! C'est vous qui ne m'avez pas remboursée !

— C'est curieux. Vous êtes certaine ?

— Ah oui, plutôt !

— Peut-être le virement est-il en route ? Vous savez, il faut parfois compter quelques semaines... Cela fait-il plus d'un mois que vous nous avez écrit ?

— Deux ans et demi !

— Pardon ?

— Deux ans et demi ! Le responsable de votre service était M. Samuelson !

— Ah, je vais voir ce que je peux... Voulez-vous patienter quelques instants, je vous prie ?

Laura patiente. Elle entend le cliquetis d'un clavier, le crépitement feutré d'une imprimante : parfait, on sort son dossier. Laura fait un signe optimiste du pouce levé vers son mari : ça marche !

— Allô, madame Baker ? Il y a un petit problème... Vous pouvez patienter encore ?

— Tout le temps qu'il faudra !

— Bien. Je vais vous mettre en attente et je vous reprends dans quelques minutes.

Laura perçoit un bourdonnement, mais, par un hasard, une mauvaise manœuvre ou un contact défectueux, elle continue à *entendre tout ce qui se passe dans le bureau.* Elle appelle son mari pour qu'il en profite aussi. D'abord, la voix de la secrétaire qui hèle quelqu'un :

— Jim ! Jim ! Tu peux venir jeter un coup d'œil à ça ?

Une voix masculine, de loin :

— Ça peut pas attendre ?

— Non, viens : je crois qu'on a un embêtement !

Le jeune homme se rapproche.

— C'est quoi ?

— Regarde : dossier Baker, pour le Manoir... Ça n'a pas été réglé avant le départ du père Samuelson !

— Plus de deux ans ? Bon sang, il va être fumasse ! Tu te rappelles le souk qu'il a fait pour que tout soit OK quand on a changé de système informatique ?

— J'ai la bonne femme en ligne, là... Je la fais poireauter. Tu la prends ?

— Tu rigoles, ou quoi ? Qu'est-ce que je peux lui dire, moi ? Non, il faut en parler à Terry !

Laura comprend que le dénommé Terry doit être le cadre aujourd'hui responsable de ce secteur. Elle entend Jim s'éloigner, frapper à une porte, un bourdonnement de voix lointaines : Jim doit mettre Terry au fait du problème. Toujours attentifs au bout de la ligne, les Baker sont pris d'un tel fou rire que Laura masque le combiné avec sa main :

— Je crois qu'on les embête vraiment. Je suis ravie !

— Attends, attends : ils reviennent !

Effectivement, on entend des éclats de voix qui se rapprochent. D'abord Jim, puis un nouvel intervenant :

— Mais je vous jure, Terry : je n'étais pas au courant ! Je ne connais pas ces Baker : il y a deux ans et demi, je n'étais même pas dans la boîte !

— Ne commence pas à ouvrir des parapluies, Jim ! Je t'ai laissé carte blanche pour nettoyer les dossiers, je constate que j'ai eu tort !

— Mais les comptes étaient déjà clôturés quand j'ai pris mon poste ! Venez voir sur l'écran !

Les deux hommes se sont rapprochés du bureau de la secrétaire. Maintenant, on les entend très nettement :

— Regardez, Terry : il y a une faille dans le programme des remboursements automatiques, c'est net !

— Ce qui est net, c'est que ces Baker sont des embêteurs ! Il y a ici trace de six courriers ! Et qu'est-ce qui leur prend de rappeler après tout ce temps ?

— Ben, ils veulent leur fric, Terry ! Mais comme c'est sur l'ancien budget, il nous faut la signature de Samuelson... Vous lui en parlez ?

— T'es dingue, Jim ? Si le vieux se rend compte de la faille, il est fichu de penser qu'il y a d'autres cas du même genre ! Il va nous faire revoir à la main tous les dossiers sur cinq ans, et après... je saute ! Et toi aussi, mon petit Jim !

— Bon sang, quelle merde !

— Je ne te le fais pas dire, Jimmy ! Alors, débrouille-toi comme tu veux, mais je veux que ces

Baker *disparaissent* ! Je le veux, tu m'entends ? Je veux que ces gens *n'existent pas*, qu'ils n'aient *jamais existé* ! C'est clair ?

— Comme de l'eau de source, Terry ! Alors, puisque c'est un ordre, vous n'allez pas regretter d'avoir engagé le meilleur pour trafiquer vos programmes. Regardez bien !

Laura et Barry Baker ouvrent des yeux grands comme des soucoupes. Ils entendent à nouveau cliqueter le clavier, tandis que Jim, très fier, commente :

— Donc... Tac, tac, tac : j'entre dans les archives centrales... Tac, tac : j'appelle le dossier-source... Tac... Je l'isole et... Abracadabra, DISPARAISSEZ, JE LE VEUX ! zap !... Voilà, c'est fini !

— Qu'est-ce qui est fini ?

— Les Baker, Terry ! Finis, effacés, annihilés, néantisés ! Je suis remonté jusqu'à leur introduction dans le système et... Pffft ! Partis ! Pour la Pacland, les Baker ont disparu ! C'est ce que vous vouliez, non ?

— Sûr et certain ?

— A cent vingt pour cent, Terry ! Dorénavant, tout courrier concernant les... comment s'appelaient-ils, déjà ? Bref, tout courrier référencé à ce nom repartira avec la mention : « inconnu de nos services » !

— Et le téléphone, les visites ?

— Idem : la fille à l'accueil vérifiera sur son écran, puisque tout passe maintenant par le fichier central ! Et elle répondra avec son plus joli sourire : « Madame Machin ? Désolée, nous n'avons rien vous concernant, écrivez-nous ! » Pigé ?

— Bravo, mon petit gars : je saurai me souvenir de ça !

La voix inquiète de la secrétaire :

— Et moi, monsieur ? Qu'est-ce que je fais ?

— Vous, ma petite Dorothy ? D'abord, vous perdez la mémoire : vous oubliez ce qui vient de se passer. Ou alors vous êtes virée, c'est clair ?

— Pour ça, oui, monsieur ! Mais... j'ai toujours cette dame en attente !

— Eh bien, vous lui racontez que, vu que le délai est dépassé, son dossier va être examiné avec la plus grande attention et que nous la rappellerons incessamment ! Elle finira par laisser tomber. De toute façon, pour deux cent cinquante dollars, elle ne va pas nous envoyer son avocat, n'est-ce pas ? Allez-y Dorothy, courage : on est avec vous !

Dorothy soulève le combiné, appuie sur la touche « reprise » :

— Allô, madame Baker ? Allô ? Tiens, elle a raccroché !

Terry et Jim échangent une claque dans la paume de la main et éclatent de rire.

Ils ont tort : Laura Baker a raccroché, c'est vrai, mais elle et Barry sont époustouflés... Et assez furieux :

— Non mais tu les as entendus ? *Disparus !* Pour la Pacland, nous *n'existons plus* ! Nous n'avons jamais passé notre lune de miel au Manoir Marla Moor ! Quels pignoufs ! Tu ne trouves pas ça complètement immonde ?

— Mais si, ma chère collègue et néanmoins épouse : cette fois, « répugnant » ne serait pas un mot trop fort ! Nous devrions leur faire un procès !

— Absolument, mon cher maître ! Et pourquoi pas ?

— Mais non, je plaisante !... On n'en a plus besoin, de ces deux cent quarante-neuf dollars !

— Ni des trente et un cents, Barry, je te l'accorde. Et si un de nos clients venait nous trouver pour une affaire pareille, je le découragerais, bien entendu. Mais c'est pour le principe, mon chéri ! En plus, regarde le compteur du téléphone : c'est nous qui avons payé cette petite fantaisie, je te signale ! Leur dette augmente ! Tu as dit « procès », Barry ?

— Mais je plaisante !

Laura pousse son mari à la renverse sur le lit et avance au-dessus de lui avec un air terrible :

— Maître Barry Baker, regardez-moi bien en face : n'avez-vous pas l'intention de vous installer au milieu des stars à Los Angeles, et de devenir l'avocat le plus célèbre de la côte Ouest ?

— Si, si, bien sûr !

— ... L'avocat le plus célèbre des Etats-Unis ?

— Assurément, assurément !

— Alors, maître Barry Baker, regardez-les autour de vous, dans l'ombre, ces meutes de paparazzis qui grouillent, qui fourmillent...

— Arrête, tu me chatouilles !

— ... Ces hordes mesquines de journalistes qui fouillent au microscope chaque instant de votre passé, maître Baker ! Et imaginez le scandale lorsque s'étalera en première page cette nouvelle incroyable : le célébrissime avocat d'affaires Barry Baker n'a même pas pu récupérer pour son propre compte deux cent quarante-neuf dollars et trente et un cents qui lui étaient *légitimement* dus !

— Je tremble, Laura !

— Oui ! Car que feront alors tes clients qui voulaient te confier des contentieux de plusieurs millions ? Ils pointeront sur toi deux doigts en forme de cornes pour conjurer le sort : *vade retro !* Ils te fuiront en faisant la grimace ! Tu seras mis sur une liste noire, tu ne pourras plus jamais exercer et nous finirons tenanciers d'une cabane à frites sur un parking en Caroline du Sud !

— Non, pitié ! Pas en Caroline ! J'accepte, je capitule : j'ai dit « procès », nous irons au procès ! Et... tiens : je te prends comme avocat !

— Oh, oh, tout doux ! Comment cela ?

— Hé... Tes arguments m'ont convaincu, mais, si tu te rappelles bien, cette caution, c'est moi qui l'avais payée, sur mes économies, au lieu de changer les pneus de ma voiture, exact ?

— Exact !

— Donc, c'est moi qui suis lésé, c'est moi le plaignant. Je veux le meilleur avocat ! Et le meilleur — après moi, bien entendu — c'est toi !

— Merci du compliment, mais...

— Ah, n'essaie pas de te défiler ! Tu oses, toi, réclamer devant le tribunal *mes* deux cent quarante-neuf dollars et trente et un cents ?

— Chiche ! C'est parti !

Et c'est ainsi que l'affaire est lancée, sur une plaisanterie d'un jeune couple amoureux. Déjà, Laura Baker a chaussé ses lunettes et plonge dans ses livres de droit :

— Attends, attends : laisse-moi vérifier quelque chose ! Parce que, non seulement la Pacland a des failles dans son système informatique, mais elle a aussi des lézards dans ses lignes téléphoniques ! Alors, je me demande si ce que nous venons d'entendre par erreur ne nous trace pas un chemin et... Barry, je crois qu'on les tient !

Sautons maintenant d'un bel élan encore deux années de plus et posons-nous discrètement sur la terrasse au sommet du superbe building de la Pacland. Près de cinq ans sont donc passés depuis que les Baker ont quitté leur premier appartement.

Confortablement installés sous les parasols de la terrasse, à l'abri du soleil californien, au bord de la piscine suspendue, voici deux hommes face à face. Nous ne les avons jamais vus, mais nous connaissons déjà le nom de l'un d'entre eux : M. Samuelson.

M. Samuel Samuelson a fait du chemin. Cet ex-directeur des locations est maintenant directeur général pour la région. En face de lui, un gros investisseur, venu du Colorado, M. Elie Goldblum. M. Samuelson lui remplit son verre :

— Alors, mon cher Elie, est-ce que vos collaborateurs ont analysé toutes les données concernant le Manoir Marla Moor ?

— Oui... une superbe résidence, c'est vrai !

— Vous avez lu notre proposition chiffrée ? Une affaire, non ? C'est le prix que vous auriez payé il y a deux ans !

— *D'autres* vous auraient payé ce prix-là il y a deux ans, Samuel ! Pas moi ! Mais n'ergotons pas : aujourd'hui, l'affaire est intéressante, le prix me convient, j'achète !

Samuel Samuelson jubile. Elie Goldblum vide son verre et enchaîne :

— Il ne vous reste plus qu'à me présenter votre M. Baker !

— Monsieur qui ?

— Eh bien, M. Barry Baker ! Votre homme de paille, j'imagine, puisque la Pacland a jugé bon de passer cette résidence au nom de ce Baker ?

Ouvrons ici une parenthèse : c'est une pratique assez courante (du moins en Amérique) que de faire passer fictivement la propriété de certains biens au nom d'une personne de confiance, pour alléger, sur le plan comptable, l'actif de certaines sociétés. M. Goldblum a un sourire ravi :

— Ça vous en bouche un coin, que je sois au courant, pour votre Baker, hein ? Mais quand je fais une affaire, j'aime bien avoir tous les détails. Alors, on le voit quand ?

Vous imaginez les hésitations de M. Samuelson : il fait d'abord semblant d'être au courant, pour garder bonne figure. Il promet d'organiser un rendez-vous avec le Baker en question. Puis, une fois son acheteur parti, il hurle après ses collaborateurs parce qu'on ne l'a pas tenu au fait de cette manœuvre de tactique comptable.

Surprise dans les services, vérification, appel à l'ordinateur, réunions à tous les étages : personne ne sait qui est ce Barry Baker ! Par contre, une constatation s'impose : dans les registres de la municipalité, le propriétaire de la résidence Manoir Marla Moor est effectivement, indubitablement, indiscutablement, péremptoirement et tout à fait légalement, M. Barry Baker, avocat à Sacramento. Baker, totalement inconnu dans le système de la Pacland...

Voici l'explication de cette situation insensée : en faisant disparaître le minuscule dossier Baker, pour ne pas encourir les foudres du redoutable Samuelson, les deux petits cadres ont misé sur le fait que *personne* ne se donnerait la peine de faire un procès pour une si petite somme. C'est la technique bien connue de nombreux débiteurs peu scrupuleux : avocats et huissiers coûtent plus cher que la somme à recouvrer, les demandeurs se découragent et l'on peut ainsi voler peu à de nombreuses personnes, en toute impunité.

Mais ils n'avaient pas fait attention à un détail : les Baker sont avocats. Faire des procès est leur métier et ils aiment leur métier !

Laura et Barry ont effectivement lancé leur procès pour rire. Ils ont assigné la Pacland. Eux possédaient évidemment les preuves écrites qu'ils avaient bien été locataires au Manoir Marla Moor et que la Pacland leur était bien redevable de leur caution.

Un tel remboursement est soumis à un délai de prescription, mais leur première lettre de réclamation avait été envoyée dans les temps. Leur action, entamée dans les délais légaux, était recevable. Elle fut donc reçue et Laura, avocat, fut donc fondée à assigner la Pacland au nom de son client, Barry.

Elle suivit une stratégie simple, dictée par le meilleur conseiller qui soit, la Pacland elle-même.

Lorsque Laura envoya l'assignation, elle prit le soin d'inscrire lisiblement sur l'enveloppe : « Concerne affaire Baker ». La lettre est arrivée, parmi les mille documents que reçoit chaque jour une société de cette taille, elle s'est égarée dans on ne sait quels méandres : il n'existait tout simplement plus de dossier vers lequel l'aiguiller, donc personne pour s'occuper de ce qu'elle contenait !

Vu le retard pris par la dette, Laura sollicitait un jugement rapide, l'équivalent probablement de notre jugement en référé. La demande était accompagnée de preuves suffisantes de sa légitimité et la Pacland ne semblait même pas prendre la peine d'envoyer un avocat : le juge prononça une condamnation par défaut !

Cela disait à peu près : « Attendu que, etc., etc.,

le tribunal condamne la Société Pacland Immobilier à verser au Sieur Baker deux cent quarante-neuf dollars et trente et un cents représentant la caution, plus deux cents dollars de dommages et intérêts, plus deux cents dollars pour les frais de justice. »

C'était déjà bien. Seulement, faites bien attention à ce qui était dit ensuite : « Et ce, *dans un délai de deux mois* à compter du présent jugement. Faute de quoi, le Sieur Baker pourra de plein droit faire procéder au recouvrement de ladite somme *par tous les moyens mis à sa disposition par la loi.* »

Est-ce que vous voyez bien ce que cela veut dire ? Cela veut dire que, deux mois et un jour plus tard, la Pacland, cette énorme masse anonyme, n'ayant toujours pas réagi sur ce jugement pas plus gros qu'un grain de sable et concernant un dossier toujours inconnu, Laura Baker pousse sa plaisanterie jusqu'au bout et elle met en œuvre *tous les moyens légaux*, ainsi qu'il est dit dans le jugement.

C'est-à-dire qu'elle demande la *mise en vente aux enchères* de la résidence Manoir Marla Moor, pour la somme de... deux cent quarante-neuf dollars et trente et un cents, frais à la charge du débiteur !

Elle se dit bien sûr : cette fois ils vont réagir ! Pas du tout. Et c'est ainsi qu'un commissaire-priseur complètement abasourdi se retrouve un jour sur une estrade devant une salle dont les bancs sont complètement vides, à l'exception, dans un petit coin, là-bas, d'un jeune couple timide. Et la voix de l'officier ministériel s'élève, répercutée par les murs :

— Nous procédons donc ce jour, sur le vu d'une décision de justice, à la mise en vente d'un ensemble immobilier, dit le Manoir Marla Moor, composé de quatre-vingt-quinze appartements de grand confort, avec parc, tennis et piscine...

Il s'éclaircit la gorge, essaie de faire durer, scrute désespérément la salle déserte :

— Pour cet ensemble et ces terrains constitués en un seul lot, nous avons une offre ferme à...

La pilule est dure à passer. Il déglutit un grand coup :

— ... une offre à deux cent quarante-neuf dollars et trente et un cents... Qui dit mieux ?

Silence absolu.

— Allons, mesdames et messieurs... pour ce superbe ensemble résidentiel de luxe, un petit effort, s'il vous plaît... Non ? Personne ne dit mieux ? Alors... deux cent quarante-neuf dollars et trente et un cents, une fois... deux fois...

Dans un brouillard et au ralenti, comme dans un rêve d'enfant animé par Walt Disney, Laura et Barry Baker voient le petit maillet d'ivoire s'abattre sur la table :

— ... Deux cent quarante-neuf dollars et trente et un cents, trois fois ! Adjugé, vendu !

Ils n'y croyaient pas. Même en signant l'acte qui les rendait propriétaires, ils n'y croyaient pas. Ils se sont empressés de payer les quelques dollars de droits ministériels et d'enregistrement et ils ont attendu. Surtout, *il fallait continuer à faire silence*, car la Pacland disposait d'un délai maximum d'un an pour faire annuler la vente.

Mais des cadres subalternes, terrorisés à l'idée de déplaire au redoutable M. Samuelson, n'avaient-ils pas décidé un jour de *faire disparaître* les Baker de l'univers Pacland ? Ils avaient accompli leur travail au pied de la lettre.

Jusqu'au jour où M. Goldblum se décida à acheter la résidence et où c'est lui, l'acheteur, qui découvrit le changement de propriétaires. Il était trop tard.

Ensuite, il y eut encore, comme depuis le début de cette affaire, une gaffe énorme. La Pacland, contrainte et forcée, se décida à faire réapparaître dans son univers le couple Baker. Comment ? Comme le délai légal pour annuler le jugement était dépassé, M. Samuelson proposa à Barry Baker de lui racheter le titre de propriété !

Vous voyez l'erreur ? Puisqu'on ne peut acheter à quelqu'un que ce qui lui appartient, la Pacland reconnaissait donc que Barry était bien propriétaire du Manoir Marla Moor !

Le jeune couple fit valoir ses droits. La Pacland intenta un procès, qu'elle perdit.

Et, tenez-vous bien : cette fois, la Pacland fut condamnée en plus à verser aux Baker deux ans de loyers indûment perçus sur quatre-vingt-quinze logements... qui ne lui appartenaient plus depuis la vente aux enchères !

Si un jour, donc, on vous dit : « Disparaissez, je le veux ! », avant de vous révolter, regardez si, par hasard, on ne serait pas en train de faire votre fortune.

TON DIABLE DE PÈRE

En juillet 1970, l'année de ses seize ans, Mlle Beaulieu se prénommait encore Virginie. Comme elle se pensait destinée à une vie passionnante, elle estimait que son prénom faisait un peu « nunuche » pour une future aventurière. Elle lisait avec passion *Les Gens de Mogador* et choisit donc de se faire désormais appeler Ludivine.

Forte de cette nouvelle identité, elle décida aussi de prendre ses vacances seule. A cette époque, c'était encore, dans la plupart des familles, une chose impensable pour une gamine aussi jeune. Mais ses parents ne pouvaient pas refuser : tous deux enseignants en faculté, à Paris, ils militaient depuis Mai 68 avec leurs propres étudiants dans des mouvements émergents. Ils ne parlaient que « libération » et « émancipation ». Ils étaient donc assez mal placés pour s'opposer au désir d'indépendance de leur fille.

A la dernière seconde, sa mère, que ce départ inquiétait quand même, réussit à glisser dans la poche du sac à dos une liste d'adresses en province, des points de chute sécurisants : des amis et des amis d'amis. La plupart de ces intellectuels avaient choisi d'aller fonder de vagues communautés utopistes et agricoles, rachetant trop cher des fermes abandonnées par les enfants de paysans qui préféraient le confort de la ville. Ludivine haussa les épaules, mais emporta la liste.

Ludivine Beaulieu partit donc sur la route début juillet 1970. Son projet était d'atteindre la Turquie et peut-être le sud de l'Inde. Elle parvint en auto-stop presque jusqu'à Châteauroux. Elle avait connu des frayeurs avec deux automobilistes entreprenants et quelques nuits de camping agrémentées d'orages. Tous ses vêtements humides dégageaient un insupportable parfum de serpillière. Elle tomba sur la liste en cherchant en vain une allumette sèche pour allumer son camping-gaz. Tout en mangeant ses haricots froids à même la boîte, elle déchiffra les adresses sur le papier froissé. L'un des noms lui sauta aux yeux : « Sri Bhimal Panchâli, Maison de la Claire Lumière ». Ses chances d'atteindre l'Inde d'ici la fin des vacances étaient réduites, mais voici que l'Inde venait à elle : l'adresse indiquait un petit village du Luberon. C'était sûrement un signe du destin.

Dès le lever du jour, elle replia sa tente dégoulinante d'eau : direction le Luberon. Elle s'était promis de voyager gratis, mais préféra mettre sa fierté dans sa poche pour éviter de nouvelles querelles avec des dragueurs au volant : elle se paya un ticket de train pour Avignon, attendit trois heures une micheline qui la conduisit à Apt. Nouvelle attente pour le seul autocar quotidien. Il la déposa au croisement de Sainte-Pierre. Le chauffeur lui indiqua d'une voix paternelle et rocailleuse :

— Normalement, il n'y a pas d'arrêt, hein ! Mais si c'est vraiment la baraque des fadas que tu cherches, là je te mets vraiment au plus près, gamine : c'est juste derrière la crête. A peine trois kilomètres dans la montée !

L'effort en valait la peine, c'était splendide : une ferme plusieurs fois centenaire, artistement remise en état. Deux corps de bâtiment sur deux étages, des murs épais de près d'un mètre à leur base, des tuiles anciennes. Une autre grosse maison, un peu à l'écart, était encore en chantier. Des jeunes gens, garçons et filles, la plupart torse nu, s'y activaient. Par la suite, Ludivine apprit que tous ces disciples s'étaient cotisés pour acheter une belle ruine et se relayaient bénévolement pour reconstruire une demeure digne de leur Maître.

L'un des garçons remarqua la nouvelle arrivante et lâcha sa pioche pour venir l'accueillir. Il était d'un blond presque blanc, la peau recuite de soleil. Il se prénommait Jan. Il était hollandais. On trouvait là aussi pas mal d'Anglais et d'Allemands.

Jan conduisit Ludivine à un endroit dans la pinède où elle pouvait planter sa tente, lui indiqua l'emplacement des toilettes et des douches en plein air destinées aux visiteurs. Il lui recommanda de ne pas gaspiller l'eau et retourna à son chantier en ajoutant :

— Dîner à sept heures !

Plusieurs tables longues et des bancs avaient été apportés devant la maison. De grands plats chauffaient sur des braseros, dégageant un fumet qui mit Ludivine en appétit malgré sa fatigue. Pas de viande, bien sûr, mais toutes sortes de céréales et de légumes, accommodés avec des épices inconnues.

La langue d'usage était l'anglais. Le repas était commencé depuis un quart d'heure lorsque apparurent trois hommes et une femme, sensiblement plus âgés que les résidants, la trentaine environ. Tous quatre étaient souriants, marchaient pieds nus et étaient vêtus de pantalons et de tuniques de lin blanc à col cheminée. Ludivine posa la question stupide :

— Sri Panchâli, c'est lequel ?

Jan faillit s'étrangler avec ses grains d'orge au cumin :

— Aucun, voyons ! Il y a là Indira, Râvi, Gupta et Zuma, les Assistants. Ils sont américains, mais le Maître les a rebaptisés pour en faire des êtres neufs qui transmettent son Message.

— Et lui, il ne mange pas, ce soir ?

— Le Maître prend toujours ses repas seul, à l'intérieur ! Mais, de toute manière, en ce moment, il mène un jeûne de quarante jours et il médite...

C'est la femme, Indira, qui s'installa à la table de Ludivine. Jan chuchota :

— On ne sait jamais lequel des quatre on aura : ils changent de table tous les soirs ! C'est pour répartir les énergies positives...

Indira n'avait pas l'air indienne du tout : rousse, très mince et grande, elle était d'origine irlandaise. Ses yeux d'un vert vif repérèrent instantanément la petite nouvelle.

La soirée se termina par un feu de bois et des chants. Tout le monde était assis ou allongé à même le sol, sauf les Assistants pour qui l'on apporta de petits poufs ronds appelés « zafus ». Indira fit venir Ludivine près d'elle. Elle lui parla en français, s'enquit de son prénom, de son âge :

— Tu sais, si tu es en fugue (elle prononçait « fiougue »), ce n'est pas grave ! Tu ne serais pas la première, mais on préfère le savoir...

La jeune fille assura qu'elle avait bien la permission de ses parents. Indira la fit parler de sa vie, de ses études, de ses attentes. Elle suivait avec une telle attention que Ludivine avait l'impression de dire des choses passionnantes. C'était la première fois qu'on l'« écoutait » vraiment. Indira avait pris sa main et la caressait doucement :

— En venant ici, ton âme prisonnière a choisi la vraie voie. Je parlerai de toi au Maître. Va, maintenant, et dors en paix !

Le deuxième jour fut décisif dans la vie de Ludivine. Elle faisait la sieste en maillot de bain à l'ombre de la pinède. C'est là qu'Indira vint la chercher : elle avait parlé au Maître, Il avait été ému et son sens aigu des âmes avait perçu l'urgence de libérer cette âme-là. Par faveur immense, il rompait l'isolement de son jeûne pour recevoir Ludivine. Là, maintenant, tout de suite. Voyant que la novice, tout agitée, enfilait à la hâte son jean et un tee-shirt, Indira l'arrêta :

— Mets plutôt une robe... Par respect pour Sa Présence...

Ludivine n'avait pas cet article-là dans son sac à dos. Une Anglaise voisine lui prêta une tenue digne de ce grand moment : un long voile iridescent et presque transparent. C'est donc ainsi vêtue que la petite nouvelle, main dans la main avec l'Assistante, pénétra dans la maison.

Indira lui fit traverser une grande salle commune, où les disciples avaient le droit de se réunir les jours de pluie. Puis elle ouvrit avec une grosse clef une porte de chêne, capitonnée à son revers : là commençaient les appartements privés du « staff ».

Celui du Maître comportait une petite cascade de pierres moussues, étonnante dans un lieu où l'eau était rare. Autre détail surprenant : sur une desserte crépitaient deux téléscripteurs qui crachaient des colonnes de noms et de chiffres. L'un était marqué « Tokyo », l'autre « Wall Street ». Ludivine n'avait aucune idée de ce qu'étaient les cours de la Bourse et de ce que cela pouvait bien représenter dans ce havre de méditation...

Sri Bhimal Panchâli était superbe et impressionnant : pas très grand, mais massif, en pleine force de l'âge, vêtu de blanc, pantalon ample serré aux chevilles et tunique sans col. Une belle tête à la peau sombre, encadrée d'une barbe noir corbeau et de cheveux luisants ramenés en chignon. Il était attablé devant les restes d'un agneau rôti, preuve qu'il avait bel et bien renoncé à son jeûne pour recevoir Ludivine. Sa voix profonde mêlait des accents roulants qui évoquaient tous les bouts du monde :

— Ludivine, c'est bien ça ? Ainsi, chère enfant, tu as été appelée vers moi...

Il parla ensuite longuement du karma, qui guide au travers du temps les êtres faits l'un pour l'autre et leur permet de se retrouver. Il invita Ludivine à partager la fumée d'herbes exotiques. Elle perdit la notion des heures.

Le Maître consacra deux jours et trois nuits à sauver l'âme de la jeune fille. Malgré le vertige, Ludivine eut la vague sensation qu'il se préoccupait aussi de son corps.

Au matin du troisième jour, Indira vint la reprendre par la main et la fit sortir du lieu magique. Elles croisèrent un autre Assistant qui conduisait vers le Maître deux jeunes Japonaises, des jumelles. Sûrement deux âmes passionnantes à sauver...

Ludivine passa quelques jours dans les appartements d'Indira : la fascinante rousse avait quelques compléments de sauvetage karmique à effectuer et s'acquitta très tendrement de sa tâche. Puis elle annonça gentiment mais fermement à Ludivine que le temps était venu d'aller « poursuivre sa libération dans le monde profane ».

En pratique, la jeune fille, la tête encore toute chavirée, se retrouva, sac au dos, sur le chemin dans la garrigue. Sans vraiment comprendre, elle attendit le passage de l'autocar.

Jacqueline et André rentrèrent à la veille d'octobre. Ils avaient passé leurs vacances à Ibiza. Dans l'escalier, ils riaient comme des collégiens, ils riaient aussi dans l'entrée en déposant leurs bagages pleins de sable, de paréos et de chemises multicolores.

Leurs rires cessèrent net en entrant dans le salon : les volets étaient tirés, le sol et les meubles jonchés d'emballages de biscuits et de pots de yaourt moisis. Il flottait un remugle de cage à lapins. Ils mirent quelques secondes avant de distinguer Ludivine : recroquevillée dans un fauteuil, hirsute, vêtue seulement d'un pull de ski appartenant à son père, elle les fixait d'un regard flou, vilainement cerné de violet.

Dans les semaines qui suivirent, ils furent très présents autour de leur fille. Ils tentèrent de deviner ce qui avait pu la mettre dans un tel état. En vain : Ludivine ne répondait que par monosyllabes et claquait derrière elle la porte de sa chambre. Un soir, pourtant, c'est elle qui prit la parole. Pour poser une question :

— Dites donc, vous qui savez tout... Ça fait comment, exactement, quand on est enceinte ?

Ça jette d'abord un froid, quand c'est dit par une fille de seize ans, en 1970. Ensuite, tout dépend de la réaction des parents.

Là, il faut reconnaître que Jacqueline et André

furent formidables. Dès que la gynécologue confirma l'état de Ludivine, ils pensèrent évidemment qu'une interruption volontaire de grossesse s'imposait. En ces années-là, il fallait encore recourir à des filières semi-clandestines. Ils mirent donc Ludivine en contact avec une amie psychologue qui militait au Planning familial.

La psy eut la finesse de déceler qu'un avortement, dans le cas de Ludivine, serait un traumatisme trop violent. Elle le déconseilla. Jacqueline et André l'écoutèrent et acceptèrent le bouleversement de vie qu'entraînait la maternité pour une fille aussi jeune.

Ludivine fut inscrite à un cours privé, pour ne pas perdre un an de scolarité tout en menant à bien sa grossesse. Sur l'identité du père de l'enfant, elle ne desserra pas les dents pendant plusieurs mois. Là encore, Jacqueline et André eurent l'intelligence de respecter son silence et de ne pas la presser de questions.

A la fin de l'hiver, le ventre déjà bien rond, Ludivine parla enfin à ses parents de sa brève aventure avec Sri Bhimal Panchâli. Jacqueline ne put réprimer un sursaut d'indignation : pour elle, c'était un viol sur mineure. Ludivine protesta qu'elle ne s'était pas sentie violée, mais plutôt honorée, sur le moment. Maintenant, avec le recul, elle se sentait surtout idiote et naïve. André, homme foncièrement juste, ne voulait pas accabler le gourou sans savoir :

— Attendez, ce type est peut-être parfaitement honnête ! Il est peut-être amoureux de toi. Le démon de midi, ça existe ! Il ne sait même pas que tu es enceinte. En plus, il n'a pas ton adresse. Le mieux, c'est d'aller lui parler, vous ne croyez pas ?

Et André, en chef de famille responsable, y était

allé. La Communauté de la Claire Lumière n'existait plus. La grande ferme était vide. En ville, des bruits couraient : deux mois auparavant, Sa Présence et son staff avaient précipitamment quitté les lieux. Le gourou avait vendu la propriété et empoché personnellement la somme. Où ? Il s'était évaporé vers une destination inconnue de tous et ne possédait plus de domicile en France.

André rapporta ces piteuses nouvelles. On décida de classer l'affaire et de se montrer positif : l'essentiel, aussi bien pour le bébé, c'était que Ludivine réussisse sa vie.

Fin mai, la jeune fille donna le jour à un vigoureux petit Frédéric. Dans la foulée, elle passa haut la main son bac et s'inscrivit en fac de lettres.

Jacqueline abandonna sa carrière de professeur, pour aider sa fille à élever le bambin sans abandonner ses études qui s'annonçaient brillantes. André ne fut pas moins à la hauteur : il géra tout cela sans un mot plus haut que l'autre, acceptant de subvenir avec ses seuls émoluments aux besoins de cette famille agrandie.

Point final à une péripétie intime comme il en existe tant ? Pas vraiment.

Quatorze années sont passées. La famille Beaulieu tient bien sa place dans une nouvelle gauche culturelle, à qui l'étiquette de « bourgeoisie » ne fait plus peur. Jacqueline, jeune grand-mère, a repris de l'activité : elle dirige maintenant un cours privé. André poursuit sa carrière et écrit un manuel de philosophie.

Ludivine Beaulieu a trente et un ans. Après une rapide ascension dans la presse écrite, elle profite du développement fulgurant de la télévision et devient responsable du secteur documents dans une chaîne. A ce titre, elle reçoit et sélectionne des films proposés par les producteurs du monde entier, parcourt les festivals et marchés spécialisés. En tant que journaliste, elle a également déjà signé trois sujets sociologiques sur l'univers carcéral, qui ont reçu un très bon accueil. Une jeune femme intelligente, cultivée, active et aux dents longues. Une fille bien dans son siècle, bien dans sa peau.

Frédéric partage avec Ludivine un appartement que les Beaulieu ont acheté, deux étages au-dessus du leur. C'est un adolescent plutôt ouvert, doté d'une intelligence assez vive et d'un remarquable sens de l'humour. Avec sa peau d'un brun léger, ses cheveux noir corbeau, les yeux bleus hérités de sa mère et sa voix déjà profonde, il fait des conquêtes.

Ludivine ne s'est pas mariée. Elle a eu pas mal d'amants, quelques compagnons de route un peu plus importants, mais n'a pas encore rencontré le partenaire idéal.

Frédéric, lui, passe au travers de tout cela plutôt sereinement : l'expression de « famille monoparentale » est entrée dans les mœurs et plus personne, dans ce milieu, ne pointe plus le doigt sur une « fille-mère » ni un « garçon sans père ».

Par contre, dès la petite école, ses camarades ont remarqué son teint exotique. Il a donc posé des questions sur ses origines. Or là, malheureusement, les Beaulieu ont commis une erreur, commune à bien des familles : le « pieux mensonge ». La mésaventure de jeunesse de Ludivine n'avait rien de bien glorieux. On a craint qu'elle ne donne à Frédéric une trop mauvaise image de lui-même et de sa mère. On a donc préféré lui inventer une belle histoire.

Sa merveilleuse maman aurait rencontré un étudiant, Chandra, venu de l'Inde profonde. Excellente famille, bien sûr. Un immense amour avait rassemblé ces deux êtres d'exception. Mais le frère aîné de l'étudiant mourut dans un accident de voiture. Or, ce frère était fiancé avec une jeune fille de la même caste. Leur union aurait dû sceller celle de leurs deux clans. Si elle ne se faisait pas, il y aurait, à la clef, d'énormes conséquences sociales, mêlant finances, honneur et désastre social pour tous les autres frères et sœurs (une dizaine, au moins). Selon la tradition, la famille indienne ordonna donc à l'amoureux de Ludivine de rentrer et d'épouser la promise de son frère.

Chandra, le cœur brisé, s'en remit à Ludivine : si elle lui demandait de rester, il resterait, quitte à être maudit, déshérité et exclu à tout jamais de sa famille. La jeune fille, dans un sacrifice cruel, le pressa au contraire de rejoindre les siens et de faire son devoir. Il ignorait que Ludivine portait déjà en elle le fruit de leurs amours. La jeune fille s'était juré qu'il ne le saurait jamais, pour ne pas troubler son existence. Mais elle avait gardé le souvenir précieux de cet amour : son fils chéri...

Belle histoire. Beau cadeau dans un berceau, mais cadeau empoisonné : il n'y a pas de mensonge parfait. Certes, le jeune Frédéric ne manifesta jamais le désir de retrouver ce père de légende. Mais c'est son vrai père qui refit son apparition. Entre-temps, il était devenu le Diable en personne. Et ce n'est pas une manière de parler.

Ludivine Beaulieu débarque à Tokyo : un voyage de travail au cours duquel elle va participer à un marché audiovisuel. Autour d'elle, une équipe : ses assistants vont glaner parmi les productions étrangères celles qui correspondent à la politique agressive de la chaîne ; il faut trouver les images sensationnelles qui feront monter l'Audimat en deuxième partie de soirée.

La jeune directrice use des prérogatives de son poste : elle se donne une matinée libre. Elle sait d'expérience qu'elle sera ensuite sur les chapeaux de roues jusqu'à l'heure du départ. Elle préfère donc acheter tout de suite les souvenirs pour ses proches.

Ludivine, sans hésiter, va au plus simple : Ginza. La célèbre avenue du centre offre des milliers d'opportunités. En moins d'une heure, presque tout est trouvé : jeux clignotants débordants de bruits galactiques pour Frédéric, montres à fonctions multiples pour l'ami de cœur du moment, soieries parsemées de fleurs de cerisier peintes à la main pour la maman. Pour le cadeau du papa, c'est un peu plus délicat : André est connaisseur en antiquités d'Extrême-Orient.

Coup de chance : entre deux étalages de modernités clinquantes, une petite boutique du genre très chic et très cher, avec vitrine blindée et sonnette pour entrer. Sur la porte est indiqué, dans une dizaine de langues, « Antiquités certifiées ». La vendeuse en tailleur Chanel parle un français exquis.

Dès l'entrée, Ludivine est attirée par un coffret long et étroit, merveilleusement marqueté. Sur un fond de velours gaufré, dans des emplacements juste à leur mesure, deux baguettes brillantes, d'un brun patiné presque noir, de vingt-cinq centimètres de long. L'une des extrémités est effilée, l'autre a la forme d'une demi-lune, aplatie sur les flancs. Sans savoir pourquoi, Ludivine est fascinée :

— Ce sont des... des aiguilles à tricoter ?

La vendeuse sourit :

— Pas exactement, madame : cela servait à fixer le chignon rituel des femmes dans certaines grandes occasions. Celles-ci sont du XVIIIe siècle, dans leur coffret d'origine. La signature de l'artiste est gravée sur chaque pièce.

Diplomatiquement, la vendeuse pianote le prix en yens sur une calculette. Un très gros prix.

— Il est très exceptionnel d'en trouver une paire dans cet état parfait... Elles sont taillées d'une seule pièce dans un palissandre d'Amérique du Sud, considéré ici comme très rare. Il est si dur qu'on l'appelait le « bois de fer » ! Les femmes s'en servaient parfois pour se défendre...

Ludivine effleure les aiguilles, éprouve leur pointe, encore acérée. Elle réfléchit :

— En fait, je cherchais un cadeau pour mon père. Vous n'auriez pas quelque chose de plus... masculin ?

La vendeuse lui présente deux disques de métal ouvragés, comportant au centre une fente rectangulaire : des *tsubas*, des gardes ornant jadis les poignées des sabres de samouraï. Ludivine les achète. Et puis elle craque pour les aiguilles à cheveux : elle mérite bien de se faire un cadeau.

Qui pourrait deviner à cet instant que cette belle trouvaille va devenir un élément clé dans un engrenage terrifiant ? Un engrenage qui happe Ludivine une heure plus tard.

Dans sa chambre d'hôtel sont installés écrans et magnétoscopes pour visionner les programmes dénichés par ses assistants. Le plus jeune, Joël, agite une cassette avec un air gourmand :

— Il faut que tu voies ça en premier ! C'est trop génial ! Le montage est à peine terminé, on peut l'avoir en première exclusivité ! C'est une petite boîte de prod' suédoise qui a déniché ce mec ! Il est effarant !

Il l'est, effectivement. Ludivine le reconnaît aux premières images. Et le coup est si rude qu'elle demande à rester seule. Elle vide deux mignonnettes de vodka du mini-bar avant d'oser remettre le magnéto en route.

Le document dure cinquante-deux minutes. Il a été tourné dans une prison brésilienne.

L'homme ne s'appelle plus Sri Bhimal Panchâli, mais aucun doute, c'est lui. Il n'a plus ses longs cheveux. Son crâne est rasé et, sur la peau sombre, jusque derrière la nuque, sont tatoués des signes crochus et des lettres gothiques. Un filet de moustache et de barbe grise entoure sa bouche.

Sa véritable identité est Rocco Leonardi. Il est âgé d'une soixantaine d'années. Lors de son arrestation, il possédait un passeport canadien, probablement faux. En fait, il est italo-américain : son père, fils de cafetiers napolitains, a épousé une Roumaine d'origine rom, cette ethnie de grands voyageurs venus de l'Inde. Rocco tient d'elle ses traits réguliers, son teint sombre et ses yeux de flamme. Le couple Leonardi a émigré aux Etats-Unis dans les années 20. Le père s'est lancé, en pleine prohibition, dans le trafic d'alcool à Chicago. Un vrai dur. La mère a tenu, au Luna Park, une roulotte où elle disait la bonne aventure sous l'habit fantaisiste et le pseudonyme de « Madame Tara, grande prêtresse hindoue ».

A la naissance de Rocco, la famille emménage dans une villa des beaux quartiers : Leonardi possède déjà plusieurs boîtes de nuit et un théâtre. Le jeune garçon ne fréquente aucune école, mais on lui paie les meilleurs précepteurs. Sa vive intelligence lui permet d'accumuler une culture considérable. Il lit, écrit et parle sept ou huit langues. Sa mère le forme à l'astrologie et autres sciences divinatoires. Comme son mari lui a offert un music-hall, elle emmène son fils dans les coulisses où il parfait son éducation auprès de fakirs, illusionnistes et autres faiseurs de miracles. A l'âge de treize ans Rocco assiste à la froide exécution par son père d'un homme de main, soupçonné de détourner l'argent d'un racket.

Le brillant jeune homme atteint tout juste la majorité lorsque ses parents meurent dans l'explosion « accidentelle » de leur yacht. Rocco s'éclipse discrètement vers l'Europe, à la tête d'un assez joli capital. On perd sa trace pendant quelques années.

Le détenu raconte comment il a dilapidé la plus grande partie du magot paternel dans une existence facile, hôtels de luxe, femmes coûteuses, casinos. Ensuite, il lui a fallu remplir ses caisses :

— Heureusement, gagner beaucoup d'argent n'est pas difficile... C'est même très amusant : il suffit de le prendre. Mais attention, ne vous attaquez jamais aux riches : ils en connaissent trop la valeur ! Prenez-le à ceux qui en ont peu. D'abord, ils sont plus nombreux. Et ils vous en remercieront, si vous leur fournissez ce qui leur manque le plus : l'impression d'être exceptionnels !

Dès les années 60, il étudie et assimile le discours des intellectuels californiens du Nouvel Age :

— C'était si ridiculement facile ! Il ne fallait que quelques mois pour devenir l'un de ces maîtres à penser !

Son physique exotique et les quelques trucs de fête foraine appris auprès de sa mère lui permettent de camper un sage hindou très vraisemblable. Au fil des ans, il s'entoure de gens du marketing et de financiers. Dans soixante pays au moins, il crée d'éphémères succursales qui s'évaporent dès que le fisc s'y intéresse :

— Paix et Amour ! Avec ça, j'ai ramassé plus de millions de dollars que les Rolling Stones ! Seulement moi, je ne cherche pas la célébrité. Et je ne gaspille pas mes millions en impôts !

A ce moment du film, un interviewer pose tranquillement une question :

— Grand Maître, pouvez-vous nous préciser les raisons exactes qui vous ont amené à être aujourd'hui détenu ici ?

D'un coup, l'expression de l'homme tatoué change, il devient un fauve grimaçant :

— Ils m'ont capturé ! Comme une bête ! Ils ont brûlé mon temple ! Ils ont tué mes fidèles ! On n'avait aucune preuve contre moi !

La caméra recule brusquement et, pour la première fois, on peut voir l'homme en entier : attaché dans un fauteuil de métal, poignets, buste et chevilles entravés par des sangles de cuir. Comme une bête dangereuse. Et on va comprendre pourquoi.

Plus ou moins « grillé » dans de nombreux pays, le gourou a trouvé refuge au Brésil. Comme la concurrence sur le marché de la paix de l'âme est devenue trop forte, il vend maintenant une denrée plus rare, plus clandestine, pour laquelle les mordus sont prêts à payer cher : la violence satanique, le sadisme et le meurtre. Il possède une propriété de plusieurs milliers d'hectares dans la zone du Nordeste, région de pauvreté et de famine paysanne. Invisible et puissant, il y prêche sa doctrine, entouré d'une petite armée de militants satanistes.

Mais l'usage de nombreuses drogues lui a fait perdre toute mesure. Il se met à croire à ses propres fables : il se sent *vraiment* visité par Satan. Il devient persuadé que son corps a été habité par le Seigneur des Enfers pour établir son règne ici-bas, au prochain millénaire. On commence à parler de disparitions d'enfants. Les voitures noires de la secte, vitres aveuglées, partent en chasse vers les favelas, les bidonvilles misérables des grandes cités. A leur passage, on aurait entendu des cris de femmes... Puis de petits avions en provenance de Colombie commencent à se poser fréquemment dans la propriété : l'endroit serait aussi devenu une plaque tournante du trafic d'héroïne. C'est alors seulement que les autorités réagissent.

L'assaut sera donné sans préavis, un petit matin brumeux. Les milliers d'hectares recèlent un piège à chaque pas, minés, défendus par des hommes dopés à mort et maniant des armes de guerre. Il faudra en abattre beaucoup avant de mettre la main sur le chef suprême.

C'est là que le film devient presque intolérable : le réalisateur a réussi à se faire communiquer des photos et des vidéos prises par les policiers écœurés. On y voit les salles de sacrifices, la baignoire taillée dans un bloc d'onyx où le Grand Maître prenait ses bains de sang humain, les citernes infectes où les victimes attendaient la mort comme une délivrance...

Les avocats du gourou nièrent toute participation personnelle de leur client à la mort de ces « pauvres gens ». Selon eux, Leonardi n'était pas au courant de ce qui se passait sur cette propriété grande comme un département français : c'était lui la première victime de cette machination honteuse.

Du fond de sa cellule, le Grand Maître faisait

encore peur : les quelques téméraires qui osèrent briser le silence disparurent dans des accidents mortels. Le procès n'était pas pour demain.

Arrivée à ce point, Ludivine n'a plus à se forcer pour regarder la suite : elle est figée sur place, incapable d'un geste. Et c'est là que le Diable entre vraiment dans sa vie.

Dernière séquence du documentaire : retour sur l'homme au crâne tatoué dans sa cellule. Il est à nouveau calme. Voix de l'interviewer :

— Il y a quand même des gens qui doivent vous haïr ?

— Quelques-uns, certainement. J'agace un peu...

— Et... vous ne craignez pas pour votre vie ?

— Pas un instant : cet endroit est mieux protégé que la Maison-Blanche !

Effectivement, l'équipe de tournage a filmé sa propre arrivée : passage par des sas de contrôle, détecteurs de métaux, tapis aux rayons X pour le matériel... Leonardi est ravi :

— Il faut bien que l'argent du contribuable serve à quelque chose, non ? Ici, on me respecte. Je travaille beaucoup, vous savez. Je mène un grand projet...

— On peut savoir ?

— Eh bien, même si vous ne me croyez pas, en me voyant immobilisé sur ce siège, je suis vraiment bien plus qu'un être humain... Et, ces quarante dernières années, j'ai donc eu beaucoup plus d'enfants que n'importe quel humain, à ma connaissance. En fait, j'en ai eu 666... Oui : le chiffre de la Bête...

En entendant cela, Ludivine se tend comme un câble d'acier : elle pressent la suite.

— J'ai chargé mes hommes de loi de retrouver tous mes enfants ! Dans tous les pays ! Je veux qu'ils sachent qu'ils sont ma chair et mon sang ! Qu'ils ont la mission de préparer mon avènement ! Bien sûr, on leur a probablement caché la vérité... Bien sûr, on leur a conté de belles histoires... Certains de mes enfants ne voudront peut-être pas admettre la vérité ? A ceux-là, je vous le dis, mes Envoyés apporteront la preuve irréfutable de leur origine ! Car votre science elle-même est à Mon service ! Oui, je vous le dis : demain, les laboratoires vont décrypter le génome ! Demain, grâce à la lecture de l'ADN, on pourra prouver la filiation de tout être vivant !

Pour le dernier plan du film, l'homme se met tout contre l'objectif, avec un sourire ignoble :

— Demain, vous, mes enfants, vous ne pourrez plus ignorer par quelle semence vous avez été procréés ! Le Mal est en vous, mes enfants chéris ! *Vous* êtes le Mal ! Faites-en le plus mauvais usage possible !

C'est tellement incroyable, et pourtant c'est arrivé... Ludivine Beaulieu termine le salon de Tokyo dans un cauchemar éveillé.

Evidemment, si l'on y pense de manière « raisonnable », on peut se dire que tout ce qui va suivre est aberrant. N'importe qui d'un peu sensé pourrait lui faire admettre que cet individu délire, qu'il n'a pas une chance sur des millions de remonter jusqu'à elle et à son fils. Elle n'était qu'une passade anonyme, quinze ans plus tôt... Mais elle est tellement « sonnée » et ce type a un tel aplomb qu'elle n'est plus, dorénavant, obsédée que par un seul objectif : empêcher cet individu de nuire à Frédéric et à des centaines de familles.

Lorsqu'elle revient à Paris, sa décision est probablement déjà prise, mais elle n'a pas de plan précis.

Le hasard va lui donner l'élément qui lui manque. En rentrant à son bureau, elle trouve plusieurs projets de documentaires. L'un d'eux émane d'un médecin cinéaste et ethnologue. Il propose de filmer les techniques de déformations rituelles du corps, en vigueur dans certaines civilisations, puis de les mettre en parallèle avec la chirurgie esthétique des Occidentaux. Tout y passera : femmes-girafes, scarification des jeunes guerriers, piercing, inclusion sous-cutanée de coquillages et de métaux d'ornement, etc. Du premier choix pour la politique racoleuse de la chaîne, c'est promis ! Quelques photos et articles accompagnent le dossier. On y apprend notamment que toutes ces « décorations » sont beaucoup moins cruelles qu'il n'y paraît : la couche superficielle de la peau humaine (épiderme) est essentiellement composée de kératine, matière insensible et élastique. Elle est donc déformable facilement et de façon pratiquement indolore.

Et là, tout se met en place dans l'esprit de Ludivine, avec une précision implacable.

La suite ira somme toute assez vite, comme un scénario parfaitement minuté. Et pourtant, que de risques, que d'inconnues !

Ludivine Beaulieu avertit sa direction qu'elle s'octroie enfin ses premières vacances en trois ans de boulot acharné. A ses collègues, elle annonce une déconnexion totale aux Seychelles. A son entourage, elle dit qu'elle part en repérage au Mexique, en pleine montagne, et qu'elle sera injoignable pendant trois semaines, un mois.

C'est au Brésil qu'elle débarque. Son bagage est léger : sa carte de journaliste, et un bon paquet de dollars américains, le passe-partout universel.

Il lui faut moins d'une semaine pour obtenir une autorisation de visite. Le plus long à convaincre sera Leonardi : lui n'a que faire de quelques dollars et il a demandé à lire un projet solide avant de recevoir cette journaliste française. Ludivine ne s'y attendait pas, mais, en une nuit, elle produit dix pages brillantes, tentantes : elle avoue avoir vu le film suédois, mais elle le trouve trop court. Elle propose le plan d'un livre : on aura toute la place pour en dire beaucoup plus et il a tout pour faire un best-seller.

Le gourou est flatté dans son ego : cette fille semble bien documentée et on sent transparaître dans son texte quelque chose comme de la fascination. Décidément, il les aura toutes séduites, même en taule ! Qu'elle vienne, ça pourra être amusant ! Si en plus elle est jolie...

Il ne sera pas déçu, Ludivine a mis tous les atouts de son côté : chemisier soyeux, tailleur super-court, talons super-hauts et surtout ses jambes superbes gainées d'un collant noir. Elle s'est pliée sous les regards admiratifs aux tests de sécurité : détecteur de métaux puis fouille à corps, palpation attentive par une femme officier. Même son stylo à bille et son petit magnétophone ont été passés aux rayons X, au cas où ils contiendraient un élément dangereux.

La pièce où aura lieu la rencontre est sensiblement plus petite que celle du film. Un espace de ciment, une table, une chaise pour la visiteuse et le lourd fauteuil. Malgré les sangles, le Grand Maître a une telle présence qu'il semble trôner, en seigneur du lieu.

Ludivine essaie de paraître aussi à l'aise que possible, mais un tremblement intérieur l'agite : et s'il la reconnaissait, malgré les années ? Impossible. A moins que... A moins qu'elle n'ait, juste un peu, compté pour lui... Elle ne peut pas se défendre d'y penser. Elle s'est même dit qu'alors elle arrêterait peut-être tout. Peut-être...

— Virginie... Virginie Beaulieu, télévision de Paris, c'est ça ?

Sur les papiers d'identité, dont il a sûrement vu la photocopie, figure le vrai prénom de la visiteuse. Les yeux de charbon brûlant la détaillent outrageusement, ne voient que la femme de trente ans, son élégance à la limite de la provocation. Oubliée, la petite Ludivine. A-t-elle même jamais existé ?

— Ainsi, Virginie, vous êtes venue vers moi...

La voix est toujours sublime, le français impeccable toujours teinté d'accents indéfinissables, mais pour ce qui est de l'entrée en matière, il ne s'est pas beaucoup renouvelé, le gourou : toujours le même cinoche ! D'un coup, il vient de perdre tout son mystère. Elle le voit dans sa sinistre réalité : juste un mythomane dangereux, quelqu'un qui n'a plus comme passe-temps que de nuire au plus grand nombre possible d'innocents. Quelqu'un *de trop* sur cette terre. Elle ira jusqu'au bout...

— Installez-vous, Virginie. Excusez l'inconfort de l'endroit... Si nous nous voyons souvent (et maintenant que je vous vois, je l'espère), je demanderai au directeur de nous prêter son bureau ! Il ne peut rien me refuser...

Du menton, il désigne la bouteille d'eau en plastique et l'unique gobelet, en carton pour la sécurité, sur la table :

— J'aurais préféré du champagne, mais...

Il bouge ses mains fixées aux bras du fauteuil :

— Je n'aurais même pas pu trinquer avec vous à notre projet ! Parlez-moi de votre idée.

Ludivine est tout à fait calme, maintenant. Elle

joue son rôle sans la plus petite erreur. Le regard, d'abord : pendant qu'elle résume sa carrière, ce regard hésite, souvent baissé. L'expression un peu anxieuse de l'admiratrice qui passe une sorte d'examen et espère être reçue. Le Maître connaît bien ces regards-là, il adore cette impression de mener le jeu. Puis le regard s'enhardit lorsqu'elle confie tout ce qu'elle a ressenti en voyant le film. Elle a cette autre expression que le Maître a vue tant de fois : la passion soumise, prête à tout.

Il tourne à moitié la tête vers la porte et crie une phrase en brésilien. Ce doit être assez obscène, quelque chose comme :

— Tirez-vous ! J'ai pas besoin de spectateurs si cette meuf a envie d'être un peu gentille avec moi !

On entend un rire gras en réponse :

— Ah, ces Françaises !

Puis le claquement du judas que l'on referme. L'homme tatoué ricane :

— Je leur donne plus d'argent que leur misérable salaire. Ils nous laisseront tranquilles !

Ludivine se lève, s'approche du prisonnier dans un nuage de parfum hors de prix. Quelques minutes plus tard, elle hurle et tambourine contre la porte :

— Au secours ! Vite ! De l'aide !

On ouvre, des uniformes se précipitent. On ne comprend pas bien ce qu'elle crie en anglais :

— Il ne va pas bien ! On était juste... Je crois qu'il a eu un malaise ! Faites quelque chose !

Elle sait que l'on ne pourra rien faire : avant d'appeler, elle s'est assurée que Leonardi ne respirait déjà plus. La tête tatouée penche sur la poitrine, un gardien la relève et voit les yeux vitreux, révulsés, le mince filet de sang qui perle sous une narine. Le maton a un sourire graveleux : la tenue vestimentaire du défunt est assez défaite pour montrer clairement quel genre d'émotion forte a pu causer son « malaise »...

Le directeur arrive peu après, accompagné du médecin légiste. Tous deux consolent Ludivine qui sanglote :

— Vous ne pouviez pas prévoir, mademoiselle ! Malgré son apparente vigueur, ce type avait malmené son organisme : les drogues, le sexe à haute dose pendant autant d'années...

En emmenant la journaliste au long du couloir, le directeur lui confie à l'oreille :

— Ne vous inquiétez pas trop : la mort de ce salaud va plutôt soulager bien des gens... A commencer par nous : c'était le détenu le plus encombrant que j'aie jamais eu...

L'hôpital de la prison n'est pas équipé pour une autopsie détaillée. L'examen médico-légal conclut à un arrêt cardiaque avec rupture d'un vaisseau. Un diagnostic qui semble bien arranger les autorités. A preuve : des tas de contretemps vont surgir lorsque les avocats demandent le transfert du cadavre vers un autre hôpital pour une contre-expertise. Le seul juge habilité à signer l'ordonnance s'avère injoignable pendant trente-six heures : il est parti d'urgence pour une reconstitution dans une fondrière en pleine campagne. Lorsque le papier arrive enfin, pas de chance : le système de réfrigération de la petite morgue de la prison est tombé en panne. Et avec cette chaleur, on ne pouvait pas conserver le corps. Incinéré... C'était la volonté du défunt...

Quant à la malheureuse Française, traumatisée par ce drame, on a tout fait pour lui minimiser les tracas. D'abord on la raccompagne à son hôtel, pour qu'elle puisse récupérer. Puis, après une nuit de sommeil, elle peut se rendre au commissariat, où elle est longuement entendue. Sa déposition sur les circonstances exactes du « malaise » comporte évidemment quelques détails scabreux. Honnête, elle ne tente pas de les cacher, mais, en pleurant, elle explique qu'elle a une famille, un jeune fils... Alors, si on pouvait éviter de divulguer son identité... Le chef de la police comprend parfaitement et promet que, tant que la publication du nom ne sera pas indispensable, la discrétion sera respectée.

La presse admet facilement cette discrétion car la mort de ce prisonnier ne fera pas la une : suite à des manifestations violemment réprimées, une sanglante révolte paysanne occupe l'opinion.

Moins d'une semaine plus tard, Ludivine Beaulieu est au Mexique. Elle y prend vraiment ses vacances.

Evidemment, il y a longtemps que l'aiguille est détruite.

Quelle aiguille ? La longue aiguille japonaise en palissandre, en « bois de fer », qui, une fois la chemise du gourou ouverte, a percé le cœur. Juste un petit trou, qui s'est refermé sans même saigner et n'a laissé aucune trace remarquable sur la peau sombre.

Car la principale question qui se posait à Ludivine était : comment introduire une arme mortelle auprès d'un détenu si bien gardé ? Le projet de film sur les chirurgies tribales lui apporta la solution : il suffisait de copier les méthodes primitives des hommes-médecine.

Elle se procura en pharmacie un produit qui permet d'insensibiliser les gencives trop sensibles au chaud et au froid. Elle s'en servit pour anesthésier légèrement sa peau quelques centimètres au-dessous du genou, sur la face interne de la jambe.

A l'aide d'une simple lame de rasoir, elle pratiqua une petite entaille horizontale, très peu profonde. Patiemment, en écartant ces couches insensibles mais souples de l'épiderme, elle y glissa une simple aiguille à tricoter, bien désinfectée, le long du tibia. La lente progression de l'aiguille sous la peau demanda plusieurs jours, fut éprouvante nerveusement, mais pratiquement indolore.

Au bout du compte, elle aménagea une sorte de poche, d'étui naturel. L'aiguille à cheveux japonaise y logeait sans gêne. Le bois de fer ne pouvait être décelé par les détecteurs de métaux. Sous la main, lors de la fouille, l'aiguille faisait pratiquement corps avec l'os. Seule la ligne plus sombre du bois sous la peau aurait pu attirer l'attention, mais elle fut masquée par les bas noirs.

Ludivine avait néanmoins éprouvé le besoin de consigner son aventure dans un cahier « au cas où il lui arriverait quelque chose ».

Quelque chose lui arriva : quatre ans plus tard, elle fut retrouvée sans vie dans un parking souterrain, percutée par une voiture qui avait pris la fuite. Les derniers fidèles du « Diable » avaient-ils vengé leur maître ? Seuls un ou deux journaux rapportèrent cet accident parmi les faits divers. La chute du mur de Berlin occupait le premier plan de l'actualité.

Frédéric, au bout du compte, connut ses véritables origines. Il fallut bientôt l'interner en hôpital psychiatrique. On comprend cette cassure : être l'enfant d'un criminel n'est déjà pas facile, mais de deux...

MOMO

— Allô, Lucien ? C'est Gérard ! Je te dérange ?
— Jamais, tu sais bien ! Je suis en plein boum, mais ça me fait plaisir de t'entendre ! Comment tu vas ?
— Bien, bien...

Début de conversation on ne peut plus banal, entre deux copains quinquagénaires. Sauf que Gérard Verdier est cartographe à l'Institut géographique et Lucien Degas, commissaire de police. Et, lorsqu'il y a un policier au début d'une de nos histoires, vous vous doutez bien qu'il y a péripétie sous roche. La preuve :

— Lucien, je suis très embêté... J'espère que tu pourras faire quelque chose. Tu te souviens de Momo ? Mohammed Le Bihan ? Le fils de ma voisine ?

Verdier évoque un incident qui remonte à quatre ans : c'est lui, déjà, qui avait demandé l'intervention du commissaire. Et elle se justifiait pleinement.

Lucien Degas se rappelle très bien le Momo en question. Il revoit face à lui ce type au regard fuyant, le cheveu hirsute et la bouche un peu molle, mal à l'aise sur la chaise raide réservée aux interrogatoires.

Pas du tout ce que l'on pouvait attendre d'un ancien champion régional de boxe thaïe, ce sport de combat vif et violent. Seules ses mains trop grandes, toutes les jointures marquées de cicatrices dures et brunes, rappelaient son ancienne gloire. Des « armes mortelles », ces mains, selon la rumeur habituelle. Et ces mains, pendant l'entretien, étaient restées posées sur les genoux, légèrement tremblotantes...

Momo aurait pu faire une assez jolie carrière : il était doué, agressif, aimait gagner. Mais il s'était fait chasser des salles d'entraînement à cause de sa violence, qu'il ne maîtrisait plus en dehors du ring. Rixes, scandales, soupçons de vols dans les vestiaires : l'alcool et, probablement, la drogue. Après son éviction, même les tenanciers de boîtes de nuit n'avaient pas voulu de lui comme videur. C'est dire... A trente ans passés, il vivait aux crochets de sa mère. Et encore, les mots sont faibles : c'était un racket. Il s'incrustait chez elle, se faisait nourrir et lui volait le reste de sa maigre pension. Il l'avait même obligée à faire un emprunt, qu'il avait aussitôt empoché. Il la terrorisait en permanence.

Gérard Verdier, le cartographe, était leur voisin. Il était scandalisé par cette tyrannie. Il vivait seul, il avait perdu ses parents et il s'était pris d'affection pour Mme Le Bihan. Cette septuagénaire, minuscule, avait eu si peu de chance dans l'existence qu'elle en paraissait perpétuellement frileuse. Ses grands yeux bleus disaient qu'elle avait dû être une jolie jeune fille, ne demandant qu'à vivre, à rire. Mais son parcours ne lui en avait guère laissé l'occasion. Elle l'avait confié à Gérard, par bribes timides. Et le commissaire connaît aussi cette histoire.

Le père de Suzanne Le Bihan, autoritaire et buveur, l'avait fiancée à un Breton bretonnant, un de ses camarades de bordée. Elle avait rompu tout lien avec sa famille et s'était enfuie à Paris pour se débrouiller seule. Quelques années plus tard, elle tomba vraiment amoureuse. L'homme était algérien et Suzanne osa une deuxième fois briser les tabous des années 60 en se mettant en ménage avec lui.

Ses illusions ne durèrent pas : elle accoucha d'une fille, prématurée, emportée au bout de quelques semaines par la mort subite du nourrisson. Elle fut à nouveau enceinte aussitôt après et donna le jour à Mohammed, le petit Momo. Mais son compagnon, charmant et intelligent, était un joueur invétéré. Il travaillait quand l'envie lui en prenait, c'est-à-dire peu souvent. Il n'avait qu'une hâte : prendre dans son porte-monnaie les avances qu'elle demandait à ses employeurs et il partait les perdre sur un champ de courses.

Suzanne Le Bihan continua à espérer, des années, que cette passion guérirait, comme une mauvaise maladie. Mais le joueur rencontra, autour d'une table de poker, un couple de riches Allemands. Séduits, ils lui proposèrent de les suivre, comme chauffeur-secrétaire. Il disparut sans plus jamais donner de nouvelles.

Suzanne continua seule d'élever son gamin. Elle travaillait avant l'aube dans des équipes de nettoyage de bureaux, rentrait faire manger le petit, dormait une heure et repartait faire la plonge dans des restaurants. Le week-end, ménage au noir chez des particuliers. Elle aurait voulu que son fils fasse des études.

Momo n'avait pas le goût des livres : dans cette banlieue de la couronne, il se trouvait parfaitement à son aise avec les bandes de petits bagarreurs. Voyant cela, Suzanne l'orienta intelligemment vers les sports de combat, qui pouvaient canaliser cette énergie. Momo y réussit brillamment, remporta des titres. Puis ses démons prirent le dessus. Exclu de toutes les salles, il commença à rançonner sa mère.

C'est là qu'était intervenu Gérard Verdier : depuis longtemps, il entendait des éclats de voix, des bruits de meubles bousculés, des portes qui claquaient en pleine nuit. Un soir, croisant sa voisine dans l'escalier, il l'avait vue presser le pas au lieu de s'arrêter causer. Il avait remarqué qu'elle s'enveloppait la tête dans un foulard, qu'elle ramenait sur son visage pour masquer une vilaine marque violette. Cela dépassait les limites, Verdier avait demandé à son ami le commissaire de faire quelque chose.

Le commissaire avait donc convoqué le fils de Suzanne pour lui adresser une vigoureuse admonestation. Il pensait qu'il aurait affaire à une forte tête du genre rebelle. Or, on amena devant lui ce petit gars chafouin, ses mains trop grandes pour lui toutes tremblantes. Momo avait adopté le profil bas : voix mielleuse, des « m'sieur le commissaire » à tous les détours de phrases, l'excuse toute prête au bord de ses lèvres molles. Le répugnant dégonflard tout juste bon à jouer les gros bras devant une vieille dame. Lamentable. Et, lorsque le policier lui avait suggéré fermement de laisser sa mère tranquille et de dégager le terrain :

— D'accord, d'accord, m'sieur le commissaire... Je vais me corriger, je vous promets !

Trop content qu'on le laisse repartir, le glorieux Momo ! D'ailleurs, huit jours plus tard, il avait fait sa valise et on n'avait plus entendu parler de lui. Suzanne avait pu respirer, commencer à profiter de sa retraite. Elle avait rajeuni, souriait enfin. Quatre ans ont passé.

Gérard Verdier relance son ami le commissaire :

— Tu te souviens de Mohammed Le Bihan ? Momo ? Il est revenu, figure-toi... Il a l'air d'un clodo ! Pas besoin d'un dessin pour savoir ce qu'il est revenu chercher auprès de cette pauvre Suzanne !

— Mince ! Et tu m'appelles parce qu'il recommence à bousculer sa mère ?

— C'est-à-dire que, dès qu'il s'est pointé, les disputes ont démarré. Mais ce qui m'inquiète surtout, c'est que maintenant, c'est le silence absolu. Plus de cris, mais elle, je ne la vois plus faire ses courses, elle n'est pas passée prendre son courrier chez la concierge...

— Elle est peut-être grippée ? Tu as essayé de lui téléphoner ?

— Tu parles ! Ça ne décroche pas ! Je suis allé frapper chez elle : le Momo est à l'intérieur et il n'ouvre pas. Cette nuit, par contre, il y a eu des bruits dans l'escalier, silence à nouveau et il est rentré sur le coup de six heures du matin... J'ai même essayé de l'attendre sur le palier à ce moment-là.

— Il ne t'a rien dit ?

— Si : « Casse-toi, bouffon ! » Et il m'a refermé la porte au nez ! Mais, par contre, il s'échappait une odeur, de cet appartement...

— Quel genre ? Pourriture ?

— Non, au contraire : désinfectant, eau de Javel... Comme s'il essayait de masquer... Tu vois ce que je veux dire ? Je suis inquiet, Lu !

— Bon, écoute, j'envoie quelqu'un ! Mais j'espère que ce sera au moins pour...

— Pour un vrai crime, tu veux dire ?

— Déconne pas ! Je te tiens au courant !

Plus tard dans la journée, le commissaire raconte brièvement tout ce qu'il a pu faire : Mohammed Le Bihan a été réveillé à onze heures du matin par un officier de police et un agent. Il les a reçus sur le pas de la porte. Il a déclaré que sa mère était absente. Depuis combien de temps ? Trois-quatre jours. Elle lui a dit qu'elle allait faire ses commissions et elle n'est pas rentrée. Où est-elle ? Il ne sait pas et il s'en fiche.

— Et tes gars ont gobé ça ?

— Pas vraiment. Mais ils en entendent tellement... Ils lui ont quand même demandé pourquoi il n'a pas signalé la disparition. Il a répondu qu'il n'aime pas les commissariats et que, de toute façon, ce n'est pas une disparition : c'est juste une absence de trois jours. Il a ajouté : « Ma vieille est majeure et vaccinée et elle a le droit d'aller où elle veut, j'ai pas à la surveiller ! »

— Et alors ?

— Alors, rien... C'est vrai, ce qu'il dit : ta Suzanne est majeure et elle est peut-être partie en voyage ?

— En lui disant qu'elle allait à l'épicerie ? Ça ne tient pas debout ! Et si elle voulait s'absenter, elle me l'aurait dit, à moi !

— Ah, par contre, comme toi, mes hommes ont remarqué l'odeur, genre hôpital... Le gus a répondu, je te cite ses paroles : « Je fais le ménage à fond. Ça puait trop le vieux, là-dedans ! »

— Quoi ? Ils ne sont même pas entrés ? Ils étaient deux, dans ton commando ?

— Gérard, on n'est pas à la télé ! Il n'y a eu aucune plainte, ils n'avaient pas de commission rogatoire signée par un juge et la locataire officielle était absente... On est tenus de marcher sur des œufs, nous !

— Là, tu me fais exploser, Lu ! A quoi vous servez, bon sang ? On n'est pas protégés, alors ?

— Change la loi, vieux ! Moi, je n'en ai pas les moyens ! Bon... Passe me voir : si tu déposes un avis de disparition, je pourrai peut-être amadouer un juge, mais ça m'étonnerait : ils sont aussi débordés que nous !

Le hasard va venir débloquer la situation. Le lendemain est un samedi. Et, le samedi, se tient le marché aux puces. Sous le pont du boulevard périphérique, frontière entre Paris et banlieue, à même le trottoir, viennent s'installer des marchands sans licence : chômeurs contraints de vendre les objets du ménage, chiffonniers qui récoltent encore quelques babioles malgré les sacs-poubelle en plastique. D'autres aussi, moins innocents : des cambrioleurs sans envergure, des voleurs à la tire qui essaient d'écouler leur butin... Régulièrement, la police vient disperser ces étalages illégaux. En général, cela se passe bien : les vendeurs partent d'eux-mêmes dès que l'alerte est donnée et reviennent ensuite.

Ce samedi matin, le car de police arrive au ralenti. Tout le monde est plutôt de belle humeur : malgré le froid, un rayon de soleil attire la clientèle et réchauffe les doigts des marchands. Un jeune flic bonasse est descendu pour faire accélérer le remballage.

Et soudain, il est pris à partie par un grand type blond décoloré qui vomit une bordée d'insultes dans une langue incompréhensible, puis, presque aussitôt, lui balance un magistral direct. Trois agents se précipitent à la rescousse. Ce n'est encore pas assez pour mater l'agresseur qui y va maintenant à coups de pied. Le reste de la patrouille doit intervenir.

On menotte l'énergumène, on l'embarque dans le panier à salade en y fourrant aussi toute sa marchandise, on récupère le collègue qui a le nez cassé. Sa casquette reste introuvable : un gamin l'aura prestement ramassée et la revendra à un amateur dans une heure...

Au commissariat, pas moyen dans un premier temps d'interroger l'agité : il dégage un fort relent d'alcool et, quand il ne hurle pas, il prétend qu'il ne comprend pas le français. Mais dès qu'il entend les mots « carte de séjour, expulsion du territoire », il apporte la preuve que les Slaves sont doués pour les langues : d'un coup, il parle la nôtre ! Avec un accent, certes, mais très couramment... Un déferlement d'explications.

Il se nomme Radovan Mlasic, il est originaire de Yougoslavie, il a fui son pays sans papiers, mais des documents parfaitement en règle ont été établis en Italie. Il n'est ici que comme touriste. Il jure qu'il n'a rien volé. Et toutes ces marchandises ? Elles ne lui appartiennent pas : il rendait seulement service à un ami, qui voulait se débarrasser de ces vieilleries.

On regarde d'un peu plus près lesdites vieilleries : essentiellement des vêtements de femme. D'une femme âgée, d'après leur coupe. Elimés pour la plupart. Des chaussures, déformées aux orteils. Voici des couverts, roulés dans un chiffon. Argenterie ? Même pas : du plaqué, une prime d'une célèbre société de vente par correspondance. Un sac à main semble contenir quelque chose : des bijoux ! Bof, c'est de la bimbeloterie aussi, sauf une assez ancienne bague de fiançailles, jamais portée, avec un diamant, petit, mais qui semble authentique.

— Bon, Mlasic, commençons par le commencement : tes papiers.

Il ne les a pas sur lui, il avait peur de se les faire voler : sur ce marché, on ne peut faire confiance à personne. Mais ils sont chez cet ami, justement.

— On peut lui téléphoner, à ton ami, et lui demander de les apporter ?

— Non, ami de moi ne jamais répond au téléphone ! Peut-être d'ailleurs n'est même pas chez lui pour une semaine !

— Comme ça se trouve ! Tu nous prends pour des guignols ?

— Non, je jure : ami a trouvé travail dans province ! Alors, il demandé moi de vendre ces vieilles affaires de sa famille...

— S'il existe, cet ami, tu pourrais au moins nous dire qui c'est ?

Mlasic est réticent : il ne veut pas causer d'embêtements à son copain. Mais il finit par céder. Or, au moment où on lui fait épeler le nom et l'adresse, coïncidence : un officier de police qui traverse les locaux s'arrête brusquement :

— Attendez ! Je le crois pas, ça ? Il a bien dit « Le Bihan » ? Il faut prévenir le patron : il s'agit du boxeur chez qui on devait aller fouiner hier ! On n'a pas pu entrer, mais là, on a un motif !

Lucien Degas agit vite : mandat du juge dans les deux heures et visite approfondie à l'appartement de Suzanne. La concierge a les clefs. Par faveur exceptionnelle, Gérard Verdier accompagne les enquêteurs.

Dès l'entrée, il est effaré : la pièce principale ne contient plus qu'une table, deux chaises et, sur le sol, un matelas et un sac de couchage. Les autres meubles ont été entassés dans la chambre.

Les armoires ne contiennent plus aucun vêtement ni linge de maison. Dans la penderie de l'entrée, un pull et une veste d'homme, une paire de jeans usés.

Dans la cuisine, tiroirs et placards pratiquement vides.

Mais surtout, omniprésente, cette odeur de couloir d'hôpital. La source en est évidente : le plancher ne présente plus une trace de cire, il a été récuré et javellisé comme un pont de bateau. Gérard Verdier est blême :

— Où est le tapis ? Il y avait un grand tapis, là ! Suzanne en était si fière : elle a mis trois ans à le payer !

Le grand tapis est introuvable. Momo également.

Devant l'importance accordée par leur patron à cette affaire, et avant d'avoir les limiers de la PJ sur le dos pour leur prendre le dossier, les hommes de Lucien Degas mettent les bouchées doubles. Ils essaient d'obtenir le maximum d'éléments avec leurs petits moyens.

Ils mettent à contribution leurs relations de quartier. Par exemple ce quatuor, trois garçons et une fille : on vient de les surprendre en train de démonter un scooter qui ne leur appartient pas. On leur promet d'oublier l'incident s'ils ont quelque chose d'intéressant à raconter.

Et ils ont quelque chose : trois nuits auparavant (ou quatre nuits, ils ne sont pas d'accord là-dessus), ils étaient tranquillement à flâner « en regardant les bagnoles » (entendez par là : ils repéraient ce qui pouvait bien valoir la peine de casser un pare-brise). Et là, dans une rue voisine, ils voient deux types en train de faire un déménagement. A trois heures du matin.

Pressentant le cambriolage en cours, les jeunes gens ont attendu dans l'ombre : ils espéraient prélever leur part dans la camionnette pendant les allées et venues des déménageurs. Pas de chance : méfiants, les deux hommes se relayaient pour surveiller le véhicule. Ils n'ont fait qu'un seul transport à deux, en fermant les portières durant leur absence. Là, c'était quelque chose de lourd : cela ressemblait à un grand tapis roulé. L'un des deux a dit : « Il faut s'en débarrasser vite, à cause de l'odeur. » L'autre a répondu avec un accent étranger : « T'inquiète pas : mon copain me doit un service ! Il va passer ça dans l'incinérateur sans poser de questions ! »

Les jeunes n'ont pas relevé l'adresse de ce déménagement nocturne, mais ils conduisent les officiers de police devant l'immeuble : c'est bien celui de Suzanne Le Bihan. Les pièces du puzzle se mettent en place. Ne manque plus que la principale, Momo.

Le jeudi suivant, dans les faubourgs de Lyon, les forces de l'ordre sont appelées à intervenir pour une bagarre générale dans un gymnase assez miteux. On interpelle toutes les personnes présentes, on relève leur identité et on les garde au frais pour vérification auprès du fichier central. Mohammed Le Bihan fait partie du lot.

L'ex-boxeur est transféré à Paris, en raison des soupçons qui pèsent sur lui. Il proteste qu'il est innocent, que sa mère est vraiment partie avec juste son cabas et son porte-monnaie et ne s'est plus jamais manifestée.

Il jure qu'il a changé pendant les quatre dernières années, qu'il s'est soumis à des cures de désintoxication, qu'il ne ferait plus de mal à une mouche, qu'il s'est remis à l'entraînement. La seule salle qui l'ait accepté, c'est ce gymnase de Lyon. Comme on ne trouve aucune trace de lui sur le registre des employés, il prétend que, pour payer ses séances, il travaillait là en échange, au noir, comme homme de peine. S'il s'est disputé avec Suzanne avant qu'elle ne parte, c'est justement parce qu'elle ne voulait pas croire qu'il s'était amendé et lui refusait une nouvelle chance...

L'interrogatoire de Momo et celui de son complice Mlasic vont donner des réponses contradictoires, incohérentes, qui confortent la police dans ses macabres suppositions.

Les deux hommes admettent avoir chargé une camionnette, une nuit. Mais ce n'était pas pour se cacher : c'est parce que, dans ces heures-là, le véhicule leur était loué à bas prix. Par quelle société ? Aucune : c'est un ouvrier plombier, qui loue la camionnette en cachette de son patron. On contacte l'homme : il nie absolument les faits. On montre la camionnette aux jeunes délinquants : ils sont incapables de la reconnaître avec certitude.

Momo et Mlasic affirment qu'ils n'ont emporté que des objets usagés. Effectivement, tout appartenait à Suzanne. Les vêtements retrouvés aux puces, les couverts en métal, et aussi de la vaisselle dépareillée. Ça, c'était invendable : ils l'ont jetée cette nuit-là dans la benne à déchets d'un chantier, quelque part du côté de Levallois, ils ne savent plus où exactement.

Dans un premier temps, Momo prétend qu'il avait la permission de sa mère :

— C'était pas du vol ! Elle m'a dit que je pouvais vendre ce que je voulais !

— Quand est-ce qu'elle t'a donné cette autorisation ? Avant de partir faire ses courses, dont elle n'est pas rentrée ?

Momo balbutie, se recoupe, se rétracte : bon, c'est vrai, là-dessus, il a menti, il n'avait pas la permission, mais... En fait, il voulait faire une surprise à la vieille dame, pour son retour : elle se plaignait de conserver trop de fouillis et de ne plus avoir l'énergie de s'en séparer.

— Et les bijoux ? C'était aussi pour lui faire plaisir que tu les vendais ?

— Ah non ! Les bijoux, je voulais pas les vendre ! J'avais laissé le sac à main dans le placard de l'entrée !

— Alors, comment s'est-il retrouvé aux puces ?

— Je suis pas sûr, mais... je crois que c'est Mlasic qui a fauché le sac dans mon dos !

Mlasic proteste : ce sac, c'est Momo qui le lui a donné parmi le reste, en lui demandant de vendre le tout.

Et le tapis, le grand tapis dont Suzanne était si fière ? Là, les deux compères sont d'accord : effectivement, ils l'ont bien chargé dans la camionnette. Mais ce n'était qu'un tapis roulé, il ne contenait rien, il était lourd à lui tout seul. Et ils avaient une bonne raison de s'en débarrasser au plus vite :

— Figurez-vous, m'sieur le commissaire, que ma vieille trouvait rien de mieux à faire que de nourrir des chats de gouttière ! Après son départ, j'avais laissé la fenêtre ouverte et ces saletés de bestioles, avec l'habitude, elles sont entrées. Elles ont pissé sur ce tapis et une chatte y a même pondu une portée. Il était foutu, ce tapis ! Je vous raconte pas l'odeur !... C'est d'ailleurs pour enlever cette odeur que j'ai lessivé le parquet à l'eau de Javel !

Avant d'aller remiser les vêtements dans une cahute des puces et de rendre la camionnette, ils sont passés dans une usine de farines animales de Saint-Denis dont Mlasic connaissait le veilleur de nuit. Ils ont fourré le tapis dans l'incinérateur industriel.

Interrogé, le gardien de nuit rechigne à se rappeler : il n'a pas trop le droit de rendre de tels services. Mais il finit par confirmer : Mlasic et le boxeur sont bien passés, cette nuit-là, mais il n'a fait que leur ouvrir l'accès au crématoire. Après, ce n'était plus ses affaires. Il n'a pas vu ce qu'ils y ont détruit.

Mohammed Le Bihan et son complice seront incarcérés. On ne retrouvera jamais le corps de Suzanne Le Bihan.

Pour une bonne raison. Quelques mois plus tard, au téléphone, une voix de petite fille timide s'excuse auprès de Gérard Verdier :

— Je suis navrée de vous déranger, je suis Suzanne Le Bihan, votre ancienne voisine...

Elle est à Sarlat, dans le Périgord. Elle appelle pour demander à Gérard, discrètement, de récupérer pour elle les lettres de sa caisse de retraite et de la caisse d'épargne et, par la même occasion, lui demande des nouvelles de Momo.

Gérard Verdier tombe assis : c'est bien Suzanne, tout ce qu'il y a de plus vivante et... elle n'est au courant de rien !

Elle vit auprès de son petit ami, un retraité des chemins de fer, de dix ans son cadet. Une vraie lune de miel. Elle l'a rencontré alors qu'il visitait un salon à Paris. Ils ont entretenu ensuite des relations épistolaires. Et toutes platoniques, précise-t-elle. Après le retour de Momo, elle a confié à son amoureux sa peur que l'enfer ne recommence. Le chevalier servant lui proposa alors de... venir l'enlever !

Ils mirent au point un plan simple : Suzanne partirait sans rien emporter et sans laisser d'adresse, pour que son fils ne revienne plus la tourmenter.

Elle fit comme prévu : un matin, elle mit son manteau, n'emporta que son cabas et annonça qu'elle allait à l'épicerie. Son fiancé l'attendait en voiture deux rues plus loin...

Il fallut néanmoins un certain temps pour que le fiston de la fugueuse et son complice soient libérés : administration, qui dira tes méandres ?...

Lorsque Momo sonna à sa porte, Gérard Verdier eut une vraie frousse. Mais l'ex-boxeur lui tendait sa main calleuse :

— Eh, m'sieur, je vous en veux pas : vous aimiez bien ma mère. Et, même si elle me croit toujours pas, moi aussi, je l'aime bien !

L'ÉCORCHÉ

Imaginez... Nous sommes entre amis, un samedi soir. Nous sommes installés autour d'une longue table, dans une auberge de campagne. Si l'on en juge par l'aspect de la table et par la couleur de nos joues, le repas a dû être plus que copieux et, surtout, abondamment arrosé. Nous avons depuis longtemps desserré nos cravates et quelques dames ont discrètement retiré leurs chaussures sous la table.

Dans la vaste cheminée, quelques bonnes bûches craquantes entretiennent une aimable chaleur. Dehors c'est l'automne, un automne mouillé avec un fichu vent d'ouest qui a dépouillé presque tous les arbres. Mais nous sommes bien, entre amis, ce soir. La serveuse a laissé sur la desserte une bouteille d'un vieux calvados tout à fait honnête, et...

Une femme vient de pousser un cri suraigu. La porte-fenêtre s'est ouverte, laissant s'engouffrer ce fichu vent d'ouest, qui soulève les rideaux à carreaux rouges et blancs, et qui plaque des feuilles humides contre les pieds des meubles et des convives.

Le cri de la femme se prolonge interminablement lorsque, venue du dehors, la silhouette apparaît dans la lumière. Imaginez... Non : vous ne pouvez pas imaginer cela...

Vous vous rappelez, à l'école, au cours de sciences naturelles, ce tableau de papier verni que le maître déroulait et qui nous faisait crier, lui aussi, et détourner les yeux un moment ? Puis nous le regardions à nouveau, avec une certaine fascination morbide... On appelait cela « l'écorché ». Vous vous rappelez ? Cette représentation nous montrait, de face et de dos, un être humain sans peau, sans cheveux, tous les muscles mis à nu. Ici et là, on apercevait les os... Certains écoliers avouaient en avoir fait un cauchemar, par la suite.

C'est lui, c'est l'écorché, qui vient d'entrer dans la salle de cette auberge, à la fin du dîner.

Pis encore, car cet écorché-là n'est pas le mannequin, certes rouge, mais bien propre sur lui, destiné aux enfants des écoles. Celui-là porte sur sa chair à vif une couche repoussante de boue et de sang... Oui : un homme, vêtu de boue et de sang uniquement. Et peut-être aussi, sur l'un de ses bras, de ce qui a dû être la manche d'une chemise.

Le visage de cet homme n'est qu'un masque effrayant. Un masque de haine et de douleur. La douleur le fait chanceler, mais la haine le maintient debout, envers et contre tout. Contre toute possibilité logique. Il est *impossible* qu'un être humain dans cet état tienne debout...

Car maintenant, voici que notre regard découvre, sous la boue et le sang, des détails épouvantables : le bras encore recouvert d'une manche de chemise, le bras gauche, se termine par... par rien du tout ! Plus de doigts, plus de main, au bout de ce bras !

Autre détail encore, que notre regard ne nous épargnera pas : la jambe, la jambe droite. Elle est cassée, au milieu du tibia, et le biseau acéré de l'os a percé les muscles et la peau.

Le pantin nu et déchiré s'appuie contre la porte-fenêtre, glisse sur le bois et la vitre, en y laissant une traînée sombre, poisseuse. Le cri aigu de la femme s'est arrêté. Nul n'ose bouger, nul n'a le réflexe d'aller vers une telle abomination.

Mais voici que le spectre boueux lève la main qui lui reste. Voici que cette main balaie la ligne des dîneurs pétrifiés. Voici qu'elle s'arrête et désigne un couple effaré... Voici que la bouche s'ouvre dans le visage incroyablement meurtri. Et la voix brisée de l'épouvantail éructe :

— Assassins ! ASSASSINS !

Le village où se déroule cette histoire en tous points horrifiante porte un nom ravissant : Savigny-sur-Ombelle. C'est un coin de France encore préservé. Ceux qui ont la chance d'y demeurer ne sont guère dérangés en dehors de la belle saison.

C'est le cas de Martine et Jean Rougier, un gentil couple. A Savigny, ils n'ont pas fait retraite : ce serait prématuré, ils ont la trentaine. Mais ils ont néanmoins choisi le retrait.

Cadre supérieur dans une société de distribution d'aliments, Jean Rougier a été dégoûté par le « panier de crabes » impitoyable des multinationales et de la capitale. Il a opéré sa reconversion : il a appris que, dans sa branche mais en province, une entreprise battait de l'aile et que les employés se réunissaient en coopérative pour la racheter et tenter le sauvetage. L'idée lui a plu : il y avait là un sympathique défi à relever. Il s'est proposé pour le poste de direction et il l'a obtenu.

A Savigny, Martine et Jean ont trouvé la maison

de rêve pour des Parisiens qui tiennent à leur confort : « fermette ancienne, entièrement rénovée, chauffage central, vaste terrain et dépendances ».

Deux ans après leur installation, Jean Rougier s'est inscrit sur une liste électorale. Tout le monde s'accorde à reconnaître que c'est sa présence, avec son dynamisme, ses relations, sa connaissance de l'économie, qui fait triompher la liste, contre celle de l'ancien maire, traditionnelle et de tendance paysanne.

Charmant couple, donc, harmonie et réussite... Oui, *mais*... Le voilà, le *mais*... ce petit mot qui marque le tournant d'un récit, transforme une histoire de vie en histoire de mort.

C'est que le couple Rougier n'est parfait que dans les apparences, soigneusement sauvegardées. Martine Rougier a des amants.

Martine a des amants depuis plusieurs années. C'est même chez elle un comportement compulsif dont l'analyse passionnerait un psy. Elle a pourtant essayé de se raisonner, de s'empêcher de replonger. Mais c'est plus fort qu'elle : elle ne peut pas vivre sans amant.

Si elle en avait plusieurs à la fois, ce serait finalement, pour Jean, un moindre mal : il ne se sentirait pas en péril sur le plan des sentiments. Mais Martine les prend un à un. Elle est atteinte de cette manie épouvantablement agaçante, tous les maris trompés vous le diront : chaque fois qu'elle commet un accroc, elle a besoin de se convaincre qu'elle vit le Grand Amour. Un grand amour qui dure ce qu'il dure. Mais, pendant ces périodes exaltées, ses yeux sont emplis d'un rêve presque palpable. Elle devient impatiente et irritable lors des rares soirées où elle reste à la maison. Son époux l'énerve : elle lui expédie des piques humiliantes, même devant leurs amis. C'est même l'une des raisons cachées, mais essentielles, qui ont poussé Jean à s'éloigner de la capitale : les tentations, pour Martine, y étaient trop nombreuses.

La dernière en date de ces passions parisiennes avait été un dénommé Armand. Pour lui, Martine s'était même mise à songer au divorce. Jean, sentant le vent venir, avait préféré devancer les événements et créer la diversion : il avait proposé à sa femme de partir en province.

Néanmoins, Martine, tout entière à sa flambée, n'avait pas renoncé aussi facilement. Dans leur chambre d'hôtel, elle avait mis, un peu brusquement, son prince charmant du moment au pied du mur. Elle avait choisi le moment psychologique, celui de la cigarette qui succède aux étreintes :

— Mon amour, c'est vrai ce que tu me dis ?
— Mais sûrement... Quoi donc, mon amour ?
— Tu m'aimes vraiment ?
— Mais bien sûr !
— Vraiment, vraiment ?
— Mais sans ça, je ne serais pas là !
— Alors... est-ce que tu crois que tu pourrais quitter ta femme et vivre avec moi ?

Le monsieur avait grommelé quelque chose qui pouvait passer pour un acquiescement, puis opéré un repli stratégique peu glorieux vers la salle de bains en se rappelant soudain un rendez-vous. Mais pour lui, qui ne voyait là qu'une passade, l'alerte avait été chaude : désormais, il serait aux abonnés absents !

Seulement, Martine planait sur son nuage : elle avait cru réellement que cette fois était la bonne et qu'Armand disait oui pour de vrai. Et c'est là qu'eut lieu une scène qui prendra tout son sens par la suite et que nous garderons donc dans un coin de notre mémoire.

Le lendemain, elle avait annoncé à son mari :

— Ta fichue province, tu peux y aller tout seul ! Je te quitte, Jean ! Je pars vivre avec Armand !

Protestations, cris et chuchotements, prières, colères, rien n'y fit :

— Tu ne peux pas me faire ça, Martine ! Je suis le seul à t'aimer comme ça ! Là-bas, nous allons tout reprendre sur de nouvelles bases ! Reste, Martine ! Essaie, au moins !

— Non, Jean ! C'est fini !

Martine était sortie avec une petite valise. Sur le palier, penché sur la rambarde, tandis que l'ascenseur descendait, Jean avait crié ce que l'on crie toujours dans ces moments-là :

— Je ne vivrai pas sans toi, Martine ! Tu m'entends ? Je ne vivrai pas sans toi !

Et il avait écrit, ce soir-là, une courte lettre qu'il avait laissée sur l'oreiller de l'infidèle :

Samedi, 20 heures.
Martine, ma chérie,
Cette fois, je n'en peux plus. Je ne peux vraiment pas supporter cette vie. Pardonne-moi, comme moi je te pardonne. Jean.

Et il était sorti.

Martine, elle, ne trouva pas « l'homme de sa vie » au rendez-vous à leur hôtel habituel. Elle essaya en vain de le joindre à son bureau, pensant à une réunion tardive. Puis elle appela à son domicile. Lorsque, pour la troisième fois, elle entendit le son de la télé avant qu'on ne lui raccroche au nez, elle se rua chez Armand.

Elle lui fit un scandale et se roula sur le paillasson jusqu'à quatre heures du matin, heure à laquelle l'épouse du monsieur se dressa sur le pas de sa porte en lui lançant :

— Ma pauvre ! Si seulement vous étiez la première ! Ou la dernière ! Mais maintenant, votre cirque, ça commence à bien faire : mon mari et moi, on a sommeil !

Alors, fatiguée, humiliée, Martine était rentrée chez elle. Et là, qu'est-ce qui l'attendait, pour comble ? Un appartement vide ! Elle avait trouvé la lettre d'adieu de Jean. Elle avait piqué une rage froide :

— L'imbécile ! Se flinguer ! C'est tout ce qu'il a encore pu inventer pour me compliquer l'existence !

Brave petit cœur... Elle finissait à peine de lire les quelques lignes, que la porte s'ouvrait sur un Jean hirsute et dépenaillé, lamentable comme de bien entendu : quelques verres dans les cafés avaient eu raison de ses pensées suicidaires – Jean n'avait jamais bien supporté l'alcool.

Martine n'eut que le temps d'enfouir la lettre dans son sac, de se composer un visage douloureux et ravagé de remords. Elle préparait déjà les mots qui font mouche :

— Mon chéri, j'ai erré toute cette nuit dans les rues et j'ai compris que c'est toi que j'aime, que je ne suis rien sans toi !

Mais elle n'eut même pas à sortir le grand jeu : Jean demandait pardon, pleurant, hoquetant. Martine prit sur son épaule la tête fourbue de son cher mari et le consola comme un enfant :

— Voilà, mon grand ! Voilà ! Tout ça c'est fini ! N'y pense plus ! Ta Martine est là, tu vois ! Moi non plus je ne pouvais pas te quitter ! Tout ira bien maintenant ! On va partir, comme tu voulais ! Tous les deux, dans notre belle maison... On va tout recommencer !

Et pour recommencer, elle a recommencé, Martine Rougier. Exactement comme à Paris. Seulement... seulement il y avait la lettre de Jean, qu'elle avait gardée dans son sac. Et, de cette lettre, devait surgir ce que les journaux ont appelé le « drame de Savigny »...

A Savigny-sur-Ombelle, tout aurait pu être différent, tout aurait pu repartir d'un pas tout neuf pour Martine et Jean Rougier. Sauf... Sauf qu'il y a une certaine étincelle dans le regard de Martine. Une certaine étincelle qui n'échappe pas à certains hommes. Une étincelle qui veut dire : « Si vous voulez, je veux ! »... ou encore : « Frappez et l'on vous ouvrira »...

François Baudry est de ces hommes à qui cette « certaine étincelle » n'échappe pas. La quarantaine un peu dépassée, la carrure épaisse sous le costume de velours, la barbe drue qu'il ne rase que deux fois la semaine, François Baudry est l'un des plus gros fermiers de Savigny. Rectification : un *chef d'exploitation agricole*, avec équipement ultra-moderne, personnel minimum et ordinateur pour gérer le tout.

François Baudry a en outre sous sa coupe (prestige oblige) une femme qui a été la plus belle fille des environs et la mieux dotée. Il en a fait une épouse soumise et maigre, cheveux poivre et sel tirés en un chignon sans grâce. Elle élève leurs trois enfants, cantonnée dans la ferme, encadrée par les parents de son mari.

Baudry a l'habitude que rien ne lui résiste. Son seul échec marquant date des élections : l'équipe municipale traditionnelle où il était premier adjoint s'est fait balayer par la liste politicienne nouveau style. La liste dynamisée par ce Jean Rougier, qui n'habite le pays que depuis deux ans, mais qui connaît du monde bien placé. Baudry a, depuis un temps, détecté dans le regard de Martine Rougier cette « certaine petite étincelle » sans équivoque. La vengeance sera facile :

— Ce Parisien nous a piqué la mairie, je lui pique sa femme !

L'inflammable Martine ne résiste pas longtemps au charme rude et à la fracassante santé du fermier. Pour Baudry, à l'origine, ce ne devait être qu'une revanche à prendre, la simple victoire d'un mâle sur un autre. Seulement cette aventure devient très vite bien plus importante.

Pour la première fois, il tient contre lui une citadine raffinée, une femme fine et souple qui sait la magie des parfums coûteux. Auprès de cette maîtresse qui connaît sur le bout de ses doigts aigus toutes les variantes des jeux du corps, voici que l'épais François Baudry découvre un univers insoupçonné... Un vertige, une griserie dont bientôt il ne peut plus se passer. Ce vertige, d'une manière ou d'une autre, doit bien être l'amour.

Martine, elle, se sent émue comme jamais : cet élan rude, impétueux, proche parfois de la brutalité, la chavire. Baudry, peu à l'aise dans la parole, est avare de mots. Mais lorsqu'il les utilise, ils ont l'impact de la vérité. « Cet homme-là m'aime vraiment ! pense Martine. Il est fou de moi, vraiment ! »

Ravie de cette ardeur, elle la reçoit comme un jouet tout neuf. Son jeu préféré consiste à raconter à son amant ses nombreuses aventures parisiennes. Baudry est au supplice, il bout littéralement, et cela plaît infiniment à Martine. Son « homme des bois », comme elle l'appelle, enrage contre ceux qui l'ont précédé, et sur lesquels il n'a aucune prise.

Martine, sans pudeur, lui montre les piles de lettres qu'elle conserve de ses « exploits ». Elle défait les rubans qui les entourent (à chaque aventure sa couleur de ruban) et lit les passages les plus significatifs, ceux qui feront le plus souffrir Baudry.

— Tiens, dit un jour Martine, regarde celle-là ! Elle est de mon mari. Il a failli se tuer un soir, si je le quittais. J'ai eu pitié, j'ai rompu ma liaison !

> *Samedi, 20 heures.*
> *Martine, ma chérie,*
> *Cette fois, je n'en peux plus. Je ne peux vraiment pas supporter cette vie. Pardonne-moi comme je te pardonne. Jean.*

Sur cette lettre, pour la première fois Baudry réagit. Ce n'est plus un bout de papier quelconque, la trace insaisissable d'un de ces amants abstraits. Le mari, il le connaît. Il peut saisir la balle au bond, entrer dans le jeu à son tour :

— C'est marrant : cette lettre, elle n'est pas datée. Au fond, ton mari... Une supposition que quelqu'un le descendrait aujourd'hui... Si on retrouvait ça, personne ne se douterait qu'il y a eu crime... !

— Sauf qu'aujourd'hui on est mercredi, gros malin ! Il faudrait choisir un samedi, et après huit heures du soir, encore !

Quelque chose passe entre les deux amants, à cet instant... Quelque chose de terriblement mauvais, qui se marque par un silence, et qu'ils chassent très vite par un éclat de rire et une étreinte, peut-être plus sauvage encore que d'habitude.

Mais ce qui s'est imposé cette première fois ne peut plus être effacé. A chacune de leurs rencontres, maintenant, ils y reviennent, comme hypnotisés par le petit carré de papier. Au début, ils font comme si c'était la suite du jeu de Martine. François Baudry plaisante :

— Si cet... accident arrivait, tu aurais tout : la maison, l'assurance et surtout la tranquillité !

— Et toi, François ? Ta femme, tes enfants ?

— Ils feront comme je leur dirai. Je suis maître chez moi, tu sais ! Et je serais avec toi, ensuite ! Rien qu'avec toi !

Alors le plan affreux et fou prend forme.

D'abord, Martine se met à glisser ici et là, dans toutes ses conversations au village et avec leurs amis :

— Mon pauvre Jean... Je ne sais pas ce qu'il a... Il est nerveux, fragile... Il pleure pour un rien... Je crois qu'il est en pleine dépression !

Par ailleurs, elle s'arrange pour laisser Jean soupçonner qu'elle le trompe à nouveau, mais sans lui donner la moindre chance de deviner avec qui. Le cauchemar de leur ancienne vie recommence. Alors il ne dort plus, il prend une mine de plus en plus creusée, il a des absences quand on lui parle, des sautes d'humeur, commet des erreurs dans son travail. Il prend effectivement toutes les apparences du dépressif.

Et puis un soir, un *samedi soir*, Jean croit surprendre Martine. Elle est au téléphone, dans sa chambre, mais parle d'une voix suffisamment audible :

— Oui mon chéri... Au moulin... A huit heures et demie !

L'auberge la plus confortable des environs s'appelle « Le Moulin de Savigny ». La salle principale est dans une vaste grange rénovée, au milieu d'un parc. Sur la rivière, on a conservé un vrai moulin, qui sert de guinguette à la belle saison. Un magnifique moulin ancien, bien entretenu, avec toute sa mécanique. On le fait encore travailler une fois l'an, pour la fête des moissons. Le reste de l'année, on dit dans la région que les combles servent de cachette pour les amoureux.

Alors, ce samedi soir, Martine provoque volontairement une scène, assez tendue. Puis elle sort en claquant la porte, à 20 heures. Jean, poussé à bout, la laisse partir. Il sait où elle va.

A 20 h 15, il sort à son tour : il veut la surprendre et savoir enfin qui est son amant.

Martine, cachée dans un bosquet, le voit s'éloigner. Elle revient et pose sur le bureau de son mari, bien en évidence, la lettre non datée où il explique son « suicide ».

A 20 h 30, Jean Rougier, dans l'obscurité de cette fin d'automne, avance dans le parc du restaurant, en direction du moulin. Il commence à pleuvoir. Jean, pour arriver discrètement, ne s'est muni que d'une minuscule lampe de poche, un de ces porte-clefs qui ne servent qu'à trouver une serrure à vingt centimètres. Il pénètre à tâtons, se guidant le long des vieilles pierres.

Peu familier de cet endroit, il ne remarque pas un détail inhabituel : d'ordinaire, la roue à aubes tourne librement dans l'eau de la rivière, mais, à l'intérieur, le mécanisme est au repos, débrayé.

Or, ce soir, le moulin fait plus de bruit : quelqu'un a abaissé le levier qui met en contact l'axe de la roue avec la mécanique des meules. La terrible mécanique des énormes roues dentées qui s'interpénètrent et s'entrecroisent.

Jean monte en trébuchant l'escalier de fer. Il arrive au premier étage. Dans l'obscurité, il passe d'une pièce à l'autre, à la fois avide de découvrir les amants et effrayé de ce qu'il va trouver. Là-bas... Des formes sur le sol... Des sacs, peut-être, ou bien...? Jean avance au milieu de cette pièce, dans la paille. Au bruit, il s'arrête.

A dix centimètres devant ses pieds, il devine l'ouverture, la trappe dissimulée. Et, en dessous, les engrenages. Il aspire un grand coup, réalisant le danger auquel il vient d'échapper.

Il n'a pas le temps de souffler : deux mains brutales le poussent dans le dos.

La chute. Le cri. Un bruit mou, atroce qui se mêle au cliquetis assourdissant de la machine. Le cri stoppe net.

François Baudry se détourne de la trappe, couvert de sueur. Il met son poing dans sa bouche pour ne pas vomir sur place. Et puis, très vite, il descend, court dans le parc à l'abri des buissons, saute un mur pour rejoindre sa voiture garée dans un pré. Il arrive à l'auberge par la route, comme s'il venait de sa ferme.

Au restaurant, c'est une de ces soirées communales dont la mairie a lancé l'initiative pour maintenir le contact entre les villageois, malgré la télévision. Chacun paie son écot, la maison fait un effort et ne lésine ni sur le solide ni sur le liquide. Pour le prix, c'est avantageux et nombre de villageois y trouvent la seule occasion de s'offrir cet endroit de luxe. Ce soir encore, c'est plein.

Martine Rougier est déjà là. Elle a prié que l'on excuse son mari :

— Il préfère rester seul... Encore une de ses crises, vous savez... Moi je suis venue pour me changer les idées !

Elle est d'un calme étonnant. Un regard de Baudry lui signifie que tout est accompli.

— A table, mes amis !

Le maire désigne les places :

— Tenez, madame Rougier ! Puisque vous êtes célibataire, ce soir, on va vous mettre près de Baudry qui est seul aussi ! Mais méfiez-vous, c'est un terrible !

On rit. Le dîner commence, chaleureux, abondant, bien arrosé.

Pendant ce temps, dans le moulin, une scène d'une dureté difficile à décrire se déroule. Jean Rougier a crié instinctivement pendant sa courte chute. Mais son cerveau calcule à toute vitesse. Il a l'impression de vivre cette scène au ralenti. Crier ne sert à rien. Au contraire : c'est accroître le danger, si son agresseur est aux aguets. Car Jean a bien compris, bien senti la poussée dans son dos : on est en train de le tuer.

Son cri s'arrête avec la chute. Un choc brutal. C'est la hanche qui porte en premier sur du métal. Quelque chose se brise. Puis son bras gauche, coincé sous son corps, part en arrière, entraîné malgré lui.

Jean perçoit le mouvement implacable de la mécanique, plutôt sur sa droite. De l'autre côté, c'est le noir. Le vide peut-être. Mais ce vide, qui se prolonge en dessous vers les meules broyeuses, est bordé d'une plate-forme, un plancher qui fait le tour de la pièce, qui entoure les engrenages à mi-hauteur.

Le bras gauche a été happé et il disparaît entre deux pignons. Jean ne sent rien, ou presque, de ce bras. Le choc a dû l'anesthésier. Heureusement, car les dents d'acier lui mangent les doigts, puis la main.

Il se retourne sur lui-même, puis, d'un mouvement du buste en arrière, il arrache à la mécanique ce qui reste de son bras. Il lance l'autre bras, le droit, vers un axe horizontal. C'est un arbre qui tourne à cent tours minute... Un arbre de métal enduit de graisse noire, épaisse. Le bras valide se referme sur cet axe, à la hauteur du coude. La vitesse de rotation rend le contact brûlant, la chair semble se fondre avec la graisse.

Mais Jean se tire, se hisse. A la place où était sa main hachée, la manche de sa veste part dans les dents d'acier qui tirent. Le tissu se déchire. Un à un, tous les vêtements sont happés et malaxés dès qu'ils effleurent les pignons.

Voilà qu'une jambe à son tour est prise. L'os craque, perfore le muscle. Jean se balance, dispute à la mécanique vorace chaque centimètre de sa chair. Il n'est plus suspendu qu'à l'axe horizontal par son bras droit replié, cet axe qui tourne et le brûle. Mais il sent que son corps se balance toujours...

S'il lâche prise maintenant, il tombe entre les meules. La plate-forme ne doit pas être loin ? Si seulement il pouvait... Mais oui : il peut ! Il amplifie, il accentue ce balancement, malgré la douleur pointue de l'os qui perfore sa jambe, et la brûlure au creux du coude. Encore, et encore... Plus loin, plus large, le balancement... Bien choisir le moment pour lâcher... Maintenant !

Le corps incroyablement meurtri et déchiré atterrit sur la mince plate-forme de plancher qui borde l'engrenage central. Il chute là en désordre, comme une poupée désarticulée...

Mais le plus étonnant, c'est que Jean Rougier, ce citadin, ce cadre préservé de la violence et de l'effort, cet homme un peu mou dans la vie, Jean Rougier, à cet instant comme tout au long de son incroyable épreuve, garde toute sa conscience.

Il réalise que s'il reste là, isolé, il va perdre tout son sang. Il sera mort lorsque quelqu'un viendra. Alors, entièrement nu, déchiré, il va se traîner, tomber dans l'escalier, se redresser. Sur une jambe, sur un bras, en rampant comme un ver, il traverse le parc sous la pluie, dans la boue...

Là-bas... Des lumières, des rires... Il approche... Il monte un perron... Par le bas de la porte-fenêtre, il aperçoit les dîneurs, bien au chaud, contents, tranquilles... Et, au bout de la table, Martine et Baudry, qui applaudissent après une bonne histoire.

Alors c'est l'impensable : l'ultime énergie qui le submerge, la haine qui passe par-dessus la douleur. La haine pour se relever, appuyer sur la poignée, pousser la porte et se dresser dans la lumière. Un épouvantail sanglant, un écorché avec tout juste assez de vie pour désigner le couple, au bout de la table, tout juste assez de vie pour croasser l'implacable accusation :

— Assassins ! ASSASSINS !

LA GRANDE SŒUR

Le lieutenant Ciplinsky frappe un grand coup de sa patte d'ours contre le distributeur de boissons :

— Saleté d'appareil ! Il m'a encore volé mes pièces !

Dépité, il va se remplir un gobelet d'eau plate. Une grosse bulle gargouille en remontant dans le bocal de verre qui surmonte la fontaine. Une grosse bulle triste. Tout est triste, d'ailleurs, dans ce commissariat de la banlieue de Los Angeles. La mauvaise banlieue, celle qui est située à l'opposé de Hollywood, Bel Air et autres beaux quartiers. Et la ville fait quarante kilomètres de large. Autrement dit, ici, on est loin du soleil des projecteurs.

Ciplinsky sirote l'eau glacée en regardant, à travers le mur vitré du couloir, le bureau de deux de ses jeunes collègues. Deux inspecteurs en jeans troués, blouson râpé, chaussés de Nike sans lacets et petit diamant dans le lobe de l'oreille. Décidément, la police change... La police, mais pas son boulot : les deux jeunes sont en train de passer un savon sévère à une fille rousse plutôt distinguée, bien qu'elle ne porte qu'une chemise de nuit sous son manteau de lapin. Ciplinsky perçoit vaguement les voix à travers la vitre. La fille pleure. Elle se lève, et l'un des policiers l'accompagne jusqu'à la porte :

— Allez, rentrez chez vous, maintenant ! Et tâchez de vous calmer, hein ! Parce que, la prochaine fois, il faudra qu'on fasse un rapport !

La fille fait « oui » de la tête et s'en va en reniflant. Elle passe tout près de Ciplinsky. Le lieutenant respire au passage un parfum français, mêlé à un peu de transpiration. Une odeur de chambre à coucher qui le trouble vaguement. Quelque chose chez cette femme lui paraît curieusement familier. Il a soudain envie de savoir qui elle est, ce qu'elle fait dans ce poste de police à onze heures du soir. Il ne se doute pas que cette femme est condamnée à mort.

Quelqu'un est revenu dans sa vie uniquement pour la supprimer. Revenu de très loin. Infiniment plus loin que nous ne saurions l'imaginer.

Le lieutenant Sam Ciplinsky passe la tête dans le bureau des jeunes détectives :

— Dites voir... La rousse, là, c'est qui exactement ? J'ai l'impression de la connaître, mais je n'arrive pas à mettre un nom sur son visage.

— Elle s'appelle Mary Ellen Parker. Vous avez dû la voir à la télé, Sam ! C'est une comédienne de troisième zone.

— Ah bon ! Eh ben, elle mérite mieux que ça !

Les deux jeunes éclatent de rire, ce qui agace prodigieusement Ciplinsky :

— Ben quoi ? C'est une belle fille, non ?

— Elle a dû l'être, Sam ! Elle est plutôt périmée, non ? Elle a presque trente-cinq ans !

— Oui, ben moi, j'en ai trente-neuf ! Et puis je lui trouve de la classe, voilà !

Les deux jeunes comprennent qu'ils ont fait une gaffe :

— Ah ouais, ouais, une sacrée classe, lieutenant... D'ailleurs, on n'a rien retenu contre elle ! On lui a juste fait un peu la morale !

— Ah bon ! Et qu'est-ce qu'elle avait commis, comme crime ?

— Tapage nocturne, lieutenant. On a été prévenus par les voisins : cette Mary Ellen Parker et sa sœur étaient en train de se jeter les meubles à la tête. Elles se hurlaient des noms d'oiseau, il y a même eu un carreau de cassé !

— Et comment ça se fait que vous n'ayez arrêté qu'une des deux sœurs ?

— Ben, c'est-à-dire que nous, on est arrivés avec la voiture de service, et on a trouvé celle-là... enfin, Mary Ellen Parker, au coin de la rue en train de vociférer. « Je suis chez moi, quand même ! » qu'elle hurlait ! « Cette vieille peau m'a jetée à la porte de ma propre maison ! » Alors on a pensé que si on mettait les deux filles face à face, ce serait le cirque... On a embarqué celle qu'on avait sous la main et on est venus la calmer ici. Voilà toute l'histoire, lieutenant.

— Mouais... Pas de quoi fouetter un chat ! Allez, bonne nuit les petits gars !

Le lieutenant Ciplinsky hoche sa grosse tête aux cheveux rares en faisant semblant de ne pas se douter que, sitôt la porte refermée, les deux jeunots vont se payer sa bobine. Il écrase dans sa main le gobelet de carton vide et le jette d'un geste sûr vers une corbeille. Qu'il manque de dix centimètres. Décidément, il est fatigué. Il ferait mieux de sortir.

C'est dans le troisième bar, deux rues plus loin, qu'il retrouve Mary Ellen Parker. Il ne l'a pas vraiment cherchée, mais il a quand même jeté un œil aux deux premiers troquets sans y entrer. Elle est assise au comptoir, essayant sans conviction de se dégager des approches envahissantes d'un grand type maigre en veste à carreaux.

— Tire-toi, mon gars ! Tu déranges la dame !

Le type se retourne, prêt à l'empoignade, mais il avise, tout près de son visage, la main de Ciplinsky posée sur son épaule. Une main énorme, couverte jusque sur les phalanges de poils très noirs, et ornée d'une chevalière qui pèse au moins un quintal.

— Ça va, ça va ! Je savais pas qu'elle était accompagnée ! Je m'excuse !

La veste à carreaux s'éloigne. Mary Ellen Parker regarde son nouveau chevalier servant entre deux mèches rousses en désordre. La voix est pâteuse :

— Salut, Smithy ! Bienvenue dans le club de mes admirateurs ! Puisque t'as fait peur à l'autre affreux, t'as gagné le droit de payer mes verres ! J'ai pas un sou sur moi, et le prochain godet sera mon quatrième ! Dépêche-toi si tu veux me rattraper, Smithy !

— Vous avez assez bu, Miss Parker !

La rousse a un mouvement de recul :

— Hé ! dis donc, Smithy, comment ça se fait que tu connais mon nom ? Tu vas pas me dire que t'as reconnu la vedette, non ?

— Non, Miss Parker ! D'abord, je ne m'appelle pas Smithy.

— Mais si ! Tous les hommes s'appellent Smithy, après minuit et dans un bar !

— Eh bien moi je me nomme Ciplinsky. Lieutenant de police Samuel Ciplinsky. Nous... nous nous sommes croisés au poste.

— Ah bon ? Je ne me souviens pas... Alors comme ça, vous êtes un flic, hein ? Et vous venez jusqu'ici pour me persécuter ! C'est une atteinte à la liberté des citoyennes ! J'ai rien fait !

— Chut ! Plus bas, Miss Parker ! Je ne suis plus en service. Est-ce que... est-ce que, à titre privé, vous me permettez de vous offrir le verre dont vous parliez ? Mais avant, nous devrions manger quelque chose, peut-être ?

Plus tard, beaucoup plus tard dans la nuit, le lieutenant et Mary Ellen Parker sont face à face dans un box tranquille au fond du bar. La jeune femme a retrouvé une conduite normale, un regard clair, mais aussi un sourire d'une infinie tristesse :

— Excusez-moi pour tout à l'heure, lieutenant... Vous avez dû me trouver horrible.

— Non, pas horrible du tout. Juste... terriblement perdue. Et, en dehors du service, je m'appelle Sam.

— OK, Sam. Si vous me parliez un peu de votre métier ?

— Oh, sans intérêt. Parlez-moi plutôt du vôtre, la télé, tout ça...

— Tout ça ? A vrai dire, il n'y a pas grand-chose justement... Il y a huit ans, une apparition assez bonne dans un épisode de *Dallas*, une autre juste après dans *Starsky et Hutch*. J'ai cru que ça démarrait et puis... plus rien. Des figurations, des panouilles, comme on dit. Quelques spots publicitaires... J'ai pensé que c'était mon agent qui était mauvais. J'en ai changé. Ç'a été plutôt pire. Fin du dossier de presse ! La glorieuse carrière de Mary Ellen Parker !

— Mais... sans être indiscret... on peut vivre seulement de ce métier ? Dans cette ville, tous les serveurs sont des comédiens ?

— Je me débrouille. Moi aussi, je fais des petits

boulots. Si c'est ce que vous voulez savoir, je n'ai pas de vieil amant et je ne me livre pas non plus à la prostitution bourgeoise pour arrondir mes fins de mois !

Le lieutenant ne sait plus où se mettre : la glace qui s'était brisée entre l'actrice et lui vient de se figer à nouveau. La vraie banquise.

— Mais non, Mary Ellen, ce n'est pas du tout ça !

La jeune femme parle fort, en agitant ses belles mains :

— Mais si ! Vous êtes tous pareils ! Tout le monde pense ça ! Vous êtes comme Julia !

— Qui est Julia, Miss Parker ?

— Julia, c'est ma grande sœur ! Ce vieux hareng sec, avec ses pensées poisseuses sous le prétexte de la vertu ! Elle pense comme vous ! Que je suis une putain, voilà ce qu'elle pense ! Et elle l'a dit à papa ! Je suis sûre qu'elle le lui a dit !

Le tête rousse se cache au creux du coude, sur la table. Le lieutenant ne voit plus que les épaules secouées de sanglots, sous le manteau de lapin élimé. Il quitte sa banquette et va s'asseoir en face, près de la jeune femme. Il esquisse le geste de l'entourer de ses bras, mais il n'ose pas. Il se contente de lui tapoter le dos, maladroitement.

— Vous... vous avez donc encore vos parents, Miss Parker ?

— Juste mon père. Ma mère est morte quand j'avais deux ans. C'est ma sœur aînée et mon père qui m'ont élevée... Ils habitent Atlanta. Lui, il ne vient jamais me voir. C'est à cause de ce qu'elle lui raconte sur moi, sur mon métier, ma manière de vivre. C'est terrible pour lui, pour sa réputation...

— Il a une situation en vue ?

— Il est pasteur.

— Pardon ?

— Il est pasteur. Pasteur à Atlanta. C'est un homme de Dieu. Et ma sœur, elle me fait honte parce que je salis tout ! Quand je suis venue tenter ma chance ici, j'ai cru être débarrassée de ses critiques. Pendant des années, elle m'a fichu la paix. Et puis, il y a quelques mois, elle a débarqué chez moi. C'est l'inquisition ! Elle fouille, elle critique mes robes, mes dépenses ! Tenez, la dernière fois, c'était à cause du magnétoscope ! J'ai pris un crédit pour un de ces appareils et une caméra. C'est quand même génial de pouvoir avoir ça chez soi, maintenant, non ? J'ai eu beau expliquer que c'était utile pour mon métier, elle a trouvé le moyen de me citer un sermon de papa qui disait qu'admirer sa propre image est un péché !

Soudain, Mary Ellen Parker se redresse, s'agrippe à la manche du lieutenant :

— Mais tout ce qu'il dit, il n'en pense pas un mot ! C'est du bluff, du bidon, du vent ! Je ne salis rien du tout ! Il est pire que je ne serai jamais, vous m'entendez ! Pire ! Ah, il est bien, l'homme de Dieu ! Si vous saviez ! Toutes mes amies, des gamines encore... Toutes, elles venaient se gaver de ses sermons ! Toutes volontaires pour ses bonnes œuvres ! Toutes à casser leur tirelire pour ses kermesses de charité ! Toutes, agglutinées autour de lui ! Et leurs mères, donc ! Toutes ces dames tellement pieuses d'Atlanta, qui tournaient comme des mouches autour d'un morceau de sucre ! Et lui, vous croyez qu'il dressait le bouclier de la foi pour s'abriter du péché ? Non, Sam ! Les bras ouverts, mon papa, dans un grand geste d'amour universel. Laissez venir à moi les brebis pantelantes ! Et leur blanche progéniture aussi ! Alléluia ! Il n'avait même pas à claquer des doigts pour les avoir, toutes. Mais c'est normal. C'est un homme ! Et il est si beau ! Si vous saviez comme il est beau !

— Mais oui, Miss Parker ! Mais oui ! Là, calmez-vous !

— Je suis calme, Sam. Je suis calme. Mais tout ce que je vous dis est vrai. Il n'y a que Julia, ma vertueuse grande sœur, pour ne rien voir de tout ça ! Et elle est revenue pour me rebattre les oreilles avec le déshonneur que j'apporte à notre cher et pur papa. Mais je lui dirai un jour, Sam ! Je lui enverrai la vérité à la figure. Je lui donnerai des noms, des preuves. Tout !

— Je ne veux pas me mêler de votre vie, Miss Parker, mais je ne crois pas que ça servirait à grand-chose.

La jeune femme pose sa belle main fine sur l'énorme patte d'ours de Ciplinsky :

— Oh ! si, Sam ! Si ! Ça me fera enfin une arme pour lui clouer le bec et lui faire payer tout ce que je subis et la renvoyer d'où elle vient ! Elle me déteste. Elle m'a élevée, mais depuis que je suis devenue une femme, elle se conduit auprès de mon père comme une épouse jalouse... Lui, évidemment, ça le flatte plutôt, que sa fille aînée sacrifie sa vie personnelle pour veiller sur lui... C'est un...

La pression de la main se fait plus forte sur le bras du policier :

— Je n'avais jamais dit ça à personne... Je ne sais pas pourquoi vous... Parce que vous êtes fort et gentil, peut-être... Mais il fallait que quelqu'un sache. Si jamais quelque chose m'arrive, un jour, ce sera à cause d'elle ! Ce sera Julia la responsable ! N'oubliez pas et...

Mary Ellen s'interrompt brusquement, relève sa

mèche d'un mouvement de tête, comme si elle sortait d'un rêve :

— Maintenant, je suis fatiguée, Sam. Je voudrais rentrer, s'il vous plaît.

Vers quatre heures du matin, Ciplinsky arrête sa voiture devant une modeste maison de bois sans étage, au bout de la banlieue. Des lumières sont allumées. La jeune femme frissonne :

— Attendez, Mary Ellen. Je vous accompagne. La dispute risque de recommencer.

— Non, non. Ce serait encore pire si elle me voyait revenir avec un homme. Ce n'est pas votre insigne qui empêcherait Julia ! Ne vous inquiétez pas : je vais lui dire que les flics m'ont mise dans la cage et insultée : ça lui fera plaisir, c'est tout ce que je mérite. Allez, bonne nuit, Sam. Et... merci pour le dîner.

Déjà la silhouette en manteau de lapin râpé a franchi la porte. Sam démarre et s'arrête quelques rues plus loin. Dans la voiture flotte le parfum français. Et cette légère odeur de transpiration. Sam allume un cigare bon marché et observe son reflet dans le rétroviseur. Décidément, il ressemble à un gros flic juif, avec trop d'estomac par-dessus la ceinture, à cause de tous les sandwiches avalés sur un coin de bureau. Avec des poches sous les yeux, à cause des nuits de commissariat. Avec peu de poils sur le caillou et trop sur les mains. Avec une chemise plus très fraîche. Un gros flic que sa femme a quitté en lui reprochant de ne pas lui avoir fait d'enfants. Et elle a eu raison... Voilà ce qu'il pense, le lieutenant Sam Ciplinsky, en fumant son cigare tout seul. Il n'est vraiment pas l'idéal pour une Mary Ellen si belle, si paumée, avec autant de problèmes. Mais ça ne fait rien : il décide qu'il essaiera de la revoir.

Il ne la reverra jamais. Sauf horriblement cassée, sous un drap blanc, dans le long tiroir d'une morgue glaciale. Et au cœur d'une étonnante enquête.

Le lieutenant Samuel Ciplinsky a essayé de revoir Mary Ellen Parker, la comédienne paumée, la silhouette d'un soir. Il a téléphoné, un répondeur a enregistré ses messages, Mary Ellen n'a pas rappelé. Alors, un après-midi, il est allé sonner à la modeste maison de bois, au bout de la banlieue. Il est tombé sur la grande sœur, Julia. Elle a entrouvert la porte, méfiante, environnée d'un ronflement d'aspirateur :

— Vous voulez quoi, vous ?

La voix grinçait derrière la contre-porte de fin grillage. Julia le tenait à distance, comme les religieuses qui s'adressent aux étrangers à l'abri des grilles ou les femmes orientales derrière leur moucharabieh. Ciplinsky distinguait les cheveux poivre et sel ramenés sous un foulard noir, le visage grisâtre, aux traits fatigués, tombants, ingrats, les lunettes sévères, le maintien raide et tendu sous le tablier de ménagère. Sam parvint à lui trouver un air de vague parenté avec Mary Ellen, mais il fallait vraiment être prévenu pour deviner que cette femme rêche était la sœur de la comédienne rousse.

— Si c'est pour vendre des savonnettes, fichez le camp ! Si vous êtes un huissier, déposez votre lettre et fichez le camp aussi !

— Non, je voudrais voir Mary Ellen. Je suis un ami.

— Eh bien, si c'est le genre d'ami que je pense, ne comptez pas sur moi pour lui transmettre vos cochonneries ! Et maintenant, laissez-moi finir de nettoyer la tanière où elle vit. Si je n'étais pas là pour me salir les mains, il y aurait bientôt des champignons sur les murs, ici.

La porte avait claqué sèchement. Par routine, le policier avait flâné dans le quartier et posé, mine de rien, quelques questions. Les voisins, les commerçants, tous avaient dit la même chose : on voyait la sœur d'Atlanta de plus en plus souvent depuis quelque temps et, avec tous, elle était agressive, désagréable. Le soir, on entendait les voix des deux femmes se hurler des insultes. Un jour, ça finirait mal.

Dans la période qui suivit, le lieutenant fut débordé par son travail : une recrudescence d'agressions dans les parcs avec l'arrivée du printemps. Il dormit peu ou pas du tout pendant plus de deux semaines, au bout desquelles il s'octroya deux jours de repos. Deux jours d'un sommeil presque ininterrompu.

Et c'est en revenant au bureau qu'il apprend la nouvelle, par l'un des jeunes détectives :

— Hé ! Sam ! Vous vous rappelez une fille qui vous avait tapé dans l'œil, une comédienne, Mary Ellen Parker ? Elle s'est fichue en l'air cette nuit au pont du Coyote, avec sa bagnole !

Le pont du Coyote, à soixante-dix kilomètres : un site apprécié par les cascadeurs de l'émission *Incroyable mais vrai*, qui se lancent avec un parachute pour atterrir dans le fond du canyon, deux cents mètres plus bas. Endroit de prédilection pour les désespérés, aussi. Mais, à la connaissance du policier, personne, ni cascadeur ni suicidé, n'a jamais sauté avec sa voiture ! Le pont est bordé de hauts trottoirs et d'un solide parapet.

Ciplinsky se rend compte qu'il n'a même pas pris

le temps de l'émotion : déjà, le voilà parti à raisonner comme une machine bien entraînée. Vingt ans de métier. Tant mieux. Surtout, il faut continuer à penser comme un flic, pas comme un homme. Un homme, ça s'écroule trop facilement. Ça se souvient d'un parfum dans sa voiture, de quelques heures dans un café, d'une main qui se pose sur la sienne. Surtout pas. Mais allez empêcher cela !

« Si quelque chose m'arrive, ce sera Julia la responsable ! N'oubliez pas et... » Elle avait dit cela, Mary Ellen, juste avant d'enlever sa main et de demander à rentrer, à retourner dans la maison où l'attendait sa sœur. « N'oubliez pas et... » Et quoi ? Ciplinsky alpague le jeunot par son blouson :

— Tu sais ça depuis quand ?

— Une heure, lieutenant ! L'équipe vient de rentrer avec le corps.

— On a déjà prévenu quelqu'un ?

— Non. Pourquoi ? Il y a quelqu'un à prévenir ?

— Surtout pas, justement ! Silence radio absolu ! Mettez-moi des gars autour de sa maison. Que personne n'y entre jusqu'à ce que j'arrive ! Je prends l'affaire !

En deux heures, le lieutenant a remué ciel et terre dans la hiérarchie pour se faire confier l'enquête. Il est passé à la morgue. Sans détourner les yeux, il a regardé le corps méconnaissable et mutilé.

Il a foncé au pont du Coyote, il a observé rapidement le parapet démoli, les traces de pneus en zigzags et les débris du véhicule, très loin dans le fond. Il a lu le dossier apporté sur place par un jeune inspecteur local, effrayé par l'air terrible de ce gros lieutenant qui bousculait tout. Dossier pratiquement déjà fermé : l'accident est arrivé de nuit, sans témoins connus. La défunte n'avait pas d'assurance vie, il y a déjà trop d'enquêtes en attente : personne ne tient à se demander s'il s'agit vraiment d'un suicide.

— Et un crime, vous avez pensé à un crime ?

— Oh non, lieutenant ! Elle était seule à bord.

— Qui vous le prouve, hein ? Et est-ce qu'elle occupait la place du conducteur ?

— Ben, avec cette chute... impossible de savoir !

Ciplinsky hausse les épaules. Il roule déjà vers la banlieue. Question : une femme rigide aux cheveux gris (Julia) peut-elle lancer une voiture contre un parapet et sauter en marche au dernier moment, comme dans un film ? Question : comment rentre-t-elle alors en ville, de nuit ? En auto-stop ? Question : ces traces en zigzags indiquent-elles que Mary Ellen a lutté pour reprendre le volant ?.... C'est trop de questions à la fois. Le lieutenant est déjà en route vers la maison de la comédienne : il faut cuisiner « à chaud » la grande sœur.

Depuis son émetteur de bord, il passe en priorité un message sur les radios locales pour demander des témoins éventuels. Devant la maison, un envoyé du procureur l'attend.

— Bonjour, lieutenant. Dites-moi, je n'ai pas très bien compris : qui est la personne que vos collègues nous ont demandé de mettre en isolement jusqu'à votre arrivée ?

— La sœur de la victime, Julia Parker. Elle loge ici.

— Pas pour l'instant, en tout cas : c'est vide et éteint !

— Il va falloir que j'entre. Ça pose un problème légal ?

— Non : j'ai toujours un mandat en blanc, au cas

où... Et puis, il y a décès et suspicion légitime. Je vous couvre, allez-y !

Sur le porte-clefs de Ciplinsky, il y a une petite tige de métal, cadeau d'un Portoricain reconnaissant, surpris une nuit en pleine tentative d'effraction : le lieutenant l'avait laissé filer, sans lui faire d'autres ennuis que quelques dents cassées. Trois raclements de la tige dans la serrure et la porte s'ouvre.

Une odeur de désinfectant flotte dans l'entrée : la propreté selon Julia... L'adjoint du procureur se tient en retrait pendant que le policier tourne dans les pièces désertes.

Le salon, neutre, sans joie, pauvre. Le strict nécessaire, à part le magnétoscope, cause d'une dispute de plus entre la comédienne et l'intolérante Julia. Une seule chambre, en désordre. Ici, on retrouve le parfum français. L'odeur de Mary Ellen. Où dormait Julia, lors de ses visites ? Sur le canapé, peut-être. Dans des armoires, les vêtements des deux sœurs, bien séparés. Contraste étonnant entre les robes claires de l'actrice, où domine le vert, et les tenues ternes de la vieille fille : gris, mauve, noir. Rien d'intéressant, en somme.

Sauf une absence, très importante : pas de lettre d'adieu. Une Mary Ellen Parker se suicide-t-elle sans laisser une lettre ? Pas même pour ce père, qui tenait tant de place dans ses tourments ? Le lieutenant a déjà répondu non. Son testament, la dénonciation de la responsable de sa mort, c'est à lui que Mary Ellen l'a laissé, une nuit, dans un bar, en posant sa main sur celle de Sam : « N'oubliez pas et... »

« Je ne suis peut-être qu'un vieux chien de chasse, Julia Parker, mais ça, au moins, je le fais bien ! Et quand j'aurai planté mes crocs dans ton mollet, crois-moi, je ne te lâcherai pas ! »

Interrogatoire rapide des voisins, des Mexicains : depuis deux semaines au moins, ils n'ont vu que Mary Ellen. La sœur a dû repartir pour Atlanta.

Ciplinsky tique : il veut sa coupable. Il est certain que c'est elle. Mary Ellen aimait trop la vie. Dans un coin du cerveau, une voix lui murmure : « Et un accident ? Tu ne veux pas non plus penser à un accident ? » Il ne veut pas : la voiture est tombée sur la voie qui s'éloigne de Los Angeles. Pourquoi Mary Ellen aurait-elle quitté la ville au milieu de la nuit ? « Elle avait peut-être une vie privée, figure-toi, insiste la voix. Surtout quand sa sœur n'était pas là... » Ciplinsky fait taire la voix et retourne au poste de police.

Un témoin spontané poireaute sur un banc depuis des heures.

— C'est à vous qu'il faut que je parle ? C'est pas trop tôt ! Voilà : j'ai entendu votre appel à la radio. Je suis transporteur. Il y a trois jours, vers sept heures du soir, je roulais doucement, j'avais fini ma journée. J'ai vu cette voiture à l'entrée du pont du Coyote. Et puis cette femme aux cheveux gris, qui regardait en bas. Je connais la réputation du pont : j'ai cru qu'elle voulait faire une bêtise. Je me suis arrêté pour lui parler. Ah ! Qu'est-ce que j'avais pas fait là ! Elle a failli m'arracher les yeux, la vieille ! Elle m'a insulté comme si j'allais la violer, ma parole !

Ciplinsky retrouve dans la poitrine la petite sensation qu'il connaît bien. Il en était sûr : il y a trois jours, Julia était bien revenue en ville. Elle préparait son coup.

— Vous vous rappelez le numéro de la voiture, par hasard ?

— Le numéro, c'est beaucoup demander, lieutenant... Mais c'était une Ford bleu ciel, assez cabossée. Un modèle d'il y a au moins dix ans !

Aucun doute : c'est la vieille Ford de Mary Ellen ! Ciplinsky serre les poings : comble du cynisme, elle a utilisé la voiture de sa sœur pour aller repérer l'endroit où elle allait la tuer. Là, elle a commis une erreur : elle a eu beau revenir discrètement et se cacher des voisins, la solution de facilité de la voiture va lui coûter cher ! Le policier décroche son téléphone :

— Passez-moi le central de la police d'Atlanta !

Mais il doit aussitôt annuler son appel. Un agent frappe :

— Excusez, lieutenant ! On a un type pour vous. On l'a piqué au moment où il voulait entrer chez la fille Parker !

Dès que l'homme est là, Ciplinsky le reconnaît sans l'avoir jamais vu :

— Entrez, pasteur Parker !

Le policier a un creux dans l'estomac : il comprend ce que Mary Ellen voulait dire en parlant de beauté. C'est mieux que cela, ou pis : l'homme est magnifique. Soixante-cinq ans au moins, mais la force d'un séquoia. Le visage carré, les yeux verts de sa fille, le cheveu dru couleur de neige, et une voix profonde à faire trembler les colonnes du temple.

— J'arrive d'Atlanta. Je venais voir Mary Ellen. Je l'ai appelée il y a trois jours, elle paraissait perturbée comme jamais. Elle ne voulait rien dire, alors j'ai pensé que je pourrais... Et puis en arrivant chez elle, vos hommes m'ont appris l'accident... C'est horrible.

D'emblée, Ciplinsky a envie de lui faire mal :

— Ce n'est pas un accident, monsieur.

— Vous ne pensez tout de même pas qu'elle s'est...

— Non plus. Je crois qu'elle a été assassinée. Et j'ai toutes les raisons de soupçonner votre fille aînée, Julia !

Sam ne se croyait pas capable d'abattre un tel arbre d'un seul coup. Le pasteur lâche sa valise, s'appuie au mur :

— Julia ? Mais... vous êtes fou, lieutenant !

— Non, je sais ce que je dis ! J'ai même un témoin qui l'a vue préparer le meurtre ! Où est Julia, en ce moment, pasteur ?

— Mais enfin, lieutenant... Julia... Julia est morte il y a quinze ans !

Vérification faite, la sœur aînée est vraiment morte. Elle s'est suicidée.

Alors qui est la femme aux cheveux gris ? Une amie, une amante que Mary Ellen faisait passer pour Julia ? Le pasteur ne la connaît pas. Ciplinsky va chercher une trace de son identité. Il interroge à nouveau les voisins : pour tous, elle était la personne qui logeait chez Miss Parker. Elle était bien sa sœur. Une équipe de policiers passe au peigne fin la maison de bois. Il y a bien les affaires des deux femmes, mais pas un papier, pas une enveloppe adressée à un autre nom que celui de Mary Ellen Parker. Cette « Julia » ne recevait aucun courrier ici : elle devait avoir une adresse à elle. Comment la trouver ?

Alors, le lieutenant décide de passer une soirée seul dans la maison. Il s'assied dans le canapé, laisse son regard parcourir cet univers pour essayer de voir au-delà des objets. Que faisaient ces deux femmes, le soir, lorsqu'elles ne se disputaient pas ? Le journal, la télé, comme tous les couples moyens ?

La télé ! Ciplinsky se dit qu'il aurait dû le remarquer : il n'y a pas de rayon de cassettes vidéo, avec les films des grands artistes qu'une comédienne devait admirer. Il n'y a qu'une cassette, dans le magnétoscope. Le policier l'éjecte. L'étiquette est écrite à la main : « Julia et moi ».

Enclenchée, la cassette se déroule lentement. Et voici que l'écran s'éclaire. Un grésillement, puis une image floue. Un bout de film tourné dans ce même salon. D'après l'angle de prise de vue, la caméra devait être posée sur le téléviseur, braquée vers le canapé où Ciplinsky est assis.

Quelqu'un fait la mise au point. Le canapé est vide. La personne qui a fait les réglages passe devant l'objectif, l'occulte un instant avec son dos, s'éloigne, se retourne : c'est Julia ! Ou du moins la femme aux cheveux gris. Elle regarde la caméra avec un air neutre, semblant écouter quelque chose, ou quelqu'un, puis le visage se crispe, se déforme, et la bouche aux lèvres minces crache :

— C'est ça, c'est ça, on te donne tout cet argent pour un petit rôle au théâtre ! Et tu crois que tu vas me faire avaler ça encore longtemps, hein ? C'est comme ce type ! Qui c'était encore ce gros type dégoûtant qui est venu cet après-midi pendant que moi, je m'échinais à nettoyer ta bauge ?... Quoi ? Un ami ?... Un policier ?... Raconte ça à qui tu voudras, petite roulure, mais pas à moi ! C'était un de tes clients, oui ! Un de ceux qui te refilent leur sale fric pour toucher, pour lécher ce corps que le Seigneur t'a donné !

Et la femme aux cheveux gris aligne des insultes ordurières, va et vient dans la pièce, s'approche de la caméra qui lui fait par moments un visage effrayant, grotesque, convulsé. La scène dure dix minutes, peut-être plus. C'est long, c'est une éternité pour Ciplinsky. Jamais il n'a vu tant de haine dans un être humain. Soudain, la femme aux cheveux gris hurle :

— Je te tuerai, tu sais ! Je te tuerai !

Puis, tout aussi brusquement, elle s'arrête, ses épaules se tassent, elle s'assied au bord du canapé. Fatiguée, tellement fatiguée. Elle empoigne ses cheveux gris, les retire, secoue la tête. Voici que s'ébouriffent les mèches rousses de Mary Ellen. La femme fatiguée ôte ses lunettes : voici les yeux de Mary Ellen. Elle essuie dans un coin de son tablier le maquillage pâle. Voici le visage de Mary Ellen Parker, mais fatigué, tellement fatigué... Le visage sur l'écran qui regarde vers Ciplinsky fasciné et qui lui dit en face :

— Je sais... Un jour, elle me tuera !

LA MAISON VOLÉE

L'homme est debout au milieu de la rue. Le visage levé vers le ciel du petit matin, il hurle, et son cri se perd sur les façades des bungalows et des villas.

— Ma maison ! C'est ma maison ! MA MAI-SOOOON !

L'homme avance en hurlant entre deux rangées de façades aux volets fermés. Il avance en tenant devant lui ses mains ouvertes. Ses mains couvertes de sang.

— Ma maison ! C'est ma MAISOOOON !

Enfin, une fenêtre s'ouvre sur une silhouette en pyjama :

— C'est quoi, ce chahut, là ? On est ici pour avoir la tranquillité !

C'est vrai que cet endroit est, en principe, dévolu au calme : un groupe de maisonnettes, pas très loin de la mer, à Tampa, sur la côte ouest de la Floride. Un lotissement composé essentiellement de résidences secondaires. Les rares habitants hors saison sont des retraités.

Mais elle est finie, la tranquillité. Bientôt les sirènes de police et des ambulances vont hululer, des voitures de journalistes et des camions de télévision vont s'embouteiller entre les pelouses bien tenues, à cause de cet homme aux mains sanglantes qui hurle toujours :

— Ma maison ! C'est ma maison !

Oui, la dernière maison, au fond de la rue, c'est la sienne. Il en connaît chaque centimètre carré, y compris le couloir, où gisent ses deux victimes et un gros couteau de cuisine.

Pour commettre ce crime, l'homme est revenu dans *sa* maison... et pourtant, avant ce matin, il n'avait jamais mis les pieds ici !

Impossible retour ? Rien n'est vraiment impossible, lorsque l'on doit revenir vers la vérité.

Le lieutenant de police Coltrane descend posément de sa voiture et va rejoindre son adjoint qui se démène entre les uniformes qui vont et viennent devant la villa :

— Alors Crosby ? Vous vous en sortez ?

— J'essaie ! Tout le monde veut me parler en même temps !

— C'est le métier qui rentre, mon gars !

— Je vais tenter d'être clair. D'abord, le type là-bas, avec un jean et une veste de pyjama : c'est lui qui nous a prévenus. Ce témoin, M. Charles Roberts, a donc été réveillé sur le coup de sept heures par quelqu'un qui hurlait. Le hurleur avait l'air dingue, du sang plein les mains, et il montrait la maison au bout du lotissement. Le témoin a évité de s'approcher du dingue, il est allé jusqu'à la maison et il a découvert les deux corps. Jusque-là, ça va, chef ?

— Impeccable, Crosby. Parlez-moi des deux macchabées, maintenant.

— Un seul, chef, un seul. Il y a que le type de

mort... Enfin... pour l'instant ! La femme ne vaut pas beaucoup mieux, mais elle vit encore.

Le lieutenant Coltrane suit son adjoint le long d'une petite allée bordée de fleurs. Dans le hall, les spécialistes de l'identité judiciaire sont en train de s'affairer autour d'un corps. Un homme en pantoufles, face contre terre. Près de lui, une petite valise. Une nappe de sang va se perdre dans un tapis blanc à longs poils. A un mètre du mort, environ, une forme humaine est dessinée à la craie sur le carrelage. Là aussi, beaucoup de sang.

A peu près au centre du triangle formé par le mort, la valise et la silhouette à la craie, un grand couteau de cuisine.

— Voilà, chef ! J'ai fait marquer l'emplacement où était la femme avant de la laisser partir pour l'hôpital. Quant à l'assassin, on l'a arrêté à cent mètres d'ici. Il criait : « Ma maison, ma maison ! » D'ailleurs, il ne sait plus rien dire d'autre. Il est dans un des fourgons dehors. Histoire classique, j'ai l'impression : le mari, la femme, l'amant... Il y en a qui réagissent mal !

— Alors, si je comprends bien : le mort, c'est l'amant et le type dans le fourgon, c'est le mari. Il rentre de voyage un peu plus tôt que prévu avec sa petite valise. Il trouve l'amant dans ses chaussons, il va prendre un couteau de cuisine, il tue l'amant et blesse sa femme ? C'est ça ?

— Ah non, chef ! Le contraire : le mort, c'est le mari !

— Donc, l'assassin dans le fourgon, c'est l'amant ?

— C'est ça.

— Donc, il est venu avec sa petite valise voir la

femme, le mari était hélas encore là. Dispute, l'amant tue le mari ?

— Quelque chose comme ça, je pense...

— Alors comment se fait-il que l'amant hurlait que c'est sa maison ?

— Ben chef, je pensais que... Enfin, qu'il était sous le choc du crime qu'il venait de commettre ?

— Vous vous mélangez les pieds, Crosby ! Et moi aussi, à force de vous écouter ! Allez me chercher le témoin et le coupable. Et reprenons dans l'ordre.

L'adjoint sort une minute et revient avec l'homme en veste de pyjama.

— Désolé, chef. Je n'ai que le témoin. L'assassin était dans un tel état de nerfs que j'avais demandé au toubib de lui injecter un calmant. Alors, maintenant, il est dans les vaps, je n'ai même pas pu le bouger. Désolé, chef.

— C'est ça ! Désolé, chef ! On en reparlera, Crosby ! En attendant, donnez-moi précisément les identités.

— Oui, chef. Monsieur ici, le témoin, Charles Roberts, soixante-deux ans, rentier, domicilié au numéro 5 de la rue.

— Crosby, monsieur peut parler lui-même ! Donnez-moi les identités des autres, bon sang !

— Oui, chef. Les victimes : Catherine Kempf, trente-deux ans, sans profession, et Louis Kempf, son mari, trente ans, représentant de commerce, domiciliés tous deux ici. L'assassin : Arnold Willock, quarante ans, maître d'hôtel à Denver, Colorado.

— Denver ! Mais c'est à l'autre bout du pays, ça ! Voyons, monsieur Roberts, ce nommé Willock, l'agresseur, vous le connaissez ?

— Non, lieutenant ! Jamais vu par ici...
— Par contre, vous connaissiez les victimes ?
— Un peu... Juste comme ça...
— Mais ils habitaient bien ici toute l'année ?
— Oui. Depuis un an... un peu plus. Mais c'était juste « bonjour, bonsoir ». Nous ne sommes pas de la même génération...
— Et ce Willock... Il a habité cette maison auparavant ?
— Oh non, lieutenant ! Ma femme et moi, on est ici depuis plus de cinq ans, on le saurait ! Et d'ailleurs, la maison des Kempf est neuve. Ce sont eux qui l'ont fait construire !
— Alors pourquoi Willock hurlait-il que c'est sa maison ?
— Je n'en ai aucune idée, lieutenant... Est-ce que je peux partir, maintenant ? Parce que ce genre de spectacle, je vous avoue que...
— Je comprends, monsieur Roberts. Rentrez chez vous, nous passerons vous voir.

Le lieutenant Coltrane se met à parcourir la maison avec un air perplexe :
— Dites-moi, Crosby : qu'est-ce que vous auriez envie de hurler, vous, juste après avoir descendu deux personnes au couteau de cuisine ?
— Ben... En admettant que je ne me tire pas vite fait le plus loin possible, je crois que je dirais : « Je les ai tués ! » ou bien : « Au secours »... Mais je crois qu'en fait je ficherais le camp...
— Moi aussi, Crosby. Mais ce Willock, il reste et il parle de cette maison... *Sa* maison, alors qu'il vient de Denver, Colorado. Qu'est-ce que vous pensez de cette maison ?
— Je dirais qu'elle a quelque chose... de spécial.

Elle est vraiment chouette, quoi... Mais je ne saurais pas préciser.

— Oui. Moi aussi, j'ai eu cette impression. Mais maintenant, je sais ce qui m'a frappé : il y a *tout* ici... Enfin, je veux dire : tout ce que l'on imagine, tout ce que l'on attend d'une maison... Une sorte d'idéal, comme dans un magazine ou une maison témoin. La cuisine équipée, les meubles de jardin... Et puis les objets... Vous avez remarqué les objets ? Dans chaque pièce, il y a au moins une très jolie chose qui met en valeur le reste. Un tapis, un tableau, une statuette mexicaine !

— Ben... C'était des gens qui avaient du goût, chef ?

— Oui, ça doit être ça... Mon petit Crosby, j'ai l'impression qu'il y aura beaucoup de détails à éclaircir avec ce Willock ! Câblez tout de suite à nos collègues de Denver : je veux une perquisition à son domicile. Et lui, vous me le présentez dès qu'il est réveillé.

Malheureusement, lorsque l'effet des calmants se dissipe, Arnold Willock pose sur ceux qui l'entourent un regard vide, hébété. Il ne répond pas aux questions. Effrayé, le jeune Crosby le secoue rudement, mais sans résultat. Le médecin l'arrête :

— Ne faites pas l'idiot, Crosby ! Cet homme ne vous entend pas, ne vous voit probablement pas !

— C'est un numéro, qu'il nous fait ! Il en profite parce que j'ai eu pitié de lui !

— Non, il ne joue pas la comédie ! Il est dans un état appelé « catatonique » : un état de choc. Willock est probablement un homme qui, dans la vie courante, ne supporte pas la violence, le sang. C'est une sorte de voile que la nature jette pour masquer le souvenir de son geste. Ça lui évite tout bonnement de basculer dans la folie.

— Oui, ben, en attendant, prenez-le en main, toubib ! Sortez-le de là ! Il faut qu'il parle !

— Oh ! je ne vous garantis rien ! Ça peut durer !

Deux jours plus tard, Catherine Kempf est toujours dans le coma, Willock dans le brouillard. Et le mystère s'épaissit encore avec l'arrivée de ce que l'on a trouvé au domicile de Willock à Denver. C'est un album de cuir noir. A toutes les pages, des photos d'objets : un vase, une statuette, un tableau.

— Ça vous rappelle quelque chose, Crosby ?

— Mais chef... On dirait exactement toutes les belles choses qu'on a vues chez les Kempf !

— Exactement, oui ! Et maintenant, dépliez ce papier qui était dans les premières pages de l'album. Qu'y voyez-vous ?

— C'est un plan ? Ça aussi me rappelle vaguement... Mais c'est... c'est le plan de la maison des Kempf ! Le plan exact ! C'est leur maison ?

— Non, Crosby. Regardez ce qui est écrit dans le coin : « Ma maison ». Et c'est signé : Arnie. Arnie, le diminutif d'Arnold, Arnold Willock ! C'est *sa* maison, Crosby ! C'est bien ce qu'il hurlait après le crime ! *Sa* maison !

C'est essentiellement le récit de Catherine Kempf qui va servir de base aux enquêteurs pour reconstituer l'étonnante histoire du crime d'Arnold Willock. En effet, elle sort du coma dix jours plus tard. Lorsque ses forces sont suffisamment revenues, le lieutenant Coltrane lui apprend avec ménagement à quoi elle a échappé :

— Et mon mari, Louis ? Comment va mon mari ?

— Malheureusement, madame Kempf... lui ne s'en est pas sorti !

Alors Catherine s'effondre et raconte comment tout a commencé, trois ans plus tôt...

Arnold Willock regardait à la dérobée la jeune femme assise en face de lui dans le bateau. Autour d'eux défilaient les vieux murs chargés d'histoire des palais de Venise. Dans son micro, le guide dévidait son commentaire :

— Vous avez le privilège d'admirer les perspectives mêmes qui ont inspiré les chefs-d'œuvre du Canaletto !

Arnold Willock n'entendait pas les explications. La jeune femme blonde le fascinait bien plus que les trésors de l'histoire. Elle était vraiment ravissante, fraîche, gracieuse et... elle voyageait seule.

Depuis le départ, elle parlait presque exclusivement avec les Schwartz, des amoureux aux cheveux blancs qui ne se lâchaient pas la main et déclaraient à tout le monde :

— C'est notre quarantième anniversaire de mariage et nous faisons enfin notre voyage de noces !

Sérieux obstacle pour Arnold Willock : jamais il n'oserait adresser la parole à cette fille avec ces deux respectables chaperons.

Maintenant on abordait la lagune. Le commentaire du guide fut couvert par le vrombissement d'un moteur. Malgré les strictes limitations de vitesse, un canot automobile frôlait le bateau à une allure folle. Une gerbe d'eau saumâtre inonda tous les passagers à bâbord. Une bordée de cris et de protestations s'éleva. La plus touchée était certainement la jeune femme : toute sa tenue d'été trempée, elle frissonnait dans le vent.

Prenant son courage à deux mains (et sa veste par la même occasion), Arnold s'avança :

— Permettez, mademoiselle... Vous devriez aller dans la cabine, ôter ce vêtement mouillé et mettre ma veste !

— Mais vous-même, monsieur... vous allez avoir froid !

Arnold gonfla le thorax :

— Moins que vous, mademoiselle ! Et puis... je suis résistant ! J'ai déjà navigué !

La glace était rompue, et Arnold en tirait tous les avantages d'un coup : la jeune femme le regardait comme un rude marin, les Schwartz ne tarissaient pas d'éloges sur sa galanterie, « une qualité qui se fait si rare chez les jeunes gens de nos jours ! »

Il y avait bien longtemps qu'Arnold ne s'était pas entendu traiter de « jeune homme ». La quarantaine approchait à grands pas. En prévision de cette perspective peu réjouissante, le front d'Arnold s'était largement dégarni et une confortable brioche s'était installée au niveau de la ceinture, qui résistait à toutes les gymnastiques et à tous les régimes. Arnold s'occupait plus de travailler que de séduire : parti de rien, il s'était élevé à la force du poignet jusqu'au poste enviable de maître d'hôtel dans le meilleur restaurant de Denver. Et il était resté vieux garçon.

Mais ce jour-là, à Venise, tout changeait : il était un jeune homme, un homme fort et un galant homme, tout à la fois, grâce à un chauffard aquatique ! Béni soit cet inconnu et son puissant hors-bord !

Arnold apprit rapidement que la jeune femme se nommait Catherine Frost (*mademoiselle* Catherine

Frost), qu'elle avait vingt-huit ans, demeurait à Dallas et qu'elle était hôtesse interprète. Elle lui souriait si gentiment qu'il s'enhardit jusqu'à lui demander en descendant du bateau :

— Ce soir, nous... nous pourrions peut-être dîner à la même table ? Avec M. et Mme Schwartz, bien entendu !

Le sourire de Catherine devint éblouissant :

— Oh ! oui, monsieur Willock... Quoique... (elle prit un air complice) les Schwartz apprécieraient sûrement d'être un peu seuls ? Ce sont des amoureux en voyage de noces !

Arnold n'en revenait pas : elle avait dit oui ! Et elle préférait même un tête-à-tête !

Le dîner se passa comme dans un rêve : pizza, chandelles, chianti et mandolines. Ensuite, ils dansèrent fort tard. Arnold flottait sur un nuage. Il ne se rendit même pas compte qu'il raccompagnait Catherine jusqu'à la porte de sa chambre :

— Oh ! Déjà ? Eh bien... Bonne nuit, mademoiselle Frost !

— Bonne nuit, monsieur Willock ! Oh... j'allais oublier : vous devez reprendre votre veste ! Entrez une minute ! Vous voulez bien... Arnold ?

La nuit fut merveilleuse, et le reste du voyage aussi. Au retour, ils quittèrent les Schwartz à New York, après avoir promis de se revoir. Arnold respira un grand coup et osa :

— Catherine... vous ne pouvez pas retourner à Dallas ! Accompagnez-moi à Denver et... marions-nous !

— Mais c'est tellement soudain, Arnold ! Ici, j'ai mon travail et je ne connais personne à Denver !

— Je vous en prie, Catherine ! J'ai travaillé toute ma vie, je ne suis pas riche, mais j'ai économisé tout ce que j'ai pu dans l'espoir de rencontrer un jour une femme comme vous. Je voudrais tant construire une maison, pour y abriter notre bonheur. Ne dites pas non, Catherine !

Elle n'avait pas dit non. Baignant dans l'euphorie, Arnold l'avait accueillie dans son modeste logement de célibataire :

— C'est pour un moment, ma chérie ! Bientôt, nous aurons notre maison !

Cette maison fut leur fantasme constant, leur préoccupation de chaque minute de liberté. Chaque soir, Arnold faisait et défaisait le plan, améliorait, changeait un détail. Ils l'imaginèrent ensemble, cette maison, jusqu'au moindre recoin.

Catherine aimait surtout courir les ventes, les antiquaires, les décorateurs. Elle en rapportait des objets d'un goût exquis dont elle marquait le futur emplacement sur le plan.

— Mais où allons-nous mettre tout cela en attendant, ma chérie ?

— Ne t'inquiète pas, Arnold ! Je vais les confier au fur et à mesure à un garde-meuble, et nous les retrouverons lorsque la maison sera bâtie !

Arnold souriait et photographiait au Polaroid chaque nouvelle trouvaille, pour en garder le souvenir. Au début, il donnait de l'argent à Catherine pour ses emplettes, mais voyant qu'elle semblait gênée de recevoir ces billets, il lui délégua la signature sur son compte en banque.

Le lendemain, Catherine avait disparu.

Ce fut aussi brutal que cela. Le coup fut si terrible pour le brave Arnold qu'il crut à un accident. Dans un premier temps, fou d'inquiétude, il courut les commissariats, les hôpitaux, les morgues. Mais il dut se rendre à l'évidence lorsque son banquier lui signala qu'il n'avait plus un dollar sur son compte : il avait été purement et simplement plaqué... et ruiné.

Evidemment, aucun garde-meuble n'avait jamais reçu le moindre objet.

Arnold frôlait la dépression. Poussé par ses collègues du restaurant, il refusa de porter plainte, mais, surmontant sa répugnance, il confia l'affaire à un détective privé.

Maigre résultat : Catherine Frost était un nom d'emprunt. Cette femme l'avait donc escroqué avec préméditation. Mais pour la retrouver sur son seul signalement, il aurait fallu investir une fortune. C'est immense, les Etats-Unis.

Arnold abandonna. Il ne lui restait plus qu'un bout de papier, le plan de sa maison du bonheur et quelques photos dérisoires des objets envolés. Il colla le tout dans un bel album de cuir et, désormais, il passa ses soirées, pendant des années, à perdre ses derniers cheveux en contemplant ce rêve qu'on lui avait volé.

Jusqu'au jour où... Voyez comme le hasard est un maître terrible... Jusqu'au soir où, travaillant au restaurant, il y voit entrer M. et Mme Schwartz, le couple rencontré en Europe !

— Arnold ! Nous avons tellement pensé à vous... C'est dommage que ça n'ait pas marché avec la petite Catherine !

— Comment ? Vous êtes au courant ?

— Ma foi, oui ! Nous l'avons rencontrée, elle aussi, par une coïncidence extraordinaire, il y a quatre ou cinq ans déjà : des amis, retraités comme nous, nous avaient prêté pour quelques jours un bungalow à Tampa, en Floride... Et qui voyons-nous en train d'emménager dans la maison d'en face ? Elle, notre gentille petite amie de notre voyage de noces !

— Et... elle avait l'air d'aller bien ?

— Ça va peut-être vous faire de la peine, Arnold, mais... autant vous dire la vérité : elle était en pleine euphorie... Elle venait de faire construire cette belle maison avec... eh bien, avec son mari !

Deux jours plus tard, à l'aube, Arnold sonne à la porte de la villa de Tampa. Catherine est seule. Arnold la repousse et entre.

Imaginez... Imaginez l'impression épouvantable que peut ressentir ce pauvre garçon lorsqu'il découvre, à chaque pas, cette maison *inconnue* qui est pourtant, au détail près *sa* maison à lui !

La maison qu'il avait dessinée pour Catherine ! *Sa* maison du bonheur qu'on lui a volée ! Volée pour la donner à quelqu'un d'autre !

Imaginez ce qu'il doit éprouver, debout au milieu du salon (de *son* salon), en reconnaissant ce vase, cette statuette, qu'il avait crus achetés pour lui, avec l'argent de son travail !

Et cette femme adorable, cette femme qui devrait être la sienne... Cette femme dont maintenant le joli visage se décompose dans un sourire forcé et qui dit n'importe quoi... Qui dit tout ce qui lui passe par la tête, pour éviter l'orage.

— Je ne voulais pas, Arnold ! Je te jure ! Il m'a forcée ! Il me tenait sous sa coupe ! Il est terrible ! Je ne voulais pas te faire de mal !

Imaginez Arnold Willock, entendant à cet instant le bruit de la porte d'entrée. Il se retourne et il voit un homme poser sa valise, enlever sa veste et ses chaussures et mettre des chaussons pour prendre ses aises dans *sa* maison !

L'homme aperçoit Arnold et, derrière lui, Catherine lui faisant de grands gestes. Alors l'homme comprend. Il avance en ricanant :

— Ah ! C'est lui ? C'est toi la poire, le gogo de Denver ? Arnold, c'est ça ? Mais tu n'as rien à faire ici, Arnie ! OK, tu t'es fait avoir, mais faut te faire une raison ! Tu ne pourras rien prouver ! Alors fiche le camp ou je te mets dehors ! Je suis *chez moi*, ici !

Imaginez ce qui se passe dans la tête d'Arnold. Imaginez le bond qu'il fait jusqu'à la cuisine. Il sait *par cœur* où elle se trouve, la belle cuisine aménagée. Il ouvre un tiroir, dans un meuble, exactement à l'endroit gravé dans son souvenir. Il prend le couteau et il frappe, Arnold. Il frappe l'homme narquois et il le tue. Au passage, il frappe Catherine qui essaie de s'interposer, qui s'écroule aussi dans le couloir. Puis Arnold laisse tomber le couteau, voit tout ce sang sur ses mains, il sort dans l'allée déserte et, vers le ciel du petit matin, il pousse un hurlement sans fin.

Voilà tout le secret de l'étonnant meurtre de Tampa, tout le secret de la maison volée.

Arnold Willock n'a pas été jugé. Son état mental ne le permettait pas. Il est interné dans un asile de Floride, le regard fixe. Il contemple pour toujours un mur blanc. Un mur sur lequel, peut-être, il projette interminablement un plan, car, de temps à autre, il murmure :

— Ma maison ! C'était... ma maison !

UN CRIME OUBLIÉ

— Allez, les gars ! Levez les mains !

Le plafonnier éclaire d'un coup la petite épicerie. Les deux cambrioleurs, qui opéraient jusque-là à la seule lueur du lampadaire de la rue, clignent des yeux et se retournent lentement. La porte du fond, celle qui donne vers l'arrière-boutique, s'est ouverte. Dans l'entrebâillement, on voit une main encore posée sur l'interrupteur. A côté de la main, la méchante gueule d'un fusil.

— Les pattes en l'air, j'ai dit !

La porte finit de s'ouvrir, prudemment. Apparaît un gros homme, robe de chambre bâillant sur un maillot de corps et un caleçon rayé :

— Et pas de geste brusque, mes salauds : je vous jure que ce truc-là est chargé et que c'est capable de vous emporter la tête !

La pétoire doit, certes, dater de la guerre de Sécession, mais son calibre ne laisse aucun doute sur les dégâts qu'elle peut causer.

Les cambrioleurs sont deux hommes dans la trentaine. Ils étaient en train de fracturer la caisse. Ils restent figés dans l'étroit espace derrière le comptoir.

Celui qui est le plus proche de l'épicier ose lever de quelques centimètres une main tremblante :

— Hé ! m'sieur ! Faites pas de bêtises, m'sieur ! On voulait pas de grabuge ! Juste un peu d'argent ! On n'est pas des bandits ! Juste des chômeurs !

— Ouais ! Ben, vous avez qu'à bosser ! Moi, j'aimerais bien me les rouler aussi, mais je me crève la paillasse dans ce fichu magasin de cinq heures du matin à dix heures du soir. Poussez-vous, que j'appelle les flics !

Au contraire, celui qui se trouve le plus près esquisse un demi-pas vers le tromblon :

— Oh, non ! Soyez pas vache ! Je vous en prie : laissez-nous partir ! Appelez pas les flics ! Pour moi, c'est pas encore trop grave, mais mon collègue, là... Harvey... il a une femme et des mômes, et il a déjà été arrêté. Si vous le faites repincer, il s'en prend pour cinq ans. S'il vous plaît, les appelez pas, m'sieur !

— Ben je vais me gêner, peut-être ! Ça serait trop facile ! Tant qu'on peut ruiner les honnêtes gens sans risques, on fait les durs, mais dès que ça coince quelque part, on pleure misère ? Y en a marre : les honnêtes gens, ils se défendent, maintenant ! Alors je vais me faire un plaisir de vous voir passer les menottes, et vous paierez pour les autres, pour tous les parasites de votre espèce ! Martha !

Par-dessus son épaule, sans quitter des yeux les voleurs, le gros épicier appelle vers l'intérieur de la maison :

— Martha ! Descends ! Je les ai coincés ! J'en tiens deux !

Dans l'escalier en colimaçon que l'on aperçoit derrière lui, une femme craintive, en chemise de nuit et un filet sur les cheveux, descend marche après marche. Elle se penche sur la rambarde :

— J'ai peur, Louis !

— Descends, je te dis ! Il y a rien à craindre ! J'ai capturé deux de ces crapules ! Deux, Martha, tu te rends compte. Quand on racontera ça ! Je serai sûrement dans le journal demain matin ! Préviens donc le commissariat, le numéro est sur le calendrier.

La femme, dos plaqué au chambranle, se glisse derrière son mari pour atteindre le téléphone. Mais l'appareil de bakélite noire, vissé au mur, est lui aussi derrière le comptoir.

— Je peux pas, Louis ! Ils sont sur mon chemin !

Le gros homme fait un signe, du bout de son fusil :

— Reculez, vous deux ! Doucement !

Les cambrioleurs obtempèrent, reculent d'un pas, l'un derrière l'autre. La femme tend le bras en direction du téléphone, mais elle semble soudée sur place.

— Eh ben, Martha ? T'attends le dégel ?

— Ils sont encore trop près !

Enervé, l'épicier agite son arme d'une nouvelle secousse, plus péremptoire. De ce fait, le canon remonte vers le plafond.

Cela dure une fraction de seconde, mais voyez la scène au ralenti : le plus éloigné des deux voleurs, à moitié caché par son complice, plonge la main sous son veston, sort un revolver. Il le passe sous le bras de son camarade et, de là, au jugé, il fait feu. Une seule fois.

Sous l'impact, l'épicier semble fauché par un camion lancé à pleine vitesse. Il s'envole d'un mètre en arrière et rebondit sur les étagères, dans un scintillement de bocaux brisés et une gerbe de bonbons multicolores.

Assourdi par le coup de feu qui vient de claquer sous son bras, le premier malfrat ne comprend pas tout de suite. Il secoue la tête. Dans la fumée qui se dissipe, il voit retomber sur le plancher ce gros corps, agité de quelques spasmes, un trou gargouillant du côté de la bedaine. Puis il avise le regard effaré de la femme, fixé sur lui :

— Et elle ? Elle nous a vus ! Flingue-la aussi, Harvey !

L'autre bat en retraite :

— Non ! Le type, je l'ai pas tué ! J'ai tiré aux jambes. Il est encore vivant. Foutons le camp !

Les deux hommes courent déjà dans la rue lorsque les premières fenêtres s'éclairent aux immeubles voisins.

Effectivement, l'épicier vit encore, à cet instant. Mais il a été touché à la jointure de l'aine et du bas-ventre. L'artère fémorale a été hachée irrémédiablement par le plomb. Le malheureux est déjà exsangue lorsque les secours arrivent. Il meurt à l'instant où on le glisse dans l'ambulance.

M. Louis Ruggieri sera bien dans le journal du lendemain, comme il l'avait prédit. Mais pas dans la rubrique des héros.

Martha Ruggieri parvient à fournir une description assez précise des agresseurs de son mari, ainsi que le prénom de celui qui a tiré, prénom que son complice a prononcé plusieurs fois : Harvey.

D'autre part, le deuxième homme a abandonné dans la boutique la lame de métal destinée à forcer le tiroir-caisse. Autour de l'outil était enroulé un mouchoir, destiné à protéger la paume de la main. Et ce mouchoir est brodé aux initiales B-E. Deux signalements, le prénom du meurtrier, Harvey, les initiales du complice B-E : voici qui devrait être suffisant pour guider l'enquête.

Mais nous sommes à Philadelphie, aux Etats-Unis, en septembre 1938. Cette métropole populeuse, siège d'industries nombreuses et gigantesques, baigne dans le climat âpre et tendu qui suit la grande crise économique. Au travers du pays, des dizaines de milliers de chômeurs errent encore sur les routes, voyagent clandestinement dans des wagons de marchandises. Ces hommes maigres et sales circulent d'une grande ville à l'autre, quémandant un travail illusoire sur un chantier, dans une usine. Ils passent dans une cité, s'alignent tristement dans les files des soupes populaires, puis vont voir un peu plus loin, espérant toujours. Alors, à Philadelphie, comme dans les autres grands centres urbains, les délits sont innombrables, les crimes quotidiens et leurs auteurs souvent impossibles à saisir.

L'assassinat de l'épicier Ruggieri passe à la troisième page des journaux, en disparaît le surlendemain. Ce n'est pas pour déplaire à la police débordée. On se garde bien d'en reparler. Le dossier se fond dans la haute pile des « affaires à suivre ».

Printemps 1939 : le chef détective Wasserman passe à la morgue avant de gagner son bureau. C'est sur son chemin. Triste mais routinière formalité : le ramassage des fiches des morts de la nuit. Il parcourt la longue pièce carrelée de blanc. Des chariots chromés, alignés, supportent des formes rigides sous des draps blancs. Le médecin légiste, un bloc-notes sur l'avant-bras, commente à voix haute :

— Notre petit dernier ! Il est à peine sec, on l'a repêché sur le coup de cinq heures... Race : blanche. Age : trente-quatre ans. Sexe : masculin. Blessure au crâne suivie de noyade. Bagarre de buveurs, sûrement : même après quelques heures dans l'eau, il puait encore l'alcool. Il a dû être blessé dans une rixe et, vite fait, il a été fichu à la flotte encore vivant.

L'attention du détective Wasserman se fixe sur l'étiquette attachée par une ficelle à l'orteil du cadavre : l'employé de la morgue, un vieillard consciencieux, a calligraphié avec soin le prénom, Barthelemy, puis, en dessous, le nom, Evans. Et l'écriture à l'ancienne fait ressortir en caractères gras et en majuscules les initiales : B-E... Cela rappelle quelque chose à l'inspecteur Wasserman : B-E. Des initiales... En belles lettres à l'ancienne... Des initiales brodées ?... Mais oui : brodées sur le mouchoir, dans cette affaire passée aux oubliettes, le meurtre de l'épicier Ruggieri !

Le dossier émerge à nouveau du tas décourageant des affaires à suivre. Wasserman a justement sur les bras deux jeunes stagiaires, des étudiants en droit qu'il ne sait pas comment occuper :

— Dépouillez-moi tout ce qui concerne ce Barthelemy Evans ! Je veux le connaître mieux que sa propre mère, s'il a jamais eu une mère ! Passez-moi tout au microscope : famille, travail, relations, casier judiciaire, bien sûr !

Les stagiaires zélés se mettent au travail. Travail facile, d'ailleurs. Quarante-huit heures après, le rapport est sur le bureau de Wasserman :

— Evans, Barthelemy, né le 30 juin 1905 à Des Moines, Iowa. Parents décédés. Ni frère ni sœur. Célibataire. Sans emploi. Pas de grosses casseroles : juste quelques interpellations pour troubles sur la voie publique, depuis septembre dernier. Il s'est brusquement mis à boire, il paraît.

— Tiens, tiens, intéressant : il se serait justement

mis à picoler depuis la mort de l'épicier... Autre chose ?

— Ses relations... Un groupe de chômeurs chroniques et de traîne-savates. Ils nient tous être pour quelque chose dans la noyade d'Evans. Ils ont un alibi commun : ils étaient dans leur café habituel cette nuit-là. Et justement, cette nuit-là, Evans n'y est pas allé. Mais... il semble qu'il n'y allait pas tous les soirs.

— Mouais... Vous avez des noms pour cette joyeuse bande ?

— La liste complète et détaillée, monsieur !

En fait, c'est sur les prénoms que Wasserman se focalise. Or, sur la liste figure un Harvey, un seul. Un certain Harvey Gast.

Wasserman tient à le cuisiner personnellement. Des inspecteurs cueillent le suspect sans aucun mal, dans le fameux café : il n'a rien changé à ses habitudes. Il prétend ne rien comprendre à ce que la police peut bien lui vouloir.

— T'es quand même au courant de ce qui est arrivé à Barthelemy Evans ?

— Oui, bien sûr... Il est tombé à la flotte, à ce qu'on dit... Le pauvre gars ! Il va nous manquer !

— Il ne serait pas tombé tout seul, figure-toi : on l'aurait un peu aidé !

— Non ? Qui aurait pu... Mais attendez : c'est quand même pas pour ça que je suis là ?

— Tu le connaissais bien ?

— Comme tout le monde dans le bar...

— Un peu mieux que tout le monde... Vous étiez assez potes, il paraît ?

— On s'entendait bien, mais...

— Tu le connaissais déjà en septembre dernier ?

— Peut-être bien, c'est possible...

— Le 9 septembre, c'est toi qui étais avec lui chez l'épicier ?

— Vous savez, je vais à l'épicerie trois fois par semaine... Maintenant, vous dire si Evans est venu une fois avec moi... Comment voulez-vous que je me rappelle ce que j'ai fait le 9 septembre ? C'était l'an dernier, ça !

— Ne te fiche pas de moi, Harvey ! L'épicier Ruggieri ? Tu t'en souviens bien, de l'épicier Ruggieri ?

— Mais ça me dit rien, je vous jure ! Qu'est-ce que j'ai à voir avec cet épicier ?

— Bon, je vois... Mettez-moi cet oiseau en garde à vue et convoquez la veuve Ruggieri !

La main de la loi se referme durement sur l'épaule maigre de Harvey Gast.

— Mme veuve Ruggieri, chef !

Wasserman a quelque peine à retenir son étonnement. Il avait gardé l'image d'une femme effondrée près du corps de son mari. Une femme au visage ingrat, fané. Une femme en chemise de nuit pas très neuve, un filet sur ses cheveux gris tirés par les bigoudis. Et il voit entrer une dame, certes proche de la cinquantaine, mais à l'élégance un peu voyante : tailleur à la mode italienne, cheveux d'un noir de corbeau et, au poignet, un bracelet d'or qui doit peser, au bas mot, une année de salaire de flic ! Elle a dû vendre l'épicerie et toucher un beau paquet des assurances...

— Bonjour, madame. Mes adjoints vous ont expliqué pourquoi je vous ai demandé de venir ?

— Oui, lieutenant. Une... une identification, je crois ? Ainsi, vous avez retrouvé notre assassin ? Après tout ce temps ?

— Ça ne fait jamais que huit mois, madame. C'est à vous maintenant de nous dire s'il s'agit bien de lui. Vous maintenez le signalement que vous en avez donné à l'époque ?

— Oui... C'est... c'est un peu flou, maintenant, mais il avait un visage de... de fouine ! Pas très grand, maigre...

L'inspecteur guide la veuve dans une vaste salle où plusieurs rangées de sièges attendent dans la pénombre.

— Asseyez-vous, madame... Vous, là-bas ! Vous pouvez commencer !

Une rampe de projecteurs illumine d'une lumière tranchante une estrade. Dix hommes entrent en file indienne. Dix hommes aux physiques très divers. Tous sont en costume, du gris au marron en passant par le bleu. Ils s'alignent de face, le visage plus ou moins impassible.

— Madame Ruggieri, regardez bien ces hommes. Dites-moi si, parmi eux, vous reconnaissez celui qui, dans la soirée du 9 septembre dernier, a blessé mortellement votre mari ?

— Il me semble que... Mais c'est difficile, voyez-vous ? Il me semble... qu'il avait le col de son manteau relevé...

— Son manteau ? Mais vous aviez dit qu'il était en costume !

— Ah ! oui, oui, effectivement ! Eh bien, ce devait être le col de sa veste... Relevé, il me semble... Ce serait plus facile si...

— Bien sûr, madame... Vous tous : relevez le col de vos vestes ! Voilà. Et comme ça, madame ?

— Oh, oui ! Oui ! C'est... c'est celui-là ! Le quatrième ! C'est lui, j'en suis sûre ! La figure de fouine !

— Numéro quatre, faites deux pas en avant !

L'homme s'avance juste sous les projecteurs, cligne des yeux, met sa main en visière pour tenter de distinguer la salle :

— Mais c'est pas moi, j'ai rien fait, madame !

— Silence ! Je vous avais dit : silence absolu ! Vous ne devez pas tenter d'influencer le témoin ! Madame, vous maintenez formellement votre identification ?

— C'est-à-dire... Puisqu'il dit que ce n'est pas lui, n'est-ce pas... Il a l'air vraiment sincère...

— Ne tenez aucun compte de son intervention ! Vous maintenez ?

— C'est une terrible responsabilité, lieutenant ! Est-ce que... est-ce qu'il se prénomme Harvey ?

— Votre réponse formelle d'abord, madame !

— Alors, je dirai... Oui ! Oui, c'est lui !

— Bien madame. C'est noté. En effet, il s'appelle Harvey. Harvey Gast.

— J'ai trouvé juste, alors ? Oh, ben, je suis bien contente, voyez-vous ! Je n'aurais pas aimé envoyer l'un des autres suspects chez le juge !

— Aucun risque, madame. Tous les autres sont des auxiliaires ou des officiers de police.

— Oh, ben, j'aurais eu l'air fine ! Enfin, je m'en suis bien tirée ! Je peux partir ?

— Non, madame. Nous avons aussi retrouvé son complice, un certain Barthelemy Evans. Enfin, retrouvé... c'est une manière de parler...

— Il va falloir que je l'identifie aussi ?

— Oui. Mais ça risque d'être moins amusant.

A la morgue, l'élégante veuve se serre un peu trop fort contre Wasserman, qui ne trouve pas cela déplaisant. Mais, devant le cadavre, elle n'a pas une seconde d'hésitation, cette fois :

— Ah oui ! C'était lui le plus près de moi ! Mon pauvre Louis l'a fait reculer pour que je puisse atteindre le téléphone ! L'autre, ce... Harvey, s'est caché derrière lui pour tirer ! Après, celui-là a dit à Harvey de me tuer aussi, parce que je pouvais le reconnaître ! Il avait raison : même mort, c'est bien lui !

Les investigations menées en parallèle par d'autres policiers ne laissent aucun doute possible sur les activités du noyé. Il logeait dans une chambre misérable en sous-sol, sans eau courante. On y retrouve divers objets provenant de petits cambriolages.

Voilà donc une enquête qui prend une tournure claire : Evans, voleur probablement par nécessité, entraîne sur un coup « facile » son copain de bistrot, le chômeur Harvey Gast. Sans expérience, Gast commet l'imprudence d'emporter une arme et de s'en servir.

Mais Gast persiste à nier farouchement toute participation au méfait, malgré des évidences criantes :

— Harvey, on a lu ton dossier : tu avais été arrêté l'été dernier, pour vol de nourriture ! Je sais bien que ce n'était pas grand-chose, mais le boucher avait quand même porté plainte.

— Vous allez pas me coller un meurtre sur le dos pour ça ? C'est vrai, j'avais fauché un bout de viande, et encore : pas du beefsteak ! Faut comprendre : ma femme et mes deux gosses crevaient de faim !

— Tu viens de te trahir, Harvey : c'est exactement ce qu'Evans a dit à l'épicier : « N'appelez pas les flics, mon copain a déjà été arrêté, il a une femme et des enfants ! » T'as eu la trouille de te faire reprendre et t'as tiré, Harvey !

— J'y étais pas, je vous dis !

— Ruggieri a été abattu avec un calibre 38 ! Tu possèdes bien un 38 Smith & Wesson à canon court ? Voilà son numéro et l'adresse de l'armurier où tu l'as acheté. Où est-il, ce revolver ?

— Je l'ai plus ! Je... je l'ai vendu pour récupérer un peu de fric !

— Vendu ? Nos fichiers ne portent aucune trace de ta déclaration de vente.

— C'est-à-dire... je l'ai vendu à un type qu'avait pas de licence...

— Ben voyons. Et je suis prêt à parier, Harvey, que tu ne sais pas le nom de ce type ?

— Si, si ! Il s'appelait Jones ! Ou bien... Non : Clarke. C'est ça : Clarke ! Un grand brun !

— Il habite où ?

— Il ne m'a pas donné son adresse. Il avait pas le droit de détenir cette arme.

— Ben voyons. Clarke ou Jones ! T'es sûr que c'est pas plutôt Smith ? Avoue qu'après le meurtre t'as jeté le flingue à l'eau. Comme tu as d'ailleurs peut-être jeté ton complice, Barthelemy Evans, après lui avoir défoncé la tête, pour qu'il te dénonce pas ?

Non, décidément Harvey Gast ne convaincra personne. Et surtout pas le jury. A l'unanimité celui-ci réclame contre l'accusé la peine de mort. Gast hurle à l'erreur judiciaire, et il obtient un second procès.

Le nouveau jury examine le cas. Cette fois, certains membres hésitent : l'accusé a des accents de sincérité troublants. Sa famille témoigne qu'en septembre 1938, dépressif, il ne sortait pratiquement pas de chez lui : il avait trouvé un petit boulot. Il recopiait des adresses sur des enveloppes. Et, pour parvenir à en tirer quelques dollars, il devait y passer aussi presque toutes ses soirées. Mais le procureur souligne que « presque » ne veut pas dire « toutes » et insiste sur l'identification formelle par la veuve.

Etant donné les hésitations du second jury, la justice semble conserver un doute et revient sur le verdict. Mais elle prononce une condamnation peut-être pire que la peine capitale : quarante années de peine incompressible. C'est-à-dire la perspective de pourrir lentement derrière les barreaux et d'y finir ses jours.

Et l'attente commence, longue, pénible, atroce. Aidé par sa famille qui croit en lui, et par son avocat, qui a pris l'affaire à cœur, Gast lance toutes les démarches, tous les recours possibles. Il écrit au gouverneur, au président Roosevelt. Mais ses demandes de révision sont rejetées.

En désespoir de cause, il publie, fin 1940, un petit livre intitulé *Un innocent demande justice*. L'ouvrage n'est tiré qu'à quelques centaines d'exemplaires et passe totalement inaperçu. Jusqu'au jour où trente ans après...

En 1970, un petit monsieur grisâtre, avec une calvitie prononcée, un bedon avancé, une chemise bien froissée, sans cravate, un costume informe, vient de s'asseoir dans un café. Il ôte sa veste, détend ses bretelles, éponge avec un mouchoir douteux son front dégarni. A la serveuse, il commande un demi bien frais. Puis il met sur la table un filet à provisions, un simple filet de ménagère, et il entreprend d'examiner le bric-à-brac qu'il vient de récolter : une boîte en bois, une écumoire à confiture dont le cuivre sera très joli une fois nettoyé, un bouquin défraîchi datant d'une trentaine d'années, deux soldats de plomb.

Ce petit monsieur grisâtre est veuf. Veuf et grand-père. Depuis l'avant-guerre, il habitait avec sa famille dans l'Oregon. Mais ses deux enfants et ses petits-enfants sont adultes, ils sont partis ici et là, pour faire leur vie. C'est bien normal. Aussi, au décès de sa femme bien-aimée, il a décidé de changer d'horizon. Il est retourné vers la ville de sa jeunesse, Philadelphie. Il a loué une minuscule boutique, qui lui sert aussi de logement, et il y fait de la brocante. Oh, bien modestement : sa retraite ne lui laisse pas les moyens d'acheter des objets de valeur. Mais, dans une société de consommation, les gens jettent un tas de choses : les poubelles, les caves et les terrains vagues d'une grande cité recèlent, pour qui sait les trouver, des trésors passionnants...

Le petit monsieur gratte de l'ongle un soldat de plomb, feuillette le bouquin sans couverture, et voici que, soudain, il fronce les sourcils, grimace légèrement, appuie sur son estomac rebondi, siège d'une crispation inattendue. Est-ce la bière qui était trop froide ? Non : le petit monsieur grisâtre se plonge plus attentivement dans le vieux livre, passe quelques pages, revient en arrière, puis se frotte le menton d'un air perplexe.

Il vient de se rappeler, le petit monsieur. Il vient de se rappeler que, somme toute... il est un assassin. Que voulez-vous ? il l'avait oublié. D'abord, il ne l'avait pas fait exprès, c'était un coup de malchance. Et puis, cela lui était sorti de la tête. Compréhensible : ça date... de plus de trente ans. Mais maintenant qu'il y repense... Oui, oui, c'est certain : il est un assassin.

Ce petit monsieur vient de s'en souvenir grâce à ce bouquin sans couverture qui n'intéressait plus personne. Peut-être l'unique exemplaire encore trouvable après tout ce temps du livre d'un certain Harvey Gast *Un innocent demande justice*.

Une semaine plus tard, un juge du tribunal de Philadelphie reçoit une étonnante lettre :

Monsieur le Juge, Votre Honneur,
Je m'adresse à vous, autrement je ne sais pas à qui d'autre. Je voudrais rectifier une erreur. Une erreur grave et injuste. L'assassin de l'épicier Ruggieri, le 9 septembre 1938, ce n'était pas ce M. Harvey Gast, qui a d'ailleurs écrit dans un livre qu'il était innocent.
Vous ne l'avez pas cru, mais vous pouvez me croire, moi, puisque c'est moi qui ai tué cet épicier. Je tiens à dire que je ne l'ai d'ailleurs pas fait exprès.
Il faudrait le faire savoir à ce M. Gast, s'il est encore vivant, et je vous prie de le libérer si vous le gardez encore en prison.
En m'excusant d'avoir autant tardé, je vous prie, Monsieur le Juge, Votre Honneur, d'agréer mes considérations.
P.-S. Excusez-moi aussi de ne pas vous donner mon nom : c'est parce que je ne voudrais pas avoir d'ennuis.

Le juge pourrait prendre cette lettre pour celle d'un fantaisiste, mais quelque chose l'en empêche. Il se procure le dossier, clos depuis longtemps, d'Harvey Gast et constate que le condamné est toujours en vie.
Il fait alors passer dans les journaux et sur plusieurs chaînes de télévision un appel à ce témoin tardif. Il insiste bien sur le terme « témoin » :
— Qui que vous soyez, monsieur, faites-vous connaître : vous ne risquez aucune poursuite car la

prescription couvre largement le crime. Et, sans votre témoignage direct, nous ne pouvons rien faire.

Probablement rassuré, le petit monsieur grisâtre se rend au commissariat central ; il ne voudrait surtout pas, par son silence, nuire à un innocent :

— Bonjour, je viens pour le crime de 1938. Mon nom est Barthelemy Chase.

Barthelemy ? Mais la veuve de l'épicier avait toujours affirmé que le meurtrier s'appelait Harvey.

— Non, non, ne vous inquiétez pas, c'est bien moi ! Je vous explique : j'étais ami avec Evans, vous savez, le cambrioleur retrouvé noyé, le propriétaire du mouchoir brodé, *Barthelemy* Evans. Alors, pour éviter la confusion quand nous étions ensemble, il m'appelait par mon *deuxième prénom* : Harvey.

Barthelemy Harvey Chase confirme qu'il a bien agressé l'épicier en compagnie de Barthélemy Evans. Les policiers lui demandent maintenant des détails pour *prouver* sa prétendue culpabilité :

— Des détails, des détails... Vous êtes marrants, vous... C'est déjà beau que je me sois rappelé, après trente ans, avoir fait ce truc-là... S'il faut des preuves, en plus. Ah, mais attendez donc... Si, si : j'ai peut-être quelque chose qui pourrait vous convenir. Mais c'est chez moi, c'est pas la porte à côté ! Ça ne vous ennuie pas de m'accompagner ?

Devant deux inspecteurs incrédules, le petit homme plonge dans le capharnaüm invraisemblable qui encombre son minuscule logement :

— Voyons, où ai-je bien pu fourrer ça ? Vous savez, après tous ces déménagements... Ah, le voilà ! Je savais bien : je ne jette jamais rien !

Et, du fond d'un carton, il finit par extirper triomphalement un objet enveloppé d'un chiffon : c'est tout simplement... le Smith & Wesson calibre 38, canon de deux pouces, le revolver du crime. Harvey Chase en possédait un aussi, comme le condamné Harvey Gast. Mais il ne l'avait pas vendu, lui.

Les points communs entre les deux hommes ne s'arrêtent pas là : après la grande crise, Harvey Chase avait la trentaine, comme Harvey Gast. Il était chômeur, lui aussi. Comme Gast, il avait deux enfants. Comme Gast, il avait commis quelques petits larcins embêtants en cas de récidive. En plus, il montre une photo de lui à cette époque : même petite tête de fouine maigre...

Il explique qu'il a fait feu sous l'empire de la panique, et qu'il pensait que l'épicier n'était que blessé. D'ailleurs, il a refusé de tirer sur la femme. Mais en apprenant par le journal la mort de Ruggieri, il a emmené son épouse et ses enfants loin de Philadelphie, sous le prétexte qu'il y avait de l'embauche possible en Oregon.

Tout ce qu'il a vu ensuite, c'est que la presse ne parlait plus de l'affaire. Et puis il s'activa à trouver un logement décent, à travailler d'arrache-pied pour garder son nouveau travail. Si bien qu'il n'a pas su, l'année suivante, que l'on arrêtait le malheureux Harvey Gast à sa place : il s'était persuadé que la police avait renoncé aux recherches, il y avait tant de crimes...

Ensuite, il y avait eu la guerre... Chaque jour, le souci de la famille à nourrir... Et l'oubli.

— Que voulez-vous ? c'est peut-être incroyable, mais j'ai *vraiment* oublié !

Quelques semaines plus tard, Harvey Gast le survivant était libéré. Aux journalistes il confia que sa foi l'avait empêché de mettre fin à cette vie d'interminable désespoir, mais que, chaque petit matin, des milliers de petits matins, il avait prié pour que ce soit son dernier jour. Son récit vibrait d'une si poignante sincérité qu'un éditeur en fit un livre, qu'il compléta par le témoignage du vrai coupable.

A la demande de la presse, on réunit les deux Harvey pour une photo. Après plus de trente années, ils se ressemblaient encore. Ils avaient vieilli de la même manière. Deux petits hommes grisâtres, un peu ronds. On leur demanda un commentaire. Harvey Gast murmura :

— Je suis content d'être libre ! Je remercie Harvey !

Et Harvey Chase commenta :

— On m'a dit que l'Etat allait verser à Harvey dix mille dollars de compensation. Je trouve ça vraiment très peu ! Heureusement, notre livre se vend bien !

MYSTÈRE À BAKER STREET

— Et il se prétend... charpentier, dites-vous ?
— Oui, monsieur. Charpentier... australien, pour être exact.
— Et il n'a pas de carte de visite ?
— Oh, non, monsieur ! Pas de carte et... pas de chapeau !

En rapportant au clerc de notaire ce détail, l'huissier chargé de la réception se permet un sourire en coin : l'étude, installée depuis des générations dans un quartier huppé de Londres, a certes vu passer des visiteurs singuliers. Mais pas singuliers au point de se présenter sans bristol et tête nue ! Décidément, ce fameux XXe siècle, que d'aucuns attendent avec impatience, promet de belles catastrophes ! L'huissier précise :

— L'homme a déclaré, tenez-vous bien : « Je veux voir votre patron ! »
— Comme dans une charcuterie, en somme... Vous lui avez dit, bien entendu, que c'était impossible ?
— Ce à quoi il a rétorqué qu'il ne partirait pas avant d'avoir au moins vu... un « directeur » ! Et il

s'est assis. Dans un fauteuil ! Dois-je demander de l'aide, monsieur ? L'individu est du genre massif...

— Je vois... Bien, je vais régler cela rapidement : amenez-le-moi !

Pourtant, un moment plus tard, le clerc ressort de son bureau, se glisse dans la salle de réunion et fait passer un billet au notaire en personne. Le libellé doit avoir une certaine urgence : l'important personnage se lève aussitôt pour aller recevoir le visiteur incongru.

A quelle sorte d'homme peut s'attendre un notaire londonien chic, en rencontrant un charpentier australien ? Une allure rustaude, stature solide et teint de brique ? Un costume trop neuf acheté en vue de se présenter dans le beau monde et un col amidonné qui cisaille son cou de taureau ? C'est tout à fait cela. De plus, il serre sous son bras un cartable de cuir râpé qui doit peser un quintal. Mais son accent surprend : c'est plutôt celui des quartiers modestes de Londres.

Effectivement, le charpentier est né ici. Il s'est expatrié voici trente ans. Il se nomme George Druce. Selon l'état civil, il est le fils d'un certain Thomas Druce, qui tenait un bazar-quincaillerie dans Baker Street, rue qui nous est familière depuis que sir Arthur Conan Doyle a choisi d'y faire résider Sherlock Holmes. Ce Thomas Druce a quitté notre bas-monde en 1864.

Et le notaire est plutôt chamboulé, car le rustique Australien revient pour réclamer l'héritage de son père, mais il ne prétend pas à la succession d'un quincaillier : il revendique les biens et les titres de lord William John Bentinck, baron de Cerenster, comte de Portland !

Sur cette simple présentation, on pense aussitôt avoir tout compris : le charpentier est revenu d'Australie avec son cartable de cuir râpé pour révéler que son papa le commerçant n'était pas son vrai père. Il va nous dévoiler que son géniteur était le comte ? Erreur : c'est beaucoup moins banal.

Cet homme entreprend une démarche peut-être unique dans les affaires de filiation : il va tenter de prouver *que son père n'existait pas* !

Plus exactement, il affirme que Thomas Druce *n'était qu'une invention du comte de Portland* ! Que le quincaillier de Baker Street et le richissime grand d'Angleterre, morts à quinze années d'intervalle... étaient une seule et même personne !

Dans le sillage du comte de Portland, il faut s'attendre à tout : cet aristocrate de haute lignée fut un personnage plus ténébreux que bien des héros de drames populaires. Son existence fut un mystère permanent et il est intéressant de la parcourir pour comprendre ce qui va arriver à notre charpentier...

William John Bentinck, né en 1801, appartenait à une noblesse qui remonte à la fin du XVIIe siècle. Son ancêtre était hollandais et servit en tant que grand chambellan auprès de Guillaume III d'Angleterre. Il aida ce roi à jeter à bas du trône de Hollande son beau-père, Jacques II, et fut nommé, en récompense, baron de Cerenster et comte de Portland. Ses descendants eurent leur siège au Parlement et, avec les titres, se transmirent des biens considérables.

Sir William John était ce que l'on appelle pudiquement un « original », c'est-à-dire quelqu'un qui possède énormément d'argent et manifeste des lubies, des exigences et des excentricités pour lesquelles on internerait un homme ordinaire.

Par exemple : il avait évidemment plusieurs demeures, dont la résidence de Harcourt House, à Londres, et le château de Welbeck, dans le comté de Nottingham. Cette ancienne et gigantesque abbaye paraissait n'être occupée que par la domesticité. En fait, le comte y avait fait aménager deux niveaux : le visible et l'invisible. Il ne passait jamais dans la partie visible. Il vivait au second niveau, une autre habitation, creusée dans le sous-sol, aussi vaste que la première : des cuisines, des chambres, des bains, des salons richement décorés. Il en était le seul habitant et quelques rares serviteurs étaient admis juste le temps dont il avait besoin d'eux. Le lord avait fait creuser, sur ses plans, des galeries qui menaient en pleine campagne.

Certaines, disait-on, couraient sur plusieurs kilomètres. Il avait fait intervenir des entreprises différentes et il était sûrement le seul à connaître le réseau complet. Si bien que, parfois, on le croyait absent et il était revenu dans les lieux, ou l'inverse. Il tenait à ce que l'on ne sût jamais où il était vraiment.

Il inventait d'ailleurs des mises en scène absolument tordues pour parvenir à ce résultat. Les carrosses portant ses armoiries n'avaient pas de fenêtres. Des cochers avaient pour mission de circuler sans cesse d'une destination à l'autre. Au départ, la voiture devait être prête une heure avant que le conducteur n'y monte. A l'arrivée, il devait quitter son siège et s'éloigner aussi pendant une heure. Ainsi, il ne savait pas s'il avait ou non transporté le comte ou qui que ce soit d'autre.

Cependant, toutes ces précautions d'invisibilité n'étaient peut-être pas le simple fait d'un esprit « extravagant » : on croyait savoir que le comte de Portland était atteint d'une maladie de peau qui le faisait souffrir au point de lui rendre insupportable toute compagnie. On disait que les éruptions lui donnaient une apparence par moments pénible à voir. Les seuls traits de son visage que l'on se rappelait étaient de larges favoris en boule : le bruit courut que c'étaient des postiches dissimulant les traces de son affection.

Le lord fantôme ne s'adressait d'ailleurs jamais de vive voix à ses domestiques : il leur laissait ses consignes par écrit. Ils préparaient repas, vêtements, literie pour la date et l'heure ordonnées, sans savoir si leur travail servirait vraiment au maître.

Cela valut d'ailleurs une bien triste fin à cette vie hors du commun. Depuis des dizaines d'années, on continuait à entretenir l'immense demeure de surface, vide comme toujours, et à préparer, dans la partie souterraine, ce qui avait été demandé à l'avance pour d'éventuels séjours. En avril 1879, on renouvela plusieurs fois des repas qui n'avaient pas été consommés. Nul ne s'inquiétait : le lord devait être à Londres, ou ailleurs.

Une odeur finit par alerter le majordome. Il trouva le corps dans l'une des innombrables chambres du labyrinthe : William John Bentinck, cinquième comte de Portland, avait cessé de vivre depuis deux mois. Il avait réussi à mourir incognito.

Sir William John n'avait jamais eu d'enfant. Son héritage échut à son cousin, John Arthur Cavendish, sémillant lieutenant de la garde royale. Sémillant, mais jusque-là sans le sou. Cette manne aurait dû lui permettre de réaliser le rêve de son cœur : épouser la plus jeune des princesses de la Couronne, Béatrice.

Or, à l'étonnement de tous, la reine Victoria intervint personnellement pour empêcher cette union. Sa Majesté fit savoir qu'elle ne désirait point voir la princesse lier son destin à celui d'un homme « qui risquait un jour de n'être plus rien ». Déclaration pour le moins ambiguë, sauf... si la reine, qui savait bien des choses, savait en particulier que l'on entendrait parler un jour d'un certain quincaillier Thomas Druce...

Octobre 1881 : deux ans après la mort du comte, la légitimité de Cavendish en tant qu'héritier est effectivement contestée. Une certaine Ann Mary Druce, tenancière d'un bazar-quincaillerie de Baker Street, réclame pour ses enfants l'héritage du comte de Portland. Elle est la bru de Thomas Druce, le fondateur du magasin. Elle affirme que le boutiquier Druce n'était autre que le comte lui-même !

A l'appui de ses allégations, elle montre, derrière le bazar, une grille. Une grille rouillée dont on ne sait qui possède encore la clef. Cette grille ferme un passage souterrain. Ce passage aboutit à quelques rues de là, dans le parc d'une somptueuse propriété, Harcourt House. Et Harcourt House... était la résidence londonienne du comte de Portland.

Selon Ann Mary, le comte avait une double personnalité : sous le nom de Druce, il s'était marié. Il avait eu un fils, qui épousa Ann Mary. Il vivait à mi-temps sous l'habit de quincaillier et tenait avec sa femme son commerce, relié par le souterrain à sa demeure seigneuriale. Il aurait mené cette double vie pendant plus de vingt ans.

Quand on fait remarquer à cette femme que le boutiquier Thomas Druce est mort en 1864 alors que le comte a vécu jusqu'en 1879, elle ne se démonte pas :

— C'est qu'après des années il en a eu marre de la quincaillerie et de sa femme. Il a tout laissé tomber. Il a décidé de « supprimer » Druce ! Il a simulé sa mort. Dans son cercueil, il n'y avait personne ! Vous savez, avec de l'argent, on peut tout faire !

Elle clame haut et fort qu'elle va intenter un procès au lieutenant Cavendish et demander l'exhumation du cercueil. Et puis, brusquement, elle renonce : après quelques semaines, on n'entend plus parler d'elle. Peut-être a-t-elle compris que ses théories abracadabrantes n'auraient aucun poids devant la justice ? C'est possible.

Pourtant, on remarque une curieuse coïncidence : son bazar-quincaillerie fait l'objet d'importants travaux d'agrandissement, elle le met en gérance et la famille Druce s'en va vivre dans une belle maison en bord de mer...

Voilà donc où en est l'histoire le jour où, ainsi que nous l'avons vu, apparaît le fameux charpentier australien, George Druce.

Lui aussi réclame l'héritage. Mais il affirme y avoir droit plus que quiconque, car lui, il est carrément le *fils aîné* de l'énigmatique William John Bentinck, cinquième comte de Portland. Le fils d'un *premier mariage* de Thomas le quincaillier !

Et George Druce explique ce qui suit : dans sa jeunesse, William John était tombé amoureux d'une jeune fille pauvre, Elisabeth. Vu son rang, un tel mariage lui était interdit. Il inventa donc Thomas Druce.

Sous ce nom, il épousa Elisabeth et acheta pour elle le bazar de Baker Street, qu'il relia par un souterrain à Harcourt House. Ils eurent ensemble un fils, George.

Elisabeth mourut alors que George n'avait que dix-sept ans. Le jeune homme eut un vrai choc en apprenant que son père voulait se remarier très vite :

pour ne pas voir cela, il s'embarqua pour l'Australie, y devint charpentier et rompit tout lien avec l'Angleterre.

Thomas Druce eut une seconde femme, elle lui donna un fils, qui épousa Ann Mary. Mais cette deuxième famille ignora toujours l'existence de George l'exilé.

De son côté, pendant toutes ces années, George se croyait issu d'un modeste boutiquier. Il tomba par hasard sur un entrefilet dans une gazette, qui relatait le décès du comte fantôme et l'épisode Ann Mary. Réalisant qu'il était le fils aîné de ce haut dignitaire et que le titre lui revenait, il résolut de revenir en Angleterre faire valoir ses droits.

Il lui fallait payer son voyage, prévoir un séjour assez long et probablement des frais pour les démarches et les hommes de loi. Il mit de côté sou par sou pendant des années, mais il ne réussit à économiser qu'une somme dérisoire. Il eut alors une idée tellement naïve qu'elle en fut géniale : il allait se faire « sponsoriser » ! Il ouvrit un fonds de soutien : tous ceux qui l'aideraient par leurs dons seraient remboursés cinq fois la somme, dès qu'il aurait récupéré « son dû » ! Il était tellement sûr de son bon droit qu'il parvint à convaincre des commanditaires. Muni de sa confiance et de son cartable de cuir râpé, le voilà donc à Londres, prêt à en découdre.

Le retour du charpentier cause un vrai souci au lieutenant John-Arthur Cavendish, devenu sixième comte de Portland : grâce à sa fortune considérable, il a rapidement pris une place en vue dans la haute société. Le château de Welbeck et la demeure de Harcourt House ne sont plus des coquilles vides : les salons résonnent de musique, pétillent de champagne et de l'éclat des bijoux. Tout ce que le royaume compte de plus élégant veut y danser. Et George Druce apparaît comme l'empêcheur de valser en rond.

Bien entendu, Cavendish réfute toutes ces fables sur son défunt cousin :

— L'aristocrate devenu quincaillier à mi-temps ! C'est odieux ! Cette famille Druce n'est qu'un nid de mythomanes et mes hommes de loi auront tôt fait de clore le bec à ce joli monde !

Mais il s'avère que ses avocats ne semblent pas aussi certains de la cause : y aurait-il dans le cartable de cuir râpé des éléments troublants ? Loin de prendre George Druce de haut, les avocats préfèrent lui proposer de se désister, avec, à la clef, une substantielle compensation. Le charpentier refuse : soutenu par les sponsors qui ont misé sur lui, il veut tout et il ira au procès.

On n'a pas pu empêcher le scandale : la presse et l'opinion publique se sont emparées de ce délectable et mystérieux personnage du comte fantôme et de sa double identité. Lorsque le tribunal siège enfin, en 1907, la salle est comble.

Quel enjeu pour toutes les couches de la société ! Un officier de la garde royale, fine moustache spirituelle, redingote sortant de chez le meilleur tailleur, arborant ses décorations, un grand du royaume, face à un simple charpentier qui arrive d'un pays de sauvages et survit ici grâce à des subsides fournis par des « actionnaires » !

George Druce produit une multitude de documents. Il s'est procuré des photographies de ses « deux pères ». Ce qui frappe, d'emblée, c'est l'abondance d'ornements pileux et leurs très visibles différences : William John Bentinck, comte de Portland, est peigné en arrière, front et tempes dégagés ; les cheveux du quincaillier Thomas Druce sont ramenés vers l'avant. Le visage du comte est encadré par de superbes favoris blancs, en boule, qui mettent en valeur les lèvres minces, le menton volontaire et un cou à la pomme d'Adam proéminente ; le quincaillier arbore une barbe de sapeur, imposante, rectangulaire, d'un noir absolu. Elle lui masque tout le bas de la figure et descend jusqu'au plastron. Tiens, tiens : exactement le contraire l'un de l'autre. A tel point que l'on se demande si tous ces poils ne sont pas là pour polariser l'attention et la détourner des ressemblances.

Les ressemblances, il y en a : les photos ont été prises à peu près à la même époque, les deux hommes paraissent avoir le même âge. Mêmes yeux fendus en amande, même regard pointu et tendu, même ligne épaisse des sourcils. Ils sont photographiés dans des décors et des habits qui marquent leur appartenance sociale, mais la pose est identique : assis, une main à plat sur la cuisse, l'autre, poing fermé sur un guéridon, un air d'autorité inflexible.

Ces portraits datent, bien entendu, d'avant la mort supposée du supposé quincaillier, quarante-trois ans plus tôt. La défense va mettre en cause la qualité des clichés, leur fidélité aux modèles. Ceux qui voudront y voir le même homme l'y verront, les adversaires y trouveront deux individus qui n'ont rien en commun. On se lance dans des arguties du genre :

— Le demandeur veut nous faire croire que la barbe noire de Thomas Druce n'était qu'un déguisement ? Comment le comte, avec ses énormes favoris, aurait-il fait pour se grimer ainsi ?

— Rappelez-vous que le bruit courait selon

lequel les favoris du comte étaient également postiches, pour cacher sa maladie de peau ! Quoi de plus facile que de changer de faux favoris pour une fausse barbe ?

— La maladie du comte ? Ce n'était aussi qu'une rumeur !

C'est là que les avocats du charpentier frappent un grand coup : ils ont enquêté sur cette maladie du comte, ils ont établi sa réalité :

— Nous en avons retrouvé un témoin, le témoin le plus indiscutable, puisque c'est lui qui soignait le comte !

C'est un magnétiseur irlandais. Il est aujourd'hui établi en Amérique et bien vieux. Mais il se souvient parfaitement de son singulier patient :

— Oui, le comte de Portland souffrait de brûlures parfois intolérables. Mais par l'imposition des mains, je pouvais le soulager... Sir William me faisait l'honneur de me considérer comme son seul remède. Je l'ai traité pendant des années, pratiquement jusqu'à sa mort. Je le visitais en secret aussi bien au château de Welbeck que dans la résidence de Harcourt House.

— Avez-vous eu l'occasion de soigner une autre personne atteinte de la même affection ?

— Oui, j'ai connu un cas... Il s'agissait d'une pathologie assez rare... Mais j'ai été appelé en urgence, une nuit. Un homme endurait le martyre et me voulait tout de suite près de lui. Il présentait les mêmes symptômes que le comte.

— Et qui était ce malade ?

— C'était un M. Thomas Druce, quincaillier à Baker Street !

Le lieutenant Cavendish et ses défenseurs sont désarçonnés. Ils vont cependant penser reprendre le dessus : les avocats du charpentier exhibent une facture retrouvée dans les archives d'un grossiste en matériaux de construction. Une facture de 1864, concernant un lot de plaques de plomb, du type de celles utilisées pour doubler les toitures :

— Nous affirmons que ces plaques, vendues peu avant les pseudo-funérailles de Thomas Druce, ont servi à alourdir le cercueil, qui était vide !

Cette fois, la défense a beau jeu :

— C'est grotesque ! La partie adverse se sert de tout pour accréditer sa fable ! Dites-nous en quoi il est suspect qu'une quincaillerie commande des matériaux comme du plomb ?

Mais la réplique fait mouche :

— Certes, de la part d'un quincaillier, rien de plus normal. Mais la commande avait été passée... par un envoyé du comte de Portland !

C'est le tollé. Les avocats du charpentier n'ont plus qu'à porter le coup de grâce :

— Plaise maintenant à la cour de nous permettre d'apporter la preuve irréfutable que le supposé Thomas Druce n'a jamais existé : nous demandons l'exhumation du cercueil !

Cela semble couler de source : si on veut vraiment savoir, l'exhumation est la seule solution. Mais veut-on vraiment savoir ? Pour Cavendish, il n'y a pas urgence : il risque son titre de comte de Portland et une fortune évaluée en millions de livres sterling. D'après ses proches, il n'en mène pas large : la reine Victoria devait être bien renseignée et sa prédiction semble se réaliser. Et si Cavendish était tellement certain que les allégations du charpentier australien relèvent du délire ou du complot, il ne devrait pas redouter une demande qui éclairerait définitivement la justice.

Ce n'est pas lui qui va faire opposition : ce sont les autres descendants de Thomas Druce ! Ceux-là mêmes qui, quelques années plus tôt, réclamaient cette exhumation, lorsqu'elle servait leurs intérêts. Aujourd'hui, ils protestent. Ils motivent leur refus par des raisons morales et religieuses. Aucun rapport, bien entendu, avec le coup de baguette magique qui leur a permis d'agrandir leur commerce et de vivre dans une soudaine aisance...

Ils réussiront à retarder l'échéance de plusieurs mois. Mais fin 1907, la décision arrive : la sépulture doit être ouverte.

Le cimetière de Highgate n'a probablement jamais connu autant d'affluence : des centaines de curieux tentent d'approcher le caveau des Druce. Mais les policiers qui les font refluer sont presque aussi nombreux : l'arrêt du tribunal est formel, il n'autorise que la présence des personnes directement impliquées. D'ailleurs, dès la prononciation de cet arrêt, une palissade haute de plusieurs mètres a été érigée. Highgate devenu huis clos... Il faut que l'enjeu soit considéré comme bien important en haut lieu.

Nous ne pouvons donc pas décrire ce qui se passe derrière ce mur de secret. Comment, devant les magistrats en jaquette et haut-de-forme, frissonnant dans le gel de décembre, des fossoyeurs en bleu de travail hissent le cercueil à la surface, nous ne le verrons pas.

Pas plus que nous ne pourrons percevoir la tension générale à l'instant où, sur un signe de tête du procureur, l'un des ouvriers glisse un pied-de-biche sous le couvercle et fait grincer la première planche... Huis clos. Secret digne des affaires d'Etat.

Nous ne connaîtrons que le résultat. Le cercueil contient un corps.

Le compte rendu officiel décrit la dépouille comme relativement ancienne, réduite à l'état de squelette. Il s'agissait d'un homme d'âge mûr. Afin d'établir clairement que Thomas Druce a bien existé, le communiqué prend la peine de préciser que « le défunt était pourvu d'une forte barbe ».

John Arthur Cavendish accueille sa victoire avec modestie : il dit n'avoir jamais été vraiment inquiet. Pourtant, il a dû « sentir le vent du boulet ». Quoi qu'il en soit, il reste sixième comte de Portland. Et riche.

Maintenant, il ne manque plus à la société que de trouver l'un de ces dénouements limpides dont elle a le génie : pour que Cavendish soit indiscutablement le « gentil », désignons clairement le « méchant ».

George Druce est débouté, mais le voici en plus poursuivi pour assignation abusive. Poursuivi et condamné. L'amende est lourde, elle s'ajoute aux frais de justice. Druce a dépensé jusqu'au dernier penny dans le procès. Il n'a pas les moyens de payer. On peut donc l'emprisonner.

Le charpentier australien qui prétendit devenir grand d'Angleterre mourra, seul et miséreux, peu de temps après. La morale est sauve. Mais l'histoire n'est pas tout à fait terminée.

Dans les années 1930, le cimetière de Highgate commence à manquer de place. L'administration décide de libérer les emplacements qui ne sont pas entretenus depuis longtemps.

De l'une de ces vieilles tombes, on extrait un cercueil encore en état. On le trouve plutôt lourd. Et pour cause : il contient les débris d'une couverture enveloppant des plaques de plomb.

Cette sépulture n'*est pas* celle de Thomas Druce. Cependant, il est permis de s'interroger. Il n'y a que deux hypothèses :

— Ou bien cette découverte n'a aucun rapport avec la succession du comte de Portland. Auquel cas, nous aurions affaire à une coutume bien spécifique à ce cimetière anglais : mettre en terre des cercueils sans cadavre.

— Ou bien la perspective d'admettre la double vie du comte fantôme, de destituer un membre de l'establishment au profit d'un charpentier, avait effrayé du beau monde. Les lenteurs de la justice auraient-elles alors permis de remplacer discrètement le cercueil de Druce par une bière contenant un squelette bien barbu, puis de se débarrasser de l'objet compromettant dans une vieille sépulture voisine ?

Mais insinuer une pareille absurdité serait, comme disent nos amis britanniques, *absolument choquant*, n'est-il point ?

LUCIE A JUSTE UN RHUME

— C'est au sujet de la petite Lucie Vebstère, brigadier...

Le jeune gendarme, comme tous les gens par ici, n'arrive pas à bien prononcer « Webster », un nom américain tout à fait incongru dans ce coin de France profonde. Alors, il précise :

— La petite Lucie, brigadier... La petite-fille au Damien de Saint-Maurice !

En entendant prononcer le nom de Damien, le brigadier dresse l'oreille : le jeune gendarme est nouveau, mais le brigadier, lui, a un lourd contentieux depuis des années avec les Damien.

Ici, on dit « les Damien », mais, en réalité, la famille s'appelle Bossard. Seulement, le patriarche qui se prénomme Damien, « le Damien », est un personnage qui marque de sa forte empreinte tout son entourage. Alors, on a pris l'habitude de désigner tout son clan comme « les Damien ».

— Eh bien, qu'est-ce qu'elle a, la petite au Damien ?

— C'est-à-dire, brigadier... C'est sa maîtresse d'école qui vient d'appeler : elle dit que la petite pourrait bien avoir disparu.

Là, le brigadier fronce le nez : ça fait quand même beaucoup pour la même famille. Il y a eu d'abord chez les Damien (du moins, à ce que l'on sait) l'évaporation mystérieuse d'un gendre américain, le dénommé Webster, trois ans plus tôt. Pas de nouvelles, mais les Damien n'en cherchaient pas : ils avaient une explication qui leur suffisait. Et d'une.

Plus récemment, voilà une quinzaine, la fille du Damien, épouse de ce Webster, a été admise à l'hôpital avec de sérieuses contusions. Version Damien : elle aurait fait une chute de vélo. Il s'agirait, en fait, d'une agression suivie de viol. Silence absolu. Pas de dépôt de plainte, pas non plus de déclaration d'accident. Et de deux.

Trois, maintenant : la petite-fille du Damien qui disparaît ?

Vous le pensez bien : si nous nous intéressons à cette « disparition », c'est qu'il y a retour sous roche. Mais, nous allons le voir, point n'est besoin qu'une absence dure bien longtemps pour recouvrir de lourds secrets.

Quelques jours, quelques heures parfois, peuvent dissimuler un bel enfer. Il suffit que tout soit couvert par un silence obstiné. Sur la disparition et le retour de la petite Lucie, la vérité ne sera connue que trente ans plus tard.

L'appel de l'institutrice a donné l'alerte vers 17 h 30. Moins d'une heure plus tard, la camionnette bleue des gendarmes de Villeneuve passe lentement à travers le village de Saint-Maurice, comme à l'occasion de la tournée habituelle, deux fois par semaine : surtout, ne pas faire de vagues tant que l'on n'est sûr de rien. D'autant plus que le vieux Damien Bossard les a déjà plusieurs fois ridiculisés, les gendarmes : à cause de rumeurs non vérifiées, ils étaient arrivés sur les chapeaux de roues, et ils sont repartis avec le képi en berne, bredouilles. Et ça, dans un petit pays, ça se sait très vite, ça fait rire et le rire, c'est mauvais, très mauvais pour l'autorité...

La camionnette s'arrête devant la mairie, une bâtisse carrée coiffée d'ardoises, ce qui détonne au milieu des toits de tuiles rouges qui couvrent toutes les maisons. Une aile de la mairie fait aussi office d'école, où garçons et filles de tous âges se partagent les bancs de la même classe et l'attention de la même institutrice.

Mlle Vallier guettait justement derrière les carreaux de sa classe vide. Elle s'accoude à la fenêtre et engage avec le brigadier ce qui, de loin, peut paraître une petite conversation de simple politesse. En vérité, seules les salutations sont échangées à voix forte, pour rassurer d'éventuels curieux.

— Bonjour, mademoiselle !
— Tiens, bonjour brigadier !

Tout naturellement, le gendarme s'approche sans cesser de sourire, mais il peut baisser la voix :

— Dites donc, mademoiselle Marie, votre coup de téléphone tout à l'heure a un peu troublé l'un de mes hommes. J'ai préféré venir voir sur place. Qu'est-ce que c'est que cette histoire de disparition ?

— A vrai dire, Georges, je ne sais rien de précis. Mais voilà trois jours que Lucie Webster... enfin la petite de chez les Damien... ne vient pas en classe. D'habitude, ce sont les familles qui passent pour excuser l'enfant. Mais là, rien. Comme cela fait trois jours et qu'il s'agit des Damien, j'y suis allée moi-même tout à l'heure, après la sortie...

Le brigadier Follon note la nuance de respect que marque ce déplacement. Redoutable, cette autorité naturelle du clan Damien et de son patriarche. On ne sait même plus d'où elle émane. Elle date de bien avant l'arrivée ici de Mlle Vallier, mais elle est admise par tout le monde. Y compris, d'ailleurs, par le gendarme.

— Et alors, mademoiselle Marie ? Vous n'avez pas vu la petite ?

— Mais non, Georges ! Je n'ai même pas pu entrer. Les femmes ont fait barrage. Sa mère a descendu les trois marches pour venir me parler, la grand-mère est restée en travers de la porte, qu'elle avait tirée derrière elle. Et puis, vous savez comment ils sont, les Damien : pas un mot si vous ne leur posez pas de question. Et quand vous en posez, les réponses, c'est « oui », « non », mais rien de plus.

— Vous leur avez demandé pourquoi la gamine n'est pas venue ces trois jours ?

— Bien sûr. Elles m'ont répondu en chœur : « Elle a le rhume. » Est-ce que je peux la voir ? « Non, elle dort !... » Elle dort, Georges ! A quatre heures de l'après-midi ! Alors je demande : « Quand pensez-vous que Lucie pourra reprendre la classe ? » La mère et la grand-mère se sont regardées, et c'est la vieille qui m'a répondu : « On peut pas dire... C'est peut-être rien, comme ça peut être une grippe ! » Voilà, Georges, voilà tout ce que j'ai pu en tirer : un rhume, une grippe, on ne sait pas. La petite : invisible, elle dormait !

— Mademoiselle Marie, si je peux me permettre, je trouve que vous y allez fort de nous alerter pour ça ! La petite a peut-être vraiment un rhume ? Et les Damien ne font jamais entrer personne. Il n'y avait pas là de quoi déplacer la brigade. On n'a pas eu tort de venir discrètement !

— Mais non, Georges, j'ai des raisons de m'inquiéter ! Je ne vous ai pas tout dit : la petite est absente depuis mardi matin, mais figurez-vous que la veille, une heure après la sortie, le vieux Damien était venu ici.

— Quoi ? Le vieux en personne ?

— Oui, Georges ! Il voulait savoir si j'avais retenu sa gamine pour une punition ou une raison quelconque ! Une heure après la sortie, Lucie n'était pas rentrée chez elle... Et il y a quoi, d'ici à la ferme ? dix minutes ? Même si elle avait traîné, ce qui n'est pas son genre, il y avait de quoi s'inquiéter... Mais de là à ce que ce soit le vieux qui se déplace... J'ai pensé qu'il craignait quelque chose de précis, qu'il avait déjà son idée et qu'il venait juste pour confirmer...

— Vous lui avez dit quoi ?

— La vérité : que Lucie était sortie à quatre heures, normalement. Alors le Damien a fait celui qui hausse les épaules et il a dit : « Oh ! C'est pas bien grave ! Ça lui arrive d'aller jouer dans les champs avec ses copines. Elle ne va pas tarder à rentrer ! » Et puis il a ajouté : « Vous comprenez, je passais par ici... Je jetais juste un coup d'œil ! » Mais il ne passait pas *par hasard*, Georges, j'en suis sûre ! Et c'est la première fois qu'il remettait les pieds à l'école depuis cinquante ans !

— Et c'était quand, vous me dites ?

— Lundi soir. Et, depuis, Lucie a le rhume. Trois jours absente pour un rhume, une Damien, vous y croyez ?

Le brigadier Follon se frotte le menton d'un air ennuyé :

— C'est peut-être une grippe, comme ils ont dit ? Il ne faut pas dramatiser, mademoiselle Marie ! Les Damien n'aiment pas la maréchaussée, mais le vieux tient à la petite comme à la prunelle de ses yeux. Si elle n'était vraiment pas rentrée lundi et qu'il craigne qu'il lui soit arrivé quelque chose, il nous aurait appelés. Ecoutez, je ne vais pas remuer ciel et terre ce soir... Mais si elle ne vient toujours pas en classe demain, j'irai voir. Promis !

Le lendemain, au coucher du soleil, la camionnette bleue s'arrête devant le portail de la ferme des Damien. Cela fait maintenant quatre jours pleins que le grand-père a fait ce déplacement inquiet jusqu'à l'école. Quatre jours que la petite Lucie est censée être « souffrante ». Mais le médecin de Villeneuve n'a pas été appelé.

Le brigadier Follon descend du véhicule et, comme le gendarme à ses côtés s'apprête à le suivre, Follon lui fait signe de rester. Il s'engage seul sur le gravier de la cour.

Même scénario que pour la visite de l'institutrice : l'homme en uniforme vient à peine de franchir la grille que deux femmes apparaissent. L'une descend les trois marches devant la porte, c'est Catherine, la fille Damien. L'autre, Noémie, sa mère, reste sur le seuil et tire le battant derrière elle.

— Bonsoir, mesdames... On fait notre tournée... Tout va bien ?

Catherine fait brièvement :

— Oui, ça va.

— Est-ce que... est-ce que je pourrais dire un mot à M. Bossard ?

C'est la mère, Noémie, qui répond :

— Il est point là, le Damien. Mais dites-moi toujours votre mot : j'y ferai passer !

Le brigadier se demande comment il va arriver à aborder le sujet de la petite Lucie sans mentionner l'appel de l'institutrice. On a vite fait de brouiller les gens, dans cette campagne. Follon ne se donnerait pas la peine de toute cette diplomatie s'il voyait ce qui se passe en ce moment, à cinquante mètres de lui, *derrière* la ferme...

A cette même minute, un homme d'une soixantaine d'années, robuste, une casquette vissée sur son front recuit de soleil, avance à travers les prés. La bretelle d'un fusil de chasse est passée à son épaule, et, dans ses bras, il porte sans effort apparent une fillette de six ou sept ans dont la tête est nichée au creux de son cou.

En arrivant près des bâtiments, l'homme entend une voix masculine dans la cour, renifle l'odeur de diesel de la camionnette. Il prête l'oreille, distingue quelques mots : il a compris... Pendant deux secondes, il mordille sa moustache grise jaunie par le tabac, puis semble prendre une décision. Il pose la fillette debout devant lui, lui prend les épaules et chuchote :

— Tu vas rentrer, gamine. Par la buanderie. Tu vas te laver bien vite et passer un tablier propre, d'accord ? Et puis tu viendras me rejoindre sur le devant ! Tu sais ce que t'as à dire si on te demande ?

La petite hoche affirmativement la tête.

— Bon ! T'as pas à avoir peur ! T'as pas peur, hein ?

— Non, pépé !

— C'est bien ! T'es une vraie Damien ! Allez, va !

La petite fille entrouvre la porte des communs et se faufile. Damien Bossard ôte son fusil et le jette dans un tas de fumier. Il s'apprête à faire le tour de la maison, mais il se ravise. Il pense soudain à ses mains : elles sont souillées de terre brune. Alors il prend une bêche contre un mur et la met sur son épaule. Quelques secondes plus tard, il passe le coin de la ferme :

— Tiens donc ! Les pandores en balade ! Et ça bavarde ! On voit bien que vous avez pas grand-chose à faire, vous autres !

Le brigadier Follon sursaute :

— Ah, Damien ! Eh bien... je... je prenais des nouvelles ! Je disais justement à ces dames que j'avais entendu dire dans le pays que votre petite fille a la grippe ?

— Et alors ? Ça fait maintenant partie des maladies contagieuses qu'il faut vous déclarer ?

Derrière Noémie, la porte s'ouvre et... la petite Lucie s'encadre dans le rectangle sombre. Elle réapparaît ainsi, impassible, comme si elle n'avait jamais quitté la maison.

On sait aujourd'hui que les deux femmes et la fillette venaient de vivre un calvaire d'inquiétude et de terreur. Or, à l'instant où Lucie réapparaît, ni la mère, ni la grand-mère, ni la petite n'ont un mouvement l'une vers l'autre en présence du gendarme. Elles n'échangent même pas un regard.

Pour le coup, le brigadier Follon tressaille : la petite est revenue ! Il sent bien quelque chose de suspect... Il sent bien qu'il est en train de se faire avoir... Mais que dire ? Il voit les traits tirés de la gamine. Mais, bien sûr, on lui répondrait que c'est normal : une grippe, à cet âge-là... Alors, il se contente d'émettre des souhaits de bonne santé, il salue les Damien et il tourne les talons.

Quatre visages impassibles, quatre visages taillés dans le bois le regardent s'éloigner. Pas un mot, pas un geste... Et pourtant ! Quand on sait le pesant secret que cachent ces visages et ce retour silencieux d'une toute petite fille...

Dans l'affaire Damien, tout a commencé avec l'arrivée dans le village de Charlie Webster. Il était américain. Un grand diable d'Américain, ni beau ni laid, mais qui avait des yeux d'un drôle de vert sous une mèche brune, et des mains très soignées, des mains comme on n'en voyait jamais dans ce coin de campagne. Les belles mains et les yeux verts de Charlie Webster, ça plaisait aux filles et ça déplaisait souverainement aux hommes.

Et d'abord, qu'est-ce qu'il faisait par là, ce Webster ? A cette question, Charlie répondait volontiers lui-même : il avait fait le débarquement en Normandie, il s'en était tiré avec une belle blessure à la jambe. Il avait fait dans notre pays toute sa convalescence et il en garda deux séquelles : une légère raideur dans la patte gauche et un grand coup de cœur pour la France.

Il avait décidé d'y rester, de découvrir le pays en profondeur et il l'explorait au gré de sa fantaisie. Mais alors qu'il avait déjà pu trouver des panoramas somptueux, des trésors d'architecture romane, de délicieux havres de verdure et de gastronomie, que lui avait-il pris de faire halte dans ce village sans aucun intérêt, au milieu de champs médiocres qui rendaient médiocres et acariâtres les habitants ? Le hasard, le pur hasard d'une panne d'essence.

Le côté absurde de la situation avait chatouillé l'ange du bizarre qui sommeillait dans un coin de sa tête, et il avait loué une maison, l'une des plus belles, l'ancienne maison du docteur. Il n'y avait plus de médecin depuis avant guerre dans ce trou perdu, mais la demeure était restée toute meublée et Charlie Webster s'y installa du jour au lendemain.

Il vivait bien, très bien même, sans rien faire : traduite en francs français, sa pension de combattant faisait de lui un confortable rentier. Mais un rentier de vingt-quatre ans... Un rentier aux yeux d'un drôle de vert sous la mèche brune... Un rentier de vingt-quatre ans avec une légère claudication de héros de guerre et des mains bien soignées...

Catherine Damien ne tarda pas à tomber entre ces mains-là. Elle cachait son vélo dans le fossé pour aller en catimini passer quelques heures clandestines auprès de Charlie Webster. Arriva bien sûr ce dont on peut se douter, et il fallut bien, un soir d'orage, faire au père le terrible aveu de la faute... et de ses conséquences : Catherine devait se marier au plus vite. Mais la réaction du Damien aurait eu de quoi en surprendre plus d'un :

— Oui, je suis colère, Catherine ma fille ! Et plus que tu ne peux croire ! Mais pas pour ce que tu penses ! La nature, c'est la nature ! On a une âme, mais on est aussi des animaux, c'est le Bon Dieu qui nous a faits comme ça, et c'est bien comme ça ! Aussi je ne t'en veux pas d'avoir laissé parler la nature, et je tordrais moi-même le cou au premier qui oserait te faire reproche là-dessus ! Et si après ce que t'as fait, tu nous donnes un petit, ça encore c'est dans l'ordre des choses !

A cet instant, la voix du Damien roula comme un tonnerre :

— Mais si je suis colère, Catherine ma fille, c'est à cause du fichu bon sang de bois de guignol que tu t'es choisi ! L'Américain ! Un zazou avec des mains plus blanches que les tiennes et qui se met du parfum ! Et la ferme ? Tu y as pensé à la ferme ? Pour qui crois-tu que je m'esquinte à faire rendre tout ce qu'elle peut à cette terre ? Pour qui crois-tu que je paye des incapables de journaliers et que j'achète tous les prés qui sont à vendre ? Pour toi, ma fille, puisque le Bon Dieu a voulu que tu sois ma seule descendance ! Pour le jour où tu m'amènerais un bon gendre pour reprendre tout ça après moi ! C'est ton bien, ma fille, et pour le tenir, c'est de quelqu'un de chez nous que t'as besoin ! De quelqu'un comme nous ! Alors ton enfant, oui je le prendrai ! Mais sans le père, tu m'entends ! Et ne t'inquiète pas pour ce qui est de te marier ! Je te trouverai un brave garçon qui ne demandera pas mieux que de prendre une belle fille comme toi, une belle ferme et un bel enfant avec !

C'était un généreux programme, tout compte fait. Et peut-être Catherine eût-elle mieux fait d'y souscrire. Mais elle s'entêta : elle aimait son Américain, elle le voulait pour mari. Le Damien pouvait dompter le monde entier, mais pas sa fille, faite du même acier trempé que lui. Catherine finit donc par épouser son Américain.

Et elle ne tarda pas à le regretter. Charlie Webster était un garçon beaucoup plus instruit qu'elle, il parlait plusieurs langues, lisait beaucoup. Il s'ennuyait avec cette campagnarde qui n'avait pour elle que d'être jeune, française et enceinte.

Lorsque la petite Lucie arriva, le caractère de Charlie vira d'un seul coup : il devint irascible, violent. Il reprochait sans cesse à Catherine de lui gâcher son avenir. Son avenir qui était sûrement en Amérique, où le citoyen le plus modeste peut faire fortune ou devenir président.

Charlie buvait aussi beaucoup, il se mit à lever régulièrement la main sur sa femme. Catherine craignait pour la petite Lucie, que Charlie apostrophait dans son berceau, criant qu'elle était un boulet, qu'elle l'empêchait de courir sa chance.

Catherine essayait surtout de cacher à son père la dégradation de son ménage, redoutant le jour de l'affrontement entre les deux hommes.

Et puis, un matin... plus de Charlie Webster ! Il s'était volatilisé. Le Damien ne fit aucun commentaire : il vint fermer les volets de la maison du docteur, entassa dans la remorque les vêtements, sa fille et sa petite-fille, et il ramena le tout à la ferme.

La vie reprit comme avant, avec juste une petite Lucie en plus. Damien vivait et travaillait pour « ses femmes », comme il disait.

Au bout de quelques semaines, la rumeur publique insistante poussa le brigadier de gendarmerie Follon à venir demander à la ferme des éclaircissements sur l'évaporation de l'Américain. Il y avait du soupçon dans la voix du gendarme, le soupçon d'un de ces sombres drames paysans dans lesquels on élimine comme vermine les gêneurs et les étrangers. Charlie Webster étant l'un et l'autre, on pouvait tout redouter. Planté sur le seuil, Damien dit par-dessus son épaule :

— Catherine ! Va donc chercher la carte !

Et Catherine revint avec une carte postale représentant le pont de Brooklyn et où il était écrit seulement : « Cathy, je ne t'oublie pas. » C'était signé Charlie et posté de la banlieue de New York. L'Américain était tout bêtement retourné en Amérique. Un peu gêné, le brigadier articula :

— C'est... c'est un abandon de famille... Vous avez le droit de porter plainte !

Damien haussa les épaules et rentra dans la ferme. Tout au long de la rue centrale, les rideaux s'écartèrent furtivement pour voir repartir les gendarmes bernés, et, au café, les sourires furent sans indulgence.

Six années passèrent ainsi, dans la routine et le silence. La petite Lucie entra à l'école. Il se disait au village que son grand-père l'adorait. Puis, un jour, Catherine revenait du bourg voisin, un panier de provisions sur le porte-bagages de sa bicyclette. Une silhouette jaillit sur le chemin, stoppa brutalement le vélo en empoignant le guidon. C'était l'Américain ! Catherine reconnut à peine le visage creusé et ce regard fiévreux dans les yeux verts de Charlie. Elle voulut s'écarter, partir. Son mari la retint :

— Cathy ! Je ne t'ai pas oubliée ! Viens avec moi ! Ne retourne pas à la ferme, ton père t'empêcherait de repartir ! Viens !

On ne sait pas exactement ce qui se passa ensuite, mais Catherine fut retrouvée dans le fossé par un cultivateur rentrant des champs. L'état de la jeune femme était assez sérieux pour justifier son transport à l'hôpital. Le brigadier Follon s'informa discrètement auprès du médecin-chef :

— Des contusions, brigadier, des marques autour du cou, des cheveux arrachés, une côte cassée et, je le crains, une agression sexuelle... Mais elle ne m'a pas laissé vérifier !

Au chevet de la jeune femme, les Damien étaient là, unis. Catherine lâcha entre ses lèvres tuméfiées :

— Mais quelle agression, brigadier ? Porter plainte ? Contre qui ? J'ai juste fait une chute de vélo !

Cette fois, dans le pays, les gendarmes passèrent pour des pantins.

C'est quinze jours plus tard que Charlie Webster

enlevait la petite Lucie à son retour de l'école. Dès que Damien eut interrogé la maîtresse et appris que la petite était sortie à l'heure normale, il fut certain que l'Américain l'avait prise.

Rien ne filtra de chez les Damien, mais, pendant trois jours, le grand-père battit les alentours, seul, son fusil sur l'épaule. Webster et la petite pouvaient être déjà à des centaines de kilomètres ; peut-être était-ce une erreur de ne pas avertir les gendarmes, mais quelque chose — l'instinct — dictait au vieux que sa petite Lucie n'est pas très loin : c'était à lui tout seul de la reprendre.

L'instinct ne le trompait pas : Charlie se terrait avec la fillette dans une cabane forestière. Il misait sur l'angoisse de l'attente pour avoir raison de Catherine : quand elle se serait assez inquiétée, il pourrait la décider à partir avec lui, en échange de la sécurité de leur enfant.

Webster n'avait rien prévu, rien préparé : alcoolique de longue date, il avait effectué aux Etats-Unis plusieurs cures de désintoxication, mais ses démons l'avaient rattrapé.

Culpabilisé par sa propre fuite, il s'était reconstruit toute une histoire où il était la victime : c'était le Damien qui avait, dès le mariage, dressé Catherine contre lui. Le Damien, trop heureux que Charlie ait craqué et soit parti, six ans plus tôt. Le Damien qui avait repris sous sa coupe sa fille et sa petite-fille. Webster était revenu en France avec l'idée fixe d'arracher sa famille à l'emprise du vieux.

Il avait erré autour de la ferme, sans aucun plan, aucune stratégie. Il avait sauté sur Catherine à la première occasion : on a vu avec quelle brutalité et quel résultat !

Puis il avait voulu revoir sa fille, surveillant de

loin la sortie de l'école. Il avait emmené Lucie sur un coup de tête, puis l'idée lui était venue de ce chantage sur Catherine, mais il s'était trouvé embarqué dans ce rapt de plusieurs jours, n'ayant rien prévu pour se couvrir, sans provisions. Il avait trouvé refuge avec son « otage » dans une cabane de chasseurs. Ils avaient dormi sur de la paille et bu seulement l'eau de pluie restée dans un seau...

Damien s'encadra dans la porte de la cabane. Il y eut une brève discussion, un coup de feu, un seul.

Et puis une petite fille fatiguée et affamée qui regardait en silence ce spectacle incroyable : un vieil homme acharné, son pépé qu'elle aimait, qui creusait de ses mains nues une fosse rudimentaire dans la forêt. Elle aida son pépé à y pousser le corps d'un inconnu... Un inconnu que la petite fille venait de voir mourir d'une décharge de chevrotines dans la poitrine, un inconnu qui l'avait entraînée de force avec lui et qui disait être son père.

Et après toute cette horreur, la petite Lucie, ramenée à la maison par son grand-père, épuisée et affamée, juste au moment où les gendarmes étaient là, cette petite Lucie aura eu le cran de jouer la comédie du naturel et du silence... Une vraie Damien.

A l'automne suivant, un paisible ramasseur de champignons dégagea d'entre les feuilles mortes une main humaine qui sortait de terre comme un bolet vénéneux. Le corps de l'Américain fut vite identifié, et, après tous les événements que l'on connaît, le soupçon se porta immédiatement sur les Damien.

Il n'y avait aucune preuve formelle, il n'y eut bien sûr aucun aveu. Le crime pouvait avoir été commis par un braconnier... Le clan Damien s'en tira avec un non-lieu et retourna dans sa ferme.

Bien des années plus tard, la cage thoracique écrasée par la chute d'un tonneau de cidre, le vieux Damien exigea de rester chez lui pour mourir. Il fit venir le notaire et le prêtre :

— Curé, il y a longtemps qu'on ne s'est vus, mais le Bon Dieu et toi, vous allez avoir beaucoup à me pardonner. Je vais tout dire dans l'ordre au notaire, pour qu'il écrive, et toi t'écouteras et tu me feras tes salamalecs après, pour que je sois bien en règle en arrivant là-haut !

— Mais, Damien... la confession, cela se fait entre toi, Dieu et moi !

— Ben, je suis trop cassé pour répéter tout ça deux fois. Mais je te comprends : il y a un règlement dans la religion, et il est valable pour moi aussi. Alors voilà ce que je décide : je vais raconter au notaire, toi tu restes, là rien ne l'interdit. Après, le notaire sortira, et tu me prendras en confession. Je te dirai : « Voilà curé, ce que t'as entendu à l'instant, c'était vrai d'un bout à l'autre, et je l'ai fait par amour ! Et puis tu me donneras ta bénédiction. C'est à prendre ou à laisser ! »

Eh bien, il l'a eue, sa bénédiction, le Damien !

LE RETOUR DE GUERRE DE MARTIN

En maillot de corps et caleçon, Butch Willis transpire : comme chaque matin depuis deux ans, il pratique consciencieusement les exercices physiques recommandés par son psy pour aider à la guérison.

Butch sort péniblement d'une violente dépression : Polly, la jeune femme qu'il avait épousée, a rompu, dans des circonstances tellement abracadabrantes qu'elles ont attiré sur eux les feux de l'actualité. Il a aussi aimé comme son propre fils le bébé de Polly. Ce qui l'a achevé, ce fut la décision de justice : il devait quitter la ville et même s'exiler dans un autre Etat pour ne plus s'approcher de Polly et de l'enfant.

Butch a cru qu'il ne s'en remettrait jamais. Pourtant, après deux ans, il refait surface. Encore un peu de patience, a promis le toubib, et bientôt il pourrait recommencer à vivre normalement...

Des coups frappés à la porte l'interrompent dans sa gymnastique. Il jette une serviette sur ses épaules et va ouvrir. Et, en une seconde, deux ans d'efforts s'effondrent : sur le seuil se tient Walker Martin. Et Walker Martin, c'est le mari de Polly. Il a mauvaise mine, il n'est pas rasé. Il a sûrement conduit toute la nuit pour débarquer ici à l'aube :

— Je peux entrer ?

— T'as rien à faire ici, Walk !

Butch Willis veut refermer, mais, vivement, Walker Martin bloque la porte avec sa grosse chaussure :

— Si j'étais toi, je ne ferais pas ça, Butch ! Je suis venu causer tranquillement, tu devrais m'écouter !

Causer tranquillement ? Willis en doute : il a tout de suite remarqué que Walker Martin porte son vieil imperméable de l'armée et qu'il a plongé la main dans sa poche. Et sa poche est visiblement alourdie d'un objet compact :

— Butch, j'ai là-dedans quelque chose qui m'a sauvé la vie en Corée. Je l'ai apporté pour toi. Je ne sais pas encore si je dois le sortir. Ça va dépendre de tes réponses...

Willis recule jusqu'au fond de la pièce. Ses mollets tremblants rencontrent un fauteuil. Il s'y affale, transpirant de plus belle. Le visiteur, main toujours dans la poche, entre calmement, tire une chaise en face de lui, la retourne et s'y installe à califourchon :

— Ouais, on est mieux comme ça !

Il regarde autour de lui :

— Dis donc, c'est rustique, chez toi... C'est pas vraiment arrangé, après deux ans... Il faudrait une femme, ici... Tu vis seul, mon gars ?

Sans attendre la réponse, il enchaîne des mots qui font mal à Butch Willis :

— Chez nous, c'est nickel. Polly est championne pour tenir une maison... Elle te manque, Butchie ?

— C'est pour me demander ça que t'as fait le déplacement ?

— Je suis venu avec l'intention de régler définitivement notre histoire. Mais je tiens à le faire calmement, d'homme à homme. Pas comme à mon retour. Faut dire que j'étais sonné ! Je me sentais comme... comme un mort vivant, quoi... Tu te souviens ?

Oh ! oui, Willis s'en souvient, de l'odyssée de Walker Martin. Toute l'Amérique s'en souvient...

Fin 1952, Walker Martin a vingt ans à peine et travaille dur comme électricien sur les lignes à haute tension. En plus, pour se sortir de sa condition, il suit des cours du soir. Il est fiancé à Polly Galloway, une ravissante petite rousse dont il est amoureux depuis l'enfance. Ils attendent, pour se marier, d'avoir mis un peu d'argent de côté.

Pourtant, patriote convaincu, Martin renonce à son travail et à ses études pour soutenir l'effort de guerre de son pays en Corée : il s'engage dans l'aviation. Quelques semaines avant son départ, il épouse Polly. Et, au moment de l'embarquement, elle lui confie en rougissant :

— Tu sais, mon amour, je crois que... je le suis !
— Que tu es quoi ?
— Enceinte... Je ne te l'ai pas dit plus tôt parce que je n'en étais pas certaine et puis... je sais que tu considères comme ton devoir d'aller combattre : je ne voulais pas t'en empêcher...

Trop tard pour faire machine arrière : Walker Martin part vers la guerre. Quelques mois plus tard, il est en mission à bord d'une super-forteresse B29 qui survole une zone stratégique en Corée du Nord.

Le bombardier lourd est pris sous le feu de deux chasseurs. Touché à l'aile, un moteur en flammes, il parvient encore à franchir quelques dizaines de kilomètres, mais doit finalement atterrir en catastrophe. L'équipage est capturé.

Dans un premier temps, Walker Martin et ses

camarades se croient prisonniers de guerre. Erreur : pour trouver un terrain assez dégagé, l'avion a franchi une rivière, et cette rivière est une frontière. Ils sont en Mandchourie ! Et ils sont tombés entre les mains des Chinois, ce qui est une tout autre affaire : ils sont considérés non comme des soldats, mais comme des espions.

D'abord, on les transfère à Pékin. Ils sont soumis quotidiennement à des interrogatoires. Ligotés en permanence, ils sont battus, privés de nourriture, d'hygiène et de sommeil. Ils doivent avouer. Avouer quoi ? Cela varie selon les semaines : on trouve toujours de nouveaux crimes qui prouvent les intentions belliqueuses de l'impérialisme capitaliste envers la République populaire. Alors, ils avouent : infiltration sur le territoire, préparation de sabotage, propagande, photographies de sites interdits... Ils avouent tout, ne serait-ce que pour avoir le droit de s'accroupir ou de s'écrouler par terre.

Un matin, on les pousse dans une grande salle vide où une rangée d'hommes, civils et militaires, sont assis derrière des tables. L'un d'eux commence à lire en chinois une longue liste, qui doit être celle de leurs crimes. Puis le gradé qui est au centre se lève et prononce quelque chose qui ressemble à une sentence. Les juges quittent la salle : le procès est terminé. Un « interprète » qui parle quelques mots d'anglais leur fait part des condamnations pour atteinte à la sécurité d'un Etat souverain : dix ans de prison pour le commandant, huit ans pour le pilote, cinq ans pour tous les autres.

Ils sont immédiatement séparés dans de minuscules cellules individuelles. On ne leur permet pas de communiquer avec l'extérieur, isolement absolu.

Walker Martin essaie de compter les jours, puis

les mois. Son enfant doit être né, maintenant... Il tente comme il peut de lutter contre la folie : les prisonniers ont mis au point une sorte d'alphabet par petits coups frappés contre les murs. Ils se donnent ainsi des nouvelles de leur santé, s'encouragent mutuellement à tenir. Mais ils ne savent plus rien de ce qui se passe dans le monde.

Puis, un jour, surprise : on leur permet de sortir dans une cour, où ils ont le droit de marcher au pas, en silence. Néanmoins, quelques mots circulent, murmurés du coin des lèvres : on ne sait comment, mais quelqu'un a appris que la situation internationale évolue. Dag Hammarskjöld, le secrétaire général des Nations Unies, aurait été reçu à Pékin...

Quelques semaines encore, puis il se murmure que la Chine aurait admis détenir des prisonniers, qu'une conférence les concernant serait prévue.

Et puis, au milieu d'une nuit, c'est l'effroi : leurs geôliers les réveillent, les font se mettre nus. Ils implorent déjà la clémence, lorsque, à leur étonnement, on les pousse vers la douche, on les affuble d'habits trop petits, mais propres. On les aligne quelques minutes devant des caméras en compagnie de dirigeants chinois, puis on les fourre dans un avion : ils sont libres !

Leur première étape est Hong-Kong. C'est là qu'ils apprennent que, pour le reste du monde, officiellement, ils sont morts ! En effet, lorsque la Corée du Nord a signé l'armistice, elle a communiqué le nom des prisonniers de guerre qu'elle détenait. Mais les membres de cet équipage, capturé par les Chinois, n'en faisaient évidemment pas partie. Leur B29 fut donc considéré comme perdu, et les hommes aussi.

Les voici revenant pour de bon de l'au-delà et promus héros. Sans comprendre encore tout à fait, ils arrivent à Tokyo. Bousculades, cocktails, photos... Là, Walker Martin subit une grosse déception : des communications téléphoniques avec les Etats-Unis sont établies, chacun des rescapés peut parler avec sa famille. Sauf lui.

Un capitaine, l'air gêné, lui apprend que sa mère, veuve, est morte voici un an. Premier choc. Oui, mais Polly ? Leur enfant ? Eh bien, explique le gradé avec un sourire un peu forcé, c'est qu'ils habitent un petit village : vu la soudaineté des événements, on n'a pas pu arranger les connexions. Mais que Martin ne s'inquiète pas : la jeune femme va bien, le bébé aussi. On sait même que c'est un garçon.

En réalité, la hiérarchie militaire est au courant de la catastrophe qui attend l'ex-prisonnier et elle est bien embêtée. Elle a demandé la plus grande concision possible jusqu'à l'arrivée du héros sur le sol national. L'aviateur Martin, fragilisé par sa détention, doit être aussitôt pris en main par des psychologues de l'armée qui lui apprendront la vérité avec les ménagements qui s'imposent. Malheureusement, tout ne va pas se dérouler exactement comme prévu.

Le quadrimoteur en provenance de Tokyo atterrit à San Francisco. Tapis rouge, orchestre... Des officiels entourent un général et le délégué de la Maison-Blanche devant une batterie de micros. Des dizaines de caméras retransmettent ce retour émouvant. Et des millions de foyers vont assister en direct à une scène qui va bouleverser le pays.

La porte de l'avion s'ouvre. Après trente mois de tortures et d'incertitude, quinze garçons épuisés descendent l'échelle de coupée, portant leur paquetage à l'épaule. Ils n'ont d'yeux que pour le groupe de leurs familles, pour l'instant retenues par un cordon de police.

Protocole oblige : ils se rangent au garde-à-vous, écoutent l'hymne national, puis une rapide allocution de bienvenue, et reçoivent une décoration. Enfin, c'est l'instant tellement espéré : les policiers s'écartent et les familles s'élancent. Les *boys* disparaissent sous les embrassades, les bouquets de fleurs et les ours en peluche.

D'abord une caméra... Puis deux... Bientôt toutes les caméras se tournent vers un coin du tarmac où un homme est resté à l'écart... Il est resté seul, son sac à ses pieds. Son regard perdu flotte sur la foule en joie et puis... Et puis il cache son visage dans ses mains. Et toute l'Amérique pleure avec lui.

Ce héros oublié, ce prisonnier qui sanglote seul sur une piste de ciment surchauffée, le pays entier va connaître son nom en quelques heures : Walker Martin.

Lorsque les psychologues de l'armée, bêtement retardés par les embouteillages, arrivent à l'aéroport, on les guide d'urgence vers un bureau assiégé par les journalistes. A l'intérieur, ils trouvent un homme effondré, qui se bouche les oreilles pour ne pas entendre les cris et les questions. On l'entraîne hors de là en le protégeant sous une couverture et c'est dans la voiture, sur l'autoroute, qu'il apprend ce qui est arrivé. Polly, sa femme, s'est remariée ! Elle a épousé Butch Willis, un ami de Martin, un garagiste.

Sinistre premier rendez-vous en ville, pour Walker : Polly a accepté une rencontre. Les services de l'armée ont arrangé cela, mais en présence de témoins et chez un avocat, qui expliquera les délicates implications juridiques de la situation.

Dans un bureau impersonnel, le « revenant » va devoir attendre encore trois heures, puis Polly arrive. Elle est seule, un peu désorientée, sans maquillage. Mais jolie, si jolie ! Elle demande maladroitement :

— Je peux t'embrasser quand même ?

Il lui tend la joue, puis recule très vite. Elle fouille dans son sac et sort une photo :

— C'est ton fils ! Je l'ai appelé Walker, comme toi... Tu sais, tout ça, c'est pas ma faute : on pensait que vous étiez morts. Butch m'a dit qu'il ne fallait pas se laisser aller, que Walk junior avait besoin d'un père...

Comme Walker Martin ne dit rien, elle se croit obligée d'ajouter :

— Tu sais, il est bien, Butch ! C'est un bon mari !

La petite phrase de trop : Walker Martin bouscule tout le monde et sort en laissant la porte ouverte.

Pendant plusieurs nuits et plusieurs jours, il va errer dans la ville, mais il ne sera pas tranquille : on le reconnaît dans tous les bars. L'aviateur Walker Martin, le héros abandonné ! A tous les comptoirs, à tous les coins de rue, des gens l'encouragent, lui tapent sur l'épaule, veulent lui serrer la main ou se faire photographier près de lui. On prend parti, on lui donne des conseils, certains traitent Polly de tous les noms, d'autres lui trouvent des excuses :

— C'est une traînée, je vous dis !
— Attendez ! Elle se croyait veuve !
— Elle a pas porté le deuil bien longtemps !
— Moi, je dis que vous devez divorcer, Walker !
— Il peut pas, puisqu'il est plus marié !
— Si ! C'est le mariage avec le garagiste qui n'est pas valable !
— Pardon : il est légal, puisque Polly était veuve !

— Légalement, elle est bigame ! Vous pouvez lui faire un procès, Walker ! Ils vous donneront la garde de votre fils !

— Comment voulez-vous qu'un militaire s'occupe d'un bébé ?

Persécuté par ce casse-tête, Walker se réfugie dans un motel crasseux. Mais un journaliste tenace le déniche. Il le sent tellement prêt à faire une bêtise à force de ne rien comprendre, qu'il choisit de lui ouvrir les yeux en lui révélant toute la vérité :

— Walker, il semble que ni l'armée, ni l'avocat, ni Polly, évidemment, ne vous ont dit... A votre avis, *quand* est-ce qu'on a su que vous et vos camarades n'étiez pas morts, mais prisonniers des Chinois ?

— Eh bien... lorsqu'il y a eu cette conférence à Pékin, juste avant notre libération, j'imagine ?

— Vous imaginez mal, mon vieux. Cette conférence, c'était l'annonce à l'opinion publique. Avant, *bien avant*, il y avait eu de longues tractations, en coulisse !

Abasourdi, Walker Martin apprend que les services secrets avaient découvert la présence des prisonniers en Chine communiste *plusieurs mois* auparavant. La diplomatie américaine avait pris contact avec les Chinois pour négocier la libération des aviateurs. Lorsque les accords ont été conclus, le secret absolu n'était plus indispensable. Et l'armée a voulu mettre fin aux souffrances des familles : elle leur a annoncé sans attendre que les garçons étaient bien vivants. On a juste demandé la discrétion jusqu'à la conférence.

— Et ça date de l'*automne dernier*, Walker, renseignez-vous auprès de vos camarades ! Et *quand* votre délicieuse petite « veuve » s'est-elle remariée ? En *décembre*, au Mexique, n'est-ce pas ? Regardez les choses en face, mon vieux : à ce moment-là, elle *savait* qu'elle n'était pas si veuve que cela !

C'est brutal, mais un électrochoc est parfois salutaire : Walker Martin retourne voir l'avocat, qui vérifie les dates. Il découvre aussi que, pendant tous ces mois, Polly a continué à percevoir la pension militaire !

— Vous avez un dossier en or, Martin ! Vous pouvez amener cette garce devant le juge, et son soi-disant mari aussi, votre bon copain, Butch Willis, pour complicité ! Je vous garantis que vous obtiendrez tout : dommages, garde de l'enfant et même des peines de prison si on insiste un peu !

Mais Martin ne demande qu'une chose : qu'on dépose en son nom une demande de divorce. Puis il sollicite de l'armée d'être admis dans un centre de repos et que l'on veuille bien ensuite lui renouveler son contrat.

Deux mois plus tard, dans le parc du centre de convalescence, on lui annonce une visite. Il n'a pas le temps de refuser qu'entre les arbres, il aperçoit Polly. Elle tient le bébé dans ses bras. Comment résister ? Pour la première fois, Walker Martin peut serrer son fils contre lui.

Polly marche silencieusement à leurs côtés. Ils sont assis depuis un moment déjà sur un banc, lorsqu'elle ose le regarder en face :

— Walk, j'ai... j'ai reçu ton assignation, pour le divorce...

— Qu'est-ce que je pouvais faire d'autre ?

— Je sais... Mais... je voudrais que tu la retires !

— J'ai mal entendu ?

— Non, Walk. Je veux rester ta femme... J'ai bien réfléchi, c'est toi que j'aime... Je veux élever notre fils avec toi. J'ai demandé aux juges d'annuler le mariage avec Butch : ils veulent bien être compréhensifs. Si toi, tu es d'accord pour nous reprendre.

Une fois remis sur pied, Walker Martin a quitté l'armée. Avec ses indemnités, il a loué une petite maison et ouvert un atelier de réparation de radio et de télévision.

Butch Willis a été contraint par décision de justice à aller habiter dans un autre Etat pour ne pas troubler le jeune couple. Il a beaucoup souffert de cette séparation, il a suivi une psychothérapie à l'issue de laquelle le médecin lui a recommandé beaucoup d'activité physique. Il s'y adonne assidûment chaque matin. Jusqu'à ce jour, deux ans plus tard, où c'est Walker Martin qui se présente chez lui...

Butch Willis, effondré dans son fauteuil, regarde son visiteur, installé à califourchon sur une chaise, face à lui. Walker Martin a un air bizarre et son imperméable militaire est froissé. Dans la poche, sa main triture toujours un objet lourd :

— Butch, j'ai là-dedans quelque chose qui m'a sauvé la vie en Corée. Je l'ai apporté pour toi. Je ne sais pas encore si je dois le sortir. Ça va dépendre de tes réponses !...

— Je pense que t'as déjà les questions ?

— Je t'en ai posé une : est-ce que Polly te manque ? Est-ce que tu penses encore à elle ?

— Ecoute, Walk : tu es entré en disant que tu voulais « régler définitivement la question ». Mais elle est réglée, non ? Par la justice. Tu as récupéré ta femme, ton fils... Ma vie est foutue, toi tu as gagné ! Je vous ai jamais embêtés ? Qu'est-ce que tu cherches de plus ?

La main de Martin se crispe dans sa poche :

— Butch, Butchie... Tu me rends pas les choses faciles ! Sois pas agressif comme ça ! Je te parle pas de ce qu'a dit le juge. Je te demande, d'homme à homme, si Polly compte encore pour toi, tu peux me répondre ?

Willis fixe son regard dans les yeux fiévreux de son ancien ami. Il songe : « Ce type est complètement allumé ! Je parie qu'il sait exactement ce que je pense ! Lui mentir ne ferait qu'aggraver les choses ! »

— Bon, OK ! Si tu veux la vérité, tu vas l'avoir : je ne ferai jamais rien pour revoir Polly, mais *oui*, je l'aime encore ! Il ne se passe pas une foutue journée depuis deux ans où je n'aie pensé à elle ! Et plus j'essaie de ne plus y penser, plus j'y pense ! Pendant des heures, j'ai parlé avec un toubib, il m'a fait avaler des centaines de pilules, je me crève à faire cette gymnastique ridicule... Mais *oui* : j'aime encore Polly ! Et si tu veux savoir, ton fils aussi me manque ! C'est le plus adorable bébé que je connaisse et je chiale quand je vois sa photo, parce qu'il a dû sacrément grandir depuis et que je le verrai jamais marcher ! Et ça me retourne encore plus les tripes parce que moi, mon vieux Walker, moi... je ne peux pas en avoir, de gosses ! Voilà, est-ce que ça répond à toutes tes foutues questions ? Bon, alors maintenant, sors ce que t'as dans ta poche et finissons-en !

Walker Martin lève le front vers le plafond et souffle bruyamment :

— Eh ben, Butch... on peut dire que tu me fais du bien ! Je me doutais un peu de tout ça, mais je suis content de te l'entendre dire ! Parce que... j'en peux plus de cette vie ! La petite maison, la petite femme, le joli gamin... Ça, c'était mon rêve d'*avant*. Mais j'en ai trop vu, pendant cette guerre. Là-bas, je suis devenu *différent* : quelque chose s'est cassé dans ma tête... Il me faut de l'air, du mouvement, du danger. Je meurs, si je reste ici ! J'en ai parlé à Polly : elle pense pareil. On a fait une erreur, elle et moi. Il faut que je me taille. Elle t'attend.

Et Walker Martin sort de son vieil imperméable militaire ce qu'il a apporté pour sceller cet accord : une flasque de métal, pleine d'un bon vieux bourbon. Une flasque bosselée par un éclat de mitraille qui a failli avoir sa peau, très loin, sous un autre ciel qu'il rêve de retrouver.

QUI VEUT SAUVER SUSAN HAMPTON ?

Alistair Kogan et sa femme Sarah ressemblent extérieurement et socialement à de nombreux couples américains dans la trentaine. Mais ils ont avec leurs concitoyens une différence essentielle et secrète. Une différence qui concerne leur vie privée. Et même le plus privé de leur vie privée. On peut l'observer dans leur chambre à coucher.

Oh, rassurez-vous, nous n'allons pas sombrer dans l'indiscrétion scabreuse ! Mais nous allons devoir quand même vous livrer ce que l'on peut appeler au sens propre : un « secret d'alcôve ».

Regardez bien la tranquille maison des Kogan. Dans la cuisine, l'indispensable frigo géant, flammé jaune et brun avec distributeur de glaçons, style années 50, un grill, deux fours (un à micro-ondes, un à chaleur humide), un robot chromé à trente-cinq fonctions, un presse-agrumes de compétition... Tout le confort, mais... pas de téléviseur ! Passons au living : un coin repas intime, un coin salon organisé autour d'une chaîne hi-fi... et pas de téléviseur. Etonnant non, chez des Américains moyens d'une ville moyenne du Connecticut ?

Alors, où est-elle donc, cette fameuse télé, cet

objet de première nécessité ? Elle est dans la *chambre à coucher*. Nous y voilà : en réaction contre la « télémanie » de tous leurs contemporains, contre les médias envahissants qui « dévorent » le cerveau, Alistair et Sarah Kogan ont décidé de goûter les vraies valeurs de la vie, de se cultiver et aussi de passer du temps à se parler. Ils sont convenus de ne regarder la télévision ni en cuisinant, ni en prenant leurs repas, ni dans le salon où ils écoutent de la musique classique.

Voici donc un couple de jeunes Américains ne possédant qu'*un seul téléviseur*. C'est déjà assez incongru pour être signalé. Mais de plus, ce téléviseur traîne quasiment à l'abandon sur la moquette de leur chambre à coucher. Nouvelle explication : à leur souci de retrouver des valeurs authentiques, il faut ajouter que Sarah et Alistair ne sont mariés que depuis deux ans, et fort amoureux. Le petit écran n'est pas souvent allumé.

Et ce sont ces détails, ces détails très intimes et très insignifiants, qui vont rendre possible cette désarmante histoire d'honnêtes gens.

— Alistair ! A table ! Monsieur mon mari est servi !
— Juste une minute, ma chérie ! J'attends la fin des infos, pour la météo !

Fait exceptionnel : ce soir, justement, Alistair Kogan regarde la télé. Sa grande carcasse dégingandée affalée à plat ventre en travers du lit, il sirote une boîte de soda basses calories. Au journal du soir, un important match de base-ball fait le gros titre. Le présentateur, un vieux jeune homme bon chic bon genre, avec des cheveux réimplantés et la raie sur le côté, débite les résultats sportifs avec un large sourire. Puis le panneau derrière lui change, le mot « Sports » est remplacé par « Faits divers ». Alors, dans la même fraction de seconde, le sourire s'efface de son visage, comme si l'on avait appuyé sur un bouton en régie. Il affiche une mine presque douloureuse et sa voix baisse de deux tons vers les graves.

— Une affaire qui promet de secouer l'opinion publique agite la petite ville de Stilltown en Louisiane. Un crime particulièrement horrible a été découvert. Mais rejoignons tout de suite notre envoyé spécial qui...

Alistair Kogan sursaute : l'écran vient de devenir noir.

— Bon sang ! Une panne ! Juste au moment où...
— Mais non, mon chéri ! Pas une panne ! Juste une intervention autoritaire de ta délicieuse petite femme !

Derrière Alistair, Sarah tout amusée tient la télécommande du poste.

— Imagine-toi, mon cher époux, que je t'ai préparé ce soir un rôti haché avec un œuf au milieu et des petits oignons. Une recette de ma grand-mère polonaise. Et les recettes de grand-mère, ça n'attend pas !

Sarah tire son mari par la main :

— Allez, viens. Et cesse de te bourrer l'estomac avec cette horreur de soda. Je nous ai acheté une bouteille de vrai beaujolais de Californie !

Pendant le repas, Sarah remarque l'air un peu absent de son mari :

— Tu ne dis pas grand-chose, mon chéri... Tu es fâché ?
— Non, non !
— Oh, je te connais bien, va ! Tu ne vas pas me dire que c'est parce que j'ai éteint la télé ?

— Non, non... Enfin... oui, un peu... Tu sais que j'ai cette partie de pêche à la truite, demain, avec Tom Mackenzie. Alors si la météo prévoyait des orages, j'aurais préféré le savoir pour annuler dès ce soir. Ça m'éviterait de me lever à trois heures du matin pour rien !

— Oh, écoute, tu ne vas pas me faire la tête pour ça ! Fais donc confiance à Tom Mackenzie ! Il est toujours devant son écran... Si les prévisions sont mauvaises, c'est lui qui te téléphonera. Allez, accorde-moi un sourire et dis-moi plutôt si mon rôti façon grand-mère est réussi ?

Sarah pense vraiment que l'incident était dû à cette histoire de météo. Elle n'a d'ailleurs aucune raison d'en douter : si Alistair le dit... La pauvre ! elle ne pourrait même pas *imaginer* les pensées tourmentées qui s'agitent en cette minute sous le crâne de son mari !

« Un crime particulièrement horrible découvert à Stilltown, Louisiane... Voilà ce qu'il disait, le présentateur... J'aurais quand même bien aimé savoir de quoi il s'agit... Mais non, je suis idiot ! Qu'est-ce que ça peut bien me faire de savoir ce qui se passe à Stilltown ? Rien, cent mille fois rien ! Ça ne me concerne plus ! C'est loin, Stilltown ! Oublié ! Oublié pour toujours ! Une croix sur Stilltown, Louisiane, et sur tous ceux qui y vivent ! Sur tous ceux qui y meurent aussi ! »

— Alistair ?.... Alistair, tu rêves, mon chéri ?

— Hmm ?.... Quoi ? Moi ? Non, non, je... je passe en revue mon matériel de pêche... J'essaie de me rappeler s'il ne me manque rien... Très bon ton pâté... Excellent !

— Quel pâté ? C'est un rôti haché ! Oh, vous, monsieur mon mari, vous n'avez pas les idées en place, ce soir ! Il faut remédier à cela ! Voulez-vous passer dans la chambre, je vous prie ? Et... ce ne sera pas pour regarder la télé !

Le lendemain matin, Sarah s'est levée elle aussi à trois heures pour assister au départ de son courageux pêcheur de truites. Pas très bien réveillés, ils boivent ensemble un café très fort, tandis que la radio déverse un flot de musique entraînante, sur laquelle un animateur jovial glisse ses commentaires d'actualité : ... Je dédie ce disque plein de ressort à tous les lève-tôt du week-end, les varappeurs, les joggers fous, les dingues du vélo et les pêcheurs acharnés ! Je vous signale à tous, si vous n'avez pas encore mis le nez dehors, que le temps est particulièrement magnifique et qu'il le restera ! Et je vous fais un bref résumé des nouvelles récentes, avec, en tête, le crime qui fait frémir le pays, le crime de Stilltown, en Louisiane. La meurtrière présumée, Susan Hampton, sera longuement entendue par le procureur aujourd'hui.

Alistair Kogan est secoué par un hoquet si soudain qu'il s'étouffe avec son café et renverse sa tasse sur sa chemise à carreaux.

— Alistair ! Fais attention !
— La ferme, Sarah !

Sarah Kogan reste muette sous la dureté de la réplique. Alistair essaie d'entendre la radio, mais le speaker est déjà passé à des sujets de politique générale.

Estomaquée, Sarah retrouve la parole :
— Alistair ! Comment oses-tu me parler ? Jamais tu ne m'as parlé comme ça !
— Non... Excuse-moi... Ne fais pas attention... Je... je ne me sens pas très bien... D'ailleurs, tu vois,

je n'arrive pas à avaler mon café... Je crois que je vais téléphoner à Tom pour annuler notre partie de pêche.

Alistair retourne se coucher. Sarah l'accompagne et le couve de tendresse inquiète. Pas question qu'il demande à écouter la radio, ce serait vraiment suspect. Il faut attendre une heure raisonnable de la matinée. Alistair se tourne et se retourne dans le lit. Et, dans ses pensées, il tourne et retourne un nom, le nom que le speaker a prononcé.

« Susan Hampton ! Susan ! Elle a tué quelqu'un ! Je savais qu'elle était violente, mais pas au point d'en arriver au meurtre... Qui a-t-elle bien pu tuer ? Elle a dû se remettre en ménage avec quelqu'un... Sûrement... C'est sûrement ça... C'est normal... Elle a pu se contenir, être à peu près vivable pendant les premiers temps. Et puis le naturel aura repris le dessus... Mais tout de même ! Un crime ! Susan a commis un crime... »

Voilà ce que pense Alistair qui s'agite dans son lit. Une fois passé le moment de la première émotion, une idée le frappe : « Mais alors... Il va y avoir une enquête autour d'elle ! Ils voudront tout savoir sur la vie de Susan ! Ils vont me rechercher ! »

Alistair, tendu comme un ressort, s'est assis dans le lit. Sarah lui passe la main sur le front :

— Mon pauvre chéri ! Tu ne vas vraiment pas bien du tout ! Tu es trempé de sueur ! Veux-tu que j'appelle un docteur ?

— Non, non... Ça ira... C'est sûrement le rôti d'hier soir qui ne passait pas ! Mais je vais déjà mieux !

Toute la matinée, une série de contretemps minuscules et agaçants vont empêcher Alistair d'en savoir plus sur l'affaire de Stilltown.

D'abord, comme chaque fin de semaine, Sarah investit la cuisine pour faire du rangement et préparer les repas du dimanche. Elle monopolise le transistor qu'elle branche sur une station de musique classique pour écouter un concert. D'après leurs conventions, Alistair est censé partager ses tâches et discuter des choses de leur vie. Ce qu'il fait, avec beaucoup d'efforts.

Il y aurait bien les journaux, mais Alistair n'en achète d'ordinaire jamais. S'il sortait maintenant, Sarah se douterait de quelque chose. Bien sûr, il pourrait continuer de simuler un malaise, s'enfermer dans la chambre et zapper d'une chaîne à l'autre à la recherche des infos ? Mais, là encore, Sarah aurait la puce à l'oreille.

Vous connaissez sûrement ce sentiment absurde, lorsque l'on cache quelque chose : on a l'impression que ça se lit presque sur le bout de votre nez. On se dit que le moindre geste, que la moindre parole inhabituelle peuvent vous trahir. Alors Alistair ronge son frein, sans rien oser faire.

Enfin, c'est l'heure des informations de midi. Sarah est toujours à la cuisine. Subrepticement, comme un collégien en faute, Alistair allume la télé, et, en baissant le son au maximum, il regarde avidement :

— Madame, mademoiselle, monsieur, bonjour ! Une actualité très chargée en ce samedi, et tout d'abord, voyons la météo et le point de la circulation sur les routes !

Alistair frappe d'un poing rageur sur le matelas pendant que défilent les petits nuages sur la carte et les conseils de prudence aux automobilistes.

— Et maintenant, passons aux faits divers, avec, en tête, le crime de Stilltown, Louisiane. C'est cet après-midi que l'attorney général entendra la meurtrière présumée, ou plutôt le témoin numéro un, puisqu'elle n'a pas encore avoué : Susan Hampton.

Le dossier contre elle s'est considérablement alourdi ; nous apprenons à l'instant que l'autopsie très difficile a pratiquement permis d'identifier avec certitude la victime. Il s'agit bien du mari de la suspecte, son mari qu'elle prétendait disparu depuis deux ans, M. Elmer Hampton.

Alistair Kogan s'est figé, envahi par un froid glacial qui se répand dans toutes ses veines. Sur l'écran est apparue la photo en noir et blanc d'un homme jeune en uniforme, un homme grand et gros, le visage barré d'une moustache tombante à la mode « country », et les yeux masqués par des lunettes de soleil comme en portent les pilotes américains. Alistair Kogan n'est plus qu'un bloc de glace : cet homme dont on a identifié le cadavre, cet Elmer Hampton, c'est lui ! Elmer Hampton, vous l'aviez deviné, c'est Alistair Kogan !

Quel embrouillamini en perspective... Alistair Kogan est un citoyen régulièrement installé dans la vie, marié à Sarah, selon les lois et l'Etat du Connecticut. Il est propriétaire d'un petit atelier de réparation d'électroménager. Alistair Kogan paie des traites, possède des papiers en règle, une assurance maladie, des cartes de crédit, un compte en banque. Alistair Kogan existe bel et bien !

Et pourtant lorsque le meurtre de cet Elmer Hampton en Louisiane est annoncé, la panique l'envahit. Et vous allez voir qu'il y a de quoi.

Cette fois, l'emplacement particulier du téléviseur dans la chambre à coucher va servir Alistair : il parvient à se retrouver seul pour regarder le télé-journal du soir.

— Rebondissement dans le crime de Stilltown : Susan Hampton, l'épouse de la victime Elmer Hampton, n'est plus le suspect numéro un, mais bel et bien l'*accusée*, maintenant. En effet, à l'issue de son long interrogatoire par l'attorney général du district, Susan Hampton a été officiellement inculpée pour meurtre au premier degré. Elle vient d'ailleurs de donner une conférence de presse dont voici le résumé filmé.

Sur l'écran se déroule alors une scène très américaine : face aux journalistes vient s'installer une belle femme au visage fermé, flanquée d'un type imperturbable qui doit être son avocat. Elle se laisse mitrailler longuement par les flashes et filmer en gros plan par les caméras. Puis le jeu des questions commence. Des questions très dures, très insidieuses. Mais les réponses de l'accusée le sont tout autant :

— Madame Hampton, après la découverte du cadavre dans la rivière, c'est une dénonciation par lettre anonyme qui a aiguillé les policiers sur vous. Avez-vous une idée de l'identité du corbeau ?

— Non, aucune ! Mais ça peut venir de n'importe laquelle des faces de cafard de la ville ! Tout le monde me regardait de travers depuis que mon imbécile de mari m'a plaquée ! Les femmes sont jalouses de ma liberté, et leurs hommes furieux de ne pas coucher avec moi !

— Le corps de votre mari a été difficile à identifier parce qu'il a été en partie mutilé et défiguré par une hélice de hors-bord. Vous pilotez vous-même un bateau de ce type ?

— C'est exact, oui. Mais j'y tiens comme à la prunelle de mes yeux et je ne me serais pas risquée à abîmer exprès une hélice sur cet idiot d'Elmer. Il ne méritait pas autant de frais !

— Pourtant, madame Hampton, l'hélice de votre puissant hors-bord a été réparée quelque temps après la date du crime ?

— Coïncidence ! J'ai heurté un tronc d'arbre !

— Madame Hampton, avez-vous une autre déclaration à faire ?

— Ouais ! Je suis innocente de ce dont on m'accuse ! Mon mari a fichu le camp, il y a des années ! Je ne l'ai jamais revu ! S'il est revenu dans les parages pour se faire buter, je n'y suis pour rien ! Et je maintiens qu'Elmer est un emmerdeur : même après sa mort, tout ce qu'il aura jamais fait pour moi, c'est de m'apporter des ennuis !

Le visage vindicatif de Susan Hampton disparaît de l'écran, et le présentateur termine son commentaire :

— Affaire Hampton à suivre, donc, puisque, vous le constatez, un faisceau de présomptions très accablantes se réunit contre la prévenue. Mais, nous l'avons vu, Susan Hampton ne recherche pas à s'attirer les sympathies et elle ne semble pas réaliser qu'elle encourt la condamnation la plus sévère, qui peut aller jusqu'à la peine capitale !

Dans la chambre de sa tranquille maison du Connecticut, Alistair Kogan a éteint la télévision. Il est atterré. Il ignore *qui* peut bien être le cadavre découvert dans la rivière, mais il ne peut pas s'agir d'Elmer Hampton, le mari de Susan, puisque Elmer Hampton, c'est lui, Alistair.

Bien sûr, il y a peu de chances pour qu'on le reconnaisse sur le cliché diffusé sur l'antenne. C'est la seule photo qui restait de lui à son ancien domicile, une photo prise à l'armée. Il a beaucoup changé depuis : il ne porte plus de lunettes de pilote, il a rasé sa moustache et il a surtout beaucoup maigri.

Mais une peur panique lui noue les tripes : surtout, il faut tenir Sarah, sa chère Sarah, loin de tout cela ! Alors son premier réflexe, c'est de plonger dans le poste de télé, d'arracher une pièce essentielle...

Et, chose assez extraordinaire dans un pays submergé par les médias comme les Etats-Unis : pendant des jours et des jours, Alistair Kogan va réussir à *isoler* sa femme des informations relatives à l'affaire. Le danger ne vient ni du nom de la ville de Stilltown ni de celui de Hampton : Alistair ne les a jamais mentionnés devant Sarah. Elle n'aurait aucune raison de faire un quelconque lien avec son mari. Mais il y a cette photo, cette vieille photo diffusée à chaque bulletin...

Il faut attendre, attendre que le crime passe au second, puis au troisième plan de l'actualité.

Et, comme pour toutes les affaires, c'est en effet ce qui s'annonce assez rapidement. Alistair commence à souffler.

Et puis, un soir, il trouve Sarah debout au milieu de la cuisine, blême, les lèvres serrées, les larmes dans les yeux. Tout de suite, il avise la cause du drame : un journal froissé sur la table. Un journal sur lequel Sarah était tout bêtement en train d'éplucher des légumes. Un journal sur lequel s'étale la photo d'Elmer Hampton et le récit du crime :

— Tu le savais, Alistair, n'est-ce pas ? Tu as bien changé, depuis, et tous les gens qui te connaissent ne pouvaient pas faire le rapprochement. Mais moi, je te reconnaîtrais n'importe où, sous n'importe quel déguisement. Je te reconnaîtrais dans le noir absolu, Alistair ! Ou bien dois-je t'appeler Elmer ?

— Non, je suis Alistair, ton mari ! Celui que j'ai choisi d'être pour vivre avec toi ! Je t'aime !

— Alors pourquoi, depuis tout ce temps, m'as-tu menti ? Depuis bientôt deux ans, je suis mariée avec un homme *qui n'existe pas* ? Tout ce que tu m'as raconté, ce sont des mensonges ? Mais pourquoi, pourquoi ? Qu'est-ce que tu avais fait ? Qui es-tu ?

— Oh ! mon Dieu ! Calme-toi, Sarah ! Calme-toi, je t'en supplie ! Je n'ai rien fait de mal, ma chérie, je te le jure ! Tout ce que j'ai fait, ç'a été de me marier trop jeune et trop vite avec une trop jolie fille dont je ne savais rien ! Ce qu'elle était capable de faire subir à quelqu'un, je ne l'ai découvert qu'après... Mais je me disais qu'elle pourrait changer, que je pourrais l'aider... Je n'en pouvais plus, de la vie qu'elle me faisait mener !

— Et tes combats, tes fameux combats au Vietnam qui t'avaient tellement marqué... Tout ça c'est faux, alors ?

— Le Vietnam, j'y suis vraiment allé ! En volontaire ! J'espérais presque me faire tuer dans cet enfer pour ne pas avoir à affronter mon enfer privé au retour. Mais je m'en suis sorti et j'ai retrouvé Susan, encore pire qu'avant ! Elle se moquait de cette guerre que j'avais faite ! Elle nous traitait, nous les soldats, d'incapables, de pantins, d'assassins ! Elle ne comprenait pas combien je souffrais de toutes ces horreurs auxquelles j'ai participé. Alors, au Vietnam justement, j'avais eu connaissance d'une filière qui permettait aux déserteurs rentrés au pays de changer de visage, d'identité, de devenir complètement un autre. Il ne fallait qu'un peu d'argent. J'en avais caché dans un coffre d'une petite banque, malgré la surveillance de Susan. Au début, je ne savais même pas très bien pourquoi je faisais ça. Je pressentais qu'il se passerait quelque chose, que cet argent me servirait... Et, une nuit, je suis parti. Par la fenêtre, comme un gosse. J'ai tout laissé. Je suis devenu Alistair Kogan, je t'ai rencontrée et je t'aime, Sarah ! Tu es ma femme, je t'aime, je te le jure ! Il faut me croire !

Sarah Kogan s'est rapprochée de son mari. Elle est émue de voir cette grande carcasse, qu'elle croyait si solide, secouée de pleurs. Des pleurs qu'elle sent sincères.

— J'ai tellement envie de te croire, Alistair. Mais quelque chose ne colle pas, dans tout ça... Pourquoi toutes ces histoires, cette fuite, ce changement d'identité ? Ça rime à quoi ? Le divorce, ça existe, bon sang ! Tu me caches quelque chose !

Alors ce grand gaillard, ce vétéran des commandos de la jungle, s'essuie le nez d'un revers de la main, il ose lever les yeux vers sa femme et parvient à lui confier la triste, la simple, l'inavouable vérité :

— Elle me battait ! Oh ! Sarah ! Si tu savais... Tu vas rire de moi, c'est sûr, mais il faut que je le dise, une fois au moins à quelqu'un : Susan me battait... C'est idiot, non ? Elle avait des colères terribles, pour rien ! Elle me frappait, et moi je ne pouvais pas répliquer : j'étais trop grand, trop fort, trop saturé de violence... Après ce que j'avais vécu dans cette guerre, le moindre geste agressif me faisait vomir. Je ne pouvais rien faire, je ne pouvais pas bouger. Je la laissais me frapper encore et encore, parce que je savais que si je répondais, je la tuais !... Et je n'avais pas le courage d'aller déposer une plainte et de demander le divorce pour une raison comme celle-là : tout le monde l'aurait su le lendemain, mes amis, les vétérans des combats, mes clients... Il aurait fallu un procès, apporter des preuves... Tout le monde aurait ri, mais la justice, elle, ne m'aurait pas cru. Il valait mieux disparaître. C'est pour ça que je suis parti, tu comprends ?

— Je comprends, mon amour, je comprends et je ressens ce que tu me dis comme si c'était moi qui l'avais vécu. Mais il faut aller là-bas, trouver les juges de Louisiane et tout leur dire. Tu ne peux pas laisser cette femme se faire condamner à mort !

— Mais elle me hait ! Si tu avais vu cette haine sur son visage devant les caméras !

— Alistair, peu importe qu'*elle* te déteste : c'est une question d'amour *de ta part* !

— D'amour ? Mais je ne l'aime pas ! Si j'ai jamais détesté un être au monde, c'est bien Susan !

— Idiot ! Espèce de grand idiot ! C'est d'amour *pour moi* que je te parle ! Crois-tu que tu oserais encore me regarder en face si cette femme subissait la moindre condamnation à cause de toi ?

Deux jours plus tard, l'attorney général du district de Stilltown, Louisiane, voyait son assistant pénétrer dans son bureau :

— Monsieur, il y a là un couple qui apporte un témoignage essentiel, paraît-il, dans l'affaire Hampton.

Essentiel, ce témoignage l'était sur deux points.

Premier point : Elmer Hampton, la victime, ressuscitait. Ce qui obligea la police à reprendre une enquête un peu bâclée. Il est vrai que Susan Hampton déplaisait à tout le monde et qu'elle faisait une coupable idéale... A condition de savoir qui était la victime !

Puisque le mort de la rivière n'était décidément pas Hampton, on chercha un peu mieux son identité. On la trouva sans trop de difficultés d'ailleurs : un représentant de commerce qui s'était aventuré en compagnie d'une prostituée et qui avait été assommé par le proxénète et un complice. Le coup avait été trop violent, et même fatal. Les malfrats avaient dépouillé le malheureux de ses papiers et l'avaient traîné derrière leur bateau. Les coupables, qui se croyaient à l'abri après tout ce temps, furent arrêtés et condamnés.

Second point important : le témoignage était apporté par un couple, fermement uni, la main dans la main. Alistair et Sarah étaient un couple, un vrai, et, à notre connaissance, ils le sont plus que jamais.

Autre détail intéressant : son témoignage spontané valut à Elmer-Alistair l'indulgence de la justice pour l'usage de fausse identité. La peine fut de principe.

Par contre, il dut payer une forte amende pour un autre délit : puisqu'il n'était pas mort, Elmer Hampton était *bigame* !

Enfin, comme quoi personne n'est à l'abri d'être frappé par la grâce : dès sa libération, Susan Hampton refusa de suivre les conseils de son avocat qui lui conseillait de ruiner Alistair et Sarah en exigeant une pension gigantesque. Susan lui déclara fermement « qu'il lui lâche les baskets, qu'il était prié de f... la paix à son ex-mari et que jamais elle ne demanderait un sou à un type qui avait eu assez de... courage pour venir ainsi lui sauver la vie » !

En fait, Susan ne prononça pas exactement « assez de *courage* » : elle eut une expression plus... relative à la virilité. Mais le cœur y était !

LE TAXI DE LAUSANNE

Isabelle Maurier respire un grand coup : Lausanne... à nous deux ! Derrière elle, le gros bâtiment de la gare. Sur le large trottoir, des voyageurs s'alignent sagement pour attendre des taxis. Quand on vient de Paris, le contraste étonne : pas de bousculade, pas de foire d'empoigne, pas même de barrière pour canaliser les ardeurs des arrivants. Les voitures approchent au pas, les chauffeurs descendent pour charger les bagages dans les coffres et personne ne hurle pour les faire presser. Pour de bon, Isabelle a la certitude d'être à l'étranger.

A quelques mètres de là, derrière un pare-brise teinté de vert, un regard se fixe sur elle. Un regard qui ne la quittera plus et qui va l'entraîner dans une aventure imprévisible et poignante. Une aventure qu'elle n'a accepté de nous confier qu'après des années de silence...

Lorsque arrive le tour d'Isabelle, agréable surprise : une interminable limousine américaine beige et blanc s'arrête avec un balancement de paquebot. Isabelle s'y installe sans attendre : elle n'a pas d'autre bagage que sa petite mallette.

— Où je vous emmène, mademoiselle ?
— A la Radio, s'il vous plaît !
— La Radio ? C'est comme si vous y étiez !

Un ton jovial de chauffeur de taxi qui ne dépayse pas du tout la voyageuse. Il y a deux sortes de chauffeurs de taxi, dans toutes les villes du monde : ceux qui râlent parce que le métier n'est plus possible, et ceux qui se sentent obligés de plaisanter avec entrain. Celui-là est du genre plaisantin, tant mieux...

De ce conducteur, Isabelle n'aperçoit qu'un dos trapu, arrondi dans une veste de grosse laine, une nuque épaisse, une casquette grise, vissée à demeure sur des cheveux poivre et sel, rêches comme les poils des chiens de berger dans les films de Walt Disney.

— Alors comme ça, vous arrivez de Paris ?

Isabelle sent sur elle le regard du chauffeur, juste cadré dans le rétroviseur.

Le regard du chauffeur... Isabelle vient d'accrocher cette image, ce rectangle allongé qui se découpe en clair sur la bande teintée de vert foncé, en haut du pare-brise. Ce regard, Isabelle le connaît, c'est certain. *Mais où a-t-elle vu ces yeux-là ?* C'est une impression totalement familière, et en même temps complètement fuyante. Isabelle se hausse légèrement sur la banquette. Elle se penche à droite, à gauche, pour que le rectangle du rétroviseur balaye l'ensemble du visage...

Un visage inconnu. Absolument inconnu. Rigoureusement inconnu.

— Vous ne m'avez pas répondu, mademoiselle. Vous allez à la Radio... Vous êtes artiste ?

— Non, on ne peut pas dire ça. Je présente des émissions de musique classique. Je viens ici pour les échanges entre les stations francophones.

— Ah, mais alors on vous entendra ! Faudra me dire à quelle heure vous passez ! Tenez, si c'est la première fois que vous venez, je vais faire le guide. Là c'est le parc de Montbenon. Plus haut, avec la grosse cheminée, c'est le CHUV, le centre hospitalier. Et plus haut encore, c'est la Sallaz, le bâtiment de la Radio. Mine de rien, il y a presque trois cents mètres de différence d'altitude entre la gare et la Radio !

Isabelle regarde cette ville qu'elle ne connaît pas, elle pense à l'enregistrement qu'elle va faire et dont elle a corrigé le texte dans le train.

— Voilà, on est arrivés !

L'homme se retourne pour recevoir le prix de la course. Maintenant qu'elle le voit en face et de tout près, c'est confirmé : Isabelle n'a *jamais* rencontré ce monsieur. Une fausse impression de déjà-vu, peut-être la lassitude du voyage, le bercement hypnotique du train...

Isabelle est attendue, accueillie, emmenée au bar, présentée à tout le monde et on l'entoure avec gentillesse pour la mettre à l'aise. L'équipe est sympa, le studio confortable, la discothèque a tout préparé. Rien ne manque. Rien, sauf Isabelle. La *bonne* Isabelle, la femme de radio experte, celle qui pétille, celle qui a du sourire dans la voix, celle qui vous apprend tout sur Mozart ou Bartok en vous laissant l'impression que vous en saviez autant qu'elle... Cette Isabelle n'est pas là. Celle qui est aujourd'hui derrière le micro est raide, empruntée. En un mot : mauvaise.

— Non, excusez-moi, je ne suis pas dans mes baskets ! Je vais reprendre après le générique et vous couperez au montage !

Mais rien à faire : Isabelle est absente. Elle ne parvient pas à se concentrer sur ce qu'elle dit. En pointillé persiste cette question, agaçante parce qu'elle ne devrait plus être là, parce qu'elle n'a vraiment aucune importance logique : où ai-je vu les yeux de ce type du taxi ?

C'est comme lorsque parlant d'un film, vous voulez nommer l'acteur principal... et bing : c'est le trou ! Pourtant vous voyez son visage, vous avez son nom sur le bout de la langue, c'est simple, vous ne connaissez que lui, mais vous n'arrivez pas à le nommer ! Chacun a déjà eu cette sensation : quoi qu'il arrive alors autour de vous, cette question idiote, sans aucune importance, cette question vous poursuit. Vous n'avez de cesse que lorsque enfin le nom vous revient, brusquement, et que vous pouvez le clamer triomphalement. Tel est l'état d'Isabelle, tandis qu'elle débite mécaniquement son texte devant le micro. Un sifflement de larsen l'interrompt : c'est Claude, le réalisateur, là-bas derrière la vitre, qui se penche sur l'interphone :

— Non, Isabelle, je préfère vous arrêter... Franchement, ça n'est pas meilleur que tout à l'heure, mon petit... C'est le voyage qui vous a fatiguée, ou bien... ?

Honteuse, Isabelle replie ses feuillets et convient qu'il vaut mieux laisser passer une nuit. A la réception, on lui annonce :

— On vous a appelé un taxi, il vous attend !

Isabelle n'imaginait pas que le hasard puisse se produire. *Il* est là, le même ! Dos rond dans son chandail de grosse laine, adossé à la carrosserie beige et blanc de la grosse américaine, bras croisés, sa crinière de berger briard dépassant de sa casquette, il goûte le soleil de fin de journée.

— Ah, mais c'est la petite Parisienne ! Vous allez voir que je vais devenir votre chauffeur attitré !

Isabelle est contente : elle va pouvoir en avoir le cœur net. En route, elle capte exprès le regard bleu dans le rétroviseur :

— Dites-moi, monsieur... je vais vous poser une question idiote : vous allez souvent à Paris ?

— Hou là là ! Dans cette ville de fous ? Ma foi, il y a plus de vingt ans que je n'y ai pas mis les pieds, voyez ! Déjà, à l'époque, fallait avoir les nerfs solides pour supporter, et il paraît que c'est devenu cent fois pire depuis ! Non, je suis bien ici, moi ! L'idéal, Lausanne... Je ne sais plus quel humoriste — un Français, bien sûr — disait : « Il faudrait construire toutes les villes à la campagne ! » Eh bien, Lausanne, c'est ça ! Vous savez qu'à une portée de fusil de là où vous étiez il y a des vaches, des renards...

Isabelle tente encore quelques questions, mais en vain : le chauffeur ne fréquente ni les festivals de musique, ni la Bretagne en été... Bref, aucun des endroits qui constituent le petit univers d'Isabelle Maurier, femme de musique et de radio. Elle est déçue et agacée : le taxi et elle vivent dans deux mondes différents, ils n'ont *pas pu* se rencontrer auparavant et... Et elle n'arrive pas à se débarrasser de la petite question.

La radio a bien fait les choses : une chambre est retenue dans un des beaux hôtels style fin de siècle à Ouchy, le port de Lausanne. Avant de quitter son taxi, Isabelle demande :

— Je reste deux-trois jours ici... Vous pourriez venir me chercher, le matin ?

— Mais je suis là pour ça, mademoiselle ! Tenez, prenez ma carte, vous appelez le standard une demi-heure avant, si vous voulez être sûre. La ville est petite, les courses ne durent jamais plus longtemps. Et puis vous avez aussi mon numéro personnel.

Isabelle déchiffre à voix haute :

— Louis Delettraz, 22.77.80.

Le chauffeur a un rire bon enfant :

— Ah, on voit bien que vous êtes de Paname, vous ! Ici, on prononce « Delettra » ! Et on dit « septante-sept » et « huitante » ! Allez, à demain !

Décidément, il est chouette, se dit Isabelle. Et, les jours suivants, elle va faire encore trois ou quatre parcours en sa compagnie. Louis Delettraz semble avoir le moral au beau fixe.

Au fil de leurs conversations et de leurs éclats de rire, Isabelle oublie complètement la petite gêne de leur premier contact. Lorsqu'elle repart vers Paris, il l'accompagne jusqu'au quai et ils se quittent sur la promesse formelle de se recontacter au prochain séjour.

Isabelle retrouve avec plaisir le grand appartement sombre de l'avenue Rapp, où flotte pour toujours l'odeur des vieux meubles et de la cannelle dont sa mère parfume les strudels aux pommes, recette ancestrale. Au mur du salon, la photo encadrée de papa Maurier, qui a quitté ce monde lorsque Isabelle n'avait que huit ans. Un homme pas très marrant dont Isabelle se souvient mal, et auquel sa mère ne fait que de rares allusions.

— C'est toi, Za ?

Mme Maurier se repose sur son lit, adossée à une pile d'oreillers, comme de plus en plus souvent depuis son alerte cardiaque. Isabelle lui pose une bise tendre sur le front.

— Alors, raconte vite ! C'était comment, la Suisse ?

— Génial, ma petite mère ! Toute l'équipe, adorable... Et en plus, tiens-toi bien : j'ai mon chauffeur particulier ! Avec une superbe bagnole américaine d'au moins quinze mètres !

Isabelle glisse la carte du taxi sous le bord du grand miroir de la cheminée, à côté des cartes postales et de l'adresse du plombier de famille.

— Tiens, tu me feras penser à l'appeler à mon prochain voyage... Je suis vannée ! Je vais me faire couler un bain ! Je te raconterai après. Tu veux bien nous préparer un thé ?

Sa mère se lève et file vers le couloir.

— *Za ! ! !*

Un cri, suivi d'un bruit sourd. Isabelle se retourne et enregistre la scène d'un coup d'œil : sa mère étendue sur le plancher, tandis que, dans une lente chute de feuille morte, la carte du taxi de Lausanne vient se poser près de sa jambe.

Le médecin est reparti en faisant une grimace pas très encourageante et en chuchotant :

— Du repos, mademoiselle... Du repos et surtout aucune émotion, je vous en prie.

Isabelle est revenue dans la chambre en affichant une mine épanouie :

— Impeccable, ma petite mère... Il a dit que ça ne serait rien du tout !

Mme Maurier ferme ses yeux creusés, soulignés d'un mauvais cerne bistre :

— S'il a vraiment dit ça, c'est un âne... Ma chérie, il faut que nous parlions !

— Pas maintenant, maman, on a tout le temps !

— Non... Papa disait ça aussi, et il est mort avant

d'avoir trouvé le temps... Ouvre mon armoire... Oui, voilà... Apporte-moi la grande boîte en cuir !

Un coffret brun, patiné, qui doit dater de deux générations. Il avait longtemps intrigué Isabelle quand elle était enfant. Et puis, elle a fini par l'oublier. Enfin, à vrai dire, pas complètement.

Parce que le coffret de cuir a une serrure... C'est la seule chose qui ait jamais été fermée entre la mère et la fille.

— Il me faut aussi la clef, Za... Elle est entre mes mouchoirs.

Isabelle n'a jamais vu cette petite clef dorée. Elle joue difficilement dans la serrure : la boîte de cuir n'a pas été ouverte depuis longtemps. Des lettres, une photo... Une photo que Mme Maurier tourne lentement vers Isabelle :

— C'est lui, n'est-ce pas ?

Un cliché au vernis craquelé, comme tous ceux qui ont été beaucoup transportés de portefeuille en portefeuille... Oui : c'est lui.

Il n'avait pas encore ses cheveux gris de chien de berger. Il était en costume sobre, pantalon un peu court et cravate étroite. Un jeune homme maigre, gauche, la raie bien sage sur le côté. Mais c'est bien lui. C'est le taxi de Lausanne.

Le visage émacié de Mme Maurier semble neutre, tandis que d'une voix éteinte elle révèle à Isabelle que papa Maurier n'était pas son père. Le mariage a eu lieu dix mois après la naissance.

Oh ! bien sûr, vous aurez pressenti, deviné ce pauvre secret... Ce n'est pas à proprement parler un « coup de théâtre » : c'est la vie, tout simplement.

Mais pour Isabelle, c'est le choc, l'inattendu le plus absolu... C'est son existence qui s'éclaire d'un jour complètement nouveau.

La tête fatiguée de Mme Maurier retombe sur les oreillers. Le visage est aussi blanc que la toile du drap. Isabelle a peur : elle rappelle le docteur. Il revient sans hésiter : il sait que l'état de sa patiente est précaire. Lui aussi ne prononce que des mots rassurants, mais Isabelle saisit le reproche dans le coup d'œil qu'il lui glisse : on avait dit « pas d'émotions » !

Le lendemain, le médecin fait transporter Mme Maurier dans une clinique. Cette fois, les spécialistes sont formels : calme absolu ! Donc, pas question avant longtemps pour Isabelle de demander des précisions sur ce qui, maintenant, la taraude à chaque minute.

Mais elle a déjà décidé : il y avait ce papa Maurier, ce père lointain, presque oublié, qui n'est qu'un portrait au mur du salon. Et puis il y a ce père-là, celui du sang : lui, elle ne l'a jamais connu, et lui, il est bien vivant. Elle *y a droit*, à ce père, d'une certaine manière.

Mais surtout, elle doit savoir : pourquoi ? Pourquoi ne l'a-t-elle jamais vu ? Pourquoi ne l'a-t-il pas identifiée, lui, dès qu'il l'a vue ? Qui est-il ? Est-ce qu'elle, Isabelle, ne compte pas, même un tout petit peu, quelque part dans la vie de cet homme ?

Isabelle a décidé : puisqu'il y a danger réel à questionner sa mère, elle saura autrement. Puisque son père ne voit en elle que cette étrangère de passage, elle va pouvoir enquêter. Elle va pénétrer dans la vie du taxi de Lausanne et elle saura. Elle y emploiera tous les moyens. Isabelle a vingt-quatre ans, elle se connaît assez bien : elle est certaine d'avoir des atouts pour gagner la sympathie des gens. Autant en user.

Imaginez donc cette subtile et exaltante sensation : savoir, et savoir que l'autre ne sait pas. Et s'installer un beau jour à l'arrière d'une grosse américaine beige et blanc qui sent bon le cuir et la lavande, et savoir maintenant que cette odeur est celle de son père. Que le dos trapu dans la veste de laine, les cheveux raides et rêches sous la casquette, sont ceux de son père...

Oui, quelle situation puissante et trouble que celle d'Isabelle dans le taxi de Lausanne ! Car elle y est revenue très vite. Elle s'est inventé un voyage prétexte, et la voilà, fraîche et souriante, avec sa petite mallette, s'installant sur la banquette :

— Vous voyez, monsieur Delettraz : chose promise... ? ! Allez, en route !

— Où je vous emmène, mademoiselle Maurier ? La radio ou l'hôtel ?

— Nulle part... Où vous voulez : je me suis donné quartier libre aujourd'hui ! On visite !

— Ça me fait plaisir, mademoiselle Maurier !

« Monsieur Delettraz... Mademoiselle Maurier... » Vous les voyez, le père et la fille, sur les routes étroites et bien tenues du pays vaudois ? Vous les entendez, au milieu des vignes ? Il a arrêté le compteur, il l'a emmenée dans une auberge communale pour lui faire goûter le jus de raisin frais de la vendange et la « salée au sucre », un gros gâteau de campagne débordant de crème fraîche...

« Monsieur Delettraz... Mademoiselle Maurier... » Paroles spontanées du chauffeur qui parle de tout et de rien. Oreille aux aguets de sa passagère, qui saisit la moindre nuance, qui guette la moindre faille... Car il faut bien qu'il y ait une faille, chez cet homme, puisqu'elle est sa fille et qu'il ne la connaît pas...

La faille, la cassure, Isabelle ne la trouve pas. Il

est tout d'une pièce, Louis Delettraz. Et, curieusement, tout en nuances aussi... Un homme de la terre. Un paysan que la vie a amené à conduire une voiture américaine beige et blanc. Et un brave homme aussi, c'est certain. Mais alors, *pourquoi* ne la connaît-il pas ? Isabelle se pose encore la question après un deuxième, puis un troisième voyage et des heures dans les rues de Lausanne ou sur les routes à travers champs. Des heures à bord du taxi.

Et puis... Ce doit être à son quatrième voyage qu'elle remarque une nouveauté : sur le tableau de bord, un de ces gadgets magnétiques un peu touchants, un peu ridicules : un saint Christophe argenté, agrémenté d'une phrase gravée dans le ruban de métal autour du saint protecteur : « Sois prudent, pense à nous. »

— Tiens, c'est nouveau, ça !

— Oui, c'est ma femme qui me l'a offert ! C'était notre vingt-deuxième anniversaire de mariage !

— Vingt-deuxième ? Au fait, vous ne m'avez jamais parlé de votre femme, depuis qu'on se connaît !

— C'est vrai, mais... On a trouvé tellement de choses à se dire, vous et moi... Et puis, ma vie privée, ça n'est pas très intéressant... Je n'ai pas de tragédie ni de secret, vous savez... On s'aime, on a deux gosses, garçon et fille, dix-sept et quinze ans, c'est tout.

C'est tout ? Il en a de bonnes, le chauffeur Delettraz ! Pour lui, c'est juste du quotidien banal, mais pour Isabelle, c'est un frère et une sœur qu'elle se découvre ! Et voilà que les choses vont aller toutes seules, et très vite :

— Justement, ma femme... A elle, par contre, je

lui ai parlé de vous... Pensez bien : vous n'êtes pas une cliente comme les autres !

— Ah bon ? Elle n'est pas jalouse, votre femme ?

Un grand rire franc, du tac au tac :

— Jalouse de vous ? Mais vous pourriez être ma fille !

Ça fait toc, juste au creux de l'estomac d'Isabelle ! C'est le moment : je lui dis ou je ne lui dis pas ?

Isabelle ne dit rien, elle attend :

— Alors elle m'a dit, ma femme... Ça serait bien si vous veniez un jour à la maison ! Pourquoi pas maintenant ?

Voilà, ça s'est fait comme ça... Isabelle se retrouve dans la maison de son père, un vrai chalet suisse à mille mètres d'altitude, à une demi-heure du centre ville. L'atmosphère de la maison est si douce, si détendue, on est si sincèrement heureux de la visite ! L'invitée mange de bon appétit, rit, fait des compliments sur le repas improvisé par Louise, la femme de son père. On regrette que les enfants ne soient pas là, à cause du collège...

— Mais regardez : c'est eux, sur les photos ! Et puis, venez visiter leurs chambres, comme ça, vous les connaîtrez déjà un peu !

Isabelle ne pense plus, c'est trop de choses à la fois. Elle se laisse porter, on verra bien.

Louis Delettraz est à califourchon sur sa chaise. Sa femme Louise s'approche, lui retire sa casquette et ébouriffe la tignasse de chien de berger :

— Alors, tu es content de la voir ici, ta petite Parisienne, hein ? C'est qu'il nous en a parlé, de vous ! C'est pas souvent qu'il parle comme ça, depuis vingt-deux ans ! Eh oui, mademoiselle Isabelle, vingt-deux ans... Louis et Louise, depuis vingt-deux ans... Oh, si je vous disais qu'il s'en est fallu de peu pour que je ne l'aie pas, mon Louis ? A cause d'une Française, justement !

— Oh ! Louise ! Tu ennuies Isabelle !

— Mais non, dites, madame !

— Oui, on peut en parler, c'est si loin... Figurez-vous qu'il vivait sur Genève avec cette Française. Et puis, il me rencontre, on se plaît tout de suite. Il faut croire que j'étais jolie, à l'époque !

Delettraz lui prend la main :

— Et maintenant, t'es belle, ma Louise !

Elle rougit, comme une gamine.

— Ah, on peut pas dire, mais elle a été bien, cette femme, sa compagne ! Et mon Louis aussi : il lui a tout dit, franchement. Elle a compris qu'on s'aimait vraiment, qu'on était vraiment Louis et Louise et qu'il ne fallait pas casser ça. Elle l'a laissé. Elle est partie. Juste partie. Vous voyez, mademoiselle Isabelle, je n'ai qu'un regret : je n'ai pas connu cette femme, mais j'aurais aimé lui dire merci. C'est bête comme histoire, non ?

Isabelle pense à sa mère, sa mère qui est partie un jour. Juste partie. Partie en emportant une petite vie bien cachée au fond d'elle. Juste un petit secret bien gardé, pour ne pas casser ce bonheur, Louis et Louise... Ils n'ont jamais su qu'Isabelle existait. Isabelle *doit parler, maintenant*. Maintenant ou se taire à jamais, comme on dit dans les films américains.

— Monsieur Delettraz, madame... J'ai quelque chose à vous dire... J'ai... j'ai attendu la fin de la journée, mais il faut que vous le sachiez... ! Voilà : je suis...

Elle les regarde, qui sentent que c'est important, qui attendent avec un air soudain sérieux. Louis est à califourchon sur sa chaise. Louise derrière lui, une main sur l'épaule de son mari. Louis et Louise.

— Voilà : je suis... je suis ici pour la dernière fois. J'ai accepté de faire une émission à Radio Canada, au Québec. Je crois qu'on ne se verra plus.

Le dernier trajet a été silencieux. Louis Delettraz était tassé sur son siège. En s'arrêtant devant la gare, la grosse américaine a tangué comme un bateau, puis elle est restée immobile un long moment.

— Allez... Descendez donc, je préfère ne pas me retourner !

Isabelle a capté encore le regard bleu de Louis dans le rétroviseur. Elle a compris qu'il n'y a jamais de solution parfaite : elle aurait beau partir aussi loin que des avions l'emporteraient, elle pourrait tout laisser derrière elle, mais ce regard-là ne la quitterait jamais : elle le retrouverait dans tous les miroirs de sa vie.

L'AMI PIERROT

Vidocq jauge le gaillard qui se tient sur le seuil de son bureau, sans oser faire plus de deux pas, et qui triture un chapeau à large bord jusqu'à en faire une chose informe. Entre le bord du pantalon effiloché et le pied nu dans le godillot, une vilaine marque violette qui a rongé la cheville jusqu'à l'os. La marque de l'anneau de fer des bagnards. Un anneau qui a été porté longtemps.

— Avance, mon brave... Il paraît que tu désires me confier un témoignage spontané bien étonnant ?

L'autre lève les yeux mais n'émet aucun son.

— Eh bien ! Serais-tu muet ?

— Non, Excellence... Mais c'est que... Ça fait un bout de temps que personne ne m'a appelé « mon brave » !

— Quels qu'aient pu être tes crimes passés, tu les as expiés, je pense. Tu ne dois plus rien à la société, tu es donc a priori, pour moi, un homme comme les autres !

Nul n'est mieux placé que François Vidocq pour tenir ce langage gratifiant : lui-même a goûté à la prison d'Arras et au bagne de Brest, il s'est évadé plusieurs fois. En cette année 1818, l'ancien faussaire est réhabilité, il occupe les fonctions de chef de la Sûreté. Il s'emploie à mettre sur pied une troupe de malfrats plus ou moins repentis, qui combattront la délinquance avec ses propres armes. Il sait leur parler, et, cette fois encore, il touche juste : le « témoin spontané » se décontracte :

— Ça me fait chaud au cœur, ce que vous dites, Excellence ! Vous, au moins, vous respectez les gens ! C'est pas comme l'autre, là, avec ses grands airs ! Dehors, qu'il m'a fichu ! Comme un malpropre !

Vidocq retient un sourire : ce type pue le bagne, à tous les sens du terme. On entendrait presque la vermine grouiller dans sa chevelure hirsute, et ses oripeaux sont tellement imprégnés de crasse qu'ils tiendraient debout tout seuls.

— Donc quelqu'un t'a manqué de respect, tu t'es senti rejeté et c'est pour cela que tu as jugé utile de m'apprendre des choses sur cette personne ? Mais si tu me disais d'abord ton nom ?

— Darius, Excellence ! Darius, c'est comme ça qu'on m'appelle !

— Tu me ferais très plaisir, mon brave Darius, si tu commençais par le commencement...

— Ben, le commencement, c'est quand j'ai fini mon temps, à Toulon. Quinze ans, que j'ai tirés. Jusqu'au bout. Darius, c'est un mec régul', Excellence : j'ai payé, comme vous avez dit. J'ai montré tous les papiers à vos cognes... Pardon, à vos agents. Donc, v'là que je me retrouve sur la route, plus trop habitué à ça... Darius, que je me dis, qu'est-ce que tu vas faire de ta liberté ? Tu vas te faire embaucher dans une ferme, que je m'réponds ! Là, on t'embêtera pas ! Je t'en fiche, Excellence : les paysans, ils sont méfiants comme pas un ! De partout, qu'on l'a chassé, le pauvre Darius ! Un an, ça a duré... A force, je me retrouve presque à Paris. Alors, que j'me dis, tant qu'à faire, la ville, c'est peut-être pas pire. Mais là, je connaissais plus personne : mes aminches de jeunesse, y en avait plus un de vivant ou bien ils étaient en tôle. Pensez : depuis seize ans... C'est comme ça, pas plus tard qu'hier, que je traîne du côté de la place Vendôme, il y avait un défilé.

— Je comprends : lorsqu'il y a des badauds, on rencontre toujours un sac ouvert ou une poche distraite, pas vrai ?

— Je dis pas, Excellence, je dis pas : ça peut se trouver... Mais au départ, c'était vraiment sans penser à mal ! J'ai toujours aimé les militaires, voyez ? Et puis, c'est gratuit. La musique, ça aide à oublier le ventre vide... Et c'est donc là que je l'ai vu ! Celui qui conduisait la revue ! La revue de la Garde nationale ! Ah, il avait fière allure, sur son cheval, dans son bel uniforme ! Colonel, rien que ça ! J'en revenais pas : c'était Pierrot, mon vieux copain, mon pote à moi !

— Tu parles bien de M. le comte de Pontis de Sainte-Hélène, nommé par Sa Majesté le roi Louis XVIII lieutenant-colonel de la 72e légion de la Garde ? M. de Pontis de Sainte-Hélène, chevalier de la Légion d'honneur, chevalier d'Alcantara et de Calatrava, croix de Saint-Louis ? Toi, Darius, tu as été l'ami, le copain, le pote de ce M. de Pontis-là ?

— Pontis et Légion d'honneur et chevalier de tout le tralala, mon œil, Excellence ! Ce type-là, c'est ni plus ni moins que Pierre Coignard, mon camarade de chaîne au bagne de Toulon !

Vidocq, grand habitué de la pègre, a acquis une sorte de sixième sens et renifle de loin les affaires juteuses. Ce lascar commet peut-être une erreur, mais, en tout cas, il est convaincu de ce qu'il avance. Le chef de la Sûreté joue comme le chat avec la souris : il frappe un grand coup du plat de la main sur sa table et va se planter devant Darius :

— Faudrait voir à ne pas te payer ma tête, mon gars ! Tu sais ce que tu risques ?

— Mais... je vous jure, Excellence ! Je l'ai vu passer comme je vous vois, à même pas trois mètres ! C'est lui ! Tout de suite que je l'ai reconnu, Excellence !

— Ah, cesse donc de me donner des titres longs comme le bras, ce n'est pas pour ça que je te croirai davantage ! Tu peux m'appeler « monsieur le directeur » et tu as intérêt à me dire exactement sur quoi tu te bases pour lancer une pareille accusation !

— Sauf votre respect, mon directeur, c'est pas une accusation, c'est la vérité vraie ! Votre Pontis, il est pas plus comte qu'archevêque ! C'est un voyou comme vous z'et moi ! Et je sais de quoi je parle : on a été attachés ensemble à la même chaîne, à ça l'un de l'autre, pendant des mois ! On a dormi ensemble sur la même planche ! On faisait tout, ensemble, y compris ce qu'on fait en général tout seul, voyez ?...

— Je vois, je vois... Mais cela fait seize ans ?

— Oh, ben lui, à la différence de ce pauvre Darius, il a pas changé, avec les années ! On sent qu'il a toujours mangé à sa faim et dormi dans un vrai lit, lui ! Et surtout, il a toujours son tic !

— Un tic, tiens donc ?

— Oh, il a beau s'être laissé pousser la moustache, vous pouvez pas vous tromper : dès qu'il sourit, la lèvre remonte et le côté du nez se met à tressauter, comme ça, voyez ? Et des sourires, il en distribuait aux belles dames des balcons de la place !

— Admettons... Donc, tu crois retrouver ce supposé Coignard et que fais-tu, alors ?

— Ben, un collègue des premiers jours devenu un grand monsieur, parlez d'une veine pour ce pauvre Darius ! Donc, vu que tout le monde avait l'air de connaître ce beau militaire, je me débrouille auprès d'un cocher pour avoir son adresse. C'est rue Basse de la porte Saint-Denis, qu'il me dit. J'y cavale. Mazette : hôtel particulier, domestiques et tout. Voyez : à ce moment-là, moi-même, je me demandais si je rêvais pas... Je frappe, je dis au majordome : « Je viens voir ton patron ! » Bien sûr, il me fait : « Pas question ! » Le ton monte et voilà-t-il pas que je repère mon copain en haut de l'escalier, dans une robe de chambre en soie ! Moi, par-dessus l'épaule du larbin, je crie : « Pierrot, mon poteau, c'est moi, Darius ! Darius de Toulon, tu te rappelles de moi ? » Et j'entends l'autre, cet ingrat : « Débarrassez-nous de ça, Alexandre ! Cette maison n'est pas l'asile de nuit ! » Résultat : le loufiat me refile une bourrade, referme la porte et je me retrouve étalé sur le trottoir, au milieu des passants qui rigolent. Après, j'ai eu beau tambouriner, ils ne m'ont jamais rouvert !

— Tu ne trouves pas que c'est un peu normal ? Tu as vu de quoi tu as l'air ?

— J'ai l'air de ce que je suis, mon directeur, mais c'est pas normal qu'il me traite comme moins que rien ! Entre hommes, il y a des services qu'on n'a pas le droit d'oublier ! Quand il s'est évadé, le Coignard, qui c'est qui l'a aidé ? C'est Darius ! Qui c'est qui a récolté vingt coups de fouet pour ne pas avoir donné l'alerte ? C'est Darius ! Les marques, je les ai encore ! Là, je lui demandais pas sa fortune, voyez ! Juste de quoi croûter, un bain, des nippes et peut-être un petit pécule pour redémarrer ? Il aurait eu ne serait-ce qu'un geste, je m'en serais contenté, voyez ? J'aurais jamais rien dit à personne : entre copains, on sait la fermer ! Seulement c'est lui qui veut plus être mon copain : s'il me doit rien, je lui dois rien non plus ! C'est même devenu mon devoir d'honnête homme de vous avertir !

— Tu ne pouvais pas mieux agir, mon brave Darius ! Je vais faire le meilleur usage de tout cela !

Le bon citoyen glisse un œil matois :

— C'est que... j'avais pensé qu'il aurait peut-être une petite prime à la clef ?

— Ttt, ttt, ttt, mon garçon, ne sois pas trop pressé ! En attendant, est-ce que cela te dirait d'être déjà logé et nourri ?

Sans attendre la réponse, Vidocq tire un cordon. Deux sbires s'encadrent dans la porte :

— Voulez-vous conduire mon excellent ami M. Darius dans l'un de nos appartements privés ? Afin que nul ne le dérange, veillez, je vous prie, à bien fermer sa porte !

Et Darius se retrouve en cellule, au secret : les chiens sont lâchés.

Quelques jours plus tard, le rapport de Vidocq est entre les mains du maréchal de Gouvion-Saint-Cyr, ministre de la Guerre. L'un de ses officiers supérieurs, très apprécié par le roi qui plus est, accusé d'imposture : voilà du vilain ! Mais Vidocq, cet escroc arriviste, n'est pas parole d'Evangile... En espérant le voir enfin ridiculisé, le ministre ordonne une investigation détaillée au directeur de la justice militaire et de la gendarmerie, le général comte d'Espinois.

M. de Pontis de Sainte-Hélène est convoqué à

l'état-major pour « affaire grave le concernant ». Il claque des talons, superbe, en grand uniforme bardé de toutes ses décorations :

— Vous m'avez mandé, mon général, à vos ordres !

— Pontis... Des accusations des plus gênantes sont portées contre vous !

— Des accusations ? Je n'ai rien à redouter et puis tout entendre le front haut !

— Mais je suis moi-même persuadé, colonel, que, lorsque vous saurez de quoi il s'agit et de qui cela émane, vous aurez une réponse indiscutable à me fournir !

Effectivement, en entendant la lecture du rapport, le comte de Sainte-Hélène semble se détendre. Il esquisse même un sourire qui déclenche sous sa moustache ce frémissement plein de charme auquel, dit-on, les dames sont si sensibles :

— Un bagnard éconduit ! Il n'y a vraiment que ce Vidocq pour tenter de salir le nom de mes ancêtres sur la foi de tels individus ! Vous n'ignorez pas, mon général, que ce triste sire est mon ennemi juré, comme il est celui de tous les royalistes loyaux ? Mais je me félicite qu'il s'en prenne ouvertement à moi, nous allons pouvoir enfin causer sa déconfiture : je prouverai publiquement qu'il agit en diffamateur, en fauteur de troubles et non en serviteur de la loi ! Je suis en mesure de produire tous les papiers de famille qui attestent ma lignée, ma naissance et ma carrière, sans une seule zone d'ombre !

— Bravo, mon cher ! Je n'en attendais pas moins de vous ! Où sont ces preuves ?

— Chez moi, mon général : avec votre permission, je m'y rends à l'instant !

— J'allais vous en prier... J'ai demandé à mon ordonnance, le capitaine de L'Horme de L'Ile, de vous y conduire...

— Dois-je comprendre, mon général, que je suis sous surveillance ?

— Du tout, mon cher, du tout... Sous escorte, prudence oblige : qui sait de quoi vos adversaires sont capables ?

En fait, M. de Sainte-Hélène s'aperçoit que le capitaine est accompagné d'un gendarme « juste pour aider au transport des papiers, qui doivent être nombreux ». Dans la voiture, les deux escorteurs sont un peu gênés. Le comte, agacé, s'absorbe dans l'observation des encombrements et houspille son cocher : plus vite on sera arrivé, plus vite cette fâcheuse histoire sera réglée.

Dans l'hôtel particulier de la rue Basse, Pontis se rend directement à sa chambre et désigne un gros coffre :

— Mes papiers sont dans ce meuble ! Je le confie à votre vigilance, le temps de satisfaire à la nature !

Il passe derrière l'alcôve, dans un cabinet de toilette. M. de L'Horme est confus : monter ainsi la garde dans l'intimité d'un héros décoré, d'un si grand nom... Il toussote en regardant pudiquement le corridor, où s'éloigne la silhouette d'un vieux valet voûté, un plumeau sous le bras.

Les minutes s'étirent. Le capitaine finit par s'inquiéter un peu, ose aller coller l'oreille à la porte du lieu d'aisance, puis par ouvrir : au fond du réduit, sous une tenture, l'amorce d'un couloir étroit, vide. Un grand uniforme chamarré de médailles, abandonné.

A plusieurs rues de là, un vieux valet de chambre,

la démarche beaucoup trop rapide pour un homme de cet âge, offre son plumeau à une jolie servante qui passe. Quand elle se retourne, il a disparu.

Le plus curieux, c'est que lorsque l'on force le coffre dans la chambre de M. de Pontis, on y retrouve bel et bien les papiers et diplômes attestant son identité ! Qu'est-ce donc alors qui a pu mener cet homme à prendre la fuite sous un déguisement, alors qu'il avait tout pour sauver sa situation ? L'habitude, peut-être. Une habitude prise très tôt dans sa vie...

Pierre Coignard est né en Touraine, à Langeais, en 1774. Son père est sellier, il a quatorze enfants. Sept seulement survivront et trois d'entre eux deviendront des bandits.

Pierre, placé apprenti chez un chapelier, trouve vite qu'il a plus de chances de voir passer Dame Fortune en devenant militaire. Il s'engage dans le Royal-Anjou et, servi par le prestige de l'uniforme blanc, complète sa solde par l'activité plus lucrative de souteneur. Traduit en discipline et menacé de pendaison, il est sauvé in extremis par la chute de Louis XVI.

De soldat du roi, il devient révolutionnaire, puis soldat de la République. Il revêt l'uniforme bleu. La couleur ne change apparemment rien à sa morale ni à sa conduite, car le voici bientôt menacé d'être fusillé.

Il déserte et retourne vers les royalistes de la Grande Armée. Remarqué pour sa haute stature, il est nommé aide de camp du comte de Montausier. Protégé par sa position, il recrute une bande de détrousseurs qui dépouillent les populations en profitant de la progression des troupes.

Montausier, revenu à Paris, conserve auprès de lui ce garçon dévoué. Coignard a appris que l'un de ses frères, Louis, est en prison pour avoir déserté. C'est de famille. Il plaide la cause fraternelle auprès de son maître :

— Mon pauvre Louis voulait seulement me rejoindre : sans moi, il est perdu ! Si Monsieur a la bonté, grâce à ses relations, de le faire libérer, Louis se mettra gratuitement au service de Monsieur et Monsieur ne pourra que s'en féliciter : mon frère est un garçon des plus efficaces !

Efficace, ce n'est pas peu dire : après quelques semaines à se refaire une santé dans cette demeure accueillante, Louis s'éclipse avec le contenu du coffre et les bijoux de la comtesse ! Son départ a malheureusement été surpris par le concierge.

Pierre Coignard, omettant de préciser que Louis a agi sur ses indications, se jette à nouveau aux pieds de Montausier. A nouveau, il défend son « petit frère, un être vulnérable qui a, certes, commis une grosse bêtise, mais poussé par de mauvaises fréquentations ». Son patron doit vraiment l'apprécier car il retire sa plainte et fait innocenter Louis.

Montausier a du cœur, il n'attend pas de remerciements, mais que Pierre Coignard demande simplement à son cadet de restituer les biens dérobés. La réponse de Coignard vaut son pesant de cynisme :

— Vous avez vous-même déclaré que Louis était innocent ? Donc, il n'a rien volé ! Que voulez-vous qu'il vous rende ?

Comme la victime fait mine de protester, Coignard lui rappelle que, par les temps qui courent, les « ci-devant » ont intérêt à ne pas attirer l'attention sur eux, s'ils veulent garder la tête sur les épaules !

Pierre et Louis décident de se faire oublier, loin

de la capitale. Pierre traîne dans son sillage une fille délurée, Lise Lorda. Le trio écume la Hollande, le Luxembourg, la Belgique. Un temps, tout semble réussir aux trois escrocs.

Puis la chance tourne : Louis est arrêté et envoyé au bagne de Rochefort, Lise et Pierre n'ont plus un sou vaillant. Lise trouve un bon coup à faire, rapide, facile : l'une de ses amies, richement entretenue, s'est fait installer dans un hôtel particulier, où elle donne des fêtes galantes ; il suffit de profiter de l'une de ces occasions pour trouver pêle-mêle, sans surveillance, les bijoux des libertines et les bourses de ces messieurs. Lorsque ce petit monde s'apercevra du larcin, on n'appellera sûrement pas la police... Mal vu, car la maréchaussée intervient si vite qu'elle surprend les « rats d'hôtel » en pleine action !

La sentence se veut exemplaire : au printemps 1801, sur l'estrade nommée « petit échafaud », dressée devant le Palais de Justice, le dénommé Coignard et la fille Lorda sont exposés à la curiosité hargneuse de la foule. Le carcan les immobilise, les montrant bien au peuple. Valeur d'exemplarité, mais aussi seul moyen de faire mémoriser leurs visages afin qu'ils puissent être reconnus s'ils s'avisent de nuire à nouveau. Ce qui ne risque pas d'arriver avant longtemps : Lise, instigatrice du vol, écope de vingt ans de prison, Coignard de quatorze années de bagne.

A Toulon, le calvaire commence. Sous le bonnet rouge des forçats, Pierre va être soumis au traitement inhumain de la chiourme : chaîne jour et nuit, châtiments corporels pour le moindre écart, privations et humiliations.

Une compagnie vient cependant adoucir quelque

peu ce supplice permanent : le voisin de captivité, un certain Darius. Ce costaud prend Pierre sous sa protection, lui communique les « trucs », appris d'expérience, pour souffrir moins. Il le protège contre les méchancetés des autres prisonniers. Surtout, Darius est en connexion avec l'Association, une société secrète unissant les détenus et les malfrats en liberté, avec de probables complicités parmi les gardes. C'est l'Association qui planifie une évasion, tire au sort le bagnard qui en bénéficiera, assure sa fuite et une planque à l'extérieur. Darius se débrouille pour que son protégé soit choisi. Il le couvre pendant l'exécution du plan, subit les punitions qui s'ensuivent. Coignard se fait la belle.

Le voici à Barcelone, chez un certain Charles Cardon, sellier de son état. Cardon ? Ce n'est autre que Louis, sorti du bagne de Rochefort. Pierre retrouve aussi son second frère, Alexandre.

La sellerie Cardon n'est qu'une couverture pour les habituelles activités des Coignard : leurs « commis » sont des malfrats dont les exactions rayonnent dans toute la Catalogne. L'arrière-boutique regorge du produit de leurs cambriolages.

Pierre a rencontré une femme fascinante, Rosa Mercen : une beauté à couper le souffle et une classe rare, acquise au service de très grandes familles. Il veut lui offrir ce qu'il y a de plus somptueux, il s'en donne les moyens. La vie est belle.

Cette existence facile va durer plusieurs années. Mais Napoléon dirige maintenant l'Europe et nomme son frère Joseph roi d'Espagne : les nobles à l'ancienne s'éparpillent, cachent leurs richesses. Les parasites qui vivent à leurs dépens n'ont plus grand-chose à se mettre dans l'escarcelle. Il leur faut trouver une autre source de revenus : Pierre choisit à nouveau l'armée.

Il n'a évidemment pas l'intention de recommencer au bas de l'échelle : son train de vie en pâtirait. Il se souvient alors de l'étrange histoire qui courait lorsqu'il servait dans le Royal-Anjou : les gentilshommes parlaient entre eux de l'un des leurs, M. de Pontis, disparu dans des circonstances non élucidées. M. de Pontis va réapparaître.

Une nuit, à Madrid, Coignard s'introduit dans le ministère de la Guerre, au service du matricule. Il glisse dans les registres les états de service de « M. de Pontis », entièrement inventés bien entendu : « Emigré aux premiers jours de la Révolution, entré dans l'armée espagnole, envoyé en Amérique du Sud. Lieutenant-colonel à Buenos Aires, aide de camp du vice-roi de Río de la Plata, a reçu l'ordre de Calatrava. Aujourd'hui en disponibilité. »

Pas mal, mais on peut faire mieux : Rosa Mercen a travaillé auprès d'un vieux noble, M. de Sainte-Hélène, dernier de sa lignée. Personne ne viendra revendiquer le titre, autant l'utiliser : il a un parfum d'ancienneté très convaincant...

Un fringant officier demande audience au ministre du roi détrôné : le comte Pierre-André de Pontis de Sainte-Hélène met l'honneur de son nom et sa vaillante épée au service de Sa Majesté Ferdinand VII, le seul souverain légitime, contre les imposteurs napoléoniens. Les états de services de Pontis peuvent être vérifiés : ils sont dûment consignés dans les registres du ministère ! Accueil chaleureux : M. de Sainte-Hélène est nommé au commandement du régiment de gardes wallons qui marche sur Barcelone.

Juste un détail : ce noble officier précise que, dans

la tourmente de ses exploits, il a perdu ses papiers. Si le ministre voulait avoir l'obligeance... Rien de plus facile : une copie des précieux documents est établie sur-le-champ. Le comte Pierre-André de Pontis de Sainte-Hélène possède la première trace officielle de son existence.

Chassez le naturel... Protégé par son rang et son grade, le tout nouveau Pontis applique les bonnes vieilles méthodes Coignard : son cadet a tôt fait de regrouper ses bandits sous la bannière espagnole et les brigandages les enrichissent à nouveau.

Louis est tué lors d'un combat contre les troupes du général Duchesne. Pierre récupère à Barcelone l'autre frère, Alexandre, et continue sans vergogne.

Tant et si bien que l'on finit tout de même par remarquer la curieuse coïncidence entre les déplacements de M. de Pontis et les crimes commis en marge des manœuvres.

Une filature discrète lève les doutes : ce gentilhomme a beau porter un nom des plus respectables, c'est bien lui le chef de la bande ! On le met aux arrêts dans la citadelle de Talavera : si la cour martiale entérine sa culpabilité, il sera présenté au peloton d'exécution.

Pontis n'attend pas ses juges : il s'échappe et il sait déjà auprès de qui se trouve la meilleure protection.

Le maréchal Nicolas Soult, le héros d'Austerlitz, se targue de s'y connaître en hommes. Il se dit instantanément qu'il peut se fier au comte Pierre-André de Pontis de Sainte-Hélène : ce regard franc et ce langage direct indiquent assez le fils d'une vieille famille et le fameux soldat.

Pontis est tombé dans une embuscade des unités

de Soult. En réalité, il s'y est fourré tout droit afin d'approcher le maréchal. Et là, les yeux dans les yeux, il débite son histoire : il a, certes, déserté l'armée espagnole, mais à seule fin de ne pas se rendre complice de la Révolution. Aujourd'hui, continuer l'amènerait à prendre les armes contre des Français. Et cela, il ne le peut pas. Non, jamais ! Plutôt mourir de la main même de ses compatriotes ! Que le maréchal dispose donc de sa personne comme il l'entend !

Ce langage plaît à Soult :

— Monsieur de Pontis, si vous êtes prêt à servir loyalement l'Empereur, la France sera heureuse de retrouver l'un de ses vaillants enfants !

M. de Pontis brûle de combattre : le voici affecté au 100ᵉ régiment de ligne... en conservant son grade d'officier de l'armée espagnole !

On raconte que Pontis combattit vaillamment et fut fait, une fois de plus, prisonnier. Par les Espagnols qu'il avait trahis. Il doit passer au poteau. Il attend sa dernière heure à Palma, lorsqu'il avise une petite embarcation anglaise, à l'ancre près du rivage. Il ne met pas longtemps à convaincre six condamnés qui, comme lui n'ont rien à perdre. Les Anglais sont jetés à l'eau. En route pour où le vent voudra conduire les fuyards !

Ce vent-là les jette sur la côte de Barbarie.

Le consul de France, M. Dubois-Tinville, voit arriver le comte Pierre-André de Pontis de Sainte-Hélène, rescapé des geôles ibériques et, malgré son épuisement, désireux de rejoindre au plus vite les troupes de l'Empereur.

Tant d'ardeur vaut au comte une recommandation personnelle et une priorité pour s'embarquer sur le bateau corsaire l'*Uranie*, qui le dépose à Malaga.

Grâce au sauf-conduit du consul, Pontis gagne Saragosse, se fait remarquer pour sa vaillance par le maréchal-duc de Dalmatie.

Il restera dans l'état-major de celui-ci jusqu'à la veille de Waterloo. Son vieil instinct d'escroc lui fait sentir que le vent tourne et qu'il est temps d'aller chercher une autre aile pour le couvrir.

Le roi Louis XVIII, bien malmené, s'est replié en Belgique, à Gand, et les rares gentilshommes qui constituent sa petite cour sont vraiment son dernier carré. On trouve là les fleurons des familles de France : le duc de Duras, le duc de Lévis, M. De Sèze, M. de Lally-Tollendal, M. de Chateaubriand et... M. de Pontis de Sainte-Hélène, honorable noblesse du fin fond de la province, descendant des Croisés.

Le vieux roi a une petite faiblesse pour ce dernier, discret mais dévoué, ne manquant pas un lever de son souverain et devançant ses moindres désirs. Ce Pontis est une perle. Rien de plus naturel que, retrouvant Paris et son trône, Sa Majesté reconnaisse ses services en le nommant lieutenant-colonel en charge des revues de la Garde.

M. de Pontis a conquis le beau monde de la monarchie restaurée, avec ses décorations, sa belle allure et ce charmant tressautement de la lèvre et du nez lorsqu'il sourit.

La comtesse, fille d'une autre vieille famille de province, les La Feuillade, est une fort belle dame. Elle porte à ravir le cachemire à la dernière mode qui va si bien avec son léger accent espagnol. La comtesse n'est autre que la fille de Rosa Mercen, l'ex-soubrette venue d'Espagne. L'accent espagnol, chez une La Feuillade ? Le comte a confié, sous le sceau du secret, que son épouse est la fille naturelle du vice-roi de Malaga. Un secret que le tout-Paris est ravi de partager.

De même que l'on sait par la rumeur que les Pontis ont perçu un fort bel héritage : ils mènent un train de maison somptueux, parfaitement orchestré par leur remarquable maître d'hôtel, Alexandre.

Le principe est simple : reçu chez les plus belles fortunes du pays, Pierre circule à son aise dans les intérieurs huppés. Il garde en mémoire le plan des lieux, interroge sans en avoir l'air ses relations sur leurs habitudes, leur domesticité. Nonchalamment appuyé contre une porte ou contre un meuble, il relève sur des boulettes de cire les empreintes des principales serrures. Une soirée au théâtre, un voyage à la campagne de leurs amis ? Pierre et Rosa sont au courant et la voie est libre pour les cambrioleurs.

Rien ne devrait troubler cette belle organisation. Pourtant, c'est Pierre lui-même qui se fait du souci : si, un jour, quelqu'un venait à avoir un doute, si on trouvait une corrélation entre son cercle d'amis et les demeures visitées par les aigrefins ? Il ne devrait pas se soucier de cela : un Pontis est insoupçonnable.

Oui, mais... Il ne se sent pas assez solidement établi dans son identité, justement. Il a des certificats militaires, des attestations de ses services auprès du roi signées par les plus hauts dignitaires. En fait, c'est lui qu'il veut rassurer : il ne se sentira vraiment légitime que lorsqu'il sera légitimé. Il lui manque l'essentiel à ses yeux : *les preuves de sa naissance*.

Rosa se souvient que le vénérable comte de Sainte-Hélène, chez qui elle a servi, devait être originaire d'un petit village de Vendée, Saint-Pierre-du-Chemin. Pierre écrit au maire, lui demandant un certificat. Pour faire impression, il lui adresse sa demande sur un papier à en-tête comportant ses titres et toutes ses décorations.

C'est un manquement absolu à toutes les règles de bienséance et le maire en est tellement surpris qu'il le signale au préfet. Bavure qui pourrait avoir des conséquences fâcheuses. Heureusement pour Pontis, le préfet est de ses amis et ne donne pas suite.

C'est le hasard qui, lors d'un dîner, amène la conversation sur Soissons : en 1814, les Prussiens ont, paraît-il, bombardé la cathédrale et fait brûler l'hôtel de ville. Et toutes les archives. Le salut est peut-être à Soissons.

A l'entrée de la ville, Coignard et son inséparable « valet » Alexandre font halte à l'Auberge de la Grosse Tête. Juste histoire, en se restaurant, de prendre la température de la ville.

L'endroit soutient sa réputation : la chère y est abondante et goûteuse, le vin gouleyant. La tenancière est honorée de la présence de ce seigneur, qui arbore sur son gilet des décorations inconnues, mais sûrement glorieuses.

Il est bon enfant, malgré son rang : il invite la bonne femme à s'approcher de sa table pour la féliciter et il engage le dialogue. La maîtresse de maison rougit sous les compliments et confie que l'auberge est accoutumée, depuis des générations, à recevoir des voyageurs de marque :

— Tenez, je me souviendrai toujours de la première vraie grande dame que j'ai servie : il y a quarante ans de ça, j'étais encore toute gamine !

— Il semble que ce souvenir vous ait beaucoup marquée.

— Et pour cause, Monseigneur : le mystère entourait cette noble personne ! *On n'a jamais su qui elle était vraiment*, elle faisait ce voyage en secret et contre toutes les règles de prudence ! Elle était enceinte jusqu'aux yeux ! Le carrosse l'avait tant secouée, que la nuit même, elle accouchait ! Et je l'ai aidée ! On a su par la suite que le petit avait été baptisé à la cathédrale, et c'est tout... Envolée, la grande dame ! Mais je me rappellerai toute ma vie ce bébé... Ce qu'il était beau !

C'est dans des instants pareils que l'on voit à quoi tient le génie d'un escroc : à la seconde, sa lèvre et son nez sont pris de tremblements, des larmes jaillissent sur son visage. Il se lève, trouve la force d'ouvrir les bras :

— Brave, brave femme ! Ce bébé... c'était moi !

Mais, sous l'émotion, les jambes lui manquent. Son valet lui tend un fin mouchoir.

— Vous excuserez cette faiblesse, mais à mon tour de vous faire une confidence : il y a quarante ans, ainsi que vous l'avez dit, ma mère, Dieu ait son âme... ma mère, Elisabeth de Linières, épouse du comte de Pontis de Sainte-Hélène, fuyait les troubles de la Vendée pour mettre à l'abri en Belgique l'enfant qu'elle portait. Il se disait, dans ma famille, qu'elle avait accouché auprès de braves gens sur la route de Soissons, mais on ignorait le lieu exact. Craignant que le nouveau-né ne survive pas aux tribulations du voyage, ma pieuse maman m'a aussitôt fait baptiser dans cette ville... Je suis ce petit enfant que vous avez tenu à ses premières minutes ! Et je reviens, en secret aussi, accompagné de mon fidèle Alexandre, qui est comme un frère pour moi, faire pèlerinage vers la cathédrale et voir de mes yeux le registre qui doit porter la signature de ma mère ! C'est un signe du Ciel que je me sois arrêté ici !

La brave hôtesse se rembrunit :

— Je crains, Monseigneur, que vous ne soyez déçu : de notre cathédrale et de tous les précieux souvenirs qu'elle contenait, il ne reste aujourd'hui plus grand-chose !

M. de Pontis sursaute et fait aussitôt atteler : il veut vérifier lui-même ! Il se fait conduire à la cathédrale, puis à l'hôtel de ville, mène grand bruit, proteste : il est impossible que tous les documents aient disparu ! On n'a pas le droit de lui faire cela, à lui !

Les employés se confondent en excuses désolées : on ne peut pas lui fournir la moindre copie de ce qui a été brûlé... Mais alors, comment pourrait-il faire, si jamais on lui demandait un jour des preuves de sa naissance ? Vu son nom et son rang, c'est peu probable, mais si cela advenait, quelle solution ?

— Il en existe une, en pareil cas : il suffit à Monsieur le comte de se faire établir par-devant notaire un acte de notoriété, attesté par six témoins honorablement connus.

Les témoins, Coignard va les trouver sans trop de peine : il prend pension à la Grosse Tête, y tient table ouverte pour tous les notables des environs. Aidés par le vin généreux et le récit ému de l'aubergiste, plusieurs vont se rappeler l'épisode de la dame mystérieuse et de son bébé, qui faisait effectivement partie de l'histoire locale. Il suffira de choisir les six personnages les plus honorables parmi les invités. Ils seront très flattés qu'un dignitaire de Paris, un proche du roi, leur demande service.

« Par-devant maître Morand, notaire, il est établi qu'a vu le jour à Soissons, en 1874, Pierre-André, de monsieur le comte Pierre de Pontis de Sainte-Hélène et de Mme, née Elisabeth de Linières d'Aubusson. »

Coignard est désormais intouchable.

Alors pourquoi ? Pourquoi adopte-t-il ce comportement, incompréhensible à de nombreux égards, lorsque le forçat libéré Darius prétend le reconnaître, menant la revue de la Garde sur la place Vendôme ?

Pourquoi ne donne-t-il pas simplement asile à son ancien compagnon de galère ? Il pourrait lui trouver une place dans la bande menée par Alexandre ? Peur que Darius ne soit revenu que pour le faire chanter à propos de son passé ? A la rigueur, Alexandre aurait pu fort discrètement éliminer un Darius trop gourmand... Pourquoi ce rejet méprisant qui ne pouvait qu'inspirer la vengeance à Darius et l'envoyer tout droit faire sa dénonciation à Vidocq ?

Et même une fois cette erreur commise, pourquoi, après s'être présenté à son général, Pontis a-t-il choisi de fausser compagnie aux gendarmes, déguisé en valet de chambre ? C'était signer sa culpabilité ! Alors que le comte de Sainte-Hélène existait maintenant bel et bien, avec un plein coffre de documents et une brillante carrière, que pouvait-il craindre des élucubrations d'un gibier de potence comme Darius ?

Non, décidément, on ne comprend pas. Toujours est-il que Vidocq a maintenant un gibier de choix et qu'en bon limier il ne va plus le lâcher.

La chasse s'organise et le télégraphe aérien agite ses bras d'une préfecture à l'autre pour empêcher le fugitif de quitter le territoire. Mais c'est à Paris que Coignard est le plus à l'abri : sa bande possède des ramifications et des cachettes innombrables.

Il faudra la trahison d'un complice pour le repérer : le nommé Lexcellent (cela ne s'invente pas) le « donne » à Vidocq. Coignard est appelé à l'une de ses planques, dans le faubourg Popincourt, où sont remisés bijoux volés, fausses barbes et déguisements. Une souricière a été tendue. Une nuée de policiers surgit, Coignard blesse d'une balle dans le bras l'agent Fouché, avant de se rendre, molesté et à moitié étouffé sous le nombre.

Pierre Coignard se présente à son procès en redingote à revers de soie et pantalon blanc. Lorsque le président commence la lecture de l'acte d'accusation, celui qui a été arrêté dans son repaire de voleur redresse pourtant le menton et clame :

— Je ne connais de Coignard que mon valet de chambre, Alexandre, qui porte en effet ce nom et qui est un homme honorable ! Je suis le comte de Pontis de Sainte-Hélène, chevalier de la Légion d'honneur !

— C'est faux ! Vous êtes Coignard, condamné en l'an IX à quatorze années de bagne !

L'accusé affiche alors son fameux rictus du coin de la lèvre :

— Que l'on amène alors le *vrai* comte de Sainte-Hélène ! Je vous en mets au défi : il n'y en a pas d'autre que moi !

Tous les débats seront une suite de quiproquos et de contradictions, de témoignages pour et contre, se réfutant et se contredisant les uns les autres.

Le verdict prononce les travaux forcés à perpétuité. Pierre Coignard est à nouveau exposé au pilori. Lorsque le bourreau, pour lui appliquer le fer rouge, lui arrache sa chemise, il est impressionné par le nombre de cicatrices qui couturent les bras et le torse du condamné. L'homme agenouillé dit fièrement :

— La blessure que tu vas m'infliger ne ternira pas celles que j'ai reçues pour défendre notre pays !

Et Coignard va encore trouver le moyen de faire

parler de lui : après un séjour au bagne de Toulon, on le transfère à Brest. Une mutinerie éclate à bord de la frégate qui le transporte. Dépassé, le capitaine demande conseil à son singulier prisonnier ! Coignard n'accepte de répondre que... si on l'appelle « monsieur le comte ». Lorsqu'il a obtenu ce qu'il veut, il mate la révolte ! En signe de gratitude, on dit que l'administration pénitentiaire lui accordera la faveur de pratiquer le commerce de bijoux de pacotille et qu'il s'y fera un joli magot.

Grâce à ces revenus, il garde une bonne tenue qui le distingue de ses codétenus, auxquels il n'adresse la parole, tout comme aux gardiens, que si l'on lui donne son titre de noblesse. Rosa Mercen, qu'il a réussi à innocenter, ne l'abandonne pas : toujours belle, des manières de grande dame, elle le suit de bagne en bagne, s'installe à proximité et veille à ce que « monsieur le comte » ne manque de rien.

Cet homme singulier doit vraiment avoir quelque chose de spécial : il reçoit, au fil des ans, la visite de plusieurs philanthropes et écrivains, qui semblent prendre grand plaisir à sa conversation.

Pierre Coignard, fils du peuple, illettré, qui finit comme l'égal des plus grands, réussira à égarer les esprits jusqu'au bout de son étonnant parcours : son acte de décès, le 19 décembre 1834, à 11 heures, porte la mention : « âgé de soixante ans, né à Soissons, d'Elisabeth de Linias » !

TRANSGÉNÉRATIONNEL

La psychanalyse, toujours en recherche d'explications nouvelles à nos souffrances internes et à nos comportements, découvre petit à petit que des secrets que nous ignorons complètement peuvent nous imprégner et dicter nos conduites à notre insu. Sans rien savoir de ce qui nous a précédé, nous pouvons reproduire les actes, les pensées, les maladresses, les gestes parfois mortels. Des spécialistes comme Serge Tisseron (auteur, entre autres, de *Secrets de famille*) nous alertent sur la nocivité, le danger du silence qui prolonge nos souffrances : il peut les transmettre au travers du temps, au-delà même de la mort, à ceux que nous aimons, alors que nous cherchons justement à les protéger en nous taisant ou par un « pieux mensonge ». On appelle cela le « transgénérationnel ».

Lorsque le brouillard qui l'environne se dissipe, Bernard Andrieu a enfin une certitude : il est mort.

C'était trop long, ce séjour dans le flou. Au début, il s'est laissé porter, soulever, bercer. Il a aimé cette sensation de n'avoir plus de poids, de ne plus rien percevoir de son corps. Mais cela durait... durait...

cela n'en finissait pas. Alors Bernard a senti l'angoisse monter : et si c'était comme ça pour toujours ? Si c'était ce brouillard, l'éternité ? Il a voulu se débattre... Mais comment se débattre quand on n'a plus de corps ? Et puis maintenant le brouillard se dissipe. Maintenant Bernard a le sentiment d'une présence. Il *sait* que cette présence sera pour lui une réponse. Et *c'est* une réponse... Elle se penche, approche de lui son visage aux pommettes hautes. Dans les yeux noirs qui fixent Bernard, des paillettes d'or se mettent à crépiter lorsqu'il la reconnaît. Elle dit :

— Je suis là, tu n'as rien à craindre maintenant.

Bernard sait qu'il n'a rien à craindre. Il sait qu'il est arrivé au bout de son voyage, et il se sent calme, si calme. Non, il n'a rien à craindre... Il savait depuis toujours que ce serait ainsi, de l'autre côté... Elle l'attendait, il en était certain.

Bernard Andrieu a vingt-six ans, et il sait qu'il vient de se tuer sur sa moto. Il sait aussi qu'il vient, enfin, de rejoindre sa mère, Marianne Andrieu, morte dix-neuf années plus tôt...

Maintenant qu'il est rassuré, qu'il a l'éternité devant lui, Bernard Andrieu a refermé les yeux, pour rester encore un peu dans ce brouillard. Il s'était toujours posé la question : de l'autre côté du miroir, est-ce la dissolution totale, le grand oubli ? Il a la réponse : il s'aperçoit que l'on se souvient encore de qui l'on a été, de ce qu'a été la vie. Et c'est plutôt une bonne surprise.

Pas un instant, il ne songe à maudire le sort qui a fait que sa 750 se soit mise à « guidonner » en pleine ligne droite sur la route du Midi, la route du soleil. Normalement, connaissant sa bécane comme il la connaissait, il aurait dû pouvoir rattraper le coup, redresser, mais il est parti en vol plané...

Bon, c'est fait. Il n'a rien à regretter : cette dernière route était pour lui celle du plaisir total... 160 à l'heure, la jouissance de la vitesse interdite, les vibrations presque animales d'une machine bien réglée qui vous remontent dans tout le corps, la pression sauvage du vent sur la combinaison de cuir, toutes ces sensations dans un corps de vingt-six ans, dans la tête l'image d'une fille superbe qui vous attend au bout du parcours... Et crac... Plus rien. Fini. Terminé. Il n'a même pas souffert. Quelle plus belle fin possible ? Il pense : « J'avais un autre rendez-vous. Plus important. *Depuis dix-neuf ans.* »

Il pense. C'est formidable comme on pense clairement quand on est mort. Après tout, on n'a plus que cela à faire. Des flashes lui reviennent.

C'est un soir de septembre. Il a sept ans. Il mange une tranche de jambon et de la purée. C'est dans la salle à manger de ses grands-parents, dans le Cotentin. Son père est là aussi. Sa belle tête aux grosses moustaches ressemble au portrait de Monsieur Gillette, sur les paquets bleus des lames de rasoir.

— Dis papa... Pourquoi maman elle est pas venue avec nous ?

— Mais je te l'ai dit, Bernard : maman est un peu fatiguée... Elle est partie se reposer au soleil. Mange proprement, veux-tu !

En vérité, non : Marianne n'est pas « un peu » fatiguée... Elle a les nerfs en très mauvais état, depuis trois mois. C'est arrivé brusquement. Elle s'est mise à supporter très mal son fils, à ne plus supporter du tout son mari. Ces derniers temps, elle allait chez son docteur deux fois par semaine. Mais, manifestement, elle n'en pouvait plus :

— Ce n'est pas ta faute, Georges ! Tu es très gentil, très patient... Mais c'est tout l'ensemble qui devient trop pour moi : Paris, l'appartement, le petit, la famille, le téléphone, les voitures...

— Tu devrais voir ton toubib ?

— C'est fait...

— Qu'est-ce qu'il te conseille ?

— Oh ! Il dit que je fais un peu de déprime... Que je devrais partir un peu... Dans un cadre différent... Mais toute seule, tu vois... Enfin... Pas avec mon entourage habituel...

— Eh bien, pourquoi ne le fais-tu pas ?

— Mais, il y a toi... le petit... Je ne peux pas vous...

— Moi je me débrouillerai... Le petit, je le confierai à mes parents ! Pense à ta santé d'abord !

C'est ainsi que Marianne s'était laissé convaincre de prendre un peu de repos et de recul. L'endroit fut vite trouvé : elle irait chez Arlette, son amie de pensionnat. Arlette habitait Orange et possédait aussi un mas perdu en Haute-Provence. La garrigue, les moutons, l'eau du puits et pas de téléphone. Le calme absolu, la retraite idéale...

Fallait-il qu'elle aille mal, Marianne, pour en arriver là ! Mais on ne parle pas de cela, n'est-ce pas, à un petit Bernard de sept ans ? On lui dit seulement : « Ta maman est un peu fatiguée ! »

Ce jour-là, à Paris, Georges Andrieu a mené Marianne à la gare de Lyon, puis il a pris la route pour rejoindre son fils chez ses parents, dans le Cotentin. Il a les traits tirés, au dîner.

— Mange ta pomme, Bernard ! Si tu la coupes

bien comme maman t'a appris, tu auras le droit d'allumer la radio !

Petit Bernard, fièrement, pèle sa pomme avec couteau et fourchette et bondit de sa place pour aller prendre sa récompense. Il adore vraiment manipuler les boutons de bakélite du gros poste, voir l'aiguille bouger sur le cadran où se succèdent des noms bizarres et incompréhensibles : Sottens, Hilversum... Le poste siffle et gargouille lorsque Bernard recherche la station. Le mercredi soir, les grands-parents écoutent le théâtre radiophonique. Mais c'est l'indicatif des informations qui retentit dans le haut-parleur :

— Chers auditeurs, veuillez écouter un bulletin spécial : nous apprenons à la minute qu'un grave accident de chemin de fer s'est produit sur la ligne du Midi, un peu avant Valence. Le rapide qui avait quitté Paris à 15 h 34 a percuté à pleine vitesse un train de marchandises. On ignore l'origine exacte du drame, probablement dû à une erreur d'aiguillage. Le nombre des blessés ne nous est pas précisé, mais on déplore d'ores et déjà plus de dix morts, et la liste, hélas, n'est pas close...

Georges Andrieu, blême, debout sous le lustre, écrase machinalement sa cigarette dans son verre.

— 15 h 34... Bon sang... 15 h 34...

Petit Bernard a compris :

— Papa ! C'est le train de maman, dis ? C'est son train ?

La grand-mère le prend par la main :

— Ne t'inquiète pas, mon chéri ! Des trains, il y en a des dizaines, tu sais ! Je suis sûre que ta maman va bien ! Allez, c'est l'heure du marchand de sable !

Mais le marchand de sable ne passera pas de sitôt, cette nuit de septembre. Assis dans le cosy-corner, petit Bernard guette, à s'en faire mal aux yeux, la fente de lumière sous la porte. Il perçoit le ton angoissé de son père, les coups de téléphone qui se succèdent :

— Allô, les renseignements ? Je voudrais le numéro de Mlle Arlette Jubet, à Orange... Oui, Orange... Enfin, les environs... Non, je n'ai pas l'adresse exacte... Comment ça, vous ne trouvez pas ? Le nom de son propriétaire, si elle est locataire ? Mais non, comment voulez-vous que je le sache ! Mais ma femme lui téléphone sans arrêt !... Comment ?... Oui, pardon, excusez-moi, je suis un peu nerveux... Oui, vous avez raison, c'est peut-être à son bureau... Non, attendez !... Allô ? oui, ne coupez pas ! Donnez-moi le numéro de la gare, de la gendarmerie et de l'hôpital ! Non, pas à Orange... Valence !... Oui, c'est ça : Valence !

Et c'est l'affolante litanie des sonneries : « Occupé »... « La ligne est encombrée »... « Occupé »... « Mais vous êtes fou de réveiller les gens à cette heure-ci ! Non, ce n'est pas la gare ! » « Occupé »... « Nous ne donnons aucun renseignement par téléphone »...

Petit Bernard somnole. Il se réveille un instant lorsqu'il entend démarrer sous la fenêtre la Panhard de son père...

Georges Andrieu ne revient dans la maison du Cotentin que huit jours plus tard. Il a l'air plus maigre, plus petit, plus vieux. Le tour de ses yeux est tout rouge. A ses parents, il explique que c'est fini... Qu'il s'est occupé de tout... Que Marianne repose dans un petit village, loin, dans le Midi... C'est mieux comme ça.

— Et puis... je vais vous demander une très

grande faveur : vous savez combien je l'aimais... Maintenant il va me falloir vivre pour le petit... Sans elle... Alors, si vous voulez que je puisse trouver le courage pour ça, je vous demande de *ne plus jamais me parler d'elle*... Ni au petit... *Jamais*, je vous en prie...

Georges Andrieu prend Bernard par les épaules, s'accroupit et pose son front contre celui de son fils :

— Maman est avec le Bon Dieu, maintenant... On est tous les deux, juste tous les deux... Tu comprends ? Tu es un grand garçon, n'est-ce pas ?

Mais non : petit Bernard n'est pas un grand garçon. Il ne comprend pas cette chose injuste. Oh, bien sûr, il ne dira jamais comme il trouve cela injuste, il ne posera jamais de question : il a bien trop peur de la grosse moustache de son père.

Mais souvent, il ira regarder en cachette une photo, qu'il dissimule dans sa caisse à jouets. La photo d'une jeune femme heureuse, marchant dans une rue anonyme. L'instantané l'a immobilisée, un pied levé, dans le balancement d'une jupe d'été. Elle fait un geste de la main, comme pour dire non au photographe, mais elle sourit si joliment. Elle est ravie d'être regardée.

Ce sera, pour Bernard Andrieu, pendant dix-neuf ans, jusqu'à sa mort sur cette route, en somme, la seule image de sa mère. Combien de fois a-t-il essayé, avec une loupe, de mieux voir le visage. Mais la photo n'est pas bonne, et le visage est resté flou...

Jusqu'à cet instant où Bernard émerge du brouillard. Cet instant où il voit ce visage tout près du sien et où il se dit :

— Alors, c'est comme ça, quand on est mort ? Tant mieux... C'est bien...

Et puis, il se laisse bercer par les souvenirs qui reviennent. La photo dans sa boîte à jouets. La photo usée à force d'être regardée en cachette... Et dans son brouillard, quelque chose se détraque : il vient d'entrevoir sa mère, qui l'attendait de l'autre côté du miroir de la vie mais... il ne se souvenait pas que sa mère avait cette mèche blanche, juste au milieu de ses cheveux noirs... Sur la photo, elle n'avait pas cette mèche. Bernard se sent mal, soudain : quelque chose ne colle pas !

Bien sûr que c'est bizarre, bien sûr que quelque chose ne colle pas : si c'était aussi simple... S'il suffisait de mourir pour tout comprendre... Et bien sûr que, si Bernard Andrieu était mort, nous ne pourrions pas vous raconter cette histoire !

Alors, revenons à cette nuit de septembre où tout a basculé...

Georges Andrieu monte dans sa voiture et roule toute la nuit. Il n'a jamais voulu avoir la radio à bord, et jamais il ne le regrettera autant. Il s'arrête trois fois dans des stations-service, pour appeler ses parents. Marianne n'a pas téléphoné.

Il arrive sur les lieux du déraillement au début de la matinée. C'est pratiquement impossible d'approcher. On refoule fermement les familles, les curieux et les journalistes. La gendarmerie a installé un QG mobile dans un camion à cent cinquante mètres du lieu de la catastrophe. Il y a une queue de plusieurs dizaines de personnes.

Georges prend son tour dans la file, tombant de sommeil, bousculé, tiraillé, poussé entre ceux qui pleurent, ceux qui veulent passer devant les autres. Et les autres, qui engueulent ceux qui veulent passer.

— Et vous, c'est pour qui ?

— Hein ? Quoi ?
— Eh bien c'est votre tour, monsieur ! Vous venez pour qui ? Dépêchez-vous !
— Ah oui : je cherche ma femme !
— Nom, âge, signalement, signes particuliers, habillement, description des bagages éventuels ?

Georges décline, signale, décrit.
— Des bijoux ?

Georges essaie de se souvenir. Le gendarme parcourt des listes.
— Non, décidément non... Personne qui corresponde n'a été envoyé dans aucun des hôpitaux de la région... Mais prenez la fiche et allez voir à la morgue...
— Pardon ?
— La morgue, monsieur... Enfin... la chapelle ardente, c'est comme ça qu'on dit... C'est la toile de tente bleue, là-bas...

Pour Georges Andrieu, c'est l'épreuve presque insoutenable, le passage en revue des corps non encore identifiés. Certains pas du tout identifiables, d'ailleurs... Rien.

Le cœur soulevé, Georges Andrieu marche comme un somnambule le long de la voie. On ne fait plus attention à lui. Grincement des tôles, chuintement des chalumeaux, passage d'une forme blanche portée sur un brancard... Un homme est assis à même le ballast. La cinquantaine, un bras en écharpe, son imperméable anglais déchiré, il arrête Georges :
— Vous n'auriez pas une cigarette, monsieur ?

Georges lui offre la dernière du paquet. L'homme a un vertige en tirant la première bouffée. Georges le rattrape :
— Vous êtes blessé ?

— Oh, moi ? C'est rien. Ma femme... Elle... est là-bas, sous la tente...

— Je suis désolé, monsieur... désolé...

Georges n'a jamais aimé les photographies. Mais à cette minute, il regrette de ne pas avoir un portrait de sa femme sur lui. Et puis, on ne sait jamais, le hasard... Il revient en arrière vers l'homme à la cigarette :

— Excusez-moi... Vous n'auriez pas remarqué une dame grande, très brune... très belle... Un manteau blanc, avec une ceinture et un grand col ?

L'homme cligne des yeux, réfléchit :

— Ah oui... La Sud-Américaine...

— Pardon ?

— Oui. Ma femme et moi, on a pensé qu'elle venait d'Amérique du Sud, à cause de ses pommettes...

— C'est ça... oui... Des yeux très noirs... C'est ça... Vous l'avez vue ? Vous l'avez vue ?

— Oui. Au wagon-restaurant... Elle buvait un café... En face de nous...

L'homme a un sourire triste :

— Ma femme, la pauvre... Elle m'a presque fait une scène parce que je regardais cette dame...

— Mais dites-moi ! Dites-moi, je vous en prie ! Au moment de l'accident...

— Oh... au moment de l'accident, elle n'était plus là... Elle est descendue à Lyon.

— Ah ? Alors ce n'était pas Marianne... Ce n'était pas ma femme : elle allait à Orange...

Georges Andrieu repart. Ce n'était pas Marianne... Le hasard aurait vraiment trop bien fait les choses en le faisant rencontrer un de ses compagnons de voyage... Et puis, petit à petit, une idée s'immisce en lui... Un souhait d'abord : si *seulement* Marianne était descendue à Lyon... Le souhait se transforme en question : et si Marianne *était* descendue à Lyon ?

Voici la Panhard de Georges Andrieu qui fonce vers le sud. Avec un conducteur épuisé, tendu, taraudé par une contradiction : « Marianne, mon amour... Pourvu que tu sois descendue à Lyon ! Oui, il *faut* que tu sois descendue à Lyon ! Mais alors *pourquoi ? Pourquoi ?* »

Georges Andrieu arrive à Orange juste à la fermeture de la mairie. Il s'accroche à un employé, implore et obtient l'adresse d'Arlette Jubet.

Lorsqu'elle ouvre la porte à Georges Andrieu, Arlette recule de trois pas : elle a tout de suite compris. Elle aussi a appris la nouvelle de la catastrophe.

Elle craque très vite. Elle dit tout... Enfin, tout ce qu'elle sait : Marianne n'avait pas, Marianne n'a *jamais* eu l'intention de descendre dans le Midi. Arlette était un alibi... Le mas perdu dans la garrigue, sans téléphone, il existe bien. Mais il n'était que le prétexte idéal.

Marianne s'est bien arrêtée à Lyon. Pour rejoindre un homme, c'est aussi bête que cela. Quel homme ? Arlette ne sait pas. Où sont-ils ? Arlette ne sait pas. Elle n'a aucun moyen de joindre Marianne. C'est elle qui devait lui téléphoner tous les deux ou trois jours...

Georges Andrieu a déjà tourné les talons : il sait ce qu'il veut, et il doit agir vite. Agir avant que sa femme ne téléphone à son amie Arlette.

Le même soir Georges Andrieu, qui n'a toujours pas dormi, est en route pour Lyon. Malgré l'heure avancée, il trouve encore ouverte l'officine grisâtre d'un détective privé :

— C'est normal, monsieur. Nous faisons une grande partie de notre chiffre d'affaires sur les appels nocturnes : quand quelqu'un de proche n'est pas rentré et qu'on a fait la tournée des commissariats et des hôpitaux, c'est nous qu'on vient voir... Et puis, beaucoup de gens mariés qui veulent une réponse rapide à... certains doutes. C'est votre cas, monsieur ?

Georges explique rapidement, et le professionnel, sans état d'âme, accepte de s'occuper immédiatement de son affaire. Au tarif de nuit.

Ce sera encore plus simple que Georges ne l'imagine. C'est grand, Lyon. Mais la première piste, la plus évidente, va se révéler la bonne. Une rapide visite des hôtels, la description précise de Marianne dont la beauté est tout à fait remarquable, et voici la réponse : elle est avec son amant, ils ne se sont pas quittés et ne sont même pas sortis pour dîner. Sans commentaire.

C'est ce qui explique que Marianne ne se soit pas manifestée : elle n'a même pas entendu parler du déraillement. Elle est totalement prise au dépourvu lorsque Georges Andrieu fait irruption le lendemain matin à l'aube.

C'est le processus classique, le sordide processus devrions-nous dire : conseillé par son détective, parfaitement rôdé à ces mises en scène, Georges surgit devant le veilleur de nuit de l'hôtel, accompagné d'un « témoin ». Il fait un pseudo-esclandre en cassant systématiquement tout ce qui lui tombe sous la main. Intervention de la police, constat d'adultère, etc., etc. C'est important encore, à cette époque, le constat d'adultère. Important pour accuser la femme infidèle et aussi pour faire pression sur l'amant, lorsque celui-ci a une situation sociale qui lui fait craindre le scandale.

C'est le cas : l'homme s'en va, ses habits sous le bras. Et Georges se retrouve face à face avec sa femme, dans la chambre dévastée. Il est presque calme, en tout cas assez pour parler avec une froideur qui laisse peu de doutes sur sa détermination :

— Ecoute-moi bien, Marianne. J'ai eu le temps cette nuit, crois-moi, de bien réfléchir : ou bien je vous laisse tranquilles ce type et toi, et nous divorçons proprement, ou bien avec ce constat je vous fais tellement d'ennuis que vous n'oserez plus sortir dans la rue ! Et que, jamais non plus, tu n'oseras regarder ton fils en face ! Car je saurais lui dire quel genre de femme est sa mère !

— Ce qui signifie, Georges ?

— Ce qui signifie que pour moi, Marianne, tu es morte dans ce train. Morte, tu m'entends ! Et je veux que tu le restes, pour moi et pour Bernard ! Je ne veux plus jamais te revoir autour de nous ! Jamais.

On peut penser ce que l'on veut d'un tel ultimatum, notre but ici n'est pas de porter un jugement. Est-ce que l'amour total que portait Georges Andrieu à sa femme, est-ce que le dépit violent qu'il a ressenti devant la comédie qu'elle lui a jouée, est-ce que cela excuse un tel chantage et une décision aussi terrible dans la vie de leur enfant ?

Et que penser de l'attitude de Marianne ? Pressentait-elle que, face à l'état d'esprit de son mari, il serait peut-être pire pour leur fils qu'elle tente de se manifester, plutôt que de disparaître tout à fait ?

Toujours est-il qu'elle a accepté. Oui, elle a

accepté de ne jamais revenir et de laisser accréditer la version de sa mort. Et cela a duré dix-neuf ans.

Dix-neuf ans, jusqu'au jour où Georges Andrieu a été appelé au chevet de son fils mourant. Bernard venait d'être ramassé sur des rochers, à trente mètres en contrebas d'une route ensoleillée. La moto s'était envolée et s'était littéralement désintégrée au bout de la chute. Les médecins se devaient d'avouer au père qu'il n'y avait plus d'espoir. Dans ses rares moments de semi-conscience, le jeune homme n'appelait qu'une personne : sa mère.

Alors Georges n'a pas pu refuser d'entendre cet appel, et il s'est résolu à faire venir Marianne.

Elle est venue, et, contre toutes les prévisions, Bernard a survécu. Il a découvert doucement qu'il n'était pas mort, et qu'il avait toujours une mère. Une mère qui regrettait tellement d'avoir accepté une telle absence. Une mère toujours aussi belle que sur la photo du coffre à jouets. Avec juste une mèche blanche de plus.

Vous imaginez le bouleversement lorsque Bernard a repris vraiment contact avec la réalité. Mais voici ce que vous ne pouvez pas imaginer, et qui est le plus étonnant, peut-être le plus étrange : lorsqu'il s'est « planté » avec sa moto, Bernard roulait vers le Midi. Il habitait Amiens. Il était marié depuis deux ans, il avait un fils de quatorze mois. A ce moment de sa vie, il avait les nerfs à bout : il ne supportait plus son travail, son environnement. Il était seul sur cette route parce qu'il avait dit à sa femme :

— Il faut que je m'aère un peu, ou je vais craquer ! Je vais prendre quelques jours et rejoindre un copain, sur la Côte !

En réalité, Bernard allait retrouver une bonne amie. Cette jeune femme, rencontrée dans son travail, était argentine. Bernard, motard chevronné, a perdu le contrôle de son engin *non loin de Valence*, à trente kilomètres de l'endroit où sa mère aurait dû mourir dix-neuf ans plus tôt.

Transgénérationnel ?

MON AMI LE MORT

Pénitencier de Las Piedras, Nouveau-Mexique. 6 h 15 du matin, un mercredi.

Sur la route absolument rectiligne qui conduit à ce cube de béton, un nuage de poussière ocre et un bruit de tôles brinquebalantes font fuir les petits animaux du désert : l'autocar amène le lot hebdomadaire de nouveaux prisonniers.

Comme chaque semaine, le fourgon va se garer au centre de la cour, dans le rectangle dessiné à la peinture blanche. Deux rangées de six hommes armés de fusils à pompe se placent à l'arrière, tandis que le rideau de métal remonte.

Comme chaque semaine, les condamnés, pieds et mains entravés, sont poussés dehors par les convoyeurs et sautent de la plate-forme. Comme chaque semaine, l'un va trébucher et s'étaler. Un autre va cracher la poussière de la route et prononcer d'un air malin le sempiternel : « La climatisation est détraquée ! » C'est fait. Et, comme chaque semaine, tous deux reçoivent un coup de crosse dans les côtes. Le ton est donné : à Las Piedras, règle numéro un, tout ce qui n'est pas fait sur ordre est puni.

C'est ce que précise le gardien-chef à la quinzaine

de nouveaux arrivants, maintenant rangés en ligne. Il égrène les quelques autres consignes de base, tout aussi simples et directes : une interdiction, une sanction.

Il présente ensuite sur un panneau le plan des lieux : bien sûr, il y a des murs, ici. Et des lignes de barbelés séparées par du terrain nu et surveillées par des miradors. Mais c'est presque inutile : le vaste plateau désertique, avec ses failles, ses serpents et ses centaines de kilomètres sans un point d'eau, a toujours eu raison des fuyards.

— Le seul endroit à moins de dix jours de marche où vous ayez une chance de survie, les gars... c'est ici ! Et encore : une toute petite chance, si vous faites exactement ce qu'on vous dit !

Les nouveaux détenus sont passés à la fouille, à la désinfection. Ils ont reçu leur tenue de toile grise marquée de grosses lettres blanches dans le dos. Pour les huit premiers jours, le temps que l'administration les connaisse et que les gardiens testent leur docilité, ils se voient affecter une cellule individuelle. Ils sont allés y installer leur matelas et les trois objets personnels autorisés. Maintenant vient un moment attendu par tous ceux qui résident déjà ici : le « trombinoscope ».

Le rituel se déroule à la cantine. Dans l'univers du pénitencier, la loi des gangs règne encore plus férocement qu'à l'extérieur. Ici, le pouvoir sur l'autre n'est plus seulement un *besoin*, c'est une *nécessité*.

Les anciens ont été servis en premier et sont installés aux longues tables. Arrivent les nouveaux, qui passent à la file devant les cuisiniers. Moment idéal pour les observer, faire des commentaires. En laissant parler l'instinct, on va détecter les bonnes têtes et les mauvaises. Et les têtes de Turcs... Les caïds s'intéressent essentiellement à deux genres de personnages : les redoutables et les « mignons ». Les premiers accroîtront la puissance du groupe, les seconds exécuteront les tâches de confort et de plaisir.

C'est comme une sorte de marché aux bestiaux : les chefs de gangs trônent au centre de leur tablée et, lorsqu'un des nouveaux vient de se faire servir et se tourne vers la salle avec son plateau, l'un des chefs fait parfois un signe discret de sa cuiller. Si aucun des autres patrons ne conteste, la bande se serre sur son banc et fait une place à la recrue.

Malheur à celui qui n'intéresse personne : il sera la victime de tous. Par contre, s'il y a plusieurs « acquéreurs », le nouveau va s'installer à une table neutre, au fond : il sera joué aux dés à l'heure de la sieste. Parfois aussi, il y a litige.

C'est le cas maintenant : Hank Burton et Pepe Mendoza, deux meneurs notoires, se toisent d'une table à l'autre. Ils ont tous deux jeté leur dévolu sur le gaillard qui est en train de tendre son assiette au cuistot.

Il a quelque chose de spécial, ce type. Ce n'est pourtant pas un gabarit hors normes : solide, sans plus. Il n'est pas non plus à classer parmi les « mignons », loin de là : le crâne rasé, le nez nettement dévié vers la droite et, sur la peau tannée, une cicatrice fine et pâle qui traverse le front en biais, coupe le sourcil droit et continue sur la pommette, pour s'arrêter net sur la joue. Mais c'est son expression qui le rend remarquable : *neutre*. Totalement neutre. Une froideur absolue.

Hank Burton et Pepe Mendoza, en bons chefs, ont

tout de suite repéré cette expression, celle qui fera peur aux plus agressifs : ce type-là est un familier de la mort. Un de ceux que l'on ne contrarie pas.

Sans un mot, à distance, Burton et Mendoza s'affrontent. Burton, la main à plat comme une lame, fait un geste bref, catégorique : non, ce nouveau, il ne le jouera pas aux dés, il le veut. Mendoza se gratte le menton : son prestige est en jeu. Il choisit d'y aller fort. Trois doigts tendus au-dessus de son verre : s'il cède, il veut la priorité sur les trois prochains choix. C'est quasiment inacceptable. Pourtant, il n'en revient pas : Burton incline la tête. Marché conclu. Ses hommes se poussent et laissent avec respect le bout de leur banc pour cet arrivant qui vaut si cher.

Mais, au moment où il arrive à leur niveau, l'homme à la cicatrice ne s'arrête pas. Ses yeux se sont rivés sur un autre détenu, trois tables plus loin. C'est là qu'il va poser son plateau. Toujours sans quitter du regard le même détenu. Celui-ci finit par lever le nez de son assiette, le va-et-vient de sa cuiller se fige à mi-chemin. Il affiche une expression interrogative. Le nouveau s'adresse à lui d'une voix nette, comme si le règlement de la prison n'existait pas :

— Oui, toi ! C'est quoi, ton nom ?

Seule la moitié gauche du visage a parlé. L'autre, celle que traverse la cicatrice, n'a même pas frémi. On dirait un masque inerte. L'interpellé essaie de répondre comme si tout était normal, comme s'il ne sentait pas le malaise :

— Mon nom ? Loomis... Frank Loomis... Pourquoi ?

La réponse arrive, ferme, mais tranquille :

— Parce que tu m'as tué, Loomis. Content de te revoir.

Il se produit alors cette chose impensable : d'une seule détente, le nouveau s'envole au-dessus de la table, atterrit sur Loomis qu'il renverse et, avec lui, tout le banc !

Les dîneurs éclaboussés de nourriture se relèvent. Loomis et son agresseur roulent entre les pieds des tables, dans une gabegie de viande grasse, de haricots et de sauce brunâtre. Les privilégiés qui sont assez près pour les voir vocifèrent des encouragements, les malchanceux placés trop loin frappent en cadence leurs plateaux en faisant valser la vaisselle.

Les gardes autour de la salle n'ont mis que quelques secondes à réagir, mais ils ont déjà le plus grand mal pour arriver à l'épicentre du chahut. Ils font dégager les spectateurs en distribuant des coups de matraque et parviennent enfin à séparer les combattants. Le nouveau est assez difficile à maîtriser, mais Loomis se réfugie carrément au milieu des uniformes. On le comprend : il a le visage en sang et quelque chose qui a dû être son oreille ballotte contre sa joue. Il couine :

— Il est dingue ! C'est un dingue ! Je le connais même pas, ce mec !

Il n'y a pas deux poids, deux mesures, à Las Piedras, pour les fauteurs de troubles : que vous soyez l'auteur d'une agression ou la victime, même tarif. Le trou.

Le trou est à plusieurs étages sous terre et, si partout ailleurs dans la prison on a trop chaud, ici on frissonne. Un cachot de deux mètres sur deux. Une plaque de ciment nue entre deux murs pour s'asseoir ou dormir. Un broc d'eau, une écuelle de terre cuite.

Avant, c'était de l'aluminium, mais trop de prisonniers usaient le métal sur le ciment pour se trancher les veines...

Le pire, c'est l'obscurité permanente. Seul moyen d'avoir une idée du temps qui passe : l'ouverture, deux fois par jour, de la petite trappe en bas de la porte. Le matin, nourriture : une louche dépose dans l'écuelle quelque chose de gluant que l'on mange en s'aidant des doigts. Le soir, hygiène : une lance d'arrosage apparaît pour quelques secondes, asperge indistinctement l'homme et le sol, pour entraîner les déjections vers une bonde, dans un angle. Le détenu en profite pour rincer l'écuelle, remplir le broc. La trappe se referme. Noir absolu. Froid.

Vingt et un jours de ce régime. Pendant cinq cent quatre heures, Frank Loomis tente de comprendre. Et il ne comprend pas : *il n'a jamais vu ce type à la cicatrice*. Il en est certain. Ce visage figé, ce masque immobile traversé par cette ligne pâle, quand on l'a croisé une fois, on ne l'oublie plus.

A l'infirmerie, juste avant de s'évanouir pendant que l'on finissait de sectionner son oreille, Loomis a questionné en vain le détenu chargé des soins, qui n'avait pas assisté à la scène et ne connaissait pas les nouveaux.

Dans sa tête secouée de terribles élancements tourne la phrase prononcée par son agresseur : « Tu m'as tué. Content de te revoir. » Certes, Frank Loomis a tué des gens. Mais pas énormément. Il se les rappelle, tout de même ! Ce type n'en faisait pas partie.

Et même si sa mémoire lui jouait des tours et qu'il l'ait oublié, deux choses ne collent pas : d'abord, il a toujours achevé ses cibles ; ensuite, si par miracle l'une d'elles en avait réchappé, elle ne pourrait pas vouloir se venger : il a toujours agi par-derrière. Et sans témoins. Non, de ce côté-là, il est tranquille : personne ne l'a jamais su. D'ailleurs, ce n'est pas une peine pour meurtre qu'il purge. Officiellement, il n'est qu'un petit braqueur.

Loomis dort par à-coups, il ne sait pas combien de temps. Parfois des dizaines d'heures et c'est la lance d'arrosage qui le réveille. Parfois quelques secondes, mais qui suffisent à lui faire vivre des cauchemars où il se retrouve en train d'abattre dans le dos l'une des personnes qu'il a déjà tuées. Que ce soit un homme ou une femme, chaque fois, la victime morte se retourne vers lui. Elle porte une cicatrice en travers du visage et dit calmement : « Content de te revoir. » Mais ce n'est jamais *lui*, le prisonnier inconnu.

Lui, Loomis va le retrouver au « Degré 3 ». C'est l'appellation du quartier de sévérité renforcée où ils ont été affectés après leur incartade. Ce n'est pas, heureusement, la haute sécurité : ils ont droit à une heure de plein air. Pour Loomis, c'est un calvaire : ses dents claquent de fièvre et de peur.

De fièvre parce que les antibiotiques qui devaient être mêlés à l'infâme rata du mitard n'ont pas fait leur effet. Ou alors, on les a carrément oubliés. Lorsqu'il est repassé à l'infirmerie, on lui a refait son pansement. Ce qu'il y avait dessous dégageait une odeur insupportable. L'aspect était tellement rebutant qu'il n'a même pas osé regarder vraiment dans le miroir.

Quant à sa peur, elle vient de ce qu'il a enfin appris le nom de l'homme à la cicatrice : Larson. Et ce nom n'a éveillé en lui strictement aucun souvenir. Aucun Larson parmi les gens qu'il a pu dépouiller, cambrioler. Aucun non plus parmi les membres des bandes adverses qu'il a affrontées...

De plus, au cours de cette promenade obligatoire dans le soleil cru, ses yeux le font terriblement souffrir : ils sont comme passés au papier de verre. C'est le résultat de son séjour dans l'obscurité totale. Il s'est laissé tomber au pied d'un mur, recroquevillé, déboussolé.

— T'as vraiment une sale gueule, Loomis !

La voix vient d'en haut. Il tente d'entrouvrir ses paupières boursouflées. Son cauchemar est debout devant lui. Loomis se protège la tête sous son coude :

— Arrête ! Je sais pas ce que tu me veux ! Je te connais pas !

A sa grande surprise, il sent qu'on lui tire doucement le bras. L'homme à la cicatrice s'est accroupi devant lui. Il porte des lunettes de soleil. Loomis plaque sa main sur son pansement. Il ne peut que répéter :

— Pourquoi t'as fait ça ? Je te connais pas. J'ai jamais rencontré de Larson !

L'autre s'assied près de lui, contre le mur :

— Mais si, Frankie... D'abord, c'est *Larsson*, avec deux *s*. Nils Larsson... Je vais te rafraîchir la mémoire : Bolton's End, dans le Kentucky...

— Ben... c'est là que je suis né ! Mais...

— Et l'ancienne voie de chemin de fer, derrière l'école, ça te dit quelque chose ?

La pâleur de Loomis vire au verdâtre. Des souvenirs enfouis lui reviennent en flot :

— Merde ! Le petit Suédiche !

— Exact, Frankie ! Sauf que mes parents n'étaient pas suédois, mais norvégiens ! Seulement toi et les autres petits affranchis de Bolton's End, vous n'en aviez rien à faire : on était des étrangers et ça vous a suffi pour me prendre comme souffre-douleur, dès que je suis arrivé. Oui : le Suédiche, c'est bien comme ça que vous m'aviez surnommé. Et pour toi, j'ai jamais eu d'autre nom, je crois bien !

— Bon sang ! Je t'aurais jamais reconnu ! T'avais les cheveux presque blancs !

— Comme on change, hein, Frankie ! T'oublies de dire aussi que j'ai pris des muscles !

— Je m'en suis rendu compte !

— Toi, après dix-sept ans, tu ressembles toujours à un rat crevé ! A l'époque, si tu prenais le dessus sur moi, c'est parce que t'avais quatre ans de plus. Et que vous vous y mettiez toujours à plusieurs. Comme le jour de la voie de chemin de fer... Tu te souviens ?

Loomis tente de s'écarter :

— Ecoute, Larsson... On était gamins... Je me rendais pas compte...

— N'exagère pas, Frankie ! Dis ça à qui tu veux, mais pas à moi ! Je courais vers la vieille gare, tu m'as lancé une pierre dans la tête et quand je suis tombé sur le ballast, tu t'es mis sur mon dos, tu m'as pris par les cheveux et tu te marrais en m'éclatant la figure sur ce rail rouillé ! Ce sont tes copains qui t'ont dit de te tailler, et vous m'avez laissé pour mort !

— Mais tu l'étais pas !

— Je l'ai cru. Quatre mois j'ai passés à l'hosto. J'ai failli perdre mon œil et j'étais paralysé d'un côté. Je pouvais plus parler. Je me rappelais plus rien. Dans ma tête de môme, je croyais que j'étais mort. Et même quand je suis rentré chez mes vieux et qu'ils me disaient que j'étais vivant, je voulais pas les croire !

— Et c'est à cause de ça que tu m'as dit que je t'avais tué, quand tu m'as sauté dessus ?

— Oui. Depuis dix-sept ans, chaque fois qu'une fille a détourné le regard de ma gueule, chaque fois que je voyais cette gueule dans une glace... je me suis juré de te tuer aussi, pour peu que je te croise sur mon chemin...

— Et tu vas recommencer, hein ? Bon sang, Larsson, c'est des excuses que tu veux ? Je m'excuse ! Je regrette !

— Tu t'en fous, oui ! Tu ne te rappelais même pas de moi ! Mais maintenant, tu dirais que tu m'aimes, si ça pouvait calmer ta trouille !

— Ecoute : je peux te donner du fric ! Un paquet de fric !

— Me fais pas rire : t'es un minable ! Un petit braqueur minable !

— C'est ce que tu crois ! C'est ce que tout le monde croit ! Mais je suis plein aux as !

— D'accord, Loomis ! T'es Crésus en personne, OK ! Mais je vais te dire : c'est pas ta fortune qui va sauver ta peau... Parce que pour moi, elle vaut plus rien, ta carcasse de rat ! J'ai passé trois semaines au trou, moi aussi. Ça m'a donné le temps de réfléchir. On m'a transféré ici pour finir ma peine. Je n'ai plus que sept mois à tirer. Déjà, cette bagarre a fait tomber ma réduction de peine. Je ne vais pas risquer perpète. J'ai eu un vrai plaisir à t'écrabouiller la tronche, c'est vrai. Mais je crois que ça m'a calmé.

Et Larsson sort de sa poche une paire de lunettes de soleil :

— Tiens, mets ça ! Je les ai eues auprès d'un maton. Mais il faudra les rendre : il les loue pour ceux qui sortent du trou. Dix dollars la semaine, le salaud !

Loomis tremble tellement qu'il n'arrive pas à mettre les lunettes. L'autre les lui ajuste en riant :

— C'est vrai que ça va être un problème, maintenant, pour toi, avec une seule oreille ! T'inquiète pas, on trouvera un moyen, avec du sparadrap ! Toi aussi, quand tu te raseras, tu penseras à moi. Bienvenue au club Frankenstein, Frankie !

Dans les semaines qui suivent, la vie au « Degré 3 » n'est pas facile pour les deux détenus : aucun gang ne désire plus adopter un dingue comme ce Larsson. Le coup d'éclat qu'il s'est permis, ouvertement, au réfectoire, à peine arrivé, a marqué les esprits : c'est un type qui n'a rien à perdre. Cette réputation et son visage inerte lui ont valu d'emblée un surnom : le Macchabée.

Loomis lui aussi est rejeté : le gang qui le protégeait ne tient pas à compter dans ses rangs l'ennemi du Macchabée. Comme la surveillance est constante, on ne leur cherche pas de noises, mais on fait le vide autour d'eux. Par la force des choses, ils se retrouvent réunis dans leur isolement.

Au début, la communication est restreinte. Mais, au fil des jours, il faut bien parler. Tout naturellement, leur premier sujet, c'est Bolton's End, leur village d'enfance. Loomis a jeté l'oubli sur cette période de sa vie. Mais Nils Larsson lui rappelle des tas de détails : Miss Thomkins, la maîtresse d'école qu'ils ont eue à quelques années d'intervalle, avec ses tabliers reprisés.

— Et Lorna... Lorna comment, déjà ?
— Qui ça ?
— Mais si : la fille du garagiste, la brunette ! Elle

avait au moins seize ans et elle avait jamais embrassé un garçon, mais elle se déshabillait devant sa fenêtre, le soir !

Tout y passe : les bafouillages du pasteur, le cinéma dont la façade était repeinte en rouge pour attirer les clients... Larsson a une mémoire étonnante et, petit à petit, Frank Loomis retrouve quelque chose qui ressemble à des émotions. Une sensation depuis longtemps effacée.

A son tour, il parle. Il a le souvenir de la boucle de ceinture de son père sur son dos, quand on le ramenait une fois de plus du poste de police :

— Mes conneries, il ne pouvait plus les compter. Alors, il cognait. Mais tout était de sa faute : moi, j'aimais les trucs simples, les bagnoles, la bière ! Tout ce que je demandais, c'était un peu de fric ! Mais il a jamais été foutu d'en gagner plus que pour nous nourrir ! Alors, le jour où j'en ai eu marre, je lui ai rendu en une fois toutes les corrections qu'il m'avait filées, et je me suis taillé !

— T'es devenu quelqu'un, on dirait ?

— Ouais, mais... je me suis fait tout seul ! Tout seul, Nils, et de ça, j'en suis fier ! Avec les économies de mon vieux, j'ai tenu quelques mois, dans la banlieue de Denver... Je me faisais une épicerie ou une station-service, par-ci, par-là. Mais je savais que le caïd, en ville, c'était M. Carmona. T'en as entendu parler ?

— Paul Carmona ? Paul « le Crabe » Carmona ?

— Tout juste ! Le Crabe, à cause de ses petits yeux noirs et de sa manie de couper des doigts, des nez ou autre chose avec un sécateur ! Je suis allé le trouver et je lui ai demandé de me mettre à l'épreuve. Une semaine après, j'avais été tellement hargneux qu'il m'engageait ! J'avais même pas dix-huit ans !

— Chapeau, Frankie !

Frank Loomis et le Macchabée sont presque copains lorsqu'on les transfère au « Degré 2 ».

Dans ce quartier de la prison, la surveillance est moins forte. Et les embêtements vont commencer : Loomis et Larsson n'étant protégés par aucun gang, ils font l'objet de tentatives de pressions et de brimades. Ils s'épaulent mutuellement et parviennent à s'en tirer à peu près.

Mais Loomis traîne derrière lui quelques contentieux : depuis qu'il est à Las Piedras, il s'est plus ou moins livré à quelques petits trafics. Et il a souvent grugé ses clients. Ça se paie.

Un soir, pendant l'heure de télévision, un gardien vient discrètement chercher Loomis :

— Un coup de fil pour toi, Frank !
— A cette heure-ci ?
— Je crois que c'est important !

Le gardien fait passer Loomis devant lui, mais, dans un tournant du couloir, il s'arrête et le laisse avancer seul.

Loomis a compris, mais trop tard : une porte s'ouvre, un homme lui jette une couverture sur la tête, deux autres lui saisissent les pieds. Il se sent emporter, jeter sur du carrelage. Il a à peine le temps de distinguer qu'il est dans les douches que de grosses chaussures commencent à lui défoncer les côtes. On le soulève par le col, on le traîne, on lui plonge la figure dans des latrines. Il suffoque. Nouvelle séance de coups de pied. Puis l'un des trois hommes siffle entre ses doigts :

— Allez ! Assez rigolé ! Je vous rappelle que

notre petit copain en uniforme ne nous a accordé que cinq minutes ! Finis-moi ce minable !

En disant cela, il prend un morceau de tuyau de plomb dissimulé parmi les canalisations et le fait rouler vers le costaud qui tient Loomis.

Mais la porte s'ouvre à la volée et Nils Larsson surgit, intercepte la matraque. Il est suivi de deux autres détenus. Loomis entend des grognements, des coups sourds, le sale bruit d'os qui se brisent...

Lorsqu'il retrouve ses esprits, il est sur sa paillasse. Le Macchabée lui tient une compresse sur les côtes :

— Essaie de ne pas trop bouger, mon gars. T'as quelques jolis bleus, mais en échange, on a rempli l'infirmerie !

— Je savais pas que t'avais des alliés, dans cette tôle ?

— J'en ai pas. Mais j'ai compris qu'on t'emmenait vers un traquenard. Et je savais que ce gardien est à la botte du gang Mendoza. Tout ce que j'ai eu à faire, c'est d'aller chercher deux types du clan Burton et de leur promettre qu'ils allaient pouvoir s'amuser mieux que devant la télé !

Et Nils Larsson ajoute avec un clin d'œil :

— Ah oui... Je leur ai promis aussi du fric... Tu m'as bien dit que t'en avais ? J'espère que c'était pas une blague, parce que eux, ils te louperaient pas !

De ce jour, Frank Loomis sait qu'il a un ami.

Cette amitié se poursuit à leur retour au « Degré 1 ». C'est le quartier le plus agréable, si l'on peut utiliser ce mot à Las Piedras. On peut y posséder un instrument de musique, participer à des ateliers et faire de la culture physique.

On peut aussi y recevoir des colis. Loomis en

reçoit parfois et les partage avec Larsson, qui n'en a jamais, pas plus que de lettres. C'est la première fois que ce truand endurci a spontanément envie de faire plaisir à quelqu'un :

— Vas-y, Nils, sers-toi ! Bientôt, c'est toi qui pourras m'envoyer des paquets, veinard ! Tu vas pas tarder à sortir !

Curieusement, Larsson se rembrunit et se détourne. Loomis est décontenancé :

— Ben quoi ? C'est pourtant vrai que tu seras dehors dans quelques semaines. Moi, j'ai encore deux ans à tirer ! Et c'est toi qui fais la gueule ? J'ai dit quelque chose qu'il ne fallait pas ?

— Non, Frankie... C'est pas vraiment ça, mais... Non, tu vas te foutre de moi !

— Je suis ton ami, oui ou non ? Dis-moi, allez !

— J'ai la trouille ! Ouais, moi, j'ai la trouille de me retrouver dehors ! T'as pas remarqué que j'ai pas de visites, pas de courrier, pas de colis ? J'ai toujours travaillé en solo, tout le fric que j'ai ramassé, je l'ai filé à des filles, juste pour les entendre dire qu'elles m'aimaient... La vérité, Frankie, c'est que je mérite mon surnom : un macchabée, il y a personne qui l'attend, dehors !

Loomis a un sourire :

— T'oublies que t'as un ami, Nils ? Combien de fois faudra te le dire et te le répéter ? Quand tu vas sortir, tu seras pas seul. T'auras même une bagnole avec une jolie fille au volant, si tu veux ! Et une chambre à l'hôtel, avec une baignoire en marbre et une autre fille dedans ! Fais pas des yeux comme ça ! Je t'explique : je t'ai jamais raconté vraiment pourquoi je suis ici ?

Et Frank Loomis explique : cinq ans auparavant, il a participé à un braquage, qui a défrayé la chronique. Il faisait partie de l'une des ramifications de l'organisation de son premier patron, le tristement célèbre Carmona. Il a servi de chauffeur dans l'attaque d'une grande bijouterie.

Un membre de la bande a paniqué et grièvement blessé l'un des vigiles. Loomis a conduit les fuyards jusqu'à un autre véhicule. Il devait ensuite faire brûler la voiture du casse. Mais les grands moyens étaient déployés. Loomis a été repéré par hélicoptère, encerclé, appréhendé.

Pendant les interrogatoires musclés, il n'a pas dénoncé ses complices. Ensuite, il a refusé les arrangements pourtant intéressants proposés par le procureur : une peine de principe en échange des noms. Il a gardé bouche close et a donc écopé du maximum de ce qu'il encourait, compte tenu qu'il n'était pas présent à la fusillade. Les auteurs du délit n'ont jamais été inquiétés.

— Et c'est comme ça que je suis devenu riche, Nils !

— Riche ? N'exagère pas : la part d'un chauffeur n'est pas énorme !

— Non, mais mon silence valait de l'or : le type qui a tiré sur le vigile... c'était le plus jeune fils de M. Carmona ! Le Crabe ! Le patron a su compenser les années de taule que j'ai acceptées. Il a monté un système formidable : il a réparti mon salaire entre tous les gars à qui j'ai sauvé la mise. Il a ordonné à chacun de prélever en plus une partie de leurs bénéfices pour moi et de faire fructifier l'argent. Ils sont tous clients de mon avocat. Quand j'ai eu besoin de ce fric pour payer les types qui t'avaient aidé, dans les douches, mon avocat a discrètement battu le rappel et il a reçu le fric par ses confrères qui s'occupent de mes anciens complices !

Nils Larsson est impressionné : le système est vraiment hermétique et les pistes bien brouillées. Loomis conclut :

— Après tout ce que t'as fait pour moi, Nils, tu seras pas seul, dehors, je peux te le jurer : le jour de ta sortie, je te ferai apprendre par cœur les noms et les adresses des copains qui gardent mon blé, tu manqueras de rien et ils te feront redémarrer ! Tu vas revivre, Macchab' !

Chose promise... Lorsqu'il quitte la prison, l'homme à la cicatrice a retrouvé le sourire.

Pénitencier de Las Piedras, Nouveau-Mexique, 14 h 30, un dimanche.

Petit nuage de poussière ocre sur la route rectiligne : une voiture franchit le portail blindé et va se garer sur le parking Visiteurs. L'homme qui en sort porte un costume bien taillé, une cravate de soie et des chaussures italiennes. Il regarde autour de lui, crache par terre et, avec un clin d'œil, dit au garde :

— Heureusement, la climatisation fonctionne !

Lorsque Frank Loomis pénètre dans la cabine du parloir, il jauge à travers la vitre blindée l'élégance de son visiteur. Chacun décroche un combiné de téléphone. Loomis le met contre l'oreille qui lui reste :

— Salut, Nils ! T'es superbe, mon pote ! A ce que je vois, t'es allé trouver mes copains ?

Là, étonnement, l'autre fait une grimace désolée :

— Eh bien non, figure-toi : j'ai pas pu... Quand je suis arrivé en ville, ils étaient déjà tous en garde à vue !

Loomis blêmit et se rapproche de la vitre :

— Qu'est-ce que tu racontes ?

— La vérité, mon pauvre Frankie ! Arrêtés au

lever du soleil ! Tous ! A la même minute ! Même pas le temps de donner un coup de fil ou de planquer des trucs compromettants ! Une opération de police montée comme une horloge !

— Nom de Dieu ! Comment c'est possible ?
— Une dénonciation. Ils ont été dénoncés.
— Mais... qui a pu faire ça ?
— Moi.

Après quelques secondes de souffle coupé, Loomis se lance contre la vitre, comme s'il pouvait la traverser :

— Saloperie ! T'es une saloperie de balance ! Une donneuse !
— Non, Frank ! J'ai juste fait mon boulot !

Le visiteur sort de sa poche un étui de cuir noir, l'ouvre. Frank Loomis voit l'insigne. C'est comme si on le frappait sur la nuque. Il retombe assis. L'autre lui parle doucement :

— Ça a commencé il y a un peu plus d'un an. Le vigile que vous aviez abattu dans la bijouterie a fini par mourir des suites de ses blessures. Les balles lui avaient mis en miettes le foie, un rein et je ne sais plus trop quoi d'autre qui sert à vivre. Il a beaucoup souffert pendant quatre ans. Son syndicat a fait pression, les assurances aussi, qui n'avaient jamais récupéré les bijoux. Le procureur a discrètement rouvert le dossier. On m'a demandé des coupables. Tu étais la seule piste.

— Bon sang ! Il a fallu que ça tombe sur toi ! Nils Larsson, le petit Suédiche ! Un flic !
— Non. Brautigan. Carl Brautigan.
— Tu dis ?
— Je dis mon nom : Carl Brautigan. Tu peux m'appeler « agent spécial Brautigan »... entre amis !
— Tu... *tu n'es pas Nils* ?

— Non. Je ne t'avais jamais rencontré avant la cantine.

— Mais... Bolton's End ? Nos souvenirs ?

— Je n'avais jamais entendu parler de Bolton's End avant. Mais j'ai étudié ton dossier : tu n'avais pas desserré les dents pendant l'enquête, tu ne parlerais pas à n'importe qui. Alors je suis allé là où tu es né. J'y ai passé quatre mois. J'ai fait parler les anciens. C'est précieux, les anciens : ça se rappelle des tas de choses qui ne sont pas dans les dossiers de la justice. L'institutrice, Lorna la petite brunette, le pasteur qui bégaie... Ils se souvenaient tous de ce sale petit rat de Frank Loomis... Surtout la famille Larsson. Quand j'ai connu l'histoire de leur fils, j'ai su ce que je devais faire : je suis *devenu* Nils, le petit Suédiche. Avec quelques années et des muscles en plus...

L'agent spécial Carl Brautigan voit le regard affolé de Loomis courir sur son visage :

— Ah, ça ? Un truc de nos services de chirurgie. D'habitude, ils refont un visage normal à nos gars blessés en service, ou aux témoins menacés à qui on fournit une nouvelle identité. Là, au contraire, je leur ai demandé de me *défigurer* un peu. La cicatrice, c'est un coup de bistouri très superficiel, un peu de silicone sur les bords pour ressembler à une blessure ancienne. Ça ressort mieux avec du bronzage autour. Ils m'ont garanti que ça disparaîtrait en quelques séances de laser... Mon nez était déjà cassé à la boxe : ils n'ont eu qu'à le dévier avec une plaque de plastique le long de l'os. Ah, tu te demandes pour la paralysie du visage ? Ça c'était impressionnant, hein ? C'est trois fois rien : des injections d'une espèce de curare. Inoffensif : on fait ça aux dames dans les cliniques chic, pour les rajeunir : ça paralyse les petits muscles et ça supprime les rides d'expression. Ça tient un peu moins d'un an, juste ce qu'il me fallait. Non, le plus embêtant, tu ne t'en douterais pas : c'étaient les cheveux blonds ! Si je faisais une teinture, les racines se seraient vues assez vite. Je les ai rasés.

Le policier se lève :

— Je vais te laisser, Frankie... Mais, juste avant de partir, je voudrais te montrer quelque chose. Il fallait que personne ici ne soit au courant, que j'y entre comme un vrai malfrat. Nos services m'ont fabriqué des papiers au nom de Nils Larsson, on a inventé à ce garçon tout un parcours de délinquant et on l'a introduit dans les archives... C'était dur pour ses parents. Mais le plus dur, ç'a été de leur demander de faire disparaître ça...

L'agent spécial Carl Brautigan plaque contre la vitre une photo. Une pierre blanche. Une pierre tombale.

— C'est là-dessous que reposait leur fils. Il était resté salement handicapé, après l'histoire de la vieille gare. Tu ne l'as pas su : tu t'étais déjà tiré. Quatre ans plus tard, une saleté de caillot qui s'était collée dans son crâne s'est détachée... Il allait avoir seize ans. Je te laisse la photo en souvenir. Tu vois, Frankie, quand tu as retrouvé Nils Larsson, il ne t'a pas menti : il était mort.

Le procès du gang Carmona n'eut lieu que six années après les événements rapportés ici. Il fut annulé pour vice de forme dans la constitution des preuves. La justice déclara poursuivre son action.

A l'automne qui suivit sa dernière rencontre avec « le Macchabée », Frank Loomis fut retrouvé mort dans sa cellule, asphyxié par un sac en plastique. Les doigts du détenu étaient sectionnés au sécateur. Les doigts des deux mains. L'administration conclut au suicide.

A Bolton's End, Kentucky, la pierre tombale de Nils Larsson a été remise en place.

L'agent spécial Carl Brautigan assistait à cette cérémonie. Ses cheveux châtains avaient repoussé, son nez était droit. La cicatrice avait disparu de son visage, à l'exception d'un léger trait au-dessus du sourcil.

La mère de Nils Larsson demanda à Brautigan s'il s'agissait d'une erreur du chirurgien. La réponse fut : « Non, c'est juste pour ne pas oublier. »

L'HOMME NU DE LA RIVIÈRE

Equateur, début 1925. Chaleur écrasante, dans une atmosphère saturée d'humidité. Le río Napo, un fleuve boueux, traverse la forêt d'Oriente. Le long du río Napo, par endroits, quelques centaines de mètres peuvent être vivables pour des Européens, mais ni trop loin ni trop près de l'eau.

Si l'on s'éloigne du fleuve, c'est la jungle, épaisse, pleine de pièges, où subsistent seulement quelques tribus : des Indiens, descendants des Incas. On les voit si rarement qu'ils sont presque devenus des légendes.

Plus près du fleuve, c'est le domaine bourbeux des crocodiles, des monstres verdâtres et marron, atteignant plusieurs mètres. Ils sommeillent dans leur cloaque, mais, si vous approchez, ils foncent sur vous comme l'éclair.

Entre le mur de lianes de la forêt et la rive aux crocodiles, c'est là que les missionnaires espagnols d'Ahuana ont implanté leur campement, moitié chapelle, moitié infirmerie et... moitié bazar. « Trois moitiés, ce n'est pas trop dans ce fichu pays ! » comme le dit le robuste Père Esteban, le responsable de la mission, car un religieux, dans cet avant-poste de la civilisation, doit savoir tout faire, et même davantage.

— Père Esteban ! Père Esteban ! Venez vite !

Dans l'espace de terre battue devant la chapelle, c'est le Père Horatio qui crie en faisant des moulinets de ses bras maigres et se met à courir vers le río.

Le Père Esteban le suit sans s'émouvoir, prenant même le temps de remarquer deux détails. D'abord il note, pour la première fois depuis tant d'années qu'ils se côtoient, que Horatio trottine déjà tout raide, comme un vieux, et il n'a que quarante-cinq ans. La jungle est impitoyable. « Moi non plus, je ne dois pas rajeunir ! » songe Esteban. Dans le même temps, il discerne le deuxième détail qui, lui, l'alerte : le bruit... Le bruit incessant de la forêt... Ce bruit a marqué un paroxysme et, maintenant, il s'est arrêté : il se passe, ou il va se passer quelque chose d'exceptionnel. La jungle ne se trompe jamais.

C'est dans un silence épais que les deux prêtres arrivent sur la butte qui surplombe la berge. Le Père Horatio pointe le doigt :

— Là-bas, Père Esteban !

Là-bas, sur les rochers de la rive opposée, une forme. Une forme pâle, étendue. C'est un homme. Une peau claire. Un Européen. Le Père Horatio balbutie :

— Il... il est tout nu, Père Esteban !

— Oui, et il a l'air mal en point !

En effet, l'homme est couché sur la pente, tête en bas vers le fleuve, les pieds plus haut. Le Père Esteban met ses mains en porte-voix :

— Ho ! Là-bas ! Vous m'entendez ?

La forme a bougé. L'homme se redresse. Ça y

est : il a aperçu les religieux. Il se lève. Le Père Esteban sursaute. Il hurle :

— Non ! Restez où vous êtes ! On va venir vous chercher avec la pirogue !

Mais l'homme nu avance sur le rocher.

— Non ! Mon Dieu ! Il n'a pas compris !

L'homme a plongé. Et, aussitôt, un grouillement infâme commence sur la rive. Les crocodiles ! Comme de longs fuseaux souples, ils surgissent de partout. De sous les troncs pourris, d'entre les racines. Et ils convergent vers le nageur qui lutte contre le courant. Ils arrivent sur lui alors qu'il est au milieu du parcours. Le Père Horatio se cache le visage dans ses mains osseuses pour ne pas voir le carnage. Son supérieur lui pèse sur les épaules, le force à s'agenouiller :

— Priez ! Priez de toutes vos forces !

Et lui aussi se jette à genoux. Les mains jointes. Mais lui trouve l'affreux courage de fixer l'homme qui nage toujours. Il rive son regard sur lui, comme pour lui envoyer sa force, pour lutter avec lui :

— Notre Père qui êtes aux Cieux...

Et de ses yeux grands ouverts, le Père Esteban voit cette chose incroyable : il voit les crocodiles hésiter, effleurer l'homme blanc et... mais oui ! ils *s'écartent de lui* ! Ils battent l'eau furieusement, mais ils s'écartent. Et, sans un coup de dent, sans une goutte de sang, ils semblent escorter l'être humain tout nu qui achève sa traversée. Il a réussi ! La jungle explose de cris, de caquètements, comme pour faire une ovation à l'auteur d'un tel exploit !

Les deux prêtres sont soudés sur place, glacés, agités de tremblements. L'homme nu est à plat ventre dans la boue. Il se met à quatre pattes. Lorsqu'il se tient debout, les missionnaires sortent enfin de leur stupeur, retrouvent l'usage de leurs jambes et viennent à sa rencontre, glissant et pataugeant. Le Père Horatio rit et pleure :

— C'est un miracle, Père Esteban ! Le miracle de la prière !

L'homme nu est blond, barbu, hirsute. Une longue chevelure dégoulinante. Il est nu, oui, à l'exception d'une grosse flûte de bambou, tenue en bandoulière par une courroie et, autour du cou, un lacet qui supporte une bourse de cuir. Il rit, et il dit avec un superbe accent américain :

— Un miracle ? Oh, non ! Je ne risquais rien !

Il écarte les bras, lève le visage comme pour défier le ciel et crie :

— Je suis intouchable ! Je suis le *Baruna* ! Je suis le Dieu de la rivière !

Il rit encore, et, sans transition, son sourire s'efface, ses yeux se révulsent et il bascule comme une masse, face contre terre.

Le retour de cet homme nu vers un poste avancé de la civilisation marque le début d'un dossier fascinant, un dossier qui, aujourd'hui encore, n'a pas livré tous ses secrets.

L'homme nu de la rivière n'est pas mort. Seulement dans un état d'épuisement physique et nerveux presque inconcevable. Les missionnaires l'ont porté dans le bâtiment qui sert d'infirmerie et l'ont allongé sur un lit. Et, tout de suite, ils ont été surpris par une odeur. Une odeur qu'ils n'avaient pas remarquée, dans l'émotion du moment et en plein air. Mais maintenant, entre quatre murs, elle est là, cette odeur. Acre, prenante, gênante. Le Père Horatio ouvre la fenêtre :

— Pffou ! Il pue, notre miraculé ! Oh, pardon, Père Esteban !

— Père Horatio, en d'autres temps je vous aurais lavé la langue au savon pour vos écarts de langage... mais là, vous avez raison ! Il pue ! Je n'ai jamais senti ce truc-là, et c'est plutôt ce garçon que vous allez me laver au savon !

Pendant que Horatio décape l'homme évanoui, le supérieur examine ce corps étonnant. Un corps mince, tout en muscles et en os. Une peau tannée, couturée comme le cuir d'un animal habitué aux buissons épineux. Et les pieds... Ce ne sont pas des pieds d'homme civilisé. Le prêtre connaît bien ce genre de pieds, pour en avoir soigné souvent. Des pieds protégés d'une couche dure, des pieds à l'épreuve des pierres et des insectes rampants, des pieds de sauvage, de coureur de forêt. Des pieds d'Indien.

Le Père Horatio, armé d'une éponge et d'une cuvette, frotte énergiquement avec un air de dégoût :

— Non mais regardez ça ! Il est complètement enduit d'une espèce de pellicule gluante ! C'est ça qui sent mauvais ! Et ça tient bien !

Le Père Esteban tourne et retourne entre ses doigts le tuyau de bois que le rescapé portait en bandoulière :

— C'est bien une flûte ! Une grosse flûte !

Il avise la bourse de cuir, encore attachée au cou : elle contient peut-être une indication sur l'identité de ce sauvage blond. Il tend la main, mais il n'a pas fini son geste que l'homme évanoui, comme s'il le sentait, se détend comme un ressort. Il saisit à le broyer le poignet du prêtre et, sans ouvrir les yeux, il crache entre ses dents :

— Ne touchez pas à ça ! Jamais ! Ou je vous tue !

Et il semble retomber dans son évanouissement. Contrairement à toute attente, le Père Esteban sourit : ce miraculé possède non seulement le corps d'un animal de la jungle, mais aussi cette espèce de sixième sens, qui tient à la fois au flair et à la capacité de ressentir une approche étrangère avec chaque centimètre carré de sa peau, comme si elle était hérissée de milliers d'antennes. Ce sixième sens indispensable pour survivre à des milliers de dangers. Quels dangers a-t-il affrontés ?

Cet homme parle espagnol avec un accent américain. Le prêtre est habitué à jauger les êtres humains sans même les voir, pendant leur confession, au seul son de leur voix. Dans les quelques mots prononcés par le rescapé, il a discerné de la violence. Oui, une violence terrifiante, mais pas la moindre trace de vulgarité. Le Père Esteban en est certain : cet homme-là, ce sauvage blond et dur, est un être cultivé. Et c'est pour cela qu'il sourit, le Père Esteban. Parce qu'il est certain maintenant que, dans sa pénible vie de missionnaire de la jungle, cet homme-là va représenter une captivante aventure.

Il ne se trompe pas, le Père. Lavé, nourri à la cuiller, tout doucement comme un enfant, l'homme nu de la rivière va rester dix jours et dix nuits dans cet état d'inconscience. Une mauvaise fièvre le secoue, par longues crises. Une fièvre qui ferait délirer n'importe qui. Mais pas lui : l'homme tremble, serre les mâchoires, et *aucune phrase* ne franchit ses lèvres. En cela aussi, le Père Esteban ressent la lutte forcenée que mène le malade pour se dominer, même dans son demi-coma. Un accès plus violent finira cependant par avoir raison de son contrôle. Il lâche trois mots :

— Soleil... Le... le Soleil Vert !

Le Père Esteban, qui le veille sans relâche, sourit encore dans la pénombre : décidément quand il sera guéri, celui-là aura des choses passionnantes à révéler. Mais voilà : est-ce qu'il va *vouloir* les révéler ?

Très lentement, au fil des jours, on sent que l'inconnu reprend des forces. Les bouillies fortifiantes et les élixirs à base d'herbes que les prêtres lui font avaler à la cuiller semblent lui rendre un peu de vigueur. Alors il se réveille. Ou plutôt... comment dire ? il *décide* juste de faire savoir qu'il va mieux. Cela, le Père Esteban l'a bien vu : depuis un bon moment déjà, la respiration de l'homme a changé. Sous ses paupières closes, maintenant les yeux bougent.

Mais il reste immobile. Il doit être en train d'écouter, d'analyser, de jauger le lieu où il se trouve, et supputer s'il risque quoi que ce soit et jusqu'où il peut faire confiance. Le Père Esteban donne consigne à tous d'aller et venir comme à leur habitude, de ne surtout rien changer. Il n'y a rien à cacher, ici, et c'est le meilleur moyen pour apprivoiser le sauvage blond : ses sens affûtés déceleraient le moindre manque de naturel et Dieu sait alors comment il réagirait.

Le prêtre a vu juste : l'homme a bien repris toute sa conscience, il a compris où il se trouve et se sait en sécurité. La preuve : lorsqu'il décide de se redresser sur le lit et de parler, sa première phrase ne sera pas le traditionnel « Où suis-je ? ». Il demande simplement, avec son accent d'Américain cultivé :

— Combien de temps ?

— Douze jours, mon fils ! Vous êtes resté couché douze jours ! Je suis le Père Esteban.

— Merci, mon Père, pour tout ce que vous avez fait. Merci du fond du cœur !

Et, comme s'il avait mûrement réfléchi sa décision, l'Américain blond détache de son cou la bourse de cuir, cette fameuse bourse à laquelle il ne fallait pas toucher.

— Votre main, mon Père, s'il vous plaît !

Et, dans la main du prêtre, il fait rouler hors de la bourse une pierre. Une pierre verte. Une émeraude. Une merveilleuse émeraude brute, qui une fois taillée pèsera ses cinquante carats. Le Père Esteban murmure :

— Un soleil ! C'est cela, le Soleil Vert dont vous avez parlé !

— Cadeau. Pour votre mission, mon Père, pour les soins que vous m'avez donnés.

— Je ne peux pas... C'est... c'est trop !

— Acceptez, je vous en prie... Pour moi, ce n'est rien. *J'en possède des milliers.* Oui, je sais, mon Père, que j'ai l'air d'être un peu fou, mais je sais aussi que vous attendez des explications. Alors... voilà...

Et l'homme nu de la rivière raconte.

Il se nomme Stewart Connelly, il est américain de l'Illinois. Pour tout le monde, il est mort et c'est lui qui en a ainsi décidé. Connelly est sorti de l'université pour s'engager dans l'infanterie en 1917. A l'armistice, il se fait démobiliser en Europe, et, avec sa prime, il fait du tourisme. Les musées, les bibliothèques. Mais après la grande secousse de la guerre, le monde lui pèse, il se met à rêver de tout recommencer à zéro, d'être un autre.

C'est à Madrid qu'il va trouver la porte pour sortir de cet univers usé : à la Bibliothèque nationale, il tombe sur un manuscrit oublié. Celui d'un moine, Sanchez, compagnon du conquistador Pizarre.

Le moine parle d'Atahualpa, le dernier empereur des Incas. C'est lui qui, accueillant les Espagnols, leur offrit comme cadeau de bienvenue des émeraudes d'une taille étonnante. En guise de remerciement, Pizarre chargea le moine Sanchez de torturer une bonne partie de la population pour savoir où était la mine qui recelait ces étonnants joyaux. Les Incas se rendirent compte qu'ils s'étaient un peu trompés sur les sentiments des nobles visiteurs, et aucun ne parla.

Stewart Connelly se met alors à étudier tous les documents relatifs aux expéditions, car, bien sûr, au fil des siècles, il n'est pas le premier à rêver au « Soleil Vert des Incas ».

Il établit ainsi deux choses essentielles : d'abord, en éliminant les endroits déjà fouillés par d'autres explorateurs en pure perte, il cerne approximativement le territoire où doit se trouver la mine. C'est dans une portion de jungle réputée impénétrable, la forêt d'Oriente.

Deuxième élément : tous ceux qui l'ont précédé, ou à peu près, ont été massacrés par les Indiens, qui vivent selon des critères absolument étrangers à notre mode de pensée. Ils ne comprennent ou, plus exactement, *refusent* de comprendre ce qui vient de l'homme blanc. Probablement une très vieille habitude, héritée de leurs ancêtres incas, « échaudés » par leur confiance naïve dans les compagnons de Pizarre.

Pourtant, ces Indiens pour qui une vie humaine est peu de chose ont une superstition : *ils respectent la folie*. Oui, pour eux, un fou est un être à part, touché par la divinité, un être sacré.

Voilà pourquoi Stewart Connelly va faire cette chose absolument invraisemblable : il va, volontairement, devenir fou !

Avec ce qu'il lui reste de sa prime, il s'embarque pour Quito, Equateur. Là, il convertit ses derniers dollars en sucres, la monnaie locale. Dès lors, il va mener une vie de schizophrène, partagé entre deux personnalités, étrangères l'une à l'autre.

Le jour, jeune universitaire érudit et passionné, géographe, traducteur, il étudie les cartes dans les bureaux de l'hôtel de ville. Tout ce qui a pu être répertorié, noté, dessiné, à propos de la forêt d'Oriente, il le passe et le repasse en revue, jusqu'à en graver dans sa mémoire chaque détail.

Le soir, il quitte la ville. Il revêt des haillons et vit au milieu des Indiens dits « civilisés », errant dans les huttes de pierre séchée de la banlieue pauvre. Là, il passe des heures à souffler dans une flûte de bambou d'une manière incohérente, toujours les mêmes notes brisées, lancinantes, en prenant un air hagard. Peu à peu, ses voisins prennent l'habitude de lui parler comme à un enfant, en l'appelant *El Loco*, le fou. Il est alors certain que sa démence est vraisemblable, et il part pour la véritable aventure : il décide de quitter le monde.

Il se rend à l'orée de la jungle. Il se débarrasse de tous ses vêtements, ne gardant que sa flûte. Et il s'engage tout nu dans la forêt, en soufflant et en sautillant, faisant beaucoup de bruit, parlant tout seul, poussant des cris et, de temps à autre, se roulant par terre.

Cela lui prend du temps, plusieurs jours. Mais bientôt, il sait qu'il a des spectateurs. De derrière les arbres, il sent des regards peser sur lui. Il continue. Et il réussit.

Après trois autres jours d'observation silencieuse, les Indiens sortent enfin pour le recueillir, respectueusement, et l'emmener vers leur village. On lui apporte de la nourriture et on le laisse libre d'aller et venir à sa guise, aux alentours. Il est devenu en quelque sorte un porte-bonheur de la tribu.

C'est auprès de ces Indiens qu'il apprend notamment l'usage d'une plante, le *barbasco*. En cassant la tige, on recueille la sève. On s'en enduit le corps et cette odeur, peu agréable aux humains, est carrément insupportable pour les crocodiles.

Ce secret de la nature sera bien utile par la suite à Stewart Connelly. Car il veut aller plus profondément dans la jungle. Et, pour cela, il doit sortir du territoire de ses amis pour aller sur celui d'une autre tribu, beaucoup plus féroce. Et aussi beaucoup plus méfiante.

Lorsqu'il arrive auprès de ce nouveau groupe, tout nu avec sa flûte et ses rires de fou, on lui met le grappin dessus et, comme dans les bandes dessinées, le voici accusé d'imposture par le sorcier !

Alors, que fait Connelly ? Comme dans les bandes dessinées, il défie le magicien local en combat singulier ! Le jugement des Dieux : celui qui aura le dessus sera le vrai magicien. Et quel terrain propose-t-il pour ce combat ? La rivière infestée de crocodiles : il joue son va-tout. Coup de chance : cette tribu-là ne connaît pas l'usage de la plante « anti-croco », le fameux *barbasco*. Et Connelly s'en tire tandis que le vilain sorcier laisse aux crocodiles sa jambe en guise de casse-croûte !

Connelly sort donc triomphant des eaux et on le sacre *Baruna*, Dieu de la rivière.

Moyennant quoi, il va vivre presque deux ans dans cette zone inconnue de la civilisation, où il finira par découvrir la mine d'émeraudes.

Il met quelques pierres dans sa bourse et juge le temps venu de repartir vers la civilisation. Mais les Indiens ne l'entendent pas, bien sûr, de cette oreille : ils ne veulent rien savoir pour laisser filer leur Dieu vivant. Sans sa protection, le village serait assurément la proie des calamités...

Il doit donc leur fausser compagnie. Les Indiens le poursuivent, et c'est dans cette course qu'il use ses ultimes forces avant d'apparaître, épuisé, aux abords de la mission catholique...

Avouez que c'est beau, tout de même, un peu trop beau, un peu trop semblable aux livres d'aventures, pour être tout à fait vrai ? C'est pourtant ce que raconte l'homme nu de la rivière au prêtre qui l'a sauvé.

Le Père Esteban n'est pas né de la dernière pluie. Pourtant, dans cette histoire, il ne parvient pas à démêler ce qu'il faut prendre et ce qu'il faut laisser.

Deux choses sont certaines, en tout cas : ce Stewart Connelly arrive bien de la jungle, tanné comme un sauvage, et là, dans la main du prêtre, c'est bien une émeraude géante qu'il a fait rouler hors de sa bourse de cuir, sa bourse de cuir qui en contient d'autres, des émeraudes, plus grosses encore...

Alors le Père Esteban préfère cesser de se poser des questions, et accepter tout en bloc, tel que Connelly le raconte. Après tout, s'il y a des récits d'aventures dans les livres, ils viennent bien de quelque part ! Et pourquoi faire la fine bouche quand le Bon Dieu vous donne la chance d'y participer directement ?

Le père va donc continuer à soigner Stewart Connelly qui, après ce premier récit, refuse obstinément d'en dire plus. Peut-être craint-il d'en dire trop, de se recouper ? Toujours est-il que, même si dans ce récit demeurent des zones floues, le Père Esteban se promet de ne pas perdre de vue ce curieux « revenant ». C'est ainsi que le prêtre pourra attester de la véracité des événements qui suivent.

Une fois rétabli et revigoré, Connelly change d'apparence : rasé et habillé, il n'a plus l'air dément du tout. Il semble même savoir exactement à quoi il destine la petite fortune qu'il porte autour du cou.

Il annonce aux missionnaires qu'il va prendre congé et, après une chaleureuse accolade, il saute dans un bateau qui ravitaille le petit comptoir perdu et il retourne à Quito.

Il va monnayer ses émeraudes pour s'acheter une concession minière. Mais il refusera de dire aux services de l'Etat quel minerai il compte exploiter et n'indique pas d'endroit exact. Il demande l'exclusivité des fouilles pour une très vaste région. Comme il dispose d'énormément d'argent, il l'obtient.

Et il monte une expédition. Il recrute des aventuriers courageux mais avides de fortune. Ils vont aborder la jungle avec des cartes, des pioches, mais surtout des fusils.

Et aucun d'eux, ni Connelly ni les autres, n'en reviendra. On n'a pas non plus, à ce jour, retrouvé la mine, le « Soleil Vert des Incas ». Et pourtant, elles existent ces fabuleuses émeraudes ! Qui les fera un jour resurgir ?

Le Père Esteban a peut-être trouvé la réponse. Après la « deuxième mort », officielle cette fois, de Connelly, il a montré à des journalistes la merveilleuse pierre. Une fois taillée, elle révélait vraiment en son cœur une étincelle semblable à une étoile, un soleil. Songeur, le Père Esteban la contempla et conclut :

— Lorsque Connelly est parti la première fois, il pensait *simuler* la folie. Mais il était *vraiment* fou ! Seul un vrai fou pouvait oser une chose pareille. C'est pour cela que la jungle et ses habitants l'ont respecté... Mais ensuite, lorsqu'il y est retourné, c'est l'*intérêt* qui le guidait. Il avait retrouvé la froide raison de l'appât du gain. Il ne pouvait pas réussir. La jungle ne se trompe jamais !

LE CONTE
DES HUIT MILLE TRENTE NUITS

Nous avons tous entendu parler du Japonais qui, vingt ans après, ne savait pas que la guerre était finie ! Sur une île déserte, au milieu du Pacifique, on comprend que cela soit possible...

Voici plus stupéfiant encore. Ici pas de Japonais, pas d'île déserte, pas d'océan immense. Cela se passe dans un pays éminemment civilisé, abondamment pourvu de denrées diverses, parcouru d'un puissant réseau de télécommunications et heureusement doté des mass-media les plus performants : chez nous !

Voici l'histoire du résistant oublié, version française.

— Faites gaffe ! J'ai des munitions ! Si vous ne repassez pas la barrière, je vous louperai pas !

Les gendarmes retournent prudemment à l'abri de leur estafette. Là-bas, derrière les volets tirés, ils ont nettement vu pointer le double museau d'un fusil de chasse. Le plus jeune des deux est un peu ému, mais l'ancien prend la chose avec une certaine philosophie :

— T'inquiète pas, mon gars ! C'est pas la première fois que je tombe sur un enfermé !

Un « enfermé », dans le langage d'ici, c'est un paysan qui pique une crise de folie, à cause d'une affaire d'héritage, ou d'une saisie d'huissier parce que la mauvaise récolte ne permet plus de payer l'emprunt au Crédit, ou à cause des soirées passées seul devant la télé, ou à cause d'un coup de lune, tout simplement. Alors le type a les yeux qui se brouillent, il casse tout et il s'enferme avec sa pétoire à sanglier. C'est ça un « enfermé ». Le gendarme Lozeran a près de cinquante ans, et il en a déjà maté plusieurs :

— Je les connais, mon gars ! Faut causer un peu avec, histoire de les sentir. Des fois, il faut les brusquer, des fois non... Tout dépend, tu comprends ?

— Non chef... Mais pour çui-là, qu'est-ce qu'on fait, chef ?

— On le laisse se calmer, et on en profite pour examiner la topographie des lieux ! Important la topographie, tu comprends ?

— Non, chef !

— Ça fait rien ! Examine !

C'est cela, examinons, nous aussi. Nous sommes à Saint-Pralien, dans l'Yonne, à deux cents kilomètres de Paris. Un exemple presque parfait de ce que nous apprenions à l'école sous le nom de « village-rue ». Alentour, des prés et des bois sur vingt kilomètres. Du maïs, de la betterave, un peu de blé. Une route départementale presque droite monte et descend doucement au rythme des collines molles. Puis brusquement, au milieu de rien, sans prévenir, une pancarte : Saint-Pralien.

Une église, une église sans curé, ouverte une heure les dimanches de fête par un prêtre qui fait sa tournée. Un peu à l'écart, une gare minuscule abandonnée au bord d'une voie étroite envahie par les ronces. Le village lui-même est une longue succession de maisons, sur plus d'un kilomètre, et sur une seule rangée. Les maisons tournent le dos à la route et s'ouvrent sur les champs : chacun chez soi, en somme. Pas de trottoirs, pas de magasins, sauf une annexe du café qui fait office d'épicerie, une devanture poussiéreuse où se racornissent trois paquets de pommes-chips.

Vous pouvez passer des années par ce village sans apercevoir un être humain. Surtout que, maintenant, il y a la télé : en cette année 1965, on voit fleurir des antennes sur de nombreux toits. Plusieurs familles ont même le téléphone. Ce qui augmente considérablement le travail des gendarmes, car c'est discret, le téléphone, et les particuliers ne craignent plus d'être vus entrer à la gendarmerie : ils appellent. Comme cet après-midi de début novembre : c'est par un coup de fil que tout avait commencé.

— Allô, ici c'est le café-épicerie de Saint-Pralien... Dites donc, vous faites passer votre ronde par chez nous, cette semaine ?

— C'était pas prévu, madame, mais on peut venir...

— C'est bête de faire trente kilomètres pour ça, mais... C'est rapport à Mme Quinserot, vous voyez qui je veux dire ? Ça fait près de trois semaines qu'on l'a pas vue venir chercher son vin. Alors, trois semaines sans vin... Et puis, vu qu'elle va sur ses quatre-vingt-cinq ans, on s'est dit que...

— Trois semaines que vous ne la voyez pas et c'est maintenant que vous prévenez ? Vous pourriez aller y jeter un coup d'œil, en attendant ?

— Oh, ben non ! J'en ai parlé à mon mari, il était déjà pas chaud pour que je vous appelle... Non, on se mêle pas des affaires, nous ! On préfère que ce soit vous, pour ces choses-là !

— Bon d'accord, madame, on arrive !

— Merci... Dites... Vous êtes peut-être pas forcés de dire que c'est moi qu'a téléphoné ?

— Pourquoi on le dirait ? Et à qui ? La discrétion, ça fait partie de notre devoir.

— Merci. Ah, tant que je vous ai, je voulais aussi vous demander : vous auriez pas des nouvelles pour notre cambriolage ? Ils nous en ont pris quand même pour vingt-cinq mille... enfin : deux cent cinquante nouveaux francs !

— Oh non, madame ! Ça m'étonnerait qu'on retrouve quoi que ce soit : tout ce qu'on vous a volé, ça se mangeait ! Ça doit être des gosses... Voyez avec votre assureur. Au revoir !

Sympathique, non, la chaleur humaine entre voisins de la France profonde ? Mais les gendarmes ont l'habitude et, en modifiant un peu la tournée prévue, ils poussent une pointe vers Saint-Pralien, en fin d'après-midi.

Le portail métallique devant la maison de la veuve Quinserot était clos. Un portail métallique qui avait dû être peint en vert et tombait maintenant en plaques de rouille. Les deux vantaux étaient tenus ensemble par une chaîne simplement nouée à la place de la serrure. Par un trou dans la tôle rongée, les gendarmes ont aperçu la cour, en terre battue envahie de mousse. Sur le côté, dans une remise, une charrette à l'abandon dressait deux bras vermoulus. De face, le bâtiment d'habitation était fermé. Les gendarmes ont dénoué la chaîne, poussé les deux panneaux. Grincement prolongé.

— Holà ! Y a quelqu'un ?.... Madame Quinserot ?

L'appel s'est répercuté sur la façade aveugle. Les gendarmes ont fait trois pas dans la cour. Le léger mouvement des volets du premier étage a révélé une présence. Une voix d'homme, un peu enrouée, a menacé :

— Faites gaffe ! J'ai des munitions ! Si vous ne repassez pas la barrière, je vous louperai pas !

Le double canon d'un calibre 12 est apparu entre les volets. Retraite prudente des gendarmes.

Voilà la situation. Derrière l'estafette, ils restent donc silencieux cinq minutes, le temps d'« examiner la topographie ».

— Dites, chef... Je pense à quelque chose...
— Pas possible, Habert ?
— Si, si chef... Je me disais : il y a quelque chose de pas normal !
— Et pourquoi donc, Habert ?
— Parce que, chef, l'enfermé, là-dedans, c'est *un homme*. Et la veuve Quinserot, elle est réputée vivre *toute seule* !
— Bien raisonné, Habert... Mais admets qu'elle ait « pris quelqu'un » ?
— Oh, chef ! A quatre-vingt-cinq ans, tout de même !
— Mon petit Habert, le proverbe dit : à cœur vaillant rien d'impossible. Tu comprends ?
— Non chef !
— Eh bien, si mon souvenir est exact, cette veuve de guerre touche une pension confortable. Ça fait peut-être l'affaire d'un coquin des alentours. Un ouvrier agricole, un émigré... On a vu pire que ça !

Quoique, avec cette vieille-là... Faudrait avoir du courage et le cœur vraiment vaillant !

Le chef Lozeran réfléchit un instant et conclut :

— Remarque, c'est peut-être pour ça qu'il est devenu fou et qu'il s'est enfermé ?

— Hé, chef... Si c'était un voleur ? Il serait rentré, il aurait estourbi la vieille et il aurait piqué son magot ?

— Dans ce cas-là, il serait parti vite fait, Habert ! Ça fait trois semaines qu'ils n'ont pas vu la vieille, au café, pour prendre son vin ! Il doit être arrivé quelque chose, mais un agresseur n'aurait pas attendu trois semaines qu'on vienne le dénicher, tu comprends ?

— Oui, chef !

— Là, tu me surprends, Habert. N'empêche que pour l'homme, tu as raison : c'est pas normal... Bon, ben... On va pas s'éterniser devant ce portail. J'y retourne ! Couvre-moi !

Le chef Lozeran fait quatre pas à découvert. Le volet bouge imperceptiblement. Et s'engage alors un dialogue presque surréaliste :

— Oh, vous, là-haut ! Restez calme : c'est la gendarmerie !

— Je vous ai bien vus ! Bougez pas !

— Qui êtes-vous ?

— Comme si vous le saviez pas, qui je suis, puisque c'est moi que vous venez chercher ! Je vais tirer !

— On vous fera pas de mal ! On vient prendre des nouvelles de Mme Quinserot !

— Elle va bien, Mme Quinserot !

— Pourquoi elle ne sort pas ?

— Elle a une sciatique ! Elle est au lit, je m'en occupe ! Foutez le camp !

— Pas avant d'avoir vu Mme Quinserot !

— Mon œil ! Si je vous laisse entrer, vous allez me livrer aux Boches !

Le chef Lozeran craint d'avoir mal compris :

— On va faire quoi ?

— Me livrer aux Boches ! Je suis sûr qu'ils sont avec vous !

— Mais vous voyez bien qu'on n'est que deux !

— C'est des bobards ! Derrière le mur, il y a les Boches qui sont planqués !

Sans se retourner, Lozeran lance par-dessus son épaule :

— C'est un fou ! Alerte la caserne par radio, Habert... Demande des renforts, moi je vais essayer de faire durer. Je vais entrer dans son jeu. Hé, vous, là-haut ! Au contraire, c'est pour vous protéger des... des Allemands qu'on est là !

— Je vous crois pas ! Prouvez-le !

— Comment ça ?

— Si vous êtes pas de leur côté, amenez-moi Madeleine ! Si Madeleine est libre, je me rends ! Sans ça, gare à vous !

— Madeleine ? C'est qui Madeleine ?

— Vous le savez bien : Madeleine Cormier, la fille à Gustave !

Le chef Lozeran se tourne à demi vers son subordonné :

— Dis, Habert, toi qui es plus ou moins du pays... C'est qui, cette Madeleine Cormier ?

— J'en jurerais pas, chef, mais il me semble que c'est le nom de jeune fille de la femme de M. Lantier !

— Lantier ? Le pharmacien de Villeneuve ?

— Affirmatif, chef !

— Hé, là-haut ! C'est la femme au pharmacien, que vous voulez voir ?

— Madeleine, c'est la femme à personne ! C'est un piège des Boches ! Vous m'aurez pas ! Je vous ai prévenus !

Le chef Lozeran esquisse un pas en arrière, mais pas assez rapidement. Derrière le volet, on entend trois choses, l'une après l'autre, très vite. D'abord, ce cri incroyable :

— Vive la France Libre !

Aussitôt après une explosion sourde. Suivie d'un cri. Un cri de bête blessée qui se prolonge, et se prolonge encore.

Lorsque les renforts arrivent de la gendarmerie, ils ont vite fait de repérer l'endroit : l'estafette du chef Lozeran et du jeune Habert est stationnée dans le bas de Saint-Pralien, devant la maison de la veuve Quinserot. Plusieurs villageois essaient de s'en approcher, énergiquement repoussés par Habert. Les renforts l'aident à disperser les curieux. Le jeune gendarme paraît plutôt blême sous son képi :

— Eh ben, collègue ? Ça ne va pas ?

— Si, si. Montez vite. Le chef est resté là-haut !

Quatre uniformes se précipitent vers la bâtisse. La porte est enfoncée. Il fait sombre à l'intérieur et une odeur épaisse les fait hésiter sur le seuil : un remugle de moisi, mêlé d'un vague relent de nourriture grasse et de basse-cour, par-dessus lequel flotte, caractéristique, le parfum âcre de la poudre à fusil.

A l'étage, une ampoule nue pendue à un fil diffuse une vague lumière jaune. Les gendarmes avancent à tâtons dans le hall, croisant une pièce obscure qui doit être une cuisine. Le premier, le plus âgé, frissonne :

— Regardez les fenêtres ! Vous n'avez pas connu ça, vous ! Moi, ça me rappelle des mauvais souvenirs, quand j'étais gosse, pendant la guerre. On habitait Billancourt et mes parents avaient collé la même chose sur les carreaux !

C'est exact : toutes les ouvertures sont aveuglées par du papier bleu foncé, comme aux heures les plus sombres du couvre-feu.

Les gendarmes trébuchent dans l'escalier. Sur les marches bancales, des choses peu ragoûtantes et molles s'écrasent sous les grosses chaussures, les font glisser : des détritus, des épluchures pourries.

Un gémissement continu parvient de l'une des chambres. Le chef Lozeran est penché sur un homme accroupi dans un coin. Il lui fait un pansement avec la trousse de première urgence de l'estafette.

— Lozeran ! Ça va, vieux ?

— Oui, moi ça va ! Mais pour lui, il va falloir un toubib !

L'homme blessé gémit et roule des yeux égarés. Sous le masque de sang qui couvre son visage, il est d'une maigreur surprenante et d'une crasse peu commune.

— Allez-y mollo avec lui, les gars, il est sonné. C'est les mains, surtout, qui ont écopé ! La figure, ça saigne beaucoup, mais c'est superficiel. Il a du bol d'avoir encore ses deux yeux : c'est son fusil qui a éclaté...

— Et qui c'est, ce type ?

— Quinserot Raymond, le fils à la veuve !

— Tiens, curieux... La vieille a un fils ? On le connaît pas !

— Oh, ça n'a rien d'étonnant : *il est mort depuis vingt-deux ans !*

Etrange déclaration, qui a de quoi clouer sur place les représentants de la maréchaussée.

— Restez pas plantés comme ça, les gars ! Allez donc vous occuper de la mère ! Je crois qu'elle va pouvoir éclairer notre lanterne : elle a beaucoup à raconter !

Effectivement, dans la pénombre de la pièce voisine, on distingue, sous un amas d'édredons incroyablement sales, une forme pelotonnée, hargneuse : une femme de quatre-vingt-cinq ans, pas commode du tout, qui enguirlande vertement les intrus :

— Alors il a fallu, hein, il a fallu que vous veniez tout casser ! On se débrouillait bien, tous les deux ! On demandait rien à personne !

On la transporte à l'hôpital, ainsi que l'homme maigre blessé par l'éclatement de son vieux fusil. Et, petit à petit, en écoutant l'un puis l'autre, on va apprendre le fin mot de cette affaire purement abracadabrante.

En 1925, Marie Lamblat a quarante-quatre ans. Veuve d'un premier mari, sans enfant, elle rencontre un homme de trente ans : l'adjudant-chef Quinserot. Garçon simple et militaire de carrière, il est séduit par cette maîtresse femme. Etonnement : Marie, qui se croyait stérile, se trouve enceinte à près de quarante-cinq ans. Quinserot, malgré la différence d'âge, l'épouse.

A la naissance du petit Raymond, l'adjudant-chef se fait mettre en réserve de l'armée et reprend la petite ferme de Marie. Mais le couple va constamment s'opposer sur le même sujet : Marie fait une fixation extrême sur cet enfant venu sur le tard. Elle, si rude, lui passe tout, le couve. En réaction, Quinserot, qui était plutôt un « mou », va devenir un père extrêmement dur. Il reproche sans cesse à Marie et au gamin de lui avoir gâché sa vie. C'est leur faute s'il a abandonné sa carrière et renoncé à la gloire qu'il aurait sûrement connue sous l'uniforme. Cet uniforme qu'il vénère et qui devient la terreur, le croquemitaine du petit Raymond.

Aussi, lorsqu'en 1939 éclate ce qui pour tout le monde est un désastre, Quinserot jubile : il fait des pieds et des mains pour reprendre du service. Il n'a pas quarante-cinq ans et son envie de combattre est tellement sincère qu'il obtient une dispense, comme soldat de métier.

Marie est plutôt ravie de le voir partir. Il part donc. Et il ne reviendra pas. Son idéal s'est accompli : il est tué au combat. Marie, qui ne s'habillait déjà que de noir, n'a pas trop de mal à devenir la « veuve Quinserot ». Elle est surtout libre de se consacrer pleinement à son petit Raymond.

Mais en 1943, le « petit Raymond » a dix-sept ans. Au cours d'un bal de village (il y en avait quand même, en 1943) il rencontre Madeleine Cormier, dix-huit ans, jolie et cœur à prendre. Raymond prend ce cœur, donne le sien à Madeleine et s'en vient tout innocemment confier ses intentions à sa mère. Plus que des intentions : dans son for intérieur, il est *déterminé* à épouser Madeleine Cormier. La veuve Quinserot voit le danger : si elle essaie de dissuader son Raymond, elle risque de le dresser contre elle.

Alors elle va tenter (et réussir) une fabuleuse mise en condition, qui démontre que point n'est besoin de passer par l'université pour connaître les ressorts de la psychologie : la science de la vie surpasse tous les diplômes.

Marie Quinserot commence son ouvrage pervers en faisant resurgir les vieilles peurs de l'enfance. En usant de discrètes allusions d'abord, puis plus précisément au fil des jours : elle rapporte des conversations, commente les nouvelles de la radio. Elle amplifie toujours, comme par hasard, celles où il est question d'enlever les jeunes gens à leurs familles.

— T'as entendu ? Ils vont prendre les garçons pour le STO, le Service du travail obligatoire. Les gendarmes vont sûrement venir pour le STO !

Raymond ne comprend pas bien ce que c'est, Marie explique :

— C'est comme le service militaire, mais en bien pire ! Et c'est chez les Boches ! Oui : les jeunes comme toi vont devoir partir en Allemagne ! Et c'est les gendarmes qui viennent les prendre !

S'il y a une chose qui terrorise Raymond, c'est bien l'uniforme. Il en a gardé une peur panique après la violence de son défunt père. Marie Quinserot va parvenir à créer dans la jeune tête (probablement un peu fragile) de Raymond une terrible phobie. Presque chaque jour, elle fait comme si elle entendait du bruit, regarde à travers les rideaux :

— Cache-toi ! Je crois qu'ils arrivent !

Et elle pousse son fils vers la cave. Elle implante si bien en lui ces habitudes de peur constante qu'elle amène Raymond à *refuser de sortir*.

Aux gens de l'extérieur, et notamment à la jeune Madeleine, la « fiancée », qui s'étonne de ne plus voir le garçon, la veuve confie tout bas :

— Mon fils ? Il est parti prendre le maquis !

Quel maquis ? Dans l'Yonne ? Mais le sujet est si délicat, la cause si noble... Et le mutisme paysan si coutumier qu'on ne pose pas plus de questions.

A la fin de la guerre, Marie Quinserot arrivera à

faire accréditer l'idée que son fils a disparu en rejoignant la Résistance et qu'il est probablement mort. Elle verra même augmenter sa pension de veuve de guerre lorsque, après un temps suffisant sans nouvelles, le décès de Raymond sera officiellement enregistré !

La jeune Madeleine se console et épouse le jeune Lantier, le fils du pharmacien de Villeneuve.

La guerre a préparé les gens à bien des malheurs : petit à petit, on admet que la veuve Quinserot vive à l'écart, dans sa maison toujours fermée. Elle n'est pas la seule, d'ailleurs, de ces femmes pour qui le chagrin du deuil et la solitude ont mis une sorte de point final à toute vie sociale.

Et Raymond, alors ? Que devient-il, pendant ce temps ? Eh bien, il vit en *totale réclusion* dans la cave, qu'il a aménagée en chambre !

Il fait quelques pas, la nuit, dans la maison aux fenêtres aveuglées de papier bleu, derrière les volets tirés. Il couve le vieux fusil de chasse de l'adjudant-chef et quelques munitions, prêt à se défendre quand *ils* viendront pour le prendre.

Et ce qui est extraordinaire, c'est qu'il va vivre comme cela *vingt-deux ans* !

Il n'a pour contact avec le monde extérieur que ce que lui raconte sa mère. La veuve Quinserot a endommagé le poste de radio. Elle dit que les journaux n'arrivent plus dans leur petit village, et elle invente.

Elle invente une fantastique guerre de vingt-deux ans. Elle en rapporte les péripéties lorsque, une fois la semaine, elle sort acheter l'indispensable, et surtout le vin, dont elle fait un usage suivi.

Elle invente aussi, tenez-vous bien, une histoire

d'amour ! Oui : l'homme ne peut pas vivre que de peur, il lui faut l'espoir. Et pour Raymond, l'espoir s'appelle Madeleine Cormier : elle devient la fiancée idéale, celle dont l'amour ne se démentira jamais.

La veuve devient la « messagère » : Madeleine aime Raymond, mais elle ne peut pas prendre le risque de venir, ni même d'écrire, car les Allemands et les gendarmes surveillent tout et Raymond est devenu résistant de la France libre !

Vingt-deux ans... La veuve cultive un petit potager, Raymond élève des poules et des lapins à l'intérieur même de la maison, qui devient ainsi peu à peu une espèce de cloaque, où personne d'autre que ce duo de folie ne pourrait survivre.

Raymond y vit, lui. Sans sortir. Et puis la veuve, à quatre-vingt-quatre ans, tombe malade pour la première fois de son existence.

Vous vous rappelez le cambriolage de l'épicerie ? C'était Raymond. Il avait osé franchir le portail, la nuit, sans prévenir sa mère. Il était prêt à risquer le pire pour procurer à sa maman ce qui lui manquait le plus : son vin !

Saint-Pralien, déjà village mort dans la journée, était désert à cette heure. Pas d'éclairage public. Raymond a trouvé l'épicerie, là où elle avait toujours été, dans l'annexe du café. Il avait rempli un sac et puis il était rentré, le cœur battant de son expédition... Sans se rendre compte que le monde avait changé !

Après l'« acte de résistance » de Raymond et son dévouement qui a frôlé la catastrophe, la veuve Quinserot a été hospitalisée. Rapidement guérie, elle n'a fait l'objet d'aucune poursuite : elle était bien âgée, personne ne portait plainte. Elle a été placée dans une maison pour personnes dépendantes.

Raymond avait été « sonné ». Pas tellement par l'explosion de sa vieille pétoire lorsqu'il avait essayé de tirer sur les gendarmes. Ni d'apprendre que les Allemands étaient maintenant nos amis. Non : ce qui l'a gravement perturbé fut de découvrir que sa fiancée était mariée depuis vingt ans.

Lui aussi a été dirigé vers une maison spécialisée, au moins le temps qu'il reprenne contact avec la réalité. En est-il sorti un jour ? Nous n'avons pas pu le savoir. La maison de Saint-Pralien est tombée en ruine.

Lorsque cette aventure a été connue, la veuve Quinserot a vu arriver à son chevet des journalistes de Paris. Elle les a reçus dans toute sa dignité. Elle leur a déclaré qu'elle ne regrettait rien : elle avait eu son fils, toute sa vie, rien que pour elle. Et puis, a-t-elle dit, faire travailler son imagination pour inventer, semaine après semaine, cette guerre et toute l'histoire qui aurait pu être celle du monde en guerre, « ça garde l'esprit vif » !

C'est peut-être cela le plus impressionnant, en tout cas pour nous, raconteurs d'histoires, nous qui nous demandons toujours si nous saurons intéresser nos lecteurs le temps de quelques pages : cette veuve de campagne, elle, a été plus habile que la sultane des *Mille et Une Nuits*... Si nous faisons bien le calcul, son conte fantastique a tenu *huit mille trente nuits*. Sans compter les années bissextiles !

LE CRIME DE THÉRÈSE NODIER

Charles Jobin recule de trois pas dans le hall d'entrée de son beau pavillon en meulière :

— Mais enfin, madame Noiret ! Qu'est-ce que c'est que ce truc-là ?

— Ce truc-là, monsieur Jobin ? C'est un revolver.

Drôle de tableau que celui de ce quinquagénaire, mal rasé, en chemise et en chaussons, reculant devant cette dame respectable et rondouillette qui le menace d'un gros méchant revolver noir qu'elle vient de sortir de son cabas à commissions.

Charles Jobin a été surpris par le coup de sonnette en ce dimanche après-midi : il lisait la rubrique des sports devant la télé qui égrenait d'autres résultats sportifs. Il s'est levé, agacé. Il a traversé son salon d'un confortable mauvais goût, il a ouvert, et le voilà devant sa femme de ménage qui tient un revolver, un revolver dont elle arme maintenant le chien d'un coup de pouce décidé.

Il agite son journal du dimanche :

— Je ne sais pas où vous avez trouvé cet engin, madame Noiret, mais ne plaisantez pas avec ça ! C'est dangereux !

— Mais je ne plaisante pas, monsieur Jobin ! Je

vais tirer ! Maintenant, là, tout de suite ! Je vois que vous ne comprenez pas... Alors je vais prononcer un nom. Vous allez tout comprendre, et juste après... je vais tirer !

La femme de ménage lève l'arme, canon droit sur le front dégarni de Jobin :

— Souvenez-vous : Nodier... Julien Nodier !

Alors oui, en une fraction de seconde, Charles Jobin comprend ! Il comprend qui est la femme devant lui. Il comprend quel visage jeune et lisse et confiant revient le hanter derrière la figure bonasse de cette vieille femme. Il ouvre la bouche, il tend la main... Du temps, juste un peu de temps pour revivre toutes les images qui déferlent. Mais, déjà, l'index de madame Noiret presse la détente, et, dans un ralenti effrayant, le chien du pistolet accomplit son petit, son tout petit trajet de mort...

Automne 1943. Thérèse Nodier rentre vers sa vieille maison couleur gris province. Elle presse le pas, Thérèse, courir les rues à l'heure du couvre-feu, *ça n'est pas son genre*. Mais aujourd'hui, elle s'est laissé prendre par la conversation qui agitait ces dames du comité d'aide aux prisonniers. Comme d'habitude, elles ont empaqueté et ficelé des denrées diverses dans les colis. Et puis, comme d'habitude, on a servi le thé... La tisane, plutôt, par les temps qui courent. Du thé, on en a juste évoqué le goût regretté. Du thé à l'Angleterre, le pas a été vite franchi... Mme Marescot, la femme du pharmacien, a chuchoté derrière sa main que c'est d'Angleterre que tout partira. Ils sont prêts. Alors, ce de Gaulle, c'est du sérieux, finalement ? Si, si, d'après Marescot, il a réuni des forces considérables.

Thérèse écoutait la discussion, mais dans son for

intérieur, elle avait son opinion : si seulement Pétain n'était pas renié par des Français (un comble après ce qu'il a fait pour eux !) il aurait depuis longtemps arrangé les affaires avec l'Allemagne. Thérèse est toujours émue, quand elle pense au Maréchal. D'abord parce qu'il est si vieux et qu'il continue à payer de sa personne. « Je fais au pays don de ma personne ! » Quelle émotion ! quelle abnégation ! dans la voix chevrotante du héros, quand il a dit cela à la radio... Et puis sa pauvre maman, à Thérèse, jusqu'à son dernier jour, a marqué une vraie dévotion pour le Maréchal : dans sa chambre à coucher, son portrait avec ses joues roses, sa moustache blanche et son képi faisaient le pendant à la tiare et aux sévères lunettes de Sa Sainteté le Pape, face au lit surmonté de la croix et du rameau de buis.

Alors, cet après-midi, pendant que ces dames si bien informées n'avaient que leur de Gaulle à la bouche, Thérèse savait bien ce qu'elle aurait aimé leur dire pour leur clouer le bec. Mais elle l'a gardé pour elle ; la politique, *ça n'est pas son genre*. Néanmoins, elle s'est laissé prendre par ces papotages. Résultat, avec ces sottises, elle rentre en retard, à la limite du couvre-feu.

Au moment où elle fait jouer la clef dans la serrure, elle se sent plaquée contre la porte. Quelqu'un l'a attrapée par-derrière, quelqu'un qu'elle ne peut voir, qui se serre contre elle. Une main brûlante et moite lui bâillonne la bouche et le nez :

— Ouvrez ! Vite ! Ils sont après moi !

La voilà qui bascule, suffoquée, dans le couloir sombre. Son agresseur la maintient contre lui, derrière la porte. Une cavalcade, sur le trottoir. Le groupe passe devant la maison sans ralentir. Thérèse sent la poitrine de son assaillant se dégonfler dans un gros soupir. La pression de la main sur sa figure se relâche. Thérèse peut respirer.

Elle se dégage, mais une curieuse sensation l'arrête : dans son dos, l'homme glisse le long de la porte close. Il tombe. Silence. Thérèse allume, prudemment.

Il est là, recroquevillé sur le carrelage. Une forme engoncée dans un gros manteau à chevrons gris. Un pied nu, grotesque, noir de crasse, dépasse d'un brodequin qui a perdu sa semelle. L'homme gémit doucement. Thérèse pense :

— Au moins, il n'est pas mort ! C'est déjà ça !

Elle le prend sous les bras et le tire jusque sur le canapé. Il sent mauvais : la transpiration, la peur, une odeur de clochard. C'est un grand gars, aux cheveux indisciplinés qui retombent en mèches sur son visage sale. Vingt-cinq ans, guère plus...

— Un terroriste, sûrement... Qu'est-ce que je vais faire de lui ?

Les « terroristes », ce sont les résistants, dans le vocabulaire de ceux qui respectent l'ordre. Il doit être blessé. Thérèse ne voit pas de sang. Où est la blessure ? Gênée, elle lui enlève son manteau humide qui sent le moisi, sa veste. Un bruit sur le plancher : de la poche est tombé un gros revolver noir. Eh oui : un terroriste, c'est bien ça ! Du bout des doigts, Thérèse prend l'objet et va le cacher dans une boîte à sucre, vide depuis longtemps, dans le placard de la cuisine, puis elle revient : il faut trouver cette blessure. Thérèse entreprend d'ôter le reste des habits. Elle a trente-cinq ans, mais elle n'a jamais déshabillé un homme. *Ça n'est pas son genre.*

— Hé ! Mais qu'est-ce que vous faites là, madame ?

Tiens ! Il se réveille !
— Moi ? Je cherche où vous êtes blessé !
— Mais c'est pas la peine de me mettre à poil pour ça ! C'est au pied que j'ai mal. J'ai dû marcher sur un tesson de bouteille. Si je suis tombé dans les pommes, c'est parce que j'ai rien mangé depuis deux jours. Et puis la trouille aussi ! Ils sont juste derrière moi ! Vous les avez pas prévenus, au moins ?
— Non...
— Ah ! merci, madame... Mais... mon revolver ! Qu'est-ce que vous avez fait de mon revolver ?
— Quel revolver ? Vous n'en aviez pas sur vous. Vous avez dû le perdre en courant.
— Ça se peut, oui... Qui d'autre il y a, dans cette maison ?
— Ma... ma sœur !
— Appelez-la !
— Elle... elle n'est pas là pour l'instant... Mais elle ne va pas tarder à rentrer.
— C'est pas vrai ! Vous mentez : le couvre-feu est passé ! Pourquoi vous mentez ? Je vous fais peur, madame ?
— N... non, mais...
— Donc, il n'y a personne d'autre que vous ici, madame ?
— Ça se peut, mais vous ne me faites pas peur. Et puis, cessez de m'appeler madame ! Je suis *mademoiselle* Nodier. Et vous ?
— Je ne peux pas vous le dire ! C'est secret !
— Terroriste, c'est ça ?
— Pas terroriste, mademoiselle Nodier ! Je suis du maquis...
— Oui, enfin tout ça, c'est du pareil au même. Ecoutez, je vais vous faire un pansement au pied, je

vais vous donner quelque chose à manger et puis après vous partirez. D'accord ?

— Ah non ! J'ai pas envie de me faire tirer comme un lapin ! Et puis j'ai la fièvre... Gardez-moi ici jusqu'à demain, et je m'en irai ni vu ni connu. Promis !

Epuisé, le fugitif retombe sur le canapé avec un regard implorant. Thérèse se résigne. Elle nettoie le pied blessé et partage sa soupe avec l'inconnu, qui, presque aussitôt, retourne sur le canapé et s'endort.

Le lendemain matin, il s'éveille alors qu'elle le secoue :

— Cinq heures ! Vous avez promis de partir avant le jour ! Mais vous devriez vous laver un peu, avant !

— Tiens... Vous m'avez mis une couverture pendant que je dormais ? C'est gentil.

— Eh bien, vous pouvez la garder, si vous voulez ! Tenez, je vous ai apporté ça : un costume, un manteau et des chaussures. C'était... c'était à mon père. Il est mort en 1932... Les chaussures sont grandes, mais, avec votre pansement, ça ira. Je vous ai préparé un casse-croûte aussi...

Le garçon se lève d'un bond :

— Ecoutez ! Des voitures !

En boitillant, il court à la fenêtre, écarte un peu le rideau :

— La milice ! Ils sont juste devant !

Thérèse regarde aussi : dans le petit jour mouillé, une traction avant noire et un camion bâché freinent, des hommes en long manteau de cuir en sautent à la volée :

— Vous les avez prévenus, hein, espèce de...

— Mais non ! Regardez : ils vont en face !

C'est dur à se l'avouer, mais Thérèse est soulagée

en voyant que c'est de l'immeuble en face que l'on fait sortir toute une famille pour l'entasser dans la camionnette.

Une femme essaie de s'enfuir, clopinant sur une seule chaussure. Les hommes en noir la laissent faire dix mètres, vingt mètres, puis l'un d'eux, sans se presser, dégaine un pistolet, vise soigneusement à bras tendu et abat la malheureuse d'une seule balle dans le dos. Les autres rient et le félicitent.

Thérèse laisse retomber le rideau et cache sa tête contre l'épaule du jeune homme :

— Quelle horreur, mon Dieu !

— Vous voyez : je ne peux pas partir maintenant. D'autant plus que vous risqueriez autant que moi !

— Mais je n'y suis pour rien, moi ! Je ne suis pas votre complice ! Je leur dirais que vous m'avez forcée !

— C'est ça ! Et vous pensez qu'ils vont vous croire ! Vous avez vu : ils tirent d'abord, ils vous écoutent après ! Non, je m'en irai cette nuit, c'est encore le mieux. Il y a une autre sortie dans cette baraque ?

« Baraque »... Il exagère ; même pour elle toute seule, Thérèse fait la poussière tous les jours et met des fleurs dans deux vases.

— Oui, on peut sortir par le jardin, derrière.

Il est minuit lorsqu'elle le regarde enjamber le muret blanc et se fondre dans l'obscurité de la sente qui longe les pavillons. Bonne chance, pense Thérèse.

Et puis aussi, bon débarras ! Quelle aventure ! Dommage qu'elle n'ait personne à qui en parler... Au fait, qu'aurait pensé sa mère de son attitude ? Elle lui aurait fait honte, sûrement...

Malgré cette pensée coupable, Thérèse dort tranquille, cette nuit-là. Le lendemain matin, elle descend à la cuisine. Sa main encore endormie trouve machinalement son bol décoré de poussins jaunes, dans le placard.

— Coucou !

Le bol s'envole, explose sur le carrelage.

— Mais ne sursautez pas comme ça ! Ce n'est que moi !

Il est là. Le terroriste. A califourchon sur la chaise. Un joli sourire.

— J'ai fait du café. Enfin... si on peut appeler ça du café... Vous en voulez ?

Thérèse, instinctivement, serre sa robe de chambre molletonnée et porte la main à ses cheveux contenus par un filet.

— Mais qu'est-ce que vous faites là ? Vous m'aviez promis...

— Eh oui, je sais, je sais... Mais j'ai vu notre chef, cette nuit. Notre camp dans le maquis a été repéré. Nous devons nous disperser. Je suis grillé partout. Vous êtes ma seule cachette. Il faudra que vous me supportiez quelque temps.

Et il va ramasser les éclats du bol, comme s'il était chez lui. C'est ainsi qu'il s'installe dans la vie de Thérèse.

Il ne parle jamais de lui, secret oblige. Mais il découvre ce que cache la vieille maison gris province. Les rideaux à fleurs, les meubles bien astiqués, les napperons au crochet sous chaque vase, le chat trop nourri, malgré les restrictions.

De lui, il ne parle pas, mais il aime bien que Thérèse se raconte. Niché à sa place favorite, entre la table et la cuisinière de fonte, là où il lui a fait si peur le matin de son retour, il s'accoude sur la toile cirée, le menton au creux des mains, et il écoute. Pour un peu, Thérèse penserait bien qu'elle dit des choses intéressantes.

— Je me suis occupée de mes parents jusqu'au bout. Maman était paralysée, sur la fin. Elle m'a laissé quelques rentes, qui ne valent plus grand-chose... Je donne des leçons de piano, pour compléter... En somme, je suis une vieille fille pas très passionnante...

— Vieille ? Vous plaisantez !
— Oh ! si... j'ai... trente-deux ans, déjà.

Thérèse a menti, elle s'est rajeunie de trois ans mais ça fait moins de différence entre eux.

— Trente-deux ? Vous ne les faites vraiment pas.

Il a menti aussi. Elle le sait, mais ça lui fait plaisir quand même.

La nuit, il file par le jardin. Il rentre à l'aube. Thérèse ne s'endort jamais avant : elle guette les craquements du plancher. Elle préfère ne pas lui dire de reprendre le revolver, dans la boîte en fer cachée derrière la farine : ce serait avouer qu'elle sait mentir, et puis, sortir sans arme le rendra peut-être plus prudent ?

Après dîner, en attendant le moment du départ vers le danger, ils passent de longs moments sous l'ampoule de la cuisine, protégés de l'extérieur par les feuilles de papier bleu qu'il a collées sur les carreaux.

Il ne peut toujours pas parler de lui, mais maintenant il parle de Thérèse. Elle n'aurait jamais imaginé qu'il y ait tant de choses à dire sur elle... Un soir, il lui raconte comme il se sent bien avec elle, un autre soir, il remarque :

— Vos yeux... ils changent de couleur sous la lampe...

Et puis, il y a le soir où il se lève, fait le tour de la table et passe derrière la chaise de Thérèse pour dénouer ses cheveux... Elle se découvre belle, Thérèse, dans les bras du garçon qui n'a pas de nom...

A partir de ce soir-là, ils dorment tous les deux dans la chambre de la mère, dans le grand lit sous le crucifix et le rameau de buis, veillés par les portraits du Maréchal et du Pape.

Thérèse donne à ce garçon tout ce qu'elle n'a jamais donné, c'est-à-dire tout. Et elle, elle écoute tous les mots qu'elle n'osait plus rêver d'entendre. Il l'a surnommée « mon poussin » en souvenir du dessin sur le bol brisé. Elle lui dit juste « tu » : elle ne connaît toujours pas son prénom.

Un matin qu'il rentre épuisé et poussiéreux, il finit par lui confier que ses camarades et lui ont fait sauter un train et dégommé quatre Boches. Thérèse le prend contre elle, prie silencieusement. Et c'est sûrement saint Christophe, son protecteur favori, qui lui inspire une idée :

— Tu sais, quand tout sera fini, quand le Maréchal aura rétabli la paix, tu risques gros, avec vos attentats et tout ça ! Je ne veux pas qu'ils te mettent en prison. Je dirai que... que tu es mon neveu, que tu as perdu tes papiers dans un bombardement ! Tu t'appelleras Julien... Julien Nodier. Voilà : tu as un nom, maintenant : Julien Nodier.

Toute sa vie, elle se rappellera cette minute : elle a donné son nom à quelqu'un. C'est comme de se choisir d'un coup un mari, un fils, un frère... Elle ne sait plus : elle est heureuse. Elle a peur et elle est heureuse.

Et, une nuit, Julien n'est pas rentré. Thérèse, assise les mains sur les genoux, l'a attendu longtemps, jusqu'à ce qu'elle se rende compte que la grosse pendule de l'entrée s'était arrêtée. Il n'est pas revenu.

Thérèse a tourné en rond, folle d'angoisse. Elle est allée faire ses courses : dans les files d'attente, on apprend parfois des choses. Rien. Au cercle des dames, elle ne pouvait évidemment pas poser de questions précises. Mais s'il ne circulait ne serait-ce qu'une rumeur ? Rien. Même Mme Marescot était à cours d'informations récentes...

La police ? Que lui dire ? Thérèse ne connaît pas le vrai nom de son Julien. Elle n'a même pas une photo. Il faut bien tenter quelque chose. Elle risque une visite dans un commissariat débordé d'affaires en instance. Elle essaie la fable du « neveu ». Surprise, ça passe : le frère de Thérèse est assez âgé pour avoir un grand fils que l'on ne connaîtrait pas ici, car il est depuis longtemps installé à l'autre bout de la France, et surtout les communications avec la zone libre sont trop aléatoires pour qu'un recoupement soit effectué sans une sérieuse raison. Et qui irait penser qu'une Thérèse Nodier s'invente un neveu ? De toute façon, l'inspecteur fatigué qui reçoit la demande ne laisse à Thérèse aucune illusion :

— Vous savez, nous avons tellement de dossiers en attente et si peu de moyens... Je vous mentirais en vous laissant espérer que nous allons pouvoir lancer une recherche...

Il se penche et murmure :

— Et puis, vous ne savez pas quelles sont les fréquentations de votre neveu ? Et il vaut peut-être mieux ne pas le savoir. Mais si, par hasard, vu son âge, il était impliqué dans quelque chose de pas clair et qu'il lui soit arrivé quoi que ce soit à cause de ça, seuls les Boches seraient *déjà* au courant. Nous, ils nous informent quand ils ont le temps et que ça s'est passé légalement ! Pour le reste... Vous me comprenez ?

Thérèse a compris. D'ailleurs, plusieurs semaines plus tard, c'est toujours le silence. Thérèse n'en peut plus. Son seul recours : prier et sacrifier pour l'occasion l'une des précieuses bougies stockées au cellier. Et c'est là, en échange, que saint Christophe lui a envoyé une idée. Une idée renversante. Une idée folle, si elle n'était pas venue d'un saint... Thérèse a mis deux jours et deux nuits pour surmonter sa peur.

Tailleur, chaussures vernies, petit chapeau à voilette et sac de cuir, c'est une vraie dame qui se présente à l'Excelsior. La façade en crème Chantilly de l'ancien hôtel chic, au centre-ville, arbore le drapeau à croix gammée. Aux balcons de fer forgé pendent des oriflammes rouge et noir. Des sacs de sable entassés sur le trottoir empêchent l'accès aux portes tournantes. Un messager à bottes astiquées attend, raide, sur une moto kaki flanquée d'un side-car.

Est-elle inconsciente, Thérèse, pour se lancer droit dans la tanière des loups ? Non, la boule de peur qui lui tord le ventre ramènerait n'importe qui à la réalité. Mais elle n'a de cette réalité qu'une image bien floue : l'image que peut en avoir une fille de trente-cinq ans qui n'a pour distraction que la messe du dimanche et vit de petites rentes dans la maison gris province de ses parents décédés. Et qui n'en peut plus d'imaginer qu'elle a aimé un fantôme dont elle n'aura plus jamais de nouvelles. Et puis ce policier si gentil, qui ne porte pourtant pas l'occupant dans son cœur, le lui a bien expliqué : seuls les Allemands pourraient savoir.

Alors ? Alors, avec sa voilette pour seul bouclier, Thérèse Nodier avance vers la Kommandantur.

Les deux plantons, mitraillette sur l'estomac, ne bougent pas d'un pouce avant que Thérèse leur adresse la parole. Ils sont si grands qu'elle doit lever la tête. Dans l'ombre du casque, elle découvre des visages imberbes de gamins. Comment leur exprimer ce qu'elle vient chercher ? Elle ne le sait pas exactement elle-même, et saint Christophe ne lui a pas fourni la formule adéquate.

Elle murmure vaguement quelque chose dans le genre : « pour une affaire de famille ». Ont-ils seulement compris ? Ils lui font signe d'ouvrir son sac à main, y jettent un regard sérieux et, d'un coup de menton simultané, lui indiquent la porte.

C'est la première fois que Thérèse pénètre dans le grand hall de l'Excelsior, sous le lustre tintant de tous ses cristaux. Il est encore plus beau que celui de la mairie. Son père lui en avait parlé : il était venu ici, une fois, pour un repas des Anciens Combattants. Il avait même aperçu un artiste de cinéma dont Thérèse essaie en vain de se rappeler le nom. Mais qu'est-ce qui lui prend donc de penser à ça dans un pareil moment ? Des uniformes se croisent, hommes et femmes. Les talons résonnent sur le carrelage en damier.

Au pied du grand escalier, derrière une table tout en longueur, un autre gamin colossal aux yeux bleus et aux cheveux ras remplit des paperasses. Thérèse s'approche, attend. Il finit de donner un coup de tampon soigneux sur une feuille, prend le temps de la glisser dans une chemise, de ranger la chemise dans un tiroir.

— Oui madame ? Puis-je connaître l'objet de votre visite ?

Un accent cultivé, impeccable. Thérèse évoque à mi-voix son « affaire de famille ». Elle précise :

— C'est pour... des renseignements sur quelqu'un...

Il la regarde avec une légère curiosité :

— Je vois... Pour ce genre de... sujet, vos compatriotes utilisent généralement l'entrée des fournisseurs. Je me permets de vous la recommander pour la prochaine fois : c'est plus... discret, n'est-ce pas ? Puis-je néanmoins voir vos papiers ?

Horrifiée, Thérèse comprend qu'il la croit venue pour faire une dénonciation. Mais elle ne sait pas comment se dépêtrer de la méprise : elle craint de le vexer, de compliquer les choses, de devoir lui expliquer en détail. Elle lui tend sa carte.

— Parfait. Je ne vous note pas sur le registre des entrées, n'est-ce pas ? Vous verrez directement avec votre... correspondant. Je vous fais conduire.

Le militaire en calot qui la guide vers l'arrière du bâtiment, dans les anciennes buanderies, est un vieil homme. Il marche devant elle sans se retourner. Un pas large de paysan. Dans un couloir sans fenêtre, aux murs éraflés par le passage de chariots, il lui désigne un banc, face à une porte close.

— Vous, attendre ici !

Puis il tourne les talons. L'espace d'une seconde, Thérèse a capté son regard : du mépris.

Dès qu'elle se retrouve seule, Thérèse mesure enfin toute la folie de sa démarche ; lui reviennent les allusions inquiétantes entendues au comité des dames : derrière la façade décorée de croix gammées, on torturerait. Des camions bâchés emporteraient des corps anonymes et meurtris vers des carrières sinistres. Thérèse n'avait jamais voulu accorder foi à ces commérages : la politique fait souvent dire n'importe quoi. C'est la guerre, d'accord, mais il y a quand même des lois de la guerre, une sorte de règle du jeu, non ?

Seulement maintenant, dans ce couloir imprégné de relents de soupe froide et de linge sale, politique ou pas, la question la submerge. Que se passerait-il si elle partait tout de suite, avant de mettre le doigt plus avant dans l'engrenage ? Elle se lèverait, elle filerait discrètement. Est-qu'on la rechercherait ? Le réceptionniste saurait-il jamais qu'elle n'a pas vu son « correspondant », comme il l'appelle ? Se souviendrait-il de son nom ?

— Mademoiselle ? Entrez.

Trop tard, l'engrenage happe Thérèse ; la porte s'est ouverte, un type maigre s'écarte pour laisser le passage.

Une buanderie à peine réaménagée : ciment peint à la chaux, lampes grillagées au plafond, fenêtres barbouillées de bleu. Dans un angle, un bac d'évier crasseux. Au centre, un bureau de métal, sans aucun papier. Un fauteuil d'un côté, une chaise de l'autre, pour les visiteurs.

Le type maigre se carre dans le fauteuil. Même dans ce sous-sol, il garde le manteau de cuir noir et le feutre gris. Il détaille Thérèse pendant plusieurs secondes. C'est long. Il finit par lui désigner la chaise dure :

— Eh ben, installez-vous ! Qu'est-ce qui vous amène ?

Un pur accent parigot. Thérèse ne peut s'empêcher de demander :

— Vous... vous êtes français ?

— Eh oui, mademoiselle : ces messieurs m'honorent de leur confiance. C'est moi qui m'occupe de... certaines choses confidentielles. Vous pouvez me causer : ici, c'est comme à confesse, motus et bouche cousue, dans l'intérêt de la loi et de l'ordre !

Thérèse se dit qu'il garde son chapeau pour cacher un front déjà dégarni, mais qu'il ne doit guère être beaucoup plus âgé que Julien. Plus tard, elle saura qu'il se nomme Chauvet et que sa calvitie précoce le complexe d'autant plus.

D'emblée, elle le trouve répugnant : sa décontraction vulgaire, cet air entendu qu'il affiche, sa fine moustache de marlou et cette habitude de passer une langue pointue pour s'humecter les lèvres...

— Voilà, monsieur, en fait, je crains d'avoir été aiguillée sur vous par erreur... Il s'agit de mon neveu, Julien... Il loge chez moi et cela fait quelques jours que je n'ai pas de nouvelles...

— Là, je crois bien que vous n'êtes pas à la bonne porte ! Et je dirais même : pas dans la bonne maison ! Ça concerne la police française, il me semble ? Qu'est-ce qui fait que vous veniez sonner chez nous ?

— C'est-à-dire... je leur ai demandé, mais ils n'ont pas fait grand-chose... Et puis, j'ai vu en face de chez moi des gens de vos services... Enfin, des collègues à vous, il me semble, qui procédaient à des arrestations...

— Ça arrive, oui. Et votre neveu, il y aurait des raisons pour que nous l'ayons interpellé ?

— Non, justement, aucune ! Mais vu qu'il avait perdu ses papiers dans un bombardement, j'ai craint que vos collègues ne l'aient pas trouvé en règle et qu'il ait été emmené par erreur...

— Je comprends, oui... Ecoutez, vous n'êtes pas au bon endroit, mais vous êtes tombée sur le bon gars... Voilà ce qu'on va faire : vous allez me laisser le signalement de votre Julien, la date de sa disparition, et moi, je vais me renseigner. Je connais tout le monde ici, alors, si votre neveu est tombé dans nos... Enfin, si pour une quelconque raison, nos services s'étaient intéressés à lui, je le saurai ! Entre Français...

— Je vous remercie, monsieur ! Et quand pensez-vous que...

— Eh ben, disons demain soir ?

Chauvet, sans aucune gêne, vrille ses yeux en boutons de bottine sur les rondeurs provinciales de Thérèse. Coup de langue sous la moustache.

— Mais on pourrait en parler dans un endroit plus... humain. Un petit dîner, ça vous irait ?

Thérèse n'est pas en position de refuser. Le lendemain soir, une automobile banalisée la cueille au coin de sa rue, pour l'emporter vivement vers une auberge en dehors de la ville ; marié, Chauvet est tenu à une certaine discrétion.

L'endroit est fréquenté exclusivement par « ces messieurs » et les dames qui les accompagnent sont teintes en blond, portent des bas de soie et fument des cigarettes turques à bout doré. Les uniformes sont débraillés, le phono joue à fond. Entre les rires sans retenue, on entend des verres se briser sur le plancher.

Le « petit dîner » s'est tenu dans un minuscule salon, au premier, où la banquette de velours cramoisi tenait plus de place que la table. Il a fallu boire du champagne, écouter les histoires « drôles » et la liste des influentes relations de Chauvet. Il a fallu... Il a fallu accepter, et faire, ausi, tout ce que Thérèse pouvait craindre, et bien d'autres choses qu'elle n'aurait pu imaginer entre deux êtres humains. Mais elle l'a fait, pour son Julien.

Au petit matin, la portière de la voiture s'est ouverte une seconde pour larguer Thérèse Nodier à son coin de rue. Elle rentre, salie jusqu'au fond de son âme. Et Chauvet n'a rien pu lui dire à propos de Julien : il n'a pas pu encore voir tous les responsables, certains sont en mission à l'extérieur...

— Mais, t'inquiète pas, ma belle : je pense à toi ! Dès qu'il y a le moindre truc, je te fais signe !

Deux fois. Il lui « fera signe » encore deux fois, au cours des mois suivants. Deux fois, le petit dîner. Deux fois la nuit immonde. La deuxième fois, il extirpe une enveloppe de son manteau noir.

— Eh ben, sois pas timide ! Ouvre donc, c'est pour toi ! Tu vois que je pense à toi !

Le cœur de Thérèse cogne. Enfin, quelque chose ! Un document ? Elle ouvre, regarde, ne comprend pas.

— Ma parole, on dirait que t'en as jamais vu ? C'est des bas en soie ! Et pas du toc ! Allez, viens : on va les étrenner ensemble !

Et lorsque, après avoir « étrenné », elle parvient à sourire pour aborder la question de Julien, elle n'entend que quelques vagues faux-fuyants :

— Comprends bien, ma belle : il faut être patiente ! Là-haut, ces messieurs n'aiment pas qu'on les bouscule, ce serait le plus sûr moyen de les rendre muets... Au fait, t'as vu l'heure ? C'est que tu me ferais oublier mon devoir, toi ! Allez, en voiture !

C'est peu de temps après que les cloches de toute la ville ont sonné à la volée.

— Ils s'en vont ! Les Boches s'en vont !

Le cri volait dans la rue, les avertisseurs des voitures hurlaient, on agitait des drapeaux tricolores, on tirait à vue sur les collabos, on rasait leurs femmes, on jetait leurs meubles par les fenêtres.

Ce jour-là, Thérèse a sorti le gros revolver de Julien et elle a couru vers la Kommandantur. Chauvet, elle voulait Chauvet... Mais le rat avait quitté le navire avant ses maîtres, il avait préparé ses arrières.

La discrétion pour motif conjugal de Chauvet a eu au moins un avantage : elle a sûrement préservé Thérèse Nodier. Sinon, qui, dans la foule avide de revanche, aurait pu comprendre que ce dégoûtant sacrifice, elle l'avait fait pour le bon motif ? N'empêche : si les autres n'en ont rien su, Thérèse portait la honte en elle.

Et Julien n'est jamais revenu.

Alors elle n'est pas allée parler de son péché à monsieur le curé. Elle a enfermé son amour, son seul amour tout au fond d'elle-même.

Elle a fermé la maison gris province, et elle est montée vers Paris. Pour être n'importe qui. N'importe quelle vieille fille que personne ne regarde. Mais surtout ne pas oublier, jamais.

Trente ans. Cela dure trente ans. Et puis c'est aussi bête que cela : un samedi, Thérèse achète un coupon de tissu au Bazar de l'Hôtel de Ville, et tout se réveille.

A dix mètres d'elle, un couple dans la soixantaine se dispute aigrement sur la couleur des rideaux à acheter pour la salle à manger.

Elle ne connaît pas la femme, casquée d'une indéfrisable grisonnante, tailleur cher et bague de brillants. Mais lui... lui, ce retraité à l'air peu commode, lèvres minces, lunettes dorées... Le visage est froissé, la couronne des cheveux est blanche maintenant... Mais ce visage est gravé dans la mémoire de Thérèse et il ranime une douleur insensée : la perte, l'avilissement, la solitude.

Le couple repart fâché, sans rien acheter. Comme une somnambule, Thérèse suit. Le métro, la gare du Nord, le train. L'homme et la femme n'échangent pas une parole. Thérèse est à l'autre bout du wagon, cachée derrière d'autres passagers. Son cœur bat aussi fort qu'il y a trente ans...

Ils descendent à Herblay, petite ville tranquille avec encore un peu de verdure. Ils ne se retournent pas. Pourquoi se retourneraient-ils ? Comment se douteraient-ils que le passé est sur leurs talons ? Des gens comme les autres, dont le seul souci aujourd'hui est la couleur des rideaux de leur salle à manger...

Dix minutes à pied, un pavillon en meulière, avec un bassin dans un carré de gazon et des petits nains en plâtre.

A soixante-cinq ans passés, Thérèse se rend compte que son histoire d'amour est toujours vivante au fond d'elle, et toujours présente aussi l'humiliation qu'elle a acceptée pour cet amour. Toujours criante aussi la soif de venger cette flétrissure. Maintenant, elle sait qu'elle a un but et elle va le poursuivre sans fléchir.

Elle va s'installer à Herblay. Il n'a pas été difficile d'apprendre comment l'homme se fait appeler aujourd'hui : Jobin, Charles Jobin. Thérèse va passer tous les jours devant chez lui. Elle aura le même boulanger, le même boucher que lui. Elle le croisera dix fois, cent fois... Bien sûr, il ne la regarde pas : qui ferait attention à une Thérèse ?

Et puis, coup de chance, Mme Jobin passe une

annonce chez les commerçants. Elle cherche une femme de ménage.

Thérèse se présente, souriante, soignée, rondelette et très arrangeante sur les prix. C'est ce qui emporte la décision de Mme Jobin. Thérèse précise :

— Oui, mais... pas de papiers entre nous, à cause des impôts.

— Bien entendu, madame... Madame comment ?

— Noiret... Madame veuve Noiret !

Pas de papiers, c'est pratique. Thérèse est maintenant « Mme Noiret ». Même pas de prénom. Et Mme Noiret devient une silhouette familière. Elle attend que le déclic se fasse dans la mémoire de Jobin. Elle lui laisse une chance : qu'il la reconnaisse... Juste cela, au moins, qu'il la reconnaisse, lui demande pardon et elle renoncera à l'idée obsédante de vengeance qui la ronge.

Chaque jour, elle lui donne un jour de sursis en plus, chaque semaine, une semaine de plus. Mais rien.

— Bonjour, madame Noiret... Bonsoir madame Noiret... Ma femme vous a réglé votre semaine, madame Noiret ?

Alors ce dimanche, les limites sont dépassées.

Mme Jobin est à vêpres, comme tous les dimanches. Thérèse a mis dans son cabas le gros revolver noir, celui de Julien, qui dort depuis trente ans dans un chiffon bien graissé. Elle marche vers le pavillon en meulière. Elle est décidée.

Qu'est-ce qui l'a décidée ? Pour exorciser enfin ses démons et affronter la réalité en face, elle a osé un coup de téléphone vers sa bonne province, à Marescot le pharmacien. Il a passé les quatre-vingts ans, mais la mémoire fonctionne bien.

— Thérèse ! Thérèse Nodier ! Si je me souviens ! On a tellement parlé de vous, avec ma pauvre Emilie, après votre départ !

Marescot préside toujours les Anciens Combattants. Thérèse a demandé :

— Je vais vous poser une question qui remonte à loin : est-ce que le nom de Chauvet vous dit quelque chose ?

La mémoire du vieux pharmacien n'a fait qu'un tour :

— Ce salopard ? Vous pensez, à l'époque, je servais de contact entre le maquis et la France libre... Evidemment, vous n'en saviez rien ! Même ma femme, la pauvre, croyait que les visites que je recevais la nuit, c'était pour du marché noir sur les médicaments. Mais bref, Chauvet, il nous en a fait voir ! On l'avait dans le collimateur, l'infect ! Malheureusement, il nous a glissé entre les doigts, à la Libération. D'aucuns ont affirmé qu'il avait été discrètement liquidé, d'autres, qu'il avait réussi à passer en Amérique du Sud, via l'Espagne et les réseaux franquistes. On n'a jamais su vraiment... Mais pourquoi me parlez-vous de lui ?

— Excusez-moi, mais ce serait trop difficile à expliquer... Une autre question : aurait-on des renseignements sur un homme qui s'appelle aujourd'hui Jobin, Charles Jobin ?

Là, le vieux pharmacien sèche un moment, mais...

— Vous savez quoi, ma petite Thérèse ? Je suis très copain avec l'ex-commissaire. Par ses collègues, il vous aura tout ce qu'on peut savoir. Je vous rappelle.

Marescot a rappelé :

— Oui, on a retrouvé... Charles Jobin, dit Charlot par ses complices... Une vague ordure... Du menu fretin. *Il était acoquiné avec ce Chauvet, dont vous m'avez parlé.*

Thérèse avait envie de raccrocher pour ne pas entendre. Mais elle voulait la vérité : la voici. Chauvet, qui s'occupait des dénonciations entre Français, était bien placé pour connaître les maisons abandonnées par les juifs. Il chargeait ce Jobin de les cambrioler. Pour se faire mousser et attirer la confiance, Jobin laissait plus ou moins entendre qu'il sympathisait avec la Résistance. Chauvet s'en est plutôt bien tiré : dans la confusion de l'après-guerre, son avocat a réussi à le faire juger seulement comme un petit délinquant de droit commun, parce qu'il ne s'est jamais mouillé dans la politique... Il a fait un peu de prison. A sa sortie, il a continué à se prétendre de la Résistance et il a gagné beaucoup d'argent avec les surplus des Américains...

Vous ne l'aviez sûrement pas imaginé ainsi, mais cet homme que Thérèse a retrouvé, cet homme qui catalyse toute la haine, tout le regret et le désespoir d'une vie gâchée... cet homme pour qui Thérèse est allée au plus bas de l'humiliation et de la trahison... cet homme qui ne la reconnaît même pas... *c'était bien son Julien* ! Celui à qui elle avait tout donné, son amour, son honneur et même son nom, comme à un fils, un mari, un frère...

C'était *ça*, son Julien qu'elle avait pleuré pendant trente ans : Charles Jobin, dit Charlot, un sale petit voyou, un profiteur de guerre, profiteur de tout, qui était parti sans prévenir quand il n'avait plus eu besoin d'elle. C'était aussi moche que ça. Et il ne se rappelait même plus qui elle était. Un épisode sans importance.

Alors, ce dimanche, Thérèse a sonné à la porte de Jobin. Il a ouvert, mal rasé, en chaussons, le journal à la main. Elle a sorti le revolver de son cabas, elle l'a pointé vers le front dégarni de Jobin. Elle a dit :

— Vous allez vous rappeler, et juste après, je vais tirer, Julien Nodier !

Alors, oui, il s'est souvenu ! Oui, il a tout revu. Mais le doigt de Thérèse pressait déjà la détente.

Le chien a claqué avec un bruit sec, Jobin est tombé assis sur son derrière, au milieu du hall, la bouche stupidement ouverte, la vessie en déroute.

Thérèse a tourné les talons. Elle savait maintenant qu'elle avait été capable d'aller *jusqu'au bout* de son histoire d'amour.

Mais elle se félicitait vraiment, oui vraiment, d'avoir depuis longtemps égaré les balles de ce vieux revolver !

WELCOME HOME, MARJIE !

La lettre est rédigée sur un papier de mauvaise qualité, qui se froisse facilement. Quelques paragraphes tapés par une machine à écrire qui aligne mal les lettres. Un tampon à l'encre violette et une signature enrichie de volutes et de fioritures...

Mais l'en-tête en lettres gothiques autour d'un drapeau en couleurs précise : Département de Justice et Police du Nicaragua, ville de Managua.

A Monsieur le chef de la police de Greenfields, Wyoming, USA.

Monsieur et estimé confrère,
Pourriez-vous confidentiellement nous faire parvenir tous renseignements utiles sur une certaine Redwood, Marilyn, probablement âgée de trente ans et se prétendant originaire de votre ville.
La femme Redwood a été arrêtée voici deux ans pour le meurtre de son mari — ou amant — le dénommé Scotty Allen.
Après avoir poignardé cet homme qui était ivre, la femme Redwood est restée une semaine enfer-

mée près du cadavre. Elle a été trouvée par la voisine à qui elle avait confié son fils de cinq ans.

Son état mental ne permettait pas de la juger, son affaire a été classée. Elle est sans papiers. Elle a été à peine capable de prononcer son nom et celui de votre ville. Elle est internée au département psychiatrique de l'hôpital de la prison des femmes de Managua.

Sa situation est difficile : elle ne dispose d'aucun argent et nul à l'extérieur ne la connaît. Elle est donc dans une totale solitude, ainsi que son enfant qui est à la garde provisoire d'une institution.

De plus nos psychiatres, qui ne parlent pas assez bien votre langue, pensent ne pas pouvoir franchir la barrière de son silence et reconnaissent qu'ici son état ne peut qu'empirer.

Cette situation préoccupe nos services sociaux : l'hôpital est déjà submergé par nos propres compatriotes. Les conditions de promiscuité et d'hygiène sont désastreuses.

Nous avons fait le nécessaire du point de vue administratif pour qu'une extradition puisse exceptionnellement avoir lieu.

Mais avant d'entreprendre les démarches au niveau international, nous voulons nous assurer que les conditions de réussite existent.

Notamment, nous souhaitons avoir confirmation que cette personne est bien une citoyenne de votre comté et que vous pourrez faire en sorte que votre communauté l'accueille, ainsi surtout que son fils.

Nous vous serions donc reconnaissants, monsieur et estimé confrère, de bien vouloir etc., etc.

Le shérif Frank Rossiter regarde la lettre circuler de main en main autour de la longue table du conseil municipal. C'est plutôt un brave type, Rossiter : il a beau connaître ces notables, il *veut* continuer quand même à espérer : « Un peu d'amour, bon sang ! Si un seul de ces types voulait bien montrer maintenant *juste un peu d'amour*, je jure que, dans ce cas-là, je ferais tout ce que je peux pour arrêter ce qui se prépare ! »

Mais plus la lettre circule, plus les dernières illusions du shérif s'effritent : il ne voit chez ces honorables messieurs que regards en coin. Il n'entend que leurs raclements de gorge gênés. Il les voit souffler d'un air excédé. Ils ne se rendent pas compte qu'ils prononcent ainsi leur propre condamnation...

Une main grassouillette, ornée d'un diamant au petit doigt, agite la lettre. La main du maire, M. Amos Dudley soi-même :

— Quand est-ce que vous avez reçu ça, shérif ?

— Il y a deux jours.

— Et c'est pour ça que vous nous réunissez d'urgence ? Qu'est-ce que vous voulez qu'on y fasse ?

— Vous êtes vraiment une belle bande de pourris !

Le maire essaie de grimacer un sourire conciliant :

— En voilà des mots, Frank ! Bien sûr, cette fille a vécu ici, dans le temps... Mais elle a commis un meurtre à des milliers de kilomètres ! En plus, elle est cinglée ! Nous n'y sommes pour rien !

— Amos... Même avec autant d'argent que vous en avez, il y a des choses qu'on n'efface pas à coups de dollars ! Je suis au courant *de tout*. Et je ne suis pas le seul.

Frank Rossiter consulte sa montre : tant pis pour eux. Ce soir, ces messieurs dormiront pour la plupart à l'hôpital. Ou à la morgue. Qu'ils le veuillent ou non, la mémoire va leur revenir. Trop tard.

Elle avait dix-sept ans et se nommait Marjorie Wood. Elle était la deuxième des six enfants de Joshua Wood, un modeste fermier des environs. Grande, brune, élancée, les yeux clairs. Ravissante, vraiment, pour une fille de fermier.

— Ouais, ravissante pour une fille de fermier !

Voilà exactement les termes employés par Scotty Allen. Et il s'y connaissait, Scotty Allen.

Ce gars avait débarqué à Greenfields voilà une douzaine d'années. Il disait venir de Chicago, via Philadelphie, Dallas et bien d'autres villes encore. D'emblée, il avait demandé un rendez-vous au premier magistrat de la ville. A l'époque, c'était déjà Amos Dudley soi-même : banquier, propriétaire terrien, il possédait aussi, en sous-main, la plupart des fonds de commerce de Main Street. Les gens votaient pour lui par crainte, ou pour s'attirer ses bonnes grâces. Sinon, il achetait carrément leurs suffrages.

Deux détails frappèrent le maire, à l'arrivée de Scotty Allen : le costume prince-de-galles à mille dollars et le sourire qu'il arborait en permanence. Pour réussir un sourire si éclatant et si large, ce type-là devait avoir au moins cinquante-quatre dents !

Allen ouvrit sa valise sur le bureau. Il étala en éventail des lettres de félicitations émanant de diverses municipalités et des photographies aux couleurs criardes :

— Ça, m'sieur le maire, c'est un petit aperçu du boulot de Scotty ! Et mon boulot, c'est de vous apporter la fête !

— Mais nous avons déjà une fête tous les ans... Elle marche très bien, monsieur Allen !

— Scotty, m'sieur le maire ! Appelez-moi donc Scotty ! Vous avez une fête, vous dites ? OK ! Mais sans vouloir vous vexer, je suis prêt à parier que c'est une fête pour paysans... Une fête d'amateurs, quoi !.... Le strict minimum auquel vous êtes obligé chaque année ! On rigole, on boit, on se bagarre un peu et puis quoi ? Quel *prestige* en rejaillit sur votre ville ? Sur votre municipalité ? Et sur *vous*, monsieur le maire ? Dans combien de journaux on en parle, de *votre* fête ?

— Eh bien, mais dans le *Greenfields Star*, notre journal local...

— Evidemment ! Et je suis prêt à parier que ce canard vous appartient ?

— C'est-à-dire...

— Mais c'est de la petite bière, ça ! Une fête, ça ne devrait pas vous *coûter* un dollar ! Ça devrait vous en *rapporter* ! Un beau paquet, je peux vous le garantir ! Et de la publicité gratuite à la pelle ! Une vraie fête, c'est une pompe à fric et un outil merveilleux pour les relations publiques ! Et les relations publiques, c'est ça le boulot de Scotty !

Bref, Scotty Allen se montra convaincant, et Amos Dudley persuada son conseil municipal que Greenfields, pour son épanouissement, devait faire appel à un vrai professionnel.

Allen se vit donc confier l'organisation de la fête. Il connaissait beaucoup de journalistes, disait-il, et il savait ce qui les faisait réagir. Il baserait l'essentiel de l'événement sur *l'élection de Miss Greenfields* ! Et il expliqua sa tactique à ces messieurs, siégeant dans leurs fauteuils de cuir :

— Regardez, je vous prie, les photos des ravissantes jeunes femmes que voici !

Il y eut des murmures, des sifflements... Quelques conseillers desserrèrent discrètement leur col, le maire essuya de la buée sur ses lunettes. Scotty Allen souriait :

— Pas mal, non ? Eh bien... ce seront elles, les concurrentes à cette élection !

— Mais c'est qui, ces filles ? On ne les a jamais vues par ici !

— Vous inquiétez pas : vous allez les voir ! Et les voir de près ! De *très* près !

— Vous voulez dire que... que ces jeunes personnes vont venir ici... en personne ?

— Mais oui messieurs ! En chair et en os ! Surtout en chair, d'ailleurs, si vous voyez ce que je veux dire... Et je vous les présenterai... personnellement ! Mais laissons ce détail à plus tard, car voici le plus beau : toutes ces nanas ont de quoi couper le souffle, c'est pas vous qui me direz le contraire ? Et, pourtant, puisqu'il s'agit d'élire Miss Greenfields, c'est bien une jeune fille *de chez vous* qui remportera le titre !

— Impossible ! Aucune de nos gamines ne pourrait se mesurer avec...

— Mais si, m'sieur le maire ! C'est là que le professionnel intervient : toutes ces filles-là, figurez-vous qu'elles sont à ma botte, je les ai sous contrat !

— Oui, mais le jury...

— Le jury, il sera constitué de moi, de vous et d'authentiques journalistes des meilleurs radios et journaux de cet Etat !

— Des journalistes ? Alors ils verront bien que les filles de chez nous n'ont pas autant de...

— Ils verront surtout leur petite enveloppe pour

« frais de déplacement » que vous allez généreusement remplir. Elle leur fera partager notre vote impartial. Ensuite, chacun d'eux se fera un devoir de publier en première page le compte rendu de l'événement. C'est aussi simple que ça !

Oui, en vérité, c'était simple. Juste un détail à régler : il fallait quand même trouver parmi la jeunesse de Greenfields celle qui pourrait remporter le titre devant les pin-ups professionnelles... sans que le trucage soit trop manifeste.

On organisa donc une présélection dans la salle du cinéma le Splendid. La plupart des jeunes filles en âge de concourir se prêtèrent à ce jeu. Il n'y avait pas beaucoup d'occasions de se distraire, à Greenfields. Certaines vinrent juste pour rire, ou par bravade, ou pour répondre au défi de leurs camarades. D'autres furent proposées par les familles qui espéraient voir la gloire locale rejaillir sur elles.

Dès le premier passage, la beauté de Marjorie Wood s'imposa.

— Ravissante, pour une fille de fermier !

Oui, tels furent aussitôt les termes exacts de Scotty Allen. Les jeux étaient faits : c'est Marjorie Wood qu'il lui fallait. Marjorie autour de laquelle le piège allait se refermer.

Le père, Joshua Wood, homme pieux et réservé, refusa dans un premier temps qu'elle se présente :

— Ma gamine est allée à votre sélection, entraînée par ses copines, sans rien me dire ! Je lui ai passé un sacré savon quand elle m'a avoué ça. Mais là, ça suffit ! Une fille Wood ne va pas aller se trémousser devant tout le pays. Vous parlez d'un exemple pour ses frères et sœurs !

Le maire insista gentiment :

— Allons, Joshua, ce n'est *que* pour un jour de fête ! Regardez votre femme : elle est déjà toute fière de sa fille. Et puis... il y a *le prix* ! En espèces... Et tous les cadeaux offerts par les commerçants !

Comme le père se faisait encore tirer l'oreille, le maire le prit à part et passa aux arguments sérieux :

— Dites-moi, Wood... la récolte s'annonce plutôt mal, à ce qu'on dit ? Vous allez devoir vendre à perte pour la deuxième année, non ? Si je me rappelle bien... ma banque vous a déjà consenti un prêt ? Combien de mensualités avez-vous de retard ? Ce serait un rude coup et un très mauvais exemple pour vos gosses si votre ferme venait à...

Joshua Wood donna donc son accord, on entraîna Marjorie pour le défilé, on lui fit essayer un maillot à paillettes, des chaussures aux talons démesurés... Elle était prête. L'élection eut lieu.

Marjorie, ignorante du trucage, se crut vraiment gagnante et pleura de bonheur au verdict du jury. Il y eut des applaudissements, des éclairs de flashes, des gerbes de fleurs, le tour de la ville sur le char du triomphe, le banquet, les interviews... Et des banderoles, peintes à l'avance, se tendirent au travers de Main Street : « MARJIE, WE LOVE YOU ! » On t'aime, petite Marjorie...

Le lendemain, les coupures de presse envahirent la longue table du conseil : Scotty Allen avait vraiment bien fait les choses. Les commerçants « sponsors » avaient craché au bassinet, le budget de la municipalité était regonflé et la caisse noire du maire débordait.

Le conseil acclama le professionnel et le chèque du montant de ses prestations lui fut remis. Sans oublier la prime en liquide, comme convenu.

Au moment de prendre congé, l'organisateur des réjouissances retint le maire par la manche :
— Je peux vous voir en privé, Amos ?
— Bien sûr, Scotty. Il y a un problème ?
— Non, non, au contraire, tout baigne... Voilà, c'est à propos de Marjorie Wood... Elle est *très bien*, cette petite. Elle est même *mieux* que bien ! Elle a... quelque chose ! Oui, elle possède ce « quelque chose » qui peut en faire... Allez, je ne vais pas mâcher mes mots, qui peut en faire une *vraie star* ! A condition que je m'en occupe, bien sûr. J'en ai parlé à la petite. Elle, elle serait ravie de faire carrière. Mais ce sont ses vieux qui ne veulent rien entendre. En plus, elle est plus ou moins « fiancée » avec un bouseux des alentours... Pardon Amos, avec un de vos administrés. Vous devez parler à ces gens-là. Ils vous écouteront, vous ! Montrez-leur où est l'intérêt de la gosse... et le leur !
— Leur intérêt, leur intérêt, Scotty... C'est une démarche importante que vous me demandez ! Et *mon* intérêt, à moi ?

Scotty Allen eut un sourire de requin :
— Ha, ha, Amos, c' que j'aime en vous, c'est qu'on peut causer ! Je ne vous ai pas oublié, rassurez-vous. J'ai là dans ma serviette le contrat que je veux signer avec la petite. D'abord, je la débaptise : elle s'appellera Marilyn Redwood. Vous voyez ça, sur les affiches : « La Metro Goldwin Mayer présente : Marilyn Redwood ! » Redwood, le bois de séquoia, le luxe... Et puis ça fait irrésistiblement vedette ! On pense à Marilyn Monroe, à Robert Redford, à Natalie Wood... Et voici ce qui vous concerne, c'est écrit noir sur blanc : à chaque interview, Marilyn Redwood s'engage à parler avec *tendresse et reconnaissance* de son village natal ! Vous

imaginez ça, Amos, Greenfields, Wyoming, le berceau de la grande Marilyn Redwood ! La maison de son enfance, les photos dédicacées à côté du maire qui a tant fait pour sa carrière ! Vous mesurez l'impact électoral ? Et je vous réserve la vente exclusive de tous les objets-souvenirs !

— Oui, mais... les parents de la petite ?

— Faites-leur valoir que, tant qu'elle est mineure, les cachets leur seront versés à eux, intégralement. Moins mes dix pour cent, bien sûr, et moins les frais d'entretien de la gamine... Je fournirai des justificatifs. Vous voyez que c'est sérieux...

Scotty Allen avait des costumes à mille dollars, les dents blanches et l'argument efficace... Les parents Wood furent invités à une délibération du conseil. Réunion officieuse, sans procès-verbal, mais on y évoqua en toute amitié la formidable carrière de Marjorie... Il y avait la longue table, tous ces messieurs influents au sourire si bienveillant et si raisonnable.

Les parents comprirent où était l'intérêt de leur fille. Et surtout, ils voulaient garder leur ferme... Marjorie devint Marilyn, et elle partit avec son manager, le sémillant Scotty Allen.

La famille reçut une première carte postale d'un motel du côté de Sonora, bled perdu. Il faisait chaud et Marilyn avait rejoint le « reste de la troupe ». L'expression étonna les parents. Ils montrèrent la carte au maire qui eut un rire bonhomme :

— Elle parle sûrement de la troupe de théâtre où elle fera ses premières armes ! Votre fille est douée, mais jouer la comédie, ça s'apprend !

La deuxième carte était envoyée de Chihuahua, Mexique. Il faisait encore plus chaud, et Marilyn annonçait pour bientôt une grande surprise. La surprise fut révélée sur la troisième carte : son mariage avec Scotty. Cette troisième carte avait été postée à Panama. Ce fut la dernière que l'on reçut jamais à Greenfields.

Plusieurs mois plus tard, Wood et sa femme revinrent questionner le maire : trouvait-il normal que la petite n'écrive plus ?

— Mais bien sûr, Joshua, bien sûr ! Une artiste, c'est très occupé !

— Ouais, mais pourquoi qu'on parle pas d'elle à la télé ?

— Ne soyez pas si pressés ! La route du succès est longue !

— Ouais, mais pourquoi qu'on reçoit jamais sa paye d'artiste, comme c'est écrit dans le contrat ?

— Ah, c'est que maintenant... votre fille n'est plus mineure ! Elle est mariée ! C'est tout ce qu'il y a de plus légal !

Les parents Wood s'en allèrent furieux. C'est sur le chemin du retour qu'ils se tuèrent tous les deux à bord de leur vieille camionnette.

En un sens, ce drame sembla providentiel au maire : lui avait vaguement compris la situation... Mais la réalité était encore pire que ce qu'il imaginait.

Aussitôt après le mariage, à Panama, contrée où les droits de la femme étaient plutôt flous, Scotty Allen avait subtilisé tous les papiers de Marilyn. Elle ne pouvait plus rien faire sans lui. Les mauvais traitements commencèrent, pour l'obliger à travailler dans la fameuse « troupe ».

Une troupe d'un genre bien spécial : trois camions bourrés de filles qui parcouraient l'Amérique centrale d'une ville minière à l'autre. A chaque étape, elles donnaient un vague spectacle dans une buvette sinistre, en se trémoussant peu vêtues.

Après quoi, totalement dévêtues, sur des paillasses dans les camions, elles devaient subir le défilé des mineurs abrutis d'aguardiente, de tequila ou de pisco.

Au début, la pauvre fille accepta par peur. Elle eut un enfant, qui mourut à deux ans de mauvaises fièvres, puis un second, qui survécut. Et c'est par cet enfant que Scotty la tenait désormais.

Amos Dudley, le maire, ignorait tous ces détails mais se faisait maintenant une idée assez juste du genre d'activité que menait Scotty Allen.

Cependant, il s'était cru à l'abri des questions trop pressantes ; les parents Wood n'étaient plus là pour en poser et leurs autres rejetons préféraient ne rien savoir, trop contents de se partager une part d'héritage en plus.

Mais il avait compté sans un brave garçon un peu balourd, du nom de Chuck O'Malley : c'était lui, l'ex-fiancé de Marjorie. Inquiet de n'avoir plus de nouvelles, il était allé trouver le shérif de l'époque. Il insistait pour que l'on entreprenne des recherches.

L'étoile de la loi était alors portée depuis des années par un vieux renard, Pat Carter. Et Carter avait eu ce poste grâce au maire. Sentant la mauvaise affaire se profiler, il avait aussitôt rapporté la demande de Chuck à Amos Dudley. Celui-ci avait fait craquer les jointures de ses doigts boudinés :

— Décidément, cette petite gourde n'apporte que des embêtements ! *Je ne veux plus en entendre parler !* Enterre-moi ce dossier, veux-tu, Carter ? Moi, je m'occupe du jeune O'Malley !

Ce ne fut pas bien difficile : Chuck O'Malley était employé au drugstore de Main Street. Il avait à sa charge ses vieux parents et un frère handicapé mental. Et le drugstore appartenait à Dudley :

— Ecoute-moi, Chuck, jusqu'à présent, je n'ai pas été trop embêtant, comme patron, parce que tu étais un bon employé et un honnête citoyen de cette ville. Mais c'est le maire qui te parle maintenant : cesse de fourrer ton nez dans les affaires des autres familles ! C'est une ville tranquille, ici. Pense que tes parents et ton pauvre frère ont tant besoin de toi. De toi, *de ta paye* et des augmentations que tu mérites d'avoir prochainement... C'est clair, Chuck ?

Clair que tout devait rester dans l'ombre, ça l'était. Quant aux honorables membres du conseil, nul besoin de leur faire un dessin : tous agirent avec la même sagesse et la même discrétion.

C'est ainsi que les années passèrent. Jusqu'à l'arrivée de la fameuse lettre de la police de Managua, relatant la tragédie qui marquait la fin sordide de la « carrière » de Marilyn Redwood... Un geste criminel pour se libérer du proxénète alcoolique, père de son enfant. La démence, la solitude, le lent pourrissement dans le secteur psychiatrique d'une prison pour femmes au Nicaragua.

C'est cette lettre qui est, maintenant depuis de longues minutes, au centre de la grande table du conseil. Le maire, Amos Dudley, a eu le temps de réfléchir. Le sourire qu'il affiche graduellement sur sa face huileuse laisse penser qu'il a trouvé une belle justification pour mettre dans sa poche le shérif Frank Rossiter :

— Voilà, Frank, je peux tout vous expliquer...

A cet instant, la première pierre brise un carreau de la grande fenêtre, suivie par les hurlements d'une foule déchaînée.

— Vous fatiguez pas, monsieur le maire ! C'est à eux, en bas, qu'il va falloir causer ! Figurez-vous que lorsque j'ai reçu la lettre, j'ai cherché si nous avions un dossier sur cette pauvre fille. Et figurez-vous que je n'en ai pas trouvé. Alors, je me suis rappelé que mon adjoint était déjà celui de mon prédécesseur, cette pourriture de Carter ! A l'époque, mon adjoint avait reçu l'ordre d'*oublier ça*. Et aussi de l'argent, je suppose. Mais ça lui pesait, cette histoire. Ça lui a fait du bien, je vous jure, de pouvoir se confesser. Quand j'ai su comment vous aviez enterré cette histoire, je me suis permis d'aller mettre au courant Chuck O'Malley... Vous auriez imaginé qu'il est toujours amoureux, après dix ans ? C'est beau, non ? Il a fait le tour de la ville, pour recueillir quelques milliers de dollars. De quoi payer un bon avocat, des médecins, une nourrice pour le gosse... Naturellement, il a dû dire à nos braves concitoyens *pourquoi* il faisait cette quête... Ils ont payé, vos électeurs... Mais j'ai l'impression qu'à cette heure-ci ils ne vous portent plus dans leur cœur !

Par les vitres crevées, les hurlements et les insultes deviennent assourdissants. Amos Dudley se protège derrière son coude. Les cailloux et les débris de verre pleuvent :

— Vous êtes fou, Rossiter ! Calmez-les ou ils vont nous lyncher ! C'est un ordre, shérif !

Frank Rossiter dégrafe délicatement son étoile d'argent et la lance sur la grande table. Elle atterrit juste sur la lettre.

Il laisse derrière lui les notables, sort d'un air fatigué. En travers de Main Street, des gens tendent une banderole, barbouillée à la hâte de peinture rouge : « WELCOME HOME, MARJIE ! »... Bienvenue chez toi, petite Marjorie...

Sur le perron, la foule qui envahit l'hôtel de ville bouscule Frank Rossiter. Quelqu'un l'entend murmurer :

— Un peu d'amour, bon Dieu... Juste *un peu* d'amour !

MAIS QUI EST DONC HENRI LE DINGUE ?

La pièce est petite, tout en longueur. Les murs sont carrelés de faïence blanche. La lumière est plate, uniforme. Elle provient de tubes régulièrement espacés sur les parois, au ras du plafond. Le sol est couvert de linoléum beige. Sur l'un des petits côtés de la pièce, une porte, presque invisible, tant ses bords sont ajustés au chambranle. Pas de poignée, à cette porte, du côté de la pièce blanche. Près de la porte, un miroir sans tain, lui aussi intégré au mur.

Au centre de la pièce, un tabouret rond, en métal laqué de blanc, à quatre pieds dont le bout est caoutchouté. Un homme, assis. Costume gris, froissé, taillé dans un tissu coûteux, maculé de sang séché. La veste s'ouvre sur une chemise sans col, sans cravate. Chaussures de crocodile brun, hors de prix, dont on a retiré les lacets.

L'homme se tient le buste raide, les mains posées à plat sur ses cuisses. Une tête maigre, aux pommettes osseuses, le front très dégarni, cheveux noirs.

Au-dessus de l'oreille droite, les cheveux sont rasés, un pansement les remplace, maintenu par un sparadrap rose. Tout ce côté du visage est enflé sous l'effet d'un hématome. La lumière crue fait à l'homme un teint cireux, et accentue l'ombre dans les orbites, qui sont creuses. Il fixe droit devant lui son image dans le miroir. Il vacille en permanence d'avant en arrière et de gauche à droite. Un balancement mécanique.

De l'autre côté du miroir, un réduit. Plusieurs personnes sont serrées dans cette pénombre. Près de la glace, trois femmes, dont deux se tiennent par le bras. Une mère et sa fille, probablement, toutes deux d'une élégance discrète.

La discrétion ne semble pas la qualité de la troisième femme, grimpée sur des talons-échasses et dont le parfum est un peu gênant dans cet espace restreint. En retrait, quatre hommes : des policiers et un juge d'instruction.

Les hommes attendent. Les femmes regardent, à travers le miroir sans tain. Soudain, la plus âgée semble se tasser, s'appuie sur le bras de sa fille et cache sa tête contre l'épaule qui la soutient. Secouée de sanglots, elle souffle :

— Il a tellement... tellement maigri !

La plus jeune lui caresse doucement la nuque et se tourne vers les policiers :

— C'est lui, c'est bien lui. C'est mon père, Raphaël Maugis !

La troisième femme fait volte-face. Le nez dressé comme un coq de combat. Une voix aiguë, une intonation faubourienne :

— Non mais hé ! Ça va pas ? C'est quoi, ce cinoche ? Maugis ? Pis quoi encore ? Vous le savez bien, commissaire : ce gars-là, c'est mon homme à moi ! C'est Henri le Dingue !

Un signe du juge, un rideau masque la glace, la lumière se rallume.

Un signe du commissaire et les policiers font sortir les trois femmes. La mère et sa fille sont dirigées vers le couloir de gauche, l'autre vers la droite. Elles vont maintenant être interrogées séparément.

Et du compte rendu de leurs dépositions vont surgir des réponses sur l'homme blessé. Mais aussi des questions, auxquelles, à ce jour, on n'a pas encore répondu.

En ce mois de décembre 1945, il fait froid dans les couloirs du palais de justice de Grenoble. Le bureau du juge Carel, par contre, donne une sensation de chaleur excessive. Sensation accentuée certainement par les piles de dossiers. Tous les dossiers qui ne trouvent plus de place dans les armoires et s'entassent, maintenus par des ficelles, sur des tables et au pied des murs. On a le sentiment qu'ils grignotent peu à peu l'espace réservé aux humains.

C'est que la ville, la région tout entière, ont des comptes à régler, après le trou noir de la guerre. Malgré tout, le juge d'instruction Michel Carel a la réputation d'être un calme, un consciencieux qui sait prendre le temps qu'il faut pour y voir clair.

A quarante ans, il est, pour l'époque, un jeune magistrat qui promet. Brillants états de service, courageux, décoré, etc. Pourtant, il a gardé un air d'adolescent fluet, et c'est pour compenser, certainement, qu'il porte des lunettes à monture d'écaille ronde et un nœud papillon. Le résultat fait plutôt sourire. Sauf ceux qui sont passés dans son bureau encombré et qui avaient quelque chose à cacher. Car il ne laisse rien passer, le juge Carel. Rien.

— Madame, mademoiselle, je vous demande de ne négliger aucun élément susceptible d'apporter un peu de lumière dans cette affaire. D'autre part, je vais sûrement être contraint de vous poser des questions... disons... très précises, peut-être même intimes... Je vous serais obligé d'y répondre franchement, sans détour. Ce qui est dit entre ces murs est, bien entendu, couvert par le secret de l'instruction...

Les deux femmes élégantes acquiescent d'un signe de tête. La plus âgée se tamponne les narines d'un fin mouchoir. Les larmes ne lui ont pas fait perdre sa beauté, remarquable.

— Bien. Madame, résumons : suite à la parution de photographies dans un journal relatant les faits divers, il vous a semblé reconnaître votre époux, Raphaël Maugis, industriel à La Courneuve, dont vous aviez signalé la disparition le 20 février 1940 ?

— C'est cela.

— Vous êtes donc venue de votre propre chef à Grenoble et avez demandé à voir cet homme ? Avez-vous identifié l'individu qui vous a été présenté ?

— Il a tellement maigri... tellement...

— Madame, je vous en prie... L'avez-vous identifié *formellement*, oui ou non ?

— Oui...

— Et selon vous, mademoiselle... Isabelle Maugis, c'est bien *votre père* que vous avez vu ?

— Oui, monsieur le juge.

— Madame Maugis, vous savez dans quelles conditions votre... enfin... cet homme a été appréhendé ?

— Le commissaire me l'a dit, monsieur le juge. Mais c'est impossible ! Jamais Raphaël...

— Madame, j'en suis navré, mais la scène a eu de nombreux témoins, dont un, hélas, est entre la vie et la mort... Que vous trouviez cela possible ou non, le fait est que celui que vous désignez comme votre mari, disparu depuis le début de la guerre sans raison apparente, reparaît aujourd'hui sous l'identité d'un truand notoire. Le fait est que, surpris en plein cambriolage, il fait le coup de feu contre les forces de l'ordre et blesse grièvement un policier père de trois enfants !

— Monsieur le juge, il y a sûrement une explication ! Il n'a pas fait cela de lui-même ! Il a dû être forcé ! Il vous l'a peut-être dit ! Qu'a-t-il raconté de sa vie pendant toutes ces années ?

— Rien, madame. Il n'a rien dit. D'après les médecins, il est en état de choc violent. Les conditions de son arrestation, probablement... Après l'échange de coups de feu, les forces de l'ordre l'ont trouvé inconscient et l'ont transporté à l'hôpital. Il est passé à deux doigts de la mort. La balle qui l'a touché à la tempe, par rebond contre un mur, probablement, l'a sérieusement... sonné, comme l'on dit. Il est resté trois jours sans aucune réaction. A son réveil, il était dans l'état où vous l'avez vu : une sorte de coma éveillé... Nous l'avons habillé, pour l'identification, avec les vêtements qu'il portait lors de son arrestation. Il a été incapable même de décliner une identité. Mais on a trouvé sur lui un *Ausweis* délivré par les autorités allemandes peu de temps avant leur repli...

— Mais à quel nom, ce papier, monsieur le juge ? A quel nom ?

— Albert, madame, prénom Henri... C'est-à-dire n'importe quoi... Henri Albert, ce pourrait être n'importe qui... Mais les policiers ont vite fait le rapprochement : ils recherchaient activement un certain Henri Billet, dit Henri le Dingue. Trafiquant, collaborateur et même exécuteur des basses œuvres de la Gestapo locale... Le tueur à gages que les Allemands déléguaient pour liquider leurs anciens amis devenus gênants, par exemple. Belle crapule... Assassinant par intérêt, mais aussi, certainement par plaisir. D'où le surnom « le Dingue »...

Le juge Carel extrait de sa poche un petit carré de peau de chamois, ôte ses lunettes rondes et semble s'absorber dans le nettoyage des verres pourtant impeccables :

— Au fond, c'est peut-être très simple... Votre mari, madame, quitte le domicile conjugal début 1940. Et, en automne 1942, on voit apparaître, à plusieurs centaines de kilomètres de chez vous, le nommé Billet. Un truand au départ insignifiant, qui, assez vite, gagne par son absence de scrupules ses entrées chez les Allemands, ainsi qu'une réputation féroce. D'où venait-il ? Mystère... Billet était probablement aussi un nom d'emprunt, alors... Maugis serait devenu Billet, puis Billet devient Henri Albert...

La grande femme élégante a bondi. Une belle tigresse. Une tigresse blessée :

— Je vous interdis ! Je vous interdis de supposer que mon mari ait pu devenir cette espèce de... de monstre... ce tueur... cette... cette épave ! Vous êtes un...

— Asseyez-vous, Hélène Maugis !

La réplique du petit juge a été si brutale que la tigresse a été stoppée net dans son élan. Elle reste la bouche ouverte sur l'insulte qu'elle allait peut-être proférer. Doucement, ses jambes plient. Elle s'assied et les larmes reviennent. Le juge Carel se penche en avant :

— Pardonnez-moi, madame. Je comprends votre indignation. Mais rappelez-vous cette femme que vous avez vue ce matin, Léone Pasquier, dite « Dalila »... Je vais être direct, madame : cette personne est une prostituée, et elle était la maîtresse en titre de Henri Billet, Henri le Dingue, depuis près de trois mois... Elle s'était présentée spontanément à la police après l'arrestation : les nouvelles vont vite, dans le milieu. Elle avait appris que « son homme » était en mauvais état. Conduite à l'hôpital, elle l'avait déjà reconnu, mais il avait la tête bandée, les yeux fermés et le visage encore très enflé. Elle avait néanmoins reconnu le costume et les chaussures coûteuses qu'elle lui avait offertes. Et, vous l'avez entendue tout à l'heure, elle a renouvelé son identification formelle, en même temps que vous... Or cela fait *quatre ans* que vous n'avez pas vu votre mari et vous êtes sûre que c'est lui ? Mais elle, Henri le Dingue a vécu trois mois chez elle et elle ne l'a perdu de vue que depuis *une semaine*. Donc, c'est bien le même homme !

La grande femme élégante se brise. Sa fille Isabelle se mord les lèvres.

— Monsieur le juge, je ne comprends pas... Pourquoi mon père, un industriel fortuné, un homme très calme, très croyant... En plus toute sa famille et celle de maman sont très riches... Et il avait des responsabilités en tant que chef d'entreprise, il recevait des commandes de l'armée ! Pourquoi serait-il parti en pleine guerre sans rien emporter pour devenir un... un voyou, un bandit ? C'est invraisemblable !

— Pour moi aussi, mademoiselle... Mais j'essaie de comprendre...

— Vous avez comparé mon père avec des photos de ce... Henri Billet ? Vous êtes certain de...

— Oh, si c'était aussi simple, mademoiselle Maugis... Mais nous ne possédons *aucun portrait* de Billet. C'était probablement l'une de ses nombreuses identités d'emprunt. Nous ne savons pas d'où il sort : Henri le Dingue, pour nous, c'est une silhouette, un courant d'air ! Juste un nom qui signe une série d'assassinats et de hold-up couverts par l'occupant ! Nous avons de lui une demi-douzaine de signalements, qui ne se recoupent jamais totalement. Tout ce qui est certain, c'est qu'il n'est pas grand, plutôt maigre, qu'il agit froidement. « Comme une machine », ont dit certains témoins... Et, reconnaissez avec moi que rien, là-dedans, n'interdit de penser qu'il puisse s'agir de votre père ? N'oubliez pas que l'homme que vous avez formellement identifié a été surpris en plein cambriolage et qu'il a mitraillé férocement les policiers !

— Je maintiens que mon père était bien éduqué, doux, plutôt craintif et qu'il n'aurait fait de mal à personne !

— Sur ce point, on peut avoir des surprises, mademoiselle... Et justement sur ce point, peut-être votre maman possède-t-elle une information... Un élément dont elle ne *vous* parle pas, mais dont elle aimerait m'entretenir maintenant ? Madame ?

Hélène Maugis a pâli, brusquement :

— Vous voulez parler de... Comment êtes-vous au courant ?

— Peu importe, je le suis, madame. Désirez-vous que... nous parlions *seuls* un moment ?

Etonnée, Isabelle Maugis voit sa mère acquiescer.

— Maman ?

— Laisse-nous, ma chérie. C'est mieux...

Le juge se lève pour la conduire vers l'antichambre. Il revient et s'assied cette fois sur la chaise laissée libre par la jeune fille. Il attire à lui quelques feuilles dactylographiées :

— Voyons, madame... lorsque vous avez signalé la disparition « sans raison » de votre mari, les policiers ont opéré quand même une prise de renseignements un peu plus poussée et... voyons... je lis ce rapport : « Nous avons cependant établi que Maugis Raphaël aurait été précédemment *interné à deux reprises* dans des cliniques privées, officiellement pour fatigue et surmenage. Renseignements pris, il apparaît qu'il était sujet à des états dépressifs accompagnés de troubles de la personnalité. » Quel genre de troubles, madame ?

— Des... des absences... Une sorte de vide... Un vide total, alternant avec des crises de violence... Il devenait... terrible... Mais nous l'avons toujours caché à la petite... Elle ne s'est rendu compte de rien... Nous lui disions que Raphaël était en voyage... C'était mieux ainsi... Nos familles... notre milieu... les affaires...

— Je comprends, madame. De quelle origine, ces troubles ?

— Mais vous n'avez pas le droit ! Je ne... Oh ! Et puis après tout... au point où nous en sommes... Et puis, je suppose que vous le savez déjà ? Une maladie... contractée avec... avec les femmes, voilà ! Quand il était étudiant, il fréquentait ce genre de filles... Ses parents l'ont fait soigner par le professeur Pasquier, un ami. Raphaël se croyait guéri depuis longtemps... Et puis, il a eu ces troubles, à partir de 1937. Ça s'est aggravé en 1939... Deux séjours en clinique...

Normalement, le juge Michel Carel devrait se dire que son dossier s'éclaircit. Etonnant, mais bien logique : un industriel prospère de la banlieue de Paris, la raison troublée, quitte sa famille et, à la faveur des troubles de l'Occupation, devient Henri Billet, le tueur fou de Grenoble.

Mais il y a une ombre au tableau, et de taille : au fond de ce dossier, il reste deux feuillets, que le juge garde sous le coude, pour l'instant. Et sur ces deux feuillets, il y a la preuve que Henri Billet, dit Henri le Dingue, *est mort depuis sept mois* !

Le bureau trop encombré du juge Carel est empli des effluves d'un parfum capiteux. Léone Pasquier, dite Dalila, sûre de son charme animal, croise très haut ses jambes superbes. Elle sourit en voyant, sur le cou maigre du juge, le nœud papillon monter et descendre trois fois. Au cas où elle aurait eu un doute, la voilà rassurée : un magistrat, même un teigneux comme celui-là, reste un homme. Carel essuie ses lunettes rondes couvertes de buée :

— Ainsi, mademoiselle, on vous surnomme « Dalila » ?...

— Ben oui, m'sieur le juge. Comme celle de l'histoire ancienne, pas ? C'te Dalila, c'est elle qu'avait fait marron son bonhomme... En y coupant les tifs, pas ? Samson et Dalila, connaissez, m'sieur le juge ?

— Oui, oui, bien sûr... Mais vous-même...

— Ben, c'est le vieux Lucien, un ancien prof, qui m'a donné ce nom de travail, Dalila. Vu qu'en 1938, c'est moi qu'ai fait tomber mon homme... le premier... Marcel de Toulouse... Je l'ai balancé à vos collègues, mais ses aminches étaient derrière moi : y menait tout le monde en bateau, Marcel ! C'était une passoire de première... Donc, depuis, on m'appelle Dalila, je trouve ça plutôt romantique... Mais dans le civil, c'est Léonc.

— Bien. Alors, mademoiselle Pasquier...

— Léone, m'sieur le juge...

— Si vous voulez... Léone, vous travaillez donc pour Henri Billet, dit « le Dingue » ?

— Oh ! doucement les basses ! Vous allez pas

encore y coller ça sur le dos, à ce pauvre chou ! Je *travaille pas* pour lui ! Henri, c'est un type régule... Y se débrouille tout seul ! D'ailleurs, je m'en veux : si je l'avais aidé, il aurait pas eu besoin de monter à la carambouille, et la poulaille l'aurait pas ratatiné !

— Bien... Vous le connaissez depuis quand ?

— Trois mois, je vous l'ai dit ! Un soir, il traînait sur le bitume, je lui ai proposé de monter. J'ai tout de suite compris qu'il pensait pas à ce que vous pensez... Y cherchait qu'à se planquer, j'l'ai tout de suite vu... Les types en cavale, je connais ça, pas ? Il était fagoté comme un clodo, pas un radis dans la fouille. Alors je l'ai pris en affection, comme qui dirait...

— Mais sous quel nom s'est-il présenté à vous ?

— Oh ! ce que vous faites « salon », m'sieur le juge ! On voit que vous fréquentez le beau monde ! Nous, les présentations, a z'ont été vite faites ! Le lendemain matin, vu que je l'avais gardé à dormir, je savais déjà qu'entre nous c'était pas professionnel, qu'y resterait avec moi. Alors j'y ai dit : « Moi, c'est Léone. Et toi ? — Henri », qu'il m'a répondu. Plus tard, en y servant son café, j'y dis : « Tu fais quoi ? — N'importe quoi », qu'y me bonnit. Et il ajoute : « Je suis dingue, tu sais ! » Moi, je dresse l'oreille, pas ? Ça me disait quelque chose. L'air de rien, je lui fais : « T'es pas forcé de me répondre, mais... tu serais pas Henri le Dingue, des fois ? » Lui, y me regarde, avec un drôle d'air... Vraiment drôle, et il me lâche : « Ouais, c'est ça, Henri le Dingue », qu'il me bonnit. Moi, ça m'a fait un coup... De me retrouver avec lui en personne... Pensez : il avait une vache de réputation, dans la région...

— Mais c'est tout, mademoiselle Pasquier ? Il ne

vous a pas prouvé son identité d'une autre manière, plus précise ?

— Non mais ! ho ! C'est pas la maison Poulaga, chez Léone ! Vous me voyez pas en train d'y demander ses fafiots, par hasard ?

— Ses quoi ?

— Ses fafiots, ses papiers, quoi... D'ailleurs, il en avait pas. Et il allait pas se repointer à la préfecture pour en demander des neufs, avec son passé...

— Mais comment avez-vous su que son vrai nom était « Billet » ?

— Ben, tout le monde le savait, pas ? Même les journaleux qu'en avaient fait « l'ennemi public », un temps ! Tout le monde savait que Henri le Dingue s'appelait Henri Billet !

Le juge commence à distinguer l'amorce du quiproquo :

— Léone, avez-vous rencontré en sa compagnie des gens qui l'auraient connu auparavant ?

— Pas fou, mon Henri, m'sieur le juge ! Dingue, peut-être, mais pas fou ! Il se planquait, je vous ai dit ! Il se planquait de tout le monde ! Il avait tout le monde contre lui ! Les gens de votre bord... La société quoi... Pis aussi notre milieu... Les truands qui voulaient jouer les bons Français et qu'étaient pris de la folie de la purge... l'épuration, comme vous dites : celui qui aurait pu livrer à votre justice le célèbre Henri le Dingue, il aurait eu droit à toutes les indulgences ! Mon Henri, c'était une sacrée monnaie d'échange ! Lui, il le savait. Il avait confiance qu'en moi. On voyait personne et, quand il faisait un coup, il travaillait seulabre !

— Ainsi, mademoiselle, vous avez vécu pendant trois mois avec cet homme sans jamais...

— Ben oui, m'sieur le juge. C'est comme ça. Y

sortait la nuit, de temps en temps, pour faire un coup... Non, m'sieur le juge, je vous vois venir : là non plus, j'y posais pas de question. Moi, je l'avais sapé avec un costard et des croquenots italiens dignes de lui, limace en soie et chaussettes en pur fil, c'est important, pour un homme. Mais c'est tout, je vous jure. Pour le reste, il se débrouillait. Y disait qu'il ramassait tout ce qu'il pouvait. Y voulait m'emmener, qu'y disait... Loin d'ici, au soleil.

— Léone, vous me mentez, là !

— M'sieur mon juge, je me permettrais pas !

— Si, si, vous me dites qu'il se « débrouillait »... S'il ne voyait personne et ne sortait que la nuit pour effectuer ses cambriolages, d'où tenait-il ses renseignements ? Comment connaissait-il les endroits sûrs et intéressants à visiter ?

Dalila pâlit sous le maquillage :

— Vous essayez de me coller complice, c'est ça ?

— Léone, je vous assure que vous ne m'intéressez pas ! En tant que prévenue, je veux dire... Les prisons sont déjà trop pleines. Ce que je veux, c'est élucider ce dossier, c'est tout. Alors, plus vous m'y aidez, moins vous risquez de complications.

— Bon, je vous fais confiance. J'ai pas les moyens de faire autrement, d'ailleurs... Voilà : personne savait qu'il était dans mes toiles, et moi je sortais comme si de rien n'était. Je connais du monde, depuis que je suis dans le métier. Alors, j'ouvrais mes esgourdes, je retapissais tout ce qui se disait en ville sur les endroits plus ou moins bien gardés, les adresses des maisons de bourges enrichis au marché noir qui faisaient retraite en Suisse... Et puis je refilais tout ça à mon Henri... Mais c'est tout, hein !

— D'accord, Léone, je vais « oublier ». Je vous

remercie : cela explique certaines choses. Mais pas tout...

Et le juge Carel sort enfin les deux feuillets qu'il gardait au fond de son dossier :

— J'ai ici une déposition et un rapport de gendarmerie. La déposition faite par un membre d'un réseau de la Résistance. Henri Billet, dit « Henri le Dingue », a été enlevé par les membres de ce réseau le 5 mai 1945. Il a été exécuté, dans la montagne, à vingt-cinq kilomètres d'ici.

— Hé ! mais c'est des blagues, tout ça ! Vous avez bien vu que mon Henri, il est toujours de ce monde, merci mon Dieu !

— L'ennui, mademoiselle, c'est que le rapport de gendarmerie rapporte qu'à l'endroit indiqué on a effectivement exhumé le cadavre d'un homme, tué de quatre balles !

Léone se passe la main sur le visage, puis se ressaisit :

— C'est quand même des blagues, je vous dis, moi ! Vos résistants justiciers, peut-être bien qu'ils ont dessoudé un pékin, mais y z'ont fait gourance !

— Et si c'était *vous* qui vous trompiez, mademoiselle Pasquier ? Si cet homme *n'était pas* Henri le Dingue ?

— Alors là, m'sieur mon juge, vous m'en ferez pas démordre ! Parce que moi, j'ai des *bonnes raisons* de savoir que l'ennemi public et mon homme, c'est bien un seul et même !

— De bonnes raisons ? Vous pouvez me les donner ?

— C'est-à-dire... c'est un peu délicat, comme sujet... Je sais pas si vous pouvez écrire ça dans votre dossier ?

— Allez-y, je verrai bien...

— Ben voilà : j'ai connu une fille qu'avait vécu un moment avec Henri le Dingue, en 1943, au moment de la Gestapo. Elle s'en vantait partout, quand elle avait un verre de trop. Moi, ça m'intéressait, pensez bien... Donc, un soir, j'avise la frangine et je lui paie, non pas un verre, mais deux, trois, histoire d'y ouvrir le robinet à confidences... Eh ben, c'te souris, a m'a parlé du Dingue rayon zim-boum-tralala...

— Vous voulez dire : elle vous a décrit ses habitudes amoureuses ?

— Je veux, mon juge, qu'elle me les a décrites ! Et dans le menu, si je puis dire... Et entre femmes, y se dit des choses plutôt précises, voyez de ce que je cause ?

— Il me semble... Alors ?

— Ben, sur ce plan-là, avec elle, il était assez... assez spécial, voyez ? *Très* spécial de chez spécial, même... Alors, moi qui l'avais entre les draps tous les jours, je peux vous dire que c'est bien lui ! Et sur ce plan, je m'y connais, pas ?

— Je... je veux bien vous croire, mademoiselle. Mais cette amie, pourrait-elle témoigner ?

— Si vous la retrouvez, m'sieur le juge ! Et pour ça, y vous faudra ratisser l'Afrique du Nord ! C'est là qu'a s'est tirée, la môme, vu qu'elle prenait de la carafe. Ici, la concurrence est dure, avec les petites campagnardes qu'arrivent sur le marché, mais, là-bas, elle est encore assez fraîche pour faire du chiffre ! Si ça vous dit de la chercher...

Evidemment, dans ce pot au noir de la délinquance après la guerre, ce ne sera pas facile d'obtenir des témoignages. De nombreux malfrats ont été liquidés, ou sont à l'étranger... Quant à ceux qui restent, il ne faut pas compter les voir sortir de leur trou pour dire spontanément : « J'étais gangster sous l'Occupation, j'ai bien connu Henri le Dingue et je suis prêt à l'identifier. »

Pourtant, le consciencieux et patient juge Carel va en trouver deux. Ils sont en villégiature dans la prison de Nîmes en attendant de passer devant le tribunal. Et ils ont approché le redoutable Henri Billet entre 1943 et 1945. On les déplace à Grenoble pour les mettre en présence de l'homme blessé à la tête, et ils protestent, ces messieurs :

— Non mais, c'est pour ça qu'on nous a fait venir ? Pour contempler ce zombie ? On le connaît pas, ce mec !

Le juge Carel n'est pas surpris. D'ailleurs, entretemps, il a réussi à faire sortir du fichier central de Paris, malgré le grand désordre, l'empreinte du pouce de l'industriel Raphaël Maugis, empreinte prise lors de sa dernière demande de carte d'identité, en 1935. Aucun doute : c'est bien lui le « zombie » hospitalisé à Grenoble. Donc, bien qu'il *ne soit pas* Henri le Dingue, c'est quand même Raphaël Maugis, honorable industriel, qui, arrêté en flagrant délit de cambriolage, a mitraillé la police !

Le parcours de cet homme se précise ensuite rapidement : alerté lui aussi par les photos publiées dans la presse, le directeur d'un hôpital psychiatrique des environs de Bruxelles écrit au juge : « Je reconnais un Français, amnésique, qui a été recueilli et soigné chez nous à partir de 1941. Ce patient a disparu quelques semaines avant la Libération. Le croyant en voie de guérison, nous le laissions circuler en ville, ce qui, dans notre esprit, devait faciliter sa réinsertion. Pour qu'il soit en règle, nous lui avions fait établir des papiers provisoires. Nous lui avions, faute de mieux, attribué le nom de "Albert", en hommage au roi. Quant au prénom, Henri, c'est celui dont, depuis son entrée chez nous, il prétendait se souvenir comme étant vraiment le sien. C'était d'ailleurs son seul souvenir. »

Retraçons l'itinéraire de Raphaël Maugis : en état de démence, il quitte sa famille près de Paris. En pleine guerre, il erre de-ci, de-là, échappant aux contrôles. Il est interné en Belgique, d'où il fuit en tant que Henri Albert. C'est sous ce nom qu'il obtient en France, on ne sait comment, un *Ausweis* des Allemands. On le retrouve à Grenoble. Grenoble où sévit un authentique truand, Henri le Dingue. En fait, le Dingue vient d'être éliminé par des maquisards. Son cadavre repose dans une carrière de montagne, mais, à ce moment, tout le monde l'ignore.

Léone, dite Dalila, recueille le soi-disant Henri Albert. Sur la foi de son prénom et du fait qu'il déclare naïvement à sa bonne fée qu'il est « dingue », la romantique Dalila se voit aussitôt dans les bras de l'ennemi public. Et le pauvre homme, désorienté, dont le seul crime a été de perdre la mémoire, est trop content de trouver une identité : il entre dans la peau du personnage qui plaît tant à sa belle... et devient gangster !

Léone le « sape » en truand de luxe, le renseigne sur les coups faciles dans une ville en proie au désordre. Une nuit, les affaires tournent mal : la police intervient. Le cambrioleur novice, affolé, se retourne contre les forces de l'ordre, blesse un agent, est percuté à son tour d'une balle à la tête, qui le replonge dans son état d'hébétude.

Cette reconstitution est-elle la bonne ? Le juge devra s'en contenter. Car le détenu amnésique, brusquement, meurt à l'hôpital de la prison. L'autopsie révèle une tumeur cérébrale, d'origine probablement vénérienne. Cette tumeur aurait réagi au choc du projectile et provoqué un accident vasculaire fatal.

L'affaire est donc close. Le corps du détenu est réclamé par Mme Maugis, transporté dans le Pas-de-Calais, et inhumé dans le caveau familial sous le nom de Raphaël Maugis.

Compte tenu des éléments qui figurent au dossier, on tient une explication assez logique et cohérente pour expliquer tout... ou presque. En tout cas assez pour autoriser le juge à clore les recherches. Mais si l'on y regarde à tête reposée et dans le détail, d'autres questions peuvent se poser.

Par exemple : si le Français soigné pour amnésie en 1941 en Belgique était bien l'industriel Raphaël Maugis, pourquoi le *seul* souvenir qu'il disait avoir conservé était-il ce prénom de « Henri » ? Hasard ?

Autre exemple : on a vu sur quelle base Léone, dite Dalila, avait pu se méprendre sur l'identité de son protégé. Mais ce qui l'a convaincue qu'elle avait bien affaire au Dingue, c'est la description des mœurs sexuelles très particulières faite par l'une des maîtresses du tueur fou. Comment Maugis pouvait-il avoir les *mêmes particularités* ? Hasard ?

Autre exemple : Maugis, lors de son arrestation, a mitraillé les policiers avec une arme redoutable, un pistolet Mauser, de fabrication allemande. Les poinçons d'identification en avaient été soigneusement limés. Le juge sentait un rapport confus entre cette arme et l'*Ausweis* au nom de Henri Albert en possession de Maugis. Le magistrat a voulu en savoir plus sur l'origine de l'arme. Il a donc reconvoqué Léone Pasquier. Là encore, dans un premier temps, elle a juré qu'elle ne savait rien. Puis, sur promesse d'indulgence, sa langue s'est déliée :

— C'est un soir, j'ai demandé à Henri s'il comptait se mettre au boulot. Il m'a dit : « Je dis pas non, mais d'abord, il me faut un flingue. » Moi, j'étais pas chaude pour qu'il se balade enfouraillé, vu que s'il se faisait alpaguer chez moi, c'était aggravant. Mais il prétendait que ça le rassurerait pour bosser : des bonnes conditions de travail, c'est essentiel pour le moral, pas ? Bref, il me demande de le voiturer jusqu'à un troquet de banlieue. Un rade paumé, tout ce qu'il y a de cradingue. Il a dit trois mots à la tôlière, une vieille qu'avait plus une ratiche au râtelier. Elle est descendue dans sa cave, elle lui a remonté le soufflant, dans un chiffon poisseux. Il y avait aussi un plein carton de bastos, avec l'aigle boche dessus...

Le juge a envoyé des enquêteurs dans l'auberge en question. La tenancière conservait effectivement un petit arsenal derrière ses bouteilles. Elle tenait ces armes de son défunt mari, liquidé par les FFL dans les premières heures de l'épuration. Ce collaborateur notoire servait de relais pour les opérations discrètes commandées par la Gestapo à certains truands de confiance. Parmi ces truands figurait en bonne place Henri le Dingue !

On présenta à la vieille femme une photo de Raphaël Maugis : elle ne put rien dire. Seul son mari avait rencontré le Dingue. Néanmoins, si le compagnon de Léone n'était *que* le pauvre amnésique Maugis, *comment* connaissait-il ce café perdu et sa cache d'armes allemandes ?

Convenez quand même que cela fait beaucoup de hasards. Après tout, il serait également possible de réécrire toute cette histoire de manière bien différente.

Pourquoi ? Elle est intéressante ainsi, non ? Laissons donc reposer en paix Raphaël Maugis et Henri le Dingue. D'accord, mais faut-il un ou deux cercueils ?

Table

Impossible n'est pas... africain	9
Jeanne et le bébé allemand	38
La colonne Calméjat	66
Un destin de glace	82
Comment on fabrique un fantôme	95
Un cadavre très causant	114
Disparaissez, je le veux !	130
Ton diable de père	151
Momo	177
L'écorché	192
La grande sœur	208
La maison volée	227
Un crime oublié	241
Mystère à Baker Street	259
Lucie a juste un rhume	274
Le retour de guerre de Martin	290
Qui veut sauver Susan Hampton ?	303
Le taxi de Lausanne	318
L'ami Pierrot	332
Transgénérationnel	355
Mon ami le mort	370
L'homme nu de la rivière	391
Le conte des huit mille trente nuits	405
Le crime de Thérèse Nodier	420
Welcome home, Marjie !	444
Mais qui est donc Henri le dingue ?	459

Composition réalisée par NORD COMPO

Achevé d'imprimer en novembre 2010, en France sur Presse Offset par
Maury-Imprimeur - 45330 Malesherbes
N° d'imprimeur : 158362
Dépôt legal 1er publication : janvier 2004
Édition 09 - novembre 2010
LIBRAIRIE GÉNÉRALE FRANÇAISE - 31, rue de Fleurus -75278 Paris Cedex 06